そのひと皿にめぐりあうとき

Sono hitosara-ni
meguriau toki

福澤徹三
Fukuzawa Tetsuzo

光文社

そのひと皿にめぐりあうとき

装画……………ふすい

装丁…………大岡喜直（next door design）

①

里見滋（さとみしげる）は、いつものように空腹と寒さに眼（め）を覚ました。

枕がわりの背嚢（リュック）から頭をあげると、床の間に見慣れない掛軸があった。ゆうべまでは釈迦牟尼仏（しゃかむにぶつ）という御本尊の絵だったが、いつのまに変わったのか。

南無地獄大菩薩。

滋は古びた茶褐色（ちゃかっしょく）の紙に大書された太い筆文字を見つめて、

「なむじごくだいぼさつ」

口のなかでつぶやいた。意味はわからないけれど、元旦から地獄の文字が禍々（まがまが）しい。

昭和二十一年（一九四六年）一月一日の朝である。

滋は綿のはみでた薄い布団（ふとん）に半身を起こして、力なく伸びをした。きゅうん。仔犬（こいぬ）が鳴くような音をたてて腹が鳴った。鳴るのは腹ばかりで朝も昼も夕方も寺の鐘は鳴らない。

ゆうべの大晦日（おおみそか）も除夜の鐘は鳴らなかった。寺の鐘は金属類回収令による金属供出で失われ、鐘楼（しょうろう）にはコンクリート製の代替梵鐘（だいたいぼんしょう）がさがっている。代替梵鐘をさげるのは鐘楼は重量がないと安定しないためらしい。

焼夷弾（しょういだん）の直撃で穴の開いた天井から、弱々しい陽射（ひざ）しが漏（も）れている。住職の至道鉄心（しどうてっしん）は、いつも暗いうちから勤行（ごんぎょう）をして朝早く托鉢（たくはつ）にでる。托鉢からもどってくるのは九時頃で、それまでには起きるよう命じられている。

いつまでも寝ていたら叱られるが、空腹のせいで布団を畳（たた）む気力がない。もっとも布団を片づける必要を感じないほど、宿坊の座敷は荒れ果てていた。赤茶けた畳は根太（ねだ）が腐ってあちこちがくぼみ、破れ障子（しょうじ）の穴から冷たい風が吹きこんでくる。

天井の穴から漏れる雨を受けるため、十畳ほどの座敷のまんなかに洗い桶（おけ）が置かれ、それを囲むように九人の少年が雑魚寝（ざこね）している。みな滋とおなじように空襲で家族や住まいを失い、この仁龍寺（じんりゅうじ）に拾われた戦災孤児だ。

滋は隣の布団でいびきをかいている戸坂参平（とさかさんぺい）を揺り起こした。参平はしかめっ面（つら）で薄目を開けて、なんだィ、といった。

「まだ眠いんだよ」

「あけましておめでとう」

参平は目やにだらけの目蓋（まぶた）をこすりながら、

「なにがめでてえんだ」

「だって正月だよ」

「だから、どうしたィ。餅（もち）でもあんのかよ」

「餅なんかないよ。でも、ぼちぼち起きなきゃ、和尚（おしょう）さんにどやされる」

「起きたって、することたァねえ。寝正月で上等よ」

参平は布団をひっかぶったと思ったら、むっくり半身を起こした。滋は眼を見張って、

「どうしたの、急に」

参平は黙って布団から這いでると、孤児たちの軀をまたいで壁際に走り寄った。壁の漆喰はところどころ剝げ落ち、土壁や格子状に編んだ竹——小舞が剝きだしになっている。そこに五センチほどの穴が開いていて、枯れ草や落ち葉が溜まった境内が見える。

参平はズボンと下着をいっぺんにおろし、壁の穴に股間を押しあてた。

「やめろよ。和尚さんにそこから小便するなっていわれただろ」

「気にすんなって。あんな糞坊主」

至道は七十すぎの老人だが気性は烈しく、孤児たちの行儀が悪いと遠慮なく手をあげる。滋と参平も警策という棒で肩や背中を何度となく打ちすえられた。

参平が用を足し終えたとき、縁側で足音がした。

「おい。きたぞッ」

声をひそめて急かしたら、痛ててッ、と参平は叫んで、

「あわてさせるから、竹に先っぽひっかけたじゃねえか」

参平の大声に孤児たちがのろのろ顔をあげた。全員が丸坊主だ。至道が髪にシラミがたかるのを防ぐためだといってバリカンで刈った。滋と参平がいちばん年上で、孤児たちは国民学校初等科かそれ以下だった。ふたりは数えで十七歳、満年齢なら十六歳になる。

破れ障子が開いて、鉄鉢を手にした至道が入ってきた。

ぼろぼろの墨衣を着た至道は、げっそり痩せて頬骨が高い。茶色いシミが浮いた禿げ頭は艶がな

く、皺だらけの顔は枯れた木肌を思わせる。死人のように落ちくぼんだ眼窩の奥で、眼だけがぎらぎら光っている。

至道はズボンをたくしあげている参平を一瞥したが、いつもとちがって怒らない。かさかさの骨張った手で鉄鉢を探ると、ひとつまみの炒り豆を孤児たちの掌に置き、しわがれた声でいった。

「この寺で最後の飯じゃ。心して喰え」

最後の飯とはどういう意味なのか。孤児たちは怪訝な顔をしつつ、炒り豆をすばやく口に放りこんだ。炒ってからずいぶん経つらしく、豆は湿気ていて歯ごたえも味もない。が、次はいつ喰えるかわからない。このところ食事は朝と晩だけで、きのうの朝は饐えたカボチャがひとかけら、晩は干涸びたサツマイモの茎だった。

滋は炒り豆を飲みこむのが惜しくて、ゆっくりと嚙んだ。

仁龍寺に転がりこんだ二か月前は、六十近い寺男が炊事をしていて一日に三度は粥が啜れた。粥といっても米粒はわずかで、湯に顔が映るほど薄い「鏡飯」だが、喰えるだけましだった。ひと月ほど前、寺男が米の蓄えを盗んで夜逃げしてから、喰うものがなくなった。

昭和十三年に国家総動員法が制定され戦争がはじまると、食料品をはじめ生活必需品のほとんどが配給制になった。いま米の配給は大人ひとりにつき二合一勺だが、遅配や欠配続きでほとんど口にできない。そんな状態で食べ盛りの孤児たちを養うのは困難だ。

至道は托鉢にでるかたわら、金目のものを売り払って食費にあてた。木炭や灯油すら買えず、雨戸から仏具まで炊飯の薪や風呂の焚きつけにして、しまいには卒塔婆まで火にくべた。それもまもなく底をつき、風呂に入るどころか煮炊きもできなくなった。

品川にある仁龍寺を訪れたのは、参平にそそのかされて墓地の花立を盗むためだった。

「花立の竹筒を削って竹串にしたら、担ぎ屋が買ってくれるらしいぞ」

その夜、仁龍寺の墓地に忍びこむと、怪しい人影が斧で枯れ木を伐り倒していて肝を潰した。それが至道で、墓地の植木を薪にしていたのだった。至道に見つかったとたん、要領のいい参平は涙ながらに窮状を訴えた。

「おれたち、空襲で焼けだされて寝るところもないんです」

「うちの寺にくるか。満足に喰わせるゆとりはないが、雨露はしのげる」

至道にそういわれて寺で寝泊まりするようになった。

参平ははじめこそありがたがっていたが、まともなものが喰えなくなってから、不満ばかり口にする。ゆうべもサツマイモの茎を食べたあと、

「きょうは大晦日だよ。ひさしぶりに年越しそばでも喰いてえなあ」

そんなものがあるかッ、と至道は一喝して、

「文句があるなら自分で喰いものを探せ」

「じゃあ、そうするよ。滋、いこうぜ」

参平から強引に誘われて寺をでたが、むろん喰いものなど手に入らない。

あたりは焼跡だらけで街灯すらない。暗い通りをあてもなく歩きまわっていると、一軒だけ煌々と明かりの灯った建物があった。なにかの施設らしい焼け残った洋館で、窓のむこうからラジオの音声が聞こえてくる。おッ、と参平は叫んで、

「ロッパじゃねえか」

「うん。ターキーも喋(しゃべ)ってる」

ロッパとはコメディアンの古川緑波(ふるかわろっぱ)、ターキーは水の江瀧子(みずのえたきこ)だ。ふたりとも当時は人気があっただけに洋館に近づいて耳を澄ませた。屋内から漏れてくる音声は雑音がひどいが、かろうじて「紅白音楽試合」という番組だとわかった。

葦原邦子(あしはらくにこ)の「すみれの花咲く頃」や霧島昇(きりしまのぼる)の「誰(たれ)か故郷を想(おも)わざる」といったなじみのある歌声に聞き入っていたら、きらきらと闇を照らすようなメロディが流れてきた。

「リンゴの唄(うた)だッ」

参平が声を弾ませた。

「リンゴの唄？」

「おめえ、知らねえのか。いま売出し中の並木路子(なみきみちこ)だよ」

参平によれば、並木路子の父と次兄は戦死、母も三月十日の東京大空襲で死んだ。さらに初恋の相手だった大学生は学徒出陣したのち、特攻隊(とっこうたい)の出撃で戦死したという。

「そんな思いをしたのに、こんな明るい唄を――」

滋はそうつぶやいたが、参平は歌声に夢中で答えなかった。

それからもしばらくラジオを聞いていたが、寒さに耐えきれず寺にもどった。長いあいだ外にいたせいで軀は冷えきり、前にもまして腹が減っていた。滋は布団にもぐりこむと「リンゴの唄」の明るいメロディを胸のなかで何度も繰りかえした。


炒り豆だけの朝飯は、あッというまに終わった。

至道は床の間の前で結跏趺坐の姿勢をとると、よう聞け、といった。

「上野のある寺は、うちとおなじように身寄りのない子を預かっておったが、喰いものがまったく手に入らず、飢えや病で何人も死んだそうじゃ。坊さんはなすすべもなく、朝から晩まで一心不乱に祈った。しかし次から次へと子どもは死んでいく」

僧侶は悲嘆に暮れたあげく、それまで拝んでいた仏を罵った。罪のない子どもたちが苦しんでいるのに、どうして助けてくれないのか。もはや神も仏もないと憤った僧侶は、生き残った子どもたちを集めて解散を命じた。

「地獄を生き延びよ、とな。ようやく戦争は終わったが、まことこの世は飢餓地獄じゃ」

和尚さん、と幼い孤児がいって、

「神さんも仏さんも、ほんとにおらんのじゃろか」

「衆生本来仏なり。水と氷の如くにて水を離れて氷なく、衆生のほかに仏なし。仏はひとの心のなかにおる」

「そんなら、なんでみんな空襲に遭うたり、ひもじい思いしたりするン」

「ひとの心には鬼もおるからじゃ。鬼も悟れば仏となり、仏も迷えば鬼となる」

「和尚さんは、そういうけどさ」

参平が口をはさんだ。なんじゃ、と至道が訊いた。

「このまま飯喰えなきゃ、ほんとの仏さんになっちまう。なんまんだぶ、なんまんだぶ」

参平がおどけて合掌すると孤児たちが笑った。至道は表情を変えずに、

「うちの寺では幸い誰も死んでおらんが、このままではじきに死人がでるじゃろう。その前に、わし

は幼い者を連れて行乞(ぎょうこつ)の旅にでる」

「ぎょうこつ?」

滋は首をかしげた。物乞(ものご)いよ、と至道は答えて、

「滋、参平、おぬしらはもう十七じゃ。なんとかして喰いぶちを探せ」

「えッ」

「この寺をでよ、ちゅうことじゃ」

なんでェ、と参平が口を尖(とが)らせて、

「正月早々、おれたちを追いだすのかよ」

「追いだすのではない。仁龍寺は本日をもって廃する」

滋は参平と顔を見あわせた。

「十七歳といえば、昔ならとうに元服(げんぷく)しておる。弱音を吐くでない」

至道は背後の掛軸を振りかえると、

「これは白隠禅師(はくいんぜんじ)の書じゃ。真筆(しんぴつ)はとうに売り払(はろ)うたから、これは模写じゃが言葉に偽(いつわ)りはない。南無地獄大菩薩。地獄こそが仏に至る道。おぬしらも地獄を生き抜いて浄土を目指せ」


至道や孤児たちに見送られて仁龍寺をでたのは、昼すぎだった。ふたりの服装は寺にきたときと寸分たがわない。参平は綿入れの半纏(はんてん)に膝(ひざ)の抜けたズボン、どこかで盗んだらしいぶかぶかの古革靴、滋は国防色と呼ばれるカーキ色で折襟(おりえり)の学生服に編み上げのズック靴だ。

仁龍寺からすこし歩くと高輪(たかなわ)にでた。高輪は空襲の被害がすくなかったらしく、滋が住んでいた本(ほん)

所区とちがって街並は原形をとどめている。

焼け残った民家がならぶ通りを歩いていると、参平が舌打ちして、

「糞坊主め。餞別もよこさねえで、おれたちを追いだしやがった」

「しばらく世話になったんだ。そんなに文句いうなよ」

滋はなだめたが、参平は唇をへの字に曲げて、

「あいつらがでてったら寺に忍びこんで、残ってるもんを売っぱらうか」

「やめとけ。もう売れるものなんか残ってないさ」

「じゃあ渋谷にいこうぜ。ここからなら、そう時間はかからねえ」

「渋谷になにがあるの」

「でけえ闇市がある。喰いもんにありつけるぞ」

「でも金がないよ」

「担ぎ屋の手伝いでもして稼ごうぜ。どうにもならねえときは、かっぱらえばいい」

「そのかっぱらいで失敗したから、こうなったんだろ」

「おまえも乗り気だったじゃねえか。おれのせいみたいにいうなィ」

芝浦の倉庫地帯には軍需品や食料品が大量にあるから、それを盗んで売りさばこうといいだしたのは参平だ。滋は不安だったが、ほかに稼ぐあてもないから誘いに応じた。

現地に着いてみると、警備は思った以上に厳重だった。なにかを盗むどころか倉庫にさえ入れず、あたりをうろついていたら巡回中の警官に見つかって必死で逃げた。倉庫荒らしをあきらめて仁龍寺の墓地に足を踏み入れたのは、その夜だった。

ふたりは渋谷へむかって歩きだした。

あたりはいまだに焼け野原で高い建物はないが、以前とはすこし様子がちがう。終戦直後は焼跡から水道管が突きでて、あちこちで水が噴きだしていた。家があったとおぼしい土地には板きれや棒杭が立ててあり、家族の移転先や連絡先が記してあった。

それらがなくなったかわりに、焼けトタンと木材で作った「バラック」と呼ばれる掘っ建て小屋や、防空壕に屋根をつけた「壕舎」がいくつもできている。

天気はよかったが気温は低く、すこし歩いただけで耳たぶが痛くなった。栄養失調のせいで足がふらつき、のろのろとしか進めない。空っぽの背嚢さえも重く感じる。

パルプが原料の粗悪な繊維、スフが素材の学生服は生地がぺらぺらで、あちこちが破れている。学生服の下はよれた半袖シャツ一枚とあって、冷たい風が肌を刺す。履き古したズック靴は勤労動員で通った工場の油が染みつき、片方の靴底ははずれかけている。焼跡生活で、もっとも大事なのは履物だ。焼跡はもちろん道路もガラスや釘や尖った破片だらけだから、裸足ではとうてい歩けない。

滋は前かがみになると、鰐の口みたいにぱかぱか開く靴底を覗きこみ、

「まずいな。ズックが破れそうだ」

「渋谷に着きゃあ、なんとかなる。気ィつけて歩け」

参平の半纏は暖かそうだし靴も破れていないのがうらやましい。

一時間ほど歩き続けて、ようやく渋谷に着いた。

参平がいったとおり渋谷駅前には大規模な闇市ができていて、ひとびとの群れが道玄坂まで続いて

いる。元日だというのに晴れ着姿はなく、男は軍服か国民服、女は老若問わずモンペ姿だ。寒さしのぎのためか、いまだに防空頭巾をかぶった者もいる。洋装や和装もちらほらいるが、みな着古した服でみすぼらしい。

駅前といっても大きな建物は空襲をまぬがれた渋谷東宝会館くらいで、ここが渋谷とは思えない。渋谷駅のシンボルだったハチ公像は、金属供出で姿を消した。あれは昭和十九年だったか、ハチ公像が名誉の出征で出陣式をおこなったという新聞記事を読んだ。

滋と参平は人ごみをかきわけて闇市を歩きまわった。

バラックなみに屋根や柱があるのはわずかで、葦簀やボロ布で囲いを作っただけの店も多い。囲いすらない連中は地面にゴザや簀の子やミカン箱を置き、その上に商品をならべている。参平によれば、闇市の店のほとんどは焼跡を不法占拠して商売をしているらしい。

食料品から日用品までさまざまなものが売られているが、どうしても喰いものに眼がいく。スルメ、魚の干物、南京豆、干し柿、餅、煎餅、乾パン、漬物、缶詰、カボチャやイモやネギといった野菜、魚や肉もある。どれも鮮度は悪く魚は目玉が赤くなり、肉もどす黒く変色してなんの肉だかわからない。前を通っただけで臭うものもあるが、見ているはしから売れていく。

食料品ほどではないが、日用品や雑貨にもひとびとが群がっている。片方だけの靴や地下足袋、薄汚れた軍隊毛布、吸殻を巻きなおした闇煙草。かつては売ることなど考えられなかった戦闘帽や軍服や勲章も、ここでは商品だった。

商品を置くゴザすらなく地面に坐って、家から持ちだしたらしい腕時計や万年筆を片手に掲げる男たちもいる。みな似たような服装だから売手と買手の区別がつかない。

店のあいだや空き地には、首から募金箱をさげた傷痍軍人が白装束に松葉杖で立っている。復員兵らしい男の背中に「命売ります」と書いた布が貼ってあって、ぎくりとした。滋はその前を通りすぎてから声をひそめて、

「あれは、どういう意味なんだろ」

「金くれりゃあ、なんでもやるってことじゃねえか。おれたちも早く仕事見つけようぜ。そのへんで店員とか小僧とか募集してねえか」

参平はそういったが、求人の貼り紙は見あたらない。店主と交渉しようにも、儲かっていそうな店は大忙しで声をかける隙がない。人波に押されて歩いていると、ますます腹が減った。眼の前に喰いものがあるだけに、ひもじさを我慢するのはよけいに苦しい。

どこかに食べかすでも落ちていないかと地面に眼を凝らすが、なにもない。ふと中年の主婦が売っていた南京豆が一粒、ザルからこぼれた。すかさず駆け寄ろうとしたら、どこからか小柄な老人が飛びだしてきて、豆を拾うなり口に押しこんだ。

寒さが身に沁みるせいで温かいものが恋しい。雑炊やイカの丸煮、ふかしイモや揚げものの匂いに頭がくらくらする。せめて暖をとりたくて湯気のそばに近づこうとしても、次から次へとくる客に押しのけられる。

もう店じまいしたのか、店頭に積み重なった皿をブリキのバケツで洗っている男がいた。皿は魚の骨や汁で汚れ、それを洗っている水は真っ黒だった。参平は男の前に立って、ねえ、と声をかけた。

「おれたち、雇ってくれねえかな」

軍帽にジャンパー姿の男はこっちを一瞥すると、バケツに視線をもどして、

「おれが喰うや喰わずなんだ。そんな余裕があるかィ」

「じゃあ、ほかで雇ってくれそうな店は――」

「ねえな。ここはガキのくるところじゃねえ。仕事が欲しけりゃノガミにいきな」

「ノガミ?」

「ノガミっていやあ、上野に決まってんだろ。ノガミの地下道にゃ、おまえらみてえな連中がうじゃうじゃいるっていうぜ」

参平はそれからも仕事が欲しいと何軒か交渉したが、はなから相手にされない。

「おれの人相が悪いのかな。おめえは背も低いから、哀れっぽい顔で頼んでみろよ」

参平にそういわれて、しぶしぶ店の連中に声をかけた。しかし結果はおなじで、野良犬か野良猫のように追い払われた。参平はキントンを売っているバラックの前で足を止め、

「ちくしょう。こうなったら最後の手段だ」

キントンは潰したサツマイモで餡のように紫色に染めてある。ちいさな丼一杯が五円もするのに、ひっきりなしに客がならぶ。勤め人の月給が数十円という時代だから、とんでもない値段だ。バラックのなかでは、垢じみた絣の袷に前掛けを締めた中年女がキントンを丼に盛っている。参平はズボンのポケットに両手を突っこみ、与太った歩きかたで行列に割りこむと、

「おばちゃん、一杯くんな」

参平はほんとうにやるつもりなのか。不安で鼓動が速くなった。女はうさん臭い眼で参平を見てから、しゃもじでキントンを盛った。

「ほら十円。細けえのしかねえから、ちゃんと勘定しなよ」

参平はポケットからだした右手を握って、女のほうに伸ばした。

女は硬貨を受けとる恰好で両手をだした。次の瞬間、参平は店内に身を乗りだすと、キントンの丼をひったくって走りだした。あわててあとを追ったが、まもなく背後から金切り声が追ってきた。

「泥棒よッ。誰か捕まえてぇッ」

振りかえると、さっきの女が悪鬼のような形相で追ってくる。女の叫び声で、男たちも何人かこっちへむかってきた。参平の背中が雑踏のなかを見え隠れする。

滋はひとびとのあいだを縫って全速力で走った。

❷

十一時をすぎてセンター街は急に混みあってきた。ABCマートの前で五、六人の外国人が肩を叩きあって騒いでいる。彼らのそばにはスマホで自撮りしたり路上でだべったりする若者たちがいて、ひとの流れはのろのろとしか進まない。

洲崎駿は窓に面したカウンターに頬杖をつき、眼下の混雑を眺めていた。

令和元年（二〇一九年）の大晦日である。マクドナルドの二階にきてから一時間ほど経つが、店内はずっと混みあっている。客の声が騒がしくてBGMは聞こえない。

どこかで呑んできたのか赤い顔ではしゃぐ大学生たち、カードゲームに興じる女子高生の集団、テーブル越しにいちゃつくカップル、このあと初詣にいくらしい晴れ着姿の女たち。それらにまじってノートパソコンのキーボードを叩くサラリーマンや、ひたすらスマホをいじるOL風の女もいる。

五十嵐恭介がトレイを持ってもどってきた。よく喰うなあ、と中条勝也が隣でつぶやいて、

「おまえ、さっきチーズバーガーとテリヤキ喰ったじゃん」

「きょうはオールだから、あとで腹減るもん」

恭介はカウンターにトレイを置き、勝也のむこうに腰をおろした。トレイにはグラコロが載っている。勝也は半分ほど食べ残したアップルパイを恭介の前に押しやって、

「ほら、これも喰えよ」

「いらね。最近甘いのひかえてるから」

「遠慮すんなよ。もうデブってんじゃん」

「デブってねーし。勝也は痩せすぎなんだから、もっと喰ったほうがいいぞ」

「みんなそういうけど、まだダイエット中。だいたいさあ、飯喰うのってダルくね？」

なんで、と駿が訊いた。

「だって時間と金のむだじゃん。どんだけ高級なもの喰っても、結局は糞になるだけだろ。腹が減らなきゃ、飯なんか喰わねえのによ」

「栄養はどうすんだよ」

「そんなもんサプリでとれるんだから、こういう液体にすりゃあいいんだよ」

勝也はバニラシェイクのストローをくわえると、ずるずる音をたてて啜った。

三人は文京区にある私立高校の二年生で、勝也と恭介はおなじクラスだ。冬休みに入ってから勝也と恭介と毎日のように遊んでいるが、今夜は外出に手間どった。

両親の機嫌をとろうと、昼間は大掃除を手伝って自分の部屋も片づけた。ところが、でかける直前

になって父の博之(ひろゆき)に呼び止められた。リビングで缶ビールを呑んでいた父は赤い顔をしかめて、

「大晦日くらい、うちにいろよ」

「かあさんは、でかけていいっていったよ」

父はテーブルのむかいにいる母の直子(なおこ)にちらりと眼をやってから、

「いったい、どこへいくんだ」

年越しのカウントダウンで渋谷へいくとはいえず、

「明治神宮(めいじじんぐう)。初詣だよ」

「初詣って、朝帰りするつもりか」

「まあ、そうなるけど——」

「初詣なら、あしたにしろ。高校生が夜中にうろうろするな」

「でも友だちは、みんないくって」

「みんなって誰だ」

「中条くんと五十嵐くん」

「ふたりだけじゃないか」

「おれたちと一緒じゃないけど、ほかの友だちもいくんだよ」

「だとしても、おまえがいく必要はない」

大晦日くらい、いいじゃない、と母が口をはさんだ。

「駿ちゃんも、もう十六なんだから」

「十六なんて、まだまだ子どもだ」

「でも、お友だちがいるから大丈夫でしょ」

「駿を甘やかすな。大晦日っていうのは家族で年越しそばを食べて――」

「紅白を観るの?」

「最近の紅白はつまらん」

「そういいながら、毎年観てるじゃない」

「ほかに観るものがないからさ」

「おれだって観たくないよ」

「だったら観なくていい。とにかく、うちにいろ」

「無理強いしなくていいでしょ。今年は年越しそばも買ってないし」

「なんで買ってないんだ」

「カップのそばならあるよ」

「そんなのじゃ、年越しにならん」

「テレビのアンケートだと、年越しそばはカップ麺のほうが多いってよ」

「よそがそうだからって、うちまでそうする必要はないだろ」

「そばなんか、ふだん食べないくせに」

「ふだん食べないからこそ大晦日は――」

母はこっちを見て目配せをした。その隙に部屋を抜けだしたが、あした帰ったら父に小言をいわれるのがわずらわしい。

窓の外を見るのに飽きて、スマホでフェイトをはじめた。パズドラとモンストはやりこんでいたが、

フェイトはキャリアが浅いから要領がわからない。勝也がスマホを覗いて、

「おまえ、ぜんぜんだめじゃん」

「うん。レアサーヴァントひけない」

「リセマラしたか」

「まだ。パズドラとやりかたちがうから」

「フェイトはリセマラ時間かかるから、えぐいぞ。でも、やっとかねえとレアサーヴァントぜんぜんひけねえ。まずチュートリアルの十一連ガチャまわして、プレゼントボックスからログインボーナス受けとって聖晶石三個で召喚するだろ。そのあと――」

「勝也はフェイトくわしいな」

「当然よ。やりだした頃は、おやじのクレカで四万課金して、思いっきり叱られた」

恭介はグラコロをぱくつきながらスマホで紅白を観ている。勝也がそれを覗きこんで、

「いま誰がでてる?」

「星野源。その前の乃木坂46、めっちゃよかった」

「曲は?」

「シンクロニシティ。欅坂46と日向坂46が三坂道合同で歌った」

「ふーん、おまえ誰推しよ」

「そんなんじゃない。曲がいいんだよ。あ、Perfume」

「おばさんじゃねえか。おまえイケんの」

「紅白歌合戦ってさ。昭和二十年の大晦日にやった紅白音楽試合ってのが最初なんだって」

「そんな蘊蓄マジうぜえ。なに話そらしてんだよ」

十一時半までだらだら時間を潰してマクドナルドをでた。

センター街はすでに身動きできないほどの人出で、異様な熱気に包まれていた。スクランブル交差点にむかったが、満員電車のなかを歩いているようでなかなか前に進めない。短気な勝也はカーキ色のモッズコートの肩を怒らせて、人ごみに割りこんでいく。勝也のあとを追ってスクランブル交差点にでたとたん、眼を見張った。

おびただしい数のひとびとが交差点を囲んでいる。路肩にはパトカーが何台も停まり、あちこちで警官の警笛が響く。ＤＪポリスが警察車両の上からハンドスピーカーで注意をうながしているが、喧噪にかき消されて声が聞きとれない。

「すげえな。カオスだよ、カオス」

恭介がぽかんとした顔でつぶやいた。たいしたことねーよ、と勝也はいって、

「おれは中坊のときからきてるけど、去年までのほうがすごかった。今年は路上飲酒が禁止だし警備もきびしくなったから、ハロウィンもカウントダウンもいまいちさ」

駿は両親がうるさいせいでハロウィンやカウントダウンに参加したことはない。それだけにスクランブル交差点を埋めつくした群衆は新鮮だった。交差点に集まっているのは十代から二十代の若者が中心だが、外国人も多い。みな白い息を吐きながらスマホを掲げたり、爪先立ってあたりを見まわしたり落ちつきがない。

横断歩道には、制服に白い反射ベストをつけた警官や警備員がずらりと立っている。彼らは警笛を

吹き鳴らしては赤い誘導灯でひとびとの流れをせき止めて、

「恐れ入ります。怪我人がでますので、ご理解ください」

声を嗄らして叫んでいる。風が強く気温も低いが、ひとごみにいるから寒くはない。スクランブル交差点には赤いステージカーが停まっていて、街頭ビジョンでオープニングムービーが流れている。やがて規制が解除され、群衆はぞろぞろ交差点に入った。

「渋谷のみなさん、こんばんはー」

ステージカーの上で女性司会者が叫んだ。

「そして本日、カウントダウンイベントを盛りあげていただくスペシャルゲストとして、ユーチューブクリエイターのみなさんにお越しいただいております」

ユーチューバーのヒカキン、水溜りボンド、東海オンエアが登場した。コカ・コーラ協賛のイベントらしく街頭ビジョンには「コークであけおめ」の文字がある。

いいよなあヒカキン、と恭介がいった。

「年収十億もあって。おれもユーチューバーなりてー」

「おれたちも三人でなんかやろうぜ」

勝也にそういわれて駿はうなずいた。ユーチューバーになりたいと考えたことはなかったが、この場にいるとなにかがはじまりそうな昂りがある。

十一時五十五分に綾瀬はるかのメッセージが街頭ビジョンに映り、水泳選手の北島康介、卓球選手の福原愛がステージカーにあらわれた。喧噪のなかに女性司会者の声が響く。

「ということで、まもなく二〇二〇年ですね。さあ、みなさん、このあとカウントダウンです」

新年まで一分を切って街頭ビジョンに時刻が表示され、群衆たちが歓声をあげた。残り十秒になると、駿たちも街頭ビジョンを見ながら声を張りあげた。

「五、四、三、二、一。ハッピーニューイヤーッ」

次の瞬間、スクランブル交差点に口笛と歓声が渦巻いた。みなハイタッチをしたり抱きあったり、飛び跳ねたり踊ったりして新年を祝っている。スマホを高くかざして周囲を撮影する者も多い。

ステージカーのイベントが終わると、人波はしだいに散りはじめ渋谷駅へむかっていく。駅の構内はとんでもなく混んでいるだろう。興奮が冷めるにつれて急に寒くなった。

群衆が去ったあとには大量のゴミが散乱している。勝也が路上に落ちていた食べかけのサンドイッチを蹴飛ばして、今年は地味でつまんねーな、といった。

「三年くらい前までは酒呑んで暴れる奴とか、コスプレして弾ける奴とか、いっぱいいた。あっちこっちで喧嘩もあって暴動みたいでおもしろかったのに」

「まあいいじゃん。そろそろ初詣にいこう」

恭介がそういって三人は歩きだした。

③

滋と参平は闇市を抜けても走り続けた。

ぜえぜえと息があがって脇腹が痛み、靴底の破れはますますひどくなる。が、足を止めるわけにはいかない。追っ手の男たちに捕まったら、ぶん殴られるだろう。追っ手の姿が見えなくなったのは、宮益坂をのぼったあたりだった。焼跡に建ちならぶバラックのあいだに細くて暗い路地がある。

　ふたりはそこにしゃがみこむと、丼のキントンを指ですくって食べた。キントンは裏ごししておらず砂糖も入っていないが、サツマイモの甘みだけで舌がとろけそうだった。ふたりは無言で食べ続け、丼が洗ったようにきれいになるまで指でこそげとった。

　食べ終わったあともなごり惜しくて指先をしゃぶっていたら、人差し指と中指の垢がとれて皮膚が白くなった。満腹にはほど遠いけれど、何日かぶりで栄養のあるものを食べたせいか、いくぶん力が湧いてきた。

　ふたりとも喉が渇いて腰をあげた。路地にあった防火用水槽を覗くと、濁った水が溜まっていた。それを参平と交互に丼ですくって飲んだ。

「おれあ鞄がねえから、これ持ってろよ」

　参平が差しだした丼を背嚢にしまったとき、冷たい風が吹き抜けた。その拍子にどこからか新聞紙が飛んできて、滋の脚に張りついた。新聞紙も持っていれば、なにかの役にたつ。拾いあげて日付を見たら、きょうの朝刊だった。

　天皇陛下の詔書が冒頭にあり、そのあとに「天皇、現御神にあらず」という見出しがある。現御神とは現人神、すなわち人間の姿をした神である。

　学校では、ずっと天皇陛下は現人神だと教わってきた。授業や集会の際「畏れ多くも」という言葉を聞いたら、すぐさま起立して直立不動の姿勢になるのが決まりだった。「畏れ多くも」のあとには決まって「天皇陛下におかれましては」と続くからだ。

　映画館では、天皇陛下が映る場面の前に「脱帽」の字幕がスクリーンにでる。都電で皇居の前を通過するときは、車掌が「ただいま宮城前を通過」とアナウンスし、乗客は脱帽してお辞儀をするのがしきたりだった。その天皇陛下が、みずから神ではないと宣言したのか。

滋は詔書のなかの「天皇ヲ以テ現御神トシ、且日本國民ヲ以テ他ノ民族ニ優越セル民族ニシテ、延テ世界ヲ支配スベキ運命ヲ有ストノ架空ナル観念ニ基クモノニモ非ズ」という一文をたどたどしく読みあげた。参平が首をかしげて、

「どういう意味だィ」

「よくわかんないけど、天皇陛下が現御神で、日本国民が他の民族よりすぐれてて世界を支配する運命にあるっていうのは架空の観念だって――」

「そんなもん、はなっから信じちゃいねえよ。陛下が神様なら戦争に敗けるわけがねえ」

滋は新聞紙を畳んで背嚢に入れると、これからどうしよう、とつぶやいた。参平はさっき闇市にいた男のいいかたをまねて、ノガミにいこうぜ、といった。

「上野は遠いよ」

「二時間もありゃ着くだろ。歩くのが厭なら省線に乗るか」

省線とは運輸省が管轄する省線電車の略だ。切符買う金がない、といったら、

「バカ。金なんか払うかよ。改札をすり抜けるんだ」

改札をすり抜けても車内で検札がある。いまの体力では逃げる自信がないが、参平はさっさと前を歩いていく。滋はあとを追いながら溜息をついた。

こんなことなら父の実家で辛抱していたほうがましだったかもしれない。しかし無断でゆくえをくらましたのだ。いまさらもどっても叔父や従兄弟にあわせる顔がないし、もう受け入れてはくれない

だろう。

道路沿いの家から、シャクシャクとリズミカルな音が聞こえてくる。一升瓶に入れた玄米を棒で突いて精米する「瓶搗き」の音だ。米はしばらく口にしていないだけに、また腹が鳴った。

瓶搗きの音がするのは、滋が住んでいた家によく似た木造の平屋だった。千本格子の玄関の引戸も、窓に貼られたバツ印の紙もそっくりだ。窓に紙を貼るのは空襲の爆風でガラスが飛ばないための工夫だ。引戸を開ければ、いまにも母がでてきそうな気配に、あの頃のことを思いだした。


米英との戦争がはじまったのは昭和十六年、滋が中学に入る前年だった。戦勝ムードに沸いていたのは最初だけで、世の中はまもなく不穏な空気に包まれた。

割烹着にタスキ掛けの大日本国防婦人会の主婦たちが出征兵士を見送ったり、街頭で千人針を集めたりする姿が目についた。主婦たちは「贅沢は敵だ」を合言葉にパーマネントの女性を吊るしあげ、振袖や派手な着物の袖を裁ちバサミで切った。

当時は「皇軍大捷の歌」をもじって、こんな替え歌が流行った。

パーマネントに火がついて
みるみるうちに禿げ頭
禿げた頭に毛が三本
ああ恥ずかしや　恥ずかしや
パーマネントはやめましょう

食料品、衣料品、燃料といった生活必需品のほとんどが配給制になり、市場での売買が禁じられた。

配給制とは物資の不足によって起きる買い占めや価格の高騰を防ぐため、政府が商品を買上げ、いわゆる「供出」をさせて平等に分配する制度だ。

平等に分配といえば聞こえはいいが、配達してくれるわけではなく、すべて有料だ。配給の商品は、配給所や業務を委嘱された商店で購入する。その際には、商品代金に加えて各世帯に交付された配給切符が必要になる。

配給切符はパンならパン食券、衣料品なら衣料切符と細かくわけられ、あらかじめ決められた量しか買えない。米の場合は米穀類購入通帳を提示して代金を支払い、印鑑を押してもらう。

そうした手続きも面倒だが、品物を買うには長い行列にならばねばならない。平均して魚は三日に一度、野菜は二日に一度の割合で配給される。買いそびれたら次の配給まで手に入らない。

母の文子は毎日のように何時間もかけて行列にならんだ。

滋もときどき母にかわって配給を受けとりにいったが、配給所の職員によっては目方をごまかしたり売り惜しみしたりするから油断ならない。そんな苦労をして手に入れた配給なのに、食料品は量がすくなく鮮度が悪い。なにが配給されるかは配給所にいってみないとわからず、おなじものが何度も続く。そのせいで母は献立に頭を悩ませた。

中学では配属将校が幅をきかせ、軍事教練が重点的におこなわれた。

生徒はみな校章入りの戦闘帽をかぶり、ズボンの膝から靴まで「巻脚絆」と呼ばれるゲートルを巻き、銃剣術や匍匐前進や行軍訓練をやらされた。配属将校たちは「鍛える」と称して、生徒に暴力をふるった。「軍人勅諭」の暗誦ができないといっては殴り、すれちがうときの敬礼が悪いといっては殴る。

なかでも日露戦争に従軍した退役軍人ににらまれると大変だった。どこでも四つん這いにさせられて「海軍精神注入棒」と名づけた太い樫(かし)の棒で、尻を思いきり叩かれる。ビンタくらいは体罰にも入らず、一般の教師たちもしょっちゅう生徒の頬を張り飛ばした。

滋は運動が苦手で教練の成績が悪かったから、ことあるごとに殴られ蹴られ罵倒(ばとう)された。

「そんなことでは輜重輸卒(しちょうゆそつ)にもなれんぞッ」

「貴様は精神がたるんどる。この非国民がッ」

輜重輸卒とは、後方支援を担当する輜重兵の下で働く最下級の兵卒で「輜重輸卒が兵隊ならば、チョウチョウトンボも鳥のうち」という俗謡(ぞくよう)があった。戦時中に非国民と呼ばれるのは最大限の侮蔑(ぶべつ)で、人間でないといわれたのに等しい。

理不尽な暴力や罵倒は納得できなかったが、世の中はすでに軍国主義一色に塗(ぬ)り潰されていて、非は自分にあると思うしかなかった。もっとも小学校の国語教師だった父の正(ただし)は、開戦の報道を聞いた時点で、この戦争は敗けるといった。

「アメリカとは国力がちがいすぎる。資源のない日本が勝てるはずがない」

「そんなことといったら、特高(とっこう)に捕まりますよ」

母は心配したが、父は外で喋(しゃべ)らなければ大丈夫だと笑った。

「でも、おとうさんや滋が兵隊にとられたら、どうしよう」

「大丈夫だ。おれはもうじき四十だし、ひとりっ子は徴兵の対象にならん。家族三人で嵐がすぎるのを待とう」

中学二年になった頃から米の配給が玄米にかわり、母は瓶搗きが日課になった。母だけに炊事をさせるのが気の毒で、瓶搗きや料理の手伝いをした。

「そんなことしなくていいのよ。男子厨房に入るべからず、っていうでしょう」

母はそういったが、ふたりで台所に立つのは楽しかった。母を手伝いながら包丁の使いかたや調理の基本を教わった。母は配給の乏しい食材を工夫して、手の込んだ料理を作った。

脂身と野菜を煮込んだシチュー雑炊、イワシの塩焼や蒲焼、貝のむき身と里イモのライスカレー、鯨ベーコンとうどんのコロッケ、ジャガイモとカボチャとメリケン粉で作った蒸しパン。当時は物足りない気がしたが、いまの生活からすれば大変なごちそうだ。

昭和十八年四月、連合艦隊司令長官の山本五十六の搭乗機がブーゲンビル島上空で米軍機に撃墜されて山本は戦死し、国民の士気は低下した。東條英機内閣は満二十歳だった徴兵年齢を十九歳にひきさげ、その年の十月には明治神宮外苑競技場で出陣学徒壮行会がおこなわれた。

国民の戦意高揚のため「進め一億火の玉だ」「欲しがりません勝つまでは」「撃ちてし止まむ」といった標語を書いたポスターや看板が街角にならんだ。子どもから老人に至るまで「銃後の守り」を固めよと、竹槍の訓練や慰問袋の詰め作業、防空壕の工事に動員された。

昭和十九年、三年生になった滋は板橋の軍需工場へ勤労動員に通いはじめ、そこでほかの中学から転校してきた参平と知りあった。参平は幼い頃に母親を亡くし、父親とふたり暮らしだという。当時は転校生が珍しかったので、同級生たちはその理由をあれこれ詮索した。

けれども参平はそれについてはいっさい喋らず、

「おめえらには関係ねえ。ごちゃごちゃいってると、ぶっくらわすぞッ」

しょっちゅう逆上するので、みんなに嫌われた。あいつの父親は徴兵を忌避したから転校したと陰口をきく者もいた。滋はなにも詮索しなかったせいか、参平と親しくなった。

工場では徴用工から特訓を受けたあと、戦闘機の部品を削る旋盤をまわした。なにを作っているかは機密事項で、親兄弟にも口外してはならない。勤労動員のあいだ授業は中断されるから、それを喜ぶ同級生もいたが、工場での作業は重労働だった。

しかも旋盤は危険で、うっかりすると焼けた鉄粉が眼に入ったり、調帯に手足を巻きこまれたりする。同級生のなかには折れた刃が飛んできて顔に刺さった者や、調帯に巻きこまれて小指をなくした者もいた。

唯一の楽しみは、正規の配給以外に支給される「加配米」の昼食だった。もっとも米とは名ばかりで、アルマイトの弁当箱には大豆の絞り粕やトウモロコシの粉が七割、ぼろぼろの外米が三割程度しか入っていなかった。おかずはないに等しく、貧相なイモや菜っ葉、海藻の煮物がせいぜいだった。

それほど食料事情が悪いにもかかわらず、ラジオの大本営発表によると日本軍はいつも大戦果をあげていた。ある日、旋盤の機械がすべて米国製なのに気づいて、大本営発表に疑問を持った。

政府は「鬼畜米英」「一億総玉砕」「本土決戦」といった標語で国民を鼓舞したが、しだいに敗色を隠せなくなった。徴兵年齢は満十七歳以上にひきさげられ、十七歳未満でも志願できる「根こそぎ動員」がはじまった。

あれは、その年の初夏だった。夜、両親と貧しい食卓を囲んでいたとき、誰かが玄関の戸を叩いた。応対にでた母がこわばった顔でもどってきて父を呼んだ。異様な気配に玄関を窺うと、見知らぬ中年男が立っていた。男はうやうやしく一礼して、

「おめでとうございます」

父に一通の封筒を手渡した。男は役場の兵事係で、赤紙と呼ばれる召集令状を届けにきたのだった。男が去ったあと、父はしばらく召集令状に視線を落としていたが、滋に気づくと白い歯を見せて、

「とうとうきたよ。こんなロートルにお呼びがかかるとは、もう戦争も終わりだな」

召集年齢のひきあげを国民に知らせないため見送りは自粛を強いられ、父は夜中にひとりで出征した。むろん日の丸や万歳はない。せめて駅まで見送りたかったが、父はそれも拒んで、

「かあさん、あとを頼むぞ。滋、ひとさまのお役にたてる男になってくれ」

そういい残して家をでていった。

❹

寝苦しさに眼を覚ますと、窓の外が薄暗くなっていた。いつのまにか寝汗をかいていて肌がべたべたする。駿は毛布と掛け布団をはねのけて、ベッドに半身を起こした。暖房が効きすぎて蒸し暑い。枕元のリモコンでエアコンの電源を切って、シーツに埋もれていたスマホを手にとった。

初詣から帰って、すこししか寝ていない気がするのに、もう夕方だった。恭介と勝也はとっくに起きているようでラインのメッセージが入っている。同級生から年賀状がわりのラインもたくさん届いていた。

年賀状をハガキでだしたのは小学校までで、中学からラインになった。相手は男ばかりで中身はテンプレのスタンプだが、なにもこないよりはうれしい。ただいったん眼を通したら、いちいち返信しなければならないのが面倒だった。

ラインはメールとちがって既読かどうか相手にわかるから、そのまま放っておいたらスルーしたと思われる。いわゆる「既読無視」だ。同級生のあいだでは、たとえ年賀状がわりのラインであっても、ひとこと返信するのが暗黙のマナーになっている。

けれども返信したら、そこからやりとりがはじまって、いつまで経っても終われないことがある。きょうは元日のせいか、空気の読めないトークをはじめる者もなく無事に切りあげられた。

ラインの返信をすませると、換気のためにカーテンと窓を開けた。外の空気を深呼吸して大きく伸びをした。窓のむこうに明かりが灯りはじめた街並が見える。築二十年近い分譲マンションとあって建物は古いが、部屋は十階で見晴らしはいい。間取りは４ＬＤＫで駿の部屋は八畳だ。

以前は姉の愛美（まなみ）が同居していたせいで４ＬＤＫでも窮屈（きゅうくつ）に感じた。去年の秋、姉が結婚して大阪へ引っ越してからは、朝のトイレ競争や洗面所の奪いあいもなく生活が快適になった。

窓とカーテンを閉め、テーブルからミネラルウォーターのペットボトルをとってラッパ飲みした。ベッドに腰かけると、食べかけのポテトチップスを齧（かじ）った。

テレビの電源を入れるとニュースが流れていて、けさの明治神宮が映っている。正月三が日の参拝客数は日本一で、例年三百万人を超えるという。駿たちもカウントダウンのあと明治神宮にいったが、あまりの混雑で賽銭箱（さいせんばこ）にたどり着けなかった。ここにも警察車両がでていて、ＤＪポリスがハンドスピーカーで叫んでいた。

「みなさぁん、急がなくても神様は逃げません。急いでも御利益（ごりやく）は変わりません」

遠くから柏手を打って初詣を終えると、トルコ人の屋台でケバブを食べてから公園通り（こうえんどお）のガストにいった。三人はドリンクバーを注文したが、単品だと高くなるからポテトやパンと組みあわせ、さらに恭介が持っていたクーポンを使った。

恭介はコーラやオレンジジュースをカルピスで割ったり、コーヒーにココアを混ぜたり、アレンジメニューにくわしいからファミレスでは重宝する。きょうも実験と称してあれこれ試したせいで、飲み残したグラスでテーブルがいっぱいになった。

「コーヒーにコーラ混ぜたら、ビールみたいになるよ」

恭介にいわれて飲んでみると、たしかにそれらしい味がした。

「なんだこれ。めっちゃまじい」

勝也が顔をしかめてグラスをテーブルに置くと、

「さあ、うちに帰ったら、お年玉徴収しねえとな」

「たしかに。今年はいくら入るかな」

恭介が宙を見あげて指を折り、

「じいちゃんばあちゃんに会うのが面倒だけど、合計三万はゲットできそう。勝也はいくら?」

「それは教えられねえ。おまえらが傷つくから」

「マジかよ。そんなにもらってたんだ」

「だから教えられねえって。だいたい、ひと桁じゃねえし」

「やっべ。さすがセレブの息子。なんかおごってよ」

勝也の父親はＩＴ系のベンチャー企業の役員で、恭介の父親は税理士だ。駿の小遣いは毎月七千円だが、勝也は毎月三万円、恭介は二万円だからうらやましい。いいなあ、と駿はいって、

「うちはおやじがケチだから、今年からお年玉なしだって。もう最低だよ」

親がくれなくても親戚がいるだろ、と勝也がいった。

「父方のじいちゃんばあちゃんは、とっくに死んでる。母方のじいちゃんばあちゃんは山形にいるけど、田舎でめっちゃ遠いし」

「遠くても我慢して金もらいにいってこいよ。バイトより効率いいぜ」

「おふくろは今年帰らないって。山形のじいちゃんは、おやじと仲悪いんだ」

「なんで」

「じいちゃんは東大（とうだい）出の元官僚でさ。うちのおやじがリーマンなのをバカにしてる」

「おやじさん、どこに勤めてるんだっけ」

恭介が訊いた。ＦＡＢホテル＆リゾーツ、と駿は答えた。

「ＣＭで見たことある。ホテル業界じゃ大手だろ」

「そうでもない。準大手って感じ」

「おやじさんは支配人とか、そういうの？」

「ううん。本社の部長」

「ホテルなんて、かっこいいじゃん。うちのおやじの税理士事務所、めっちゃ地味」

「でも山形のじいちゃんは農家から官僚にのしあがったって、田舎じゃ立志伝中の人物らしい。だからすっげえ上から目線で、おれも嫌われてる」

「孫のおまえまでか」

「うん。勉強ができない奴はつまらんって」

「うちの高校って、そんなに偏差値低くねえぞ」

「じいちゃんにいわせりゃ、ぜんぜんだめみたい。東大出にあらずんば、ひとにあらずって感じ」

母方の祖父は去年、姉の結婚式に顔をだしたが、ずっと仏頂面(ぶっちょうづら)で披露宴が終わったとたん、そそくさと帰った。そんな調子だから正月に母の実家へいっても、お年玉をくれるのは祖母で、祖父は成績のことを訊くだけだ。

ガストでむだ話を続けて、うちに帰ってきたのは朝の九時だった。起きたのが五時すぎだから八時間以上も寝ているのにまだ目蓋が重い。


スマホで掲示板のまとめサイトを見ていたが、小腹が空(す)いて部屋をでた。リビングにいくと、赤い顔の父がソファで眠りこんでいて、母はテレビのお笑い番組を観ながら目尻に皺を寄せている。テーブルの上には、デパ地下で買ったらしいおせちの重箱がある。重箱から数の子をつまんで口に放りこんだ。母はテレビに視線をむけたまま、やっと起きたの、といった。うん。数の子をぽりぽり噛んでいたら、眠っていると思った父が薄目を開けて、

「あけましておめでとうございます、は?」

「けさ帰ったときにいったじゃん」

「聞いてない」

「はいはい、あけおめ」

「なんだ、そのいいかたは。お年玉はいらんのか」

「え、くれるの」

「かあさんがかわいそうだっていうからな」

駿は急いで膝をそろえると床に両手をついて、あけまして、おめでとうございます。おどけた声で頭をさげた。父は渋い顔で起きあがって、

「あんまり期待するな。おれとかあさんで、これだけだぞ」

ちいさな熨斗袋（のしぶくろ）を差しだした。ありがとう。駿は小声でいって、それを受けとった。ちらりとなかを覗いたら、一万円札が一枚入っていた。父は小遣いをくれるときに見せる重々しい目つきで、

「四月で三年生か。来年はもう受験だな」

「まだ先の話だよ」

「先じゃない。いまのうちに進路を考えとけ」

「考えてるよ」

「そうかあ？　きょうも朝帰りして、いままで昼寝してただろ」

「だから前もっていったじゃん。初詣いくって」

「高校の偏差値は六十ちょっとだよな」

「そんなもんだよ」

「おまえの偏差値はいくつなんだ」

「去年の全統模試は六十四だった」

母がかわりに答えた。父は眼をしばたたいて、

「六十四っていうと、どのへんに入れる」

「ＭＡＲＣＨ（マーチ）でぎりぎりってとこかしら」

「国公立のほうがいいだろ。学費も安いし」

「地方の国公立より、ＭＡＲＣＨのほうが就職あるんじゃない？」

と母が訊いた。うーん、と父はうなって、

「なんにしても、もうちょっと上を目指さなきゃ、就職で苦労するぞ」

父はＭＡＲＣＨより偏差値の高い私立大卒だから、受験にきびしい。

「うちの会社も昔はよくわからん大学でも採用してたけど、最近は書類選考で落とすからな」

「とうさんの会社に入るつもりはないよ」

「安定した会社を見つけるのは大変だぞ。東大でて官僚になれとはいわんが――」

「関係ないでしょ。おじいちゃんのことは」

母が顔をしかめた。父はにやにや笑って、

「いいじゃないか。おれは尊敬してるよ」

「煙たがってるくせに。まあ、おじいちゃんと気があうひとのほうが珍しいけど」

「公務員は縁故採用があるんじゃないか。いよいよのときは、おじいちゃんに頼んで――」

「やだよ。就職は自分で決める」

駿はかぶりを振った。それがいいわ、と母はうなずいて、

「いまの成績が実力？　まだ本気だしてないでしょ。来年の一月は、もう共通テストよ」

「まだ一年もあるじゃん」

「一年なんて、あッというまよ。いい会社に就職できるかどうか、大学で決まるんだから。本気ださなきゃ、もったいないじゃない」

「かあさんのいうとおりだ。たまには本気でがんばってみろ」

うん、と生返事をしてテレビに眼をむけた。

中学受験に備えて塾通いをはじめたのは小学校四年のときだった。両親とはあの頃から似たような会話を繰りかえしてきた。中学受験は第一志望だった私立に落ちて、公立に入った。高校も第一志望の都立に落ちて、併願校の私立に入った。

当時は自分なりにがんばったが、全力をだしきったとはいえない。両親がいうように本気をだしていなかった気もする。本気とは、恐らく妥協しないことだろう。どれだけ勉強しても、このくらいでいいと思わず、がんばり続けることだ。ただ、そんな気分になれるかどうかが問題だった。

第一志望に落ちたとはいえ、そこそこの進学校に入れたから、それほど不満はない。高校よりもはるかに重要なのは就職を左右する大学受験だ。多くの企業は大学名を問わないといいながら、就職志望の学生たちを「学歴フィルター」でふるいにかける。その企業の採用ラインに達していない大学だと、エントリーシートの段階で落とされて入社試験にさえたどり着けない。

そんな現状はわかっているけれど、就職など遠い未来に思えて緊張感が湧いてこない。就職したい会社はおろか、社会人になった自分すら見当がつかなかった。

「まあ、もうじき駿もがんばるだろ。いつもエンジンかかるの遅いけど」

「そうなのよ。とうさんに似て、のんびりしてるから」

「バカいえ。のんびりしてるところは、おまえに似たんだ」

両親はまだ自分のことを話している。お年玉をもらっただけにいままで相手をしたが、そろそろいいだろう。熨斗袋をジャージのポケットにしまって腰を浮かせたら、チャイムが鳴った。母はインターホンの前に立つとモニターを見て、あら、と声をあげた。

「どうしたの。お正月は弘人さんの実家にいくっていってたのに」

「いいから早く開けて」

姉の愛美の声がした。母は怪訝な表情で玄関にいった。まもなく姉がリビングに入ってきた。その顔を見て、ぎょッとした。うちにいた頃はコンビニにいくだけでもメイクを欠かさなかったのに、きょうは素顔で両眼が赤く腫れている。

姉はソファに腰をおろすなり、両手で顔を覆ってしゃくりあげた。姉によれば義母と揉めたあげく大阪の実家を飛びだし、その足で新幹線に乗ったという。

「急に帰ってきたら、びっくりするじゃない。前もって電話してくれればいいのに」

母がそういうと姉はうつむいたまま、

「スマホは電源切ってたし、頭がかっかしてたから——」

「いったい、なんで揉めたの」

「ゆうべ弘人の実家に着いたときから厭だったのよ。トメはキッチンでばたばたしてて、ウトは酒呑んで寝てるし——」

「ちょっと待って。トメとウトって誰？」

「トメは姑、ウトは舅」

「むこうのご両親に対して、そんないいかたはないだろう」

父が口をはさんだが姉は無視して、

「あたしたちがくるってわかってるのに、掃除も料理もしてないの」

「歳だから家事に時間かかるんでしょ」

「歳ったって、まだ四十五よ。かあさんと変わらないのに、だらだらしてるの。あたしは夜遅くまで手伝わされて、もうへとへと――」

「それくらい我慢しなさい」

「我慢できないくらい、だらしないのよ。えらいすんまへんなあ、とか、おかげで助かりますわ、とかいうだけで、なんにもしないの」

「弘人さんはどうしてたの」

「あのひともぜんぜんだめ。トメに気を遣ってばっかでマザコンぽいの。ふたりでいるときは標準語なのに、実家に帰ったら漫才師みたいな喋りかたして――」

「しょうがないでしょう。生まれが大阪なんだから」

「きょうなんか、朝早くから親戚がうじゃうじゃきて、お昼はすき焼よ。元日にふつう肉なんか食べないよね」

「どうかしら。昔の三が日はお肉をひかえてたけど」

「でしょう。で、そのすき焼がひどいの。関西風だかなんだか知らないけど、牛肉に砂糖どばどばかけて焼くから、甘くて食べられたもんじゃないわ。なのに、こっちへ嫁にきたんやさかい、浪速の味をおぼえなはれ、っていわれて――」

姉は親戚たちのぶんまで肉を焼かされたという。

「甥や姪がなれなれしいの。おばちゃん、はよ焼いて、とか、これ生焼けやん、とか文句ばっかいって。あたしは仲居さんじゃないっつーの。お年玉までむしりとられてさ」

「大変だったのはわかるけど、短気起こすなよ。むこうには、なんていって帰ってきたんだ」

父が訊くと姉は溜息をついて、なにも、といった。

「コンビニいってくるって嘘ついて、そのまま――」

「黙ってでてきちゃ、だめじゃないか。いますぐ電話しろ」

「厭よ。なんにも話したくないからスマホの電源切ってるの」

「こっちにいるって知らせなきゃ。弘人さんも心配してるでしょう」

と母がいったが、姉はかぶりを振って、

「心配なんかしてないわ。あのひととは、もう限界」

「限界って、まさか愛ちゃん――」

「うん。別れる」

ちょっと待て、と父がいった。

「結婚して半年も経たないんだぞ。実家で気まずい思いしたくらいで、なんでそんな話になるんだ」

「それだけじゃないってば。ここじゃいえないこともあるんだから。夜だってもう――」

姉がそういいかけたのを母がさえぎって、

「駿ちゃんは、あっちにいきなさい。大事な話があるから」

駿はしぶしぶ腰をあげて自分の部屋にもどった。

⑤

歩き続けて一時間ほど経った頃、焼跡のむこうに皇居の森が見えてきた。

時刻はわからないが、冬の陽（ひ）はもう傾きかけている。上野に着いた頃には暗くなっているだろう。参平はあいかわらず無言で前を歩いている。

滋は父の実家を飛びだしてから、歩くときに地面を見る癖（くせ）がついた。喰いものか金目のものが落ちていないか調べるためだが、誰もがそうする時代とあって収穫はほとんどない。ひさしぶりに長歩きをしたせいで足の指にマメができ、ふくらはぎはぱんぱんに張っている。痛みをこらえて歩いていると、勤労動員の帰り道を思いだす。

空襲のせいで都電や省線が不通になると、軍需工場のある板橋から本所まで徒歩で帰るしかない。ふつうに歩けば二時間足らずの距離だが、朝から立ちっぱなしで旋盤をまわしているだけに、わが家にたどり着く頃には足の指がぶよぶよになっていた。

昭和十九年の七月にサイパン島（とう）が陥落し、制空権を失った日本は全土が空襲にさらされた。八月から国民学校初等科を対象にした学童疎開（そかい）がはじまった。田舎に親類縁者がいる都民も続々と疎開し、富裕層の一部は別荘に移り住んだ。

灯火管制は開戦とともに敷かれていたが、B29のレーダーによる精密爆撃や夜間爆撃の照明弾に対して効果は薄い。空襲に備えて町内では各家庭に防火用水槽を設置し、警防団員（けいぼうだんいん）の指示で防火演習を実施した。隣組（となりぐみ）の主婦たちはバケツリレーをして、焼夷弾（しょういだん）に見立てた発煙筒を濡（ぬ）れた布団やムシロ、砂や土で消す練習をおこなった。竹竿（たけざお）の先に縄をくくりつけた「火叩き」という消火用の道具も家庭に常備された。

当時は防空法によって住民は退去を禁じられ、消火義務を課せられていた。政府は情報統制によって「焼夷弾は怖くない」と宣伝しており、国民の多くが簡単に消せるものと思っていた。事実、焼夷弾による火災を主婦たちが鎮火したこともあったが、そうした例は偵察程度の小規模な空襲や住居がすくない郊外に限られていた。

発火剤とナパーム油脂(ゆし)で広範囲を焼きつくす油脂焼夷弾、テルミット反応によって三千度の高温を発するエレクトロン焼夷弾、白煙とともに大爆発する黄燐(おうりん)焼夷弾、それらが何万何十万発と降り注ぐなかで原始的な消火法は意味をなさない。

焼夷弾の威力は口づてに伝わり、空襲警報のサイレンが鳴ると、誰もが防空壕に駆けこんだ。当時はラッキョウと赤飯を食べれば、焼夷弾に当たらないという迷信があった。すでに食料不足でラッキョウも赤飯も手に入らなかったが、そんな迷信にすがるほど戦局は悪化していた。

十一月一日、東京の空にB29がはじめて姿をあらわして以降、たびたび空襲警報が発令され、防空壕に避難する日々が続いた。本所区は十一月の終わりに大規模な空襲を受け、多数の罹災者(りさいしゃ)をだしたが、滋の家は無事だった。

母は食事のたびに陰膳(かげぜん)を供え、父の写真に手をあわせた。父は毎月、戦地から手紙を送ってきた。手紙が届くたび、母と額をくっつけて読んだ。軍事郵便だけに戦地の場所や戦況にはいっさい触れず、母と滋をはげます言葉が綴(つづ)られていた。

深夜、眼を覚ますと、母が布団のなかで手紙を読みかえしていることが何度かあった。気づかぬふりをしていたが、声を殺して嗚咽(おえつ)する気配に胸が苦しかった。

その頃になると食料不足はさらに深刻化して、さすがの母もまともな料理は作れなくなった。肉類が食卓にのぼるのは皆無で、魚介類はイワシかイカがたまに配給されるだけだった。

玄米の配給すら途絶えて、主食は「スイトン」になった。スイトンは乾燥した大豆やトウモロコシ、あるいは雑穀を粉にして団子状に固め、汁で煮たものだ。汁にダシはなく味付けは塩か醤油だ。その醤油も海藻をどろどろに煮込んで作る「代用醤油」で、魚の腐ったような臭いがした。

卵の配給は粉末の「乾燥卵」になった。水でもどすのに一時間以上もかかるうえに、すり鉢ですらないと使えず、味もふつうの卵にはほど遠い。

政府は野菜の自給自足を呼びかけ、食料増産のために公園やゴルフ場、学校の校庭や空き地が開墾されてイモ畑になった。家庭では手間のかからないカボチャの栽培が奨励され、滋の家でも猫の額ほどの庭に種をまいた。

都内では一般の食堂が営業できなくなり、かわりに「雑炊食堂」が開設された。雑炊食堂は百貨店や喫茶店、ビヤホールの一部を店舗として使い、外食券で丼に八分目ほどの雑炊を食べさせた。雑炊といっても米はほとんどなく、野菜のクズを煮込んだものだったが、開店前から長蛇の列ができて、あッというまに売り切れた。

江戸川区に住んでいた母方の祖父母が亡くなったのは、十二月初旬の空襲だった。祖父は足が不自由だった祖母を避難させようと、リヤカーに乗せて家をでたところで焼夷弾の直撃を受けた。正確には祖父母を直撃したのは焼夷弾ではなく、何十発もの焼夷弾を束ねる「モロトフのパン籠」と呼ばれるコンテナだった。

父方の祖父は滋が生まれる前に祖母は幼い頃に逝ったから、これで両祖父母がいなくなった。祖父母が住んでいた家も灰になり、遺品といえばぺちゃんこに潰れたリヤカーだけだった。

母は気丈で涙を見せなかったが、焼け焦げたリヤカーに触れた指先は小刻みに震えていた。祖父母にはかわいがってもらっただけに、涙をこらえるのに苦労した。しかし本土決戦になれば自分も遠からず死ぬのだと思うと、あきらめの感情が湧いた。

戦時下のうえに身内がすくないとあって葬儀は簡素で、疲れた顔の僧侶が早口で経をあげた。遺体は損傷が烈しいという理由で対面できず、すぐさま火葬場に運ばれた。火葬場は棺桶が山積みになり、遺族でごったがえしていた。

無惨な死を遂げたとはいえ、祖父母は火葬場に送られただけましだった。空襲が激化するにつれ、遺体の数は火葬場の処理能力を超え、地域によっては火葬場そのものが被害に遭った。臨時の火葬場があちこちに設けられたが、それでも追いつかず葬儀すらしない家も珍しくなかった。


年が明けて昭和二十年になった。

前年の十一月から一月の末までに本所区は四回の空襲に見舞われたが、滋の家はいまだに焼け残っていた。同級生も罹災者が増えて、親戚や知人の家から工場に通っていた。馬喰町に住んでいた参平の借家は正月早々に焼けたが、本人と父親は無事だった。いまは牛込にある父親の実家に身を寄せているという。

「家が焼けるくらい予防注射みてえなもんさ。どうせ順番がくるなら早いほうがいい。軀ひとつってェのは気楽だぜ」

さばさばした表情で語る参平を見ると、自分の家が焼けていないのが後ろめたくなった。罹災者は役所や警察署が交付する罹災証明書を示せば、長い行列にならぶことなく、すぐに配給が受けられる。鉄道の切符は優先的に買え、食料の特別配給――特配もあるだけに罹災者をうらやむ声もあった。

二月に入ってまもない寒い朝だった。役場の兵事係がふたたびわが家を訪れた。父の召集令状を持ってきた中年男だ。男は以前とおなじようにうやうやしく一礼すると、一通の封筒とともに白木の箱を差しだして無表情でいった。

「里見正様のご英霊が帰還なさいました。名誉の戦死です」

男がきた時点で母は蒼白な顔になっていたが、ていねいに頭をさげてそれらを受けとった。封筒に入っていた戦死公報には「昭和十九年十月十七日、時刻不明、比島方面の戦闘に於て戦死」とあった。

父からの手紙は九月を最後に途絶えていたから、厭な予感はあった。母とは戦地での任務が忙しいからだろうと話していたが、三か月以上も前に戦死していたとは思わなかった。

白木の骨箱はやけに軽く、揺するとカラカラ乾いた音がした。骨箱のなかには黒ずんだ石がひとつ入っているだけで遺骨はなかった。

兵事係の男が帰ってから母は壁にむかって坐りこみ、細い肩を震わせていた。滋は悲しみよりも怒りが先にたって、卓袱台の上の骨箱を押しのけると、

「こんな石ころ持ってきやがって。あいつは死神だッ」

「そんなこといってはだめ。あのひとだってつらいのよ」

母は湿った声で咎めた。比島方面というだけでは、父がどこで死んだのかわからない。骨箱の石は戦地のものだというが、遺骨や遺品がどうなったのかも不明だった。

戦争初期までは、帰ってきた遺骨を自治体がまとめて公葬をおこなった。戦死者を称えることも戦意高揚の一環だったのだろう。だが戦争が激化すると戦死者が膨大になって対応しきれなくなったのか、公葬はおこなわれなくなった。

父のように遺骨が帰ってこないことも多く、長兄が戦死した同級生によれば、骨箱には故人の氏名

を書いた紙きれだけが入っていたという。遺族は仕方なく遺骨なしで葬儀をあげたが、滋の父もそうするしかなかった。祖父母のときと同様、僧侶が経をあげただけで葬儀は終わりだった。

母は石の入った骨箱の前に父の遺影と線香を供えて、朝夕手をあわせた。四十九日はとうにすぎているから、納骨は一周忌にしようと母はいった。けれどもそれは実現できなかった。三月十日を境に、すべてが一変したからだ。


その夜、布団で眠っていると、どーんッ、という音で眼を覚ました。

遠くで爆撃があったような音だったが、空襲警報は鳴っていない。母はすでに起きていて、灯火管制の暗闇のなかで耳を澄ましていた。風が強い夜で雨戸ががたがた鳴っている。冷えこみもきびしく布団に半身を起こしたら、寒さで胴震いがした。壁の振り子時計の針は零時をまわっている。

ゆうべは十時半頃に警戒警報が鳴ったが、すぐに解除された。つけっぱなしのラジオからはひび割れた音楽が聞こえるだけで、ブザーの音とともにはじまる東部軍管区情報も流れない。

「変だね。空襲じゃないのかな」

滋が首をかしげたとき、ウーウーと胸騒ぎをかきたてるサイレンが鳴りだした。空襲警報だ。続いてカンカンカンと火の見櫓(やぐら)の半鐘(はんしょう)が鳴り、地鳴りのようなB29の爆音が近づいてきた。戸棚の茶碗や皿がカタカタと震える。

「こっちにきそうだね。早く防空壕へいこう」

母は防空頭巾をかぶり、非常袋を肩にかけた。

非常袋には乾パンや缶詰などの食品、救急用の赤チンやガーゼを詰めてある。当時は空襲に備えていつも学生服にゲートルで寝ていたから、すぐ外にでられる。滋はすばやく布団をでると、先祖の位牌（いはい）や貴重品を詰めた背嚢を背負った。

その頃になって、ラジオがようやく空襲警報の発令を告げた。

母と玄関にいったとき、ざあーッ、ざあーッ、と竹箒（たけぼうき）で床を掃（は）くような音がした。焼夷弾の落下音だ。ひゅーひゅーという音は落下地点が離れているが、濁った音は近い。まもなくいくつもの爆発音が床を震わせ、窓の外が明るくなった。滋は思わず立ちすくんで、

「近いよ。すぐそこだよ」

「こんなのは、はじめてだね」

母がいつになく険しい表情で玄関の引戸を開けた。

とたんに、ばーんッ、と背後で轟音（ごうおん）が響いて家が大きく揺れた。振りかえったら、焼夷弾が天井を突き抜けて廊下に火柱があがっている。滋はあわてて踵（きびす）をかえすと、

「大変だ。火叩きとってくる」

「もうだめ。逃げるよッ」

母に急かされて外に駆けだした。あたりはすでに火の海で近隣の家々が燃え狂っていた。ふたりは火の粉が降り注ぐ路地を走ったが、近くの防空壕はどこも満員で入れない。母は唇を噛んで、

「しょうがない。大横川（おおよこがわ）にいきましょう」

大横川は本所区を南北に流れる運河だ。母と手をつないで、ふたたび走った。走りながら空を見あげると、超低空を飛ぶB29の大編隊が炎を照りかえして銀色に光っていた。巨大な鯨の腹のようなジュラルミンの機体は不気味なほど美しく見えた。

空の美しさとは対照的に、地上は阿鼻叫喚の火炎地獄だった。大勢のひとびとが逃げまどう路地は炎のせいで自分の影が見えるほど明るい。肌を焦がす熱風が吹き荒れ、息をするのも苦しい。火の粉を避けるためか、何人かが頭から布団をかぶって逃げている。しかしまったくの逆効果で布団の綿に火がついて、たちまち火だるまになった。

「防空壕はあぶないぞッ」

「そっちにいくなッ。深川はもう焼けてるッ」

あちこちで怒号や悲鳴が響く。どの情報が正しいのかわからない。火の粉は無数の蛍のように宙を舞い、ひとびとの髪や服に燃え移った。火を消そうとして地面を転がりまわる姿がそこかしこにあったが、助ける余裕はなかった。

焼夷弾のなかにはゼリー状のナパーム油脂を撒き散らすクラスター焼夷弾があり、この油脂がへばりついたら最後、軀が黒焦げになるまで燃え続ける。

近所でよく見かける男の子が血まみれになっていて、両親が戸板で運んでいった。学校帰りに通った駄菓子屋が紙細工のように崩れ落ち、真っ赤に焼けたブリキ板が顔をかすめる。

尋常小学校の同級生で幼なじみのサッちゃんが母親と路地を駆けていく。深川のほうへむかっているようだから大声で呼び止めた。

「サッちゃーんッ」

滋の声は炎と風の音にかき消され、ふたりの姿は見えなくなった。サッちゃんのことが心配だったが、あとを追う余裕はない。無我夢中で走っていたら、

「おい、燃えてるぞッ」

すれちがいざまに男の声がした。振りかえると、いつのまにか背嚢が炎をあげている。急いで投げだした背嚢は一瞬で火の玉に変わり、背後へ飛んでいった。

火勢はますます強くなり、熱風と煙で眼を開けていられない。煙に咳きこむ母の背中をさすって、なおも走った。ようやく大横川にたどり着いたときには涙で視界がかすみ、喉は渇ききっていた。

母は菊川橋を渡ろうとしたが、橋は大勢のひとびとで埋めつくされている。ふたりは行き場を失って、あてもなく右往左往した。燃え盛る炎は周辺を舐めつくし、川の両岸から迫ってくる。

「ここにいちゃだめだ。川ンなかに入ろう」

滋がそういったとき、すさまじい爆発音が響いて地面がぐらぐら揺れた。思わずよろめいて地面に膝をついた。その弾みで母の手を放していた。あわててあたりを見まわしたら、さっきまで背後にあった民家が崩れ落ちている。黄燐焼夷弾の爆発らしい。母はうつぶせに倒れていて、腰から下に材木や瓦が積み重なっていた。

「かあさんッ」

急いで駆け寄ると、母はおもむろに顔をあげた。同時に母の防空頭巾が燃えあがった。母は菩薩像のようにおだやかな表情で、早く逃げろといいたげに右手を振った。その手をつかもうとした瞬間、火の粉とともに猛烈なつむじ風が襲ってきた。

たまらず眼を閉じたら、誰かがぶつかってきて川に転げ落ちた。軀が水中に沈みこみ、火災で温まった水が鼻と口から入りこんで烈しくむせた。必死で水を搔いて川面に浮かびあがったが、水中には溺れかかったひとびとがいて軀につかまってくる。滋も溺れかけながら声を限りに叫んだ。

「かあさんッ、かあさーんッ」

返事のかわりに、川の両岸から熱風とともに炎が押し寄せてきた。たちまち髪が焼け焦げ、水中に潜った。そのままもがくように泳いだが、息継ぎするたび炎が顔を舐める。それを何度か繰りかえして、とうとう力尽きたとき、誰かが腕をつかんだ。


われにかえると粗末なボートにひきあげられていた。川の両岸はいまだに燃え盛っていたが、ボートにはぎりぎり届かなかった。船上には黒く煤（すす）けた顔のひとびとが肩を寄せあい、男たちが懸命にオールを漕（こ）いでいた。どのくらい経ったのか、火勢がいくぶん弱まり空が白んでくると、

「助かった――」

あちこちで安堵（あんど）の声が漏れた。滋も誰かに肩を叩かれて、

「おい助かったぞ。おたがい運がよかったなあ」

そう声をかけられたが、魂が抜けたような気分で返事もできなかった。川面にはおびただしい屍体（したい）が筏（いかだ）のように固まって、ゆっくり流れていた。

岸にあがると同時に、大急ぎで母と別れた場所にひきかえした。だが母の遺体はおろか、母が下敷きになった民家の痕跡すらない。真っ黒いマネキン人形のような焼屍体が至るところに積み重なり、それをまたぎ越さなければ前に進めなかった。

防火用水槽に上半身を突っこんだ顔だけ白い屍体。煙に巻かれ窒息（ちっそく）した蠟人形（ろうにんぎょう）のような屍体。焼夷弾の直撃や機銃掃射でボロ切れのようになった屍体。牛馬（ぎゅうば）や犬猫の屍体もたくさんあった。

わが家にもいってみたけれど町そのものが焼失し、なにもかも灰になっていた。隣組のひとびとも町内の住人も、顔見知りは誰ひとりいなかった。ただ、わが家があったあたりに焦げた背嚢が落ちて

いた。自分が持っていた背嚢ではなく中身は空っぽだったが、それを拾って焼跡をさまよった。どこまでも続く焼跡には、煙のせいで眼を真っ赤に腫らしたひとびとがよろよろと歩いていた。屍体にとりすがって、獣がうなるような声で泣いているひともいる。

あれから自分はどうしたのか。罹災証明書をもらおうと本所区役所にいったが、建物は黒焦げで誰もいなかった。やむをえず西荻窪（にしおぎくぼ）にある父の実家にいった。父の実家には叔父一家が住んでいる。

西荻窪に着くまでのことは、ほとんどおぼえていない。長い距離を歩いたはずなのに、きょうとちがって空腹も疲れも寒さも感じず、悲しみの感情さえ抜け落ちていた。

痛む足をひきずりながら、あのときの記憶をたどっていると、

「おい、あれ見ろよ」

参平が高台にある神社を指さした。見おぼえがあると思ったら、幼い頃に両親と参詣（さんけい）にいった神田（かんだ）明神（みょうじん）だった。ようやく神田まできたらしい。

「きょうは元日だろ。初詣にいかなくていいかな」

「神も仏もねえって糞坊主がいっただろ。拝んだってむださ」

すこし歩いたところで、参平がまた前方を指さした。焼跡のかなたに木々が茂った小高い丘が見える。なにかと思って眼を凝らしていたら、

「わかんねえのか。上野のお山だよ」

空襲で焼け野原になったとはいえ、神田から上野の山が見えるのに驚いた。

「さあ、ノガミに着いたら、腹いっぱい銀シャリ喰うぞォ」

参平は弾んだ声をあげた。

6

ジャージ姿の体育教師がホイッスルを鳴らし、生徒たちが白い息を吐いて走りだした。駿は教室の窓から校庭を眺めていた。教室は三階で自分の席は窓際にある。きのうは成人の日で三連休だったから、頭がぼんやりしてふだんの調子がもどらない。

今年は暖冬できょうも暖かいのに、教室のなかは息苦しいほど暖房が効いている。サウナにいるような気分で意識が朦朧となるが、寒がりの女子がいるせいで暖房は弱められない。

「いいかァ。ここ大事だぞォ」

千野の声に視線をもどしてシャープペンシルを手にした。

担任の千野雅史が教壇でホワイトボードにマーカーを走らせている。現文——国語の授業は退屈だ。教科書に書いてあることをいちいち板書するのは時間のむだだが、千野はいつもそうする。三十七歳なのに十は老けて見えるのと、苗字の千で「フケセン」というあだ名で呼ばれている。

昼休みが近づいて教室がざわついてきた。肩が凝ったふりをして腕をまわし、隣の席に眼をやった。早川真央は机から顔をあげたりさげたり、律儀にノートをとっている。こちらの視線に気づいたのか眼があいそうになったから、あわてて前をむいた。

いまどきノートをとらなくても、スマホでホワイトボードを撮影すればいい気もする。いっそ電子黒板にして板書したデータを渡してくれれば、さらに早い。もっともノートをとっているのは真央のようにまじめな生徒だけで、大半はスマホでこっそりラインのやりとりをしている。すぐ後ろの席の勝也と、その隣にいる恭介もそうだ。

駿もときおりトークに参加するが、長くはやらない。メッセージが送られてきたのに放っておくと、勝也はいらだって背中をこづく。それでも無視していたら休み時間に責められる。

「なんでシカトすんだよ」

「たまには授業聞かなきゃ、やばいじゃん」

ほんとうの理由は、サボっているのを真央に見られたくないからだ。真央は授業中に私語はしないしスマホもいじらない。そのせいで女子のなかでは浮き気味だが、染めていない髪やほとんどノーメイクの顔はかえって新鮮だ。彼女とは期末の席替えで隣になってから、ときおり言葉を交わすようになった。もっとも勝也や恭介の眼が気になって思うように話せない。放課後も勝也たちが一緒だし、真央は調理部の部活にいってしまう。

「つまりィ、この作家が伝えたかったことはァ——」

板書を終えた千野が癖のある節回しで喋りだした。千野は自分の解釈を押しつけてくるが、小説やエッセイに正解があるとは思えない。授業にでた内容を丸暗記すれば、とりあえずテストの点数は稼げる。けれども肝心の文章の書きかたや表現については学べないから実用性に乏しい。


チャイムが鳴って昼休みになった。

勝也と恭介と教室をでて一階の学食にいった。昼食は弁当を持参する生徒が七割くらいで、あとは学食かコンビニを利用している。駿も一年生までは弁当だったが、母は料理が不得手で彩りも盛りつけも悪い。クラスのみんなに見られるのが恥ずかしいし、すこしでも小遣いを増やしたいから、

「いつも弁当作るの大変でしょ。昼はあんま食欲ないから、学食かパンでいいんだけど」

そう切りだしたら、弁当はあっさり中止になって千円の昼食代をくれるようになった。母も弁当作りに負担を感じていたらしい。

学食はちいさなファミレスほどの広さで、窓際のカウンター席とテーブル席がある。壁際に大型の液晶テレビがあって、昼のバラエティ番組が好きな連中がその前に陣取っている。隣のカフェではパンやデザートやドリンク類を販売している。

三人は券売機で買った食券を配膳カウンターにだして料理を受けとると、トレイに載せてテーブル席に運んだ。駿はハンバーグと目玉焼のランチ、勝也は週替わりのトマトパスタ、恭介は鶏の唐揚げと白身フライにマヨネーズをかけたミックスマヨ丼を注文した。値段はランチが四百円、パスタが三百五十円、ミックスマヨ丼が四百五十円だ。

勝也はミックスマヨ丼をかきこむ恭介を横目で見て、

「おまえ油とりすぎ。顔テカってんぞ」

「冬は脂肪を蓄えたほうがいいんだよ。寒くても風邪ひかねえから」

「おまえは冬眠中の熊かよ。デブで毛深くてオイリーだと、女にモテねえ三重苦だな」

「勝也だって女いねえじゃん」

「いねえんじゃなくて作らねえの。うちのクラスの子ってイマイチだから」

「いえる」

「そこで同調すんなよ。女なら誰でもいいくせに」

「たしかに。つーか、やっぱ唐マヨ旨(うめ)え」

勝也はパスタをだるそうにフォークでたぐって、

「学食の揚げもの、衣多すぎだろ。量を増やしたいんだろうけど」

「中坊の頃よりましだよ。毎日パンだったし」

「焼そばパン、人気あったな」

と駿がいった。恭介が舌なめずりをして、

「マヨ多めが最高。あと、まんなかへんの紅ショウガが激ウマ」

「学校の売店じゃ、ほかに喰うもんねえから旨く感じるんだよ。ベタな学園ものにでてくるじゃん。ヤンキーがパシリに買ってこさせたりとか、焼そばパン争奪戦とか――」

勝也はそういってフォークを皿に放りだした。あいかわらずダイエット中らしくパスタは半分以上残している。駿はハンバーグと目玉焼だけ食べてキャベツと味噌汁は残した。

学食には、去年ヒットした米津玄師の「Ｌｅｍｏｎ」が流れている。昼休みに音楽をかけるのは放送部だが、女子受けしそうなＪ－ＰＯＰが多くて好みにあわない。

「沖縄いったら、なに喰おっかな」

と恭介がいった。来週は沖縄へ三泊四日の修学旅行だ。連休前にもらった行程表は小冊子になっていて、表紙に「平和学習の旅」とあった。一月に修学旅行なんて時期が悪いんだよ、と勝也がいった。

「期末試験のあとがいいのに」

「それな。まだ泳げないし」

「つーか着いていきなり、ひめゆりの塔はないっしょ」

「ひめゆりの塔って心霊スポットだろ。心霊写真撮れたりして」

「二日目はなんだっけ」

「水族館とか平和学習じゃなかった？」

「いらね。最終日のホテルは国際通りに近いだろ。おれクラブいきてえんだよな」

「十八歳未満は入場禁止だろ。やばくね？」

「平気平気。ＩＤチェックねえとこもあるし、おまえ老けてるから顔パスだよ。ただエントランス代とドリンク代がいるけどな」

「いくらぐらいすんの」

「ハコにもよるけど、三、四千円くらいじゃね。つーか早く喰えよ」

恭介が食べ終わるのを待って学食をでた。

ふだん昼食のあとはカフェでスイーツを食べたり、スマホでゲームをしたりしてすごす。きょうもカフェにいったが、券売機の前で勝也がスマホに眼をやって、

「やっべ、もう五パー切った。おまえら充電器持ってね？」

駿と恭介はかぶりを振った。勝也は舌打ちして、

「コンビニいこうぜ。安い充電器買うから」

「そんな時間ないよ。教室でやればいいじゃん」

と駿はいった。コンビニの行き帰りで昼休みが終わってしまうし、外へでるのは億劫だった。しかし勝也はバッテリーが切れるのに耐えられないようで、

「教室のコンセントは、どうせふさがってる。いいからつきあえよ」

「じゃ、いこっか。モンブラン喰いたいし」

と恭介がいった。断りづらい状況にしぶしぶ歩きだしたが、不意に尿意を催した。

「ごめん、ちょっとトイレ」

勝也は冷ややかな眼でこっちを見て、コンビニいきたくねえんだろ、と訊いた。

「そんなんじゃない。マジトイレだって」

「わかったわかった。おれたち先いくわ」

さっさと廊下を歩いていった。勝也のわがままには疲れるが、文句をいえばなおさらキレるから黙っている。ひとりではカフェにいく気がせず、トイレにいったあと教室にむかった。

階段をのぼっていると、踊り場で真央にばったり出くわした。

「あ、早川さん」

思わず間の抜けた声をあげた。真央はきょとんとした表情で足を止めた。それでますますどぎまぎして、いまから学食いくの？　と訊いた。

「ううん、飲みもの買おうと思って。あたし、いつもお弁当だから」

「そっか。そうだよね」

照れくささに肩をすくめて歩きだしたとき、ちょっといい？　と真央がいった。駿は急ブレーキがかかったように足を止め、彼女を振りかえった。

「洲崎くんのおとうさんって、ホテル関係に勤めてるんでしょ」

「うん。ＦＡＢホテル＆リゾーツって会社」

「有名だよね。あたしも将来そういう仕事したいな」

「そうなんだ。だから調理部なの」

「うん。パティシエにも興味ある。で、来月でいいんだけど、調理部で会社見学ってできるかな。こんど新入生を勧誘するためのパンフ作るから、それに記事を載せたくて――」

「おやじに訊いてみるよ。たぶん大丈夫だと思う」

「ありがとう。じゃ結果がわかったら教えてね」

真央は微笑したが、いまにも去っていきそうな気配に鼓動が速くなった。いまこそ連絡先を訊く千載一遇のチャンスだ。駿は緊張で口のなかが渇くのを感じつつ、

「あ、あのさ、ラインとかやってない？」

「やってたけど、やめた。返信が大変だし、意味不明な話が多いから」

「たしかに、めんどいときあるよね。ハブられるのが厭だからやってるけど――」

「そうだ。あたしのメアド教えとくね」

駿は胸のなかで快哉を叫んだ。

きょうの夕食はビーフシチューだった。ほかにはカボチャのミニコロッケ、生ハムとルッコラのサラダ、アスパラのベーコン巻。ぱッと見は豪華だが、母が作ったのは市販のルーを使ったビーフシチューだけで、あとはデパ地下の惣菜だ。

「最近とうさんの帰りが早いから、すぐ食べられるほうがいいでしょ」

母はそういいわけするが、父の帰りが遅いときはもっと出来合いが多かった。とはいえ母が一から料理を作ると失敗が多いから下手に刺激しないほうがいい。カレーのルーがダマだらけだったり、チャーハンが粘土状になったり、おにぎりからハンドソープの匂いがしたりする。

姉も似たような性格で料理のセンスはまったくない。うっかりまずいといったが最後、

「どうしてそんなことというの。あたしが一所懸命作ったのに――」

逆ギレするのも母とおなじだ。

姉は元日に帰ってきたとき、もう離婚すると息巻いていたが、両親になだめられてしぶしぶ大阪にもどった。姉が離婚を思いたったのは義父母との不仲だけではなく、夫の夜遊びが原因らしい。夫の久保（くぼ）弘人は細面で背が高く、いかにも女好きしそうな雰囲気だった。

姉とは職場結婚で、勤務先は中堅どころの保険会社だ。去年短大を卒業した姉は、新卒で入社して東京本社で弘人と知りあった。去年の夏、弘人が大阪支店へ異動になると、姉は結婚したいといいだした。両親はまだ早いと反対したが、

「遠距離恋愛（エンレン）はお金もかかるし、気持がすれちがうの。もし弘人と別れたら一生後悔する。だから結婚させて」

秋にスピード結婚したのに、いまから揉めるようでは先が思いやられる。

父がテーブルのむこうでグラスのビールを呑み干して、

「なんだ、こいつらは。はたちにもなって――」

テレビの画面には、きのうの成人式の様子が映っている。派手な羽織袴（はおりはかま）の男たちが大声をあげたり壇上に駆けあがろうとしたり、会場で騒いでいる。例年よりも騒ぎはすくなかったようだが、横浜では新成人の殴りあいが起き、茨城では酔った新成人が会場のドアを壊して逮捕されたらしい。

母が父のグラスに缶ビールを注（つ）ぐと、

「いいんじゃない。ちょっとくらい騒いでも」

「迷惑じゃないか。そんなに騒ぎたきゃ、どこか人里離れたところで騒ぎゃいい」

「こういう子たちは、いましか楽しめないのよ。どうせ学歴はないし、まともな就職もできない。これから先は社会の底辺で生きるんだから」

「かもしれんが、大人のすることじゃない。おれたちの成人式なんて静かなもんだった」

ふと大晦日のカウントダウンを思いだした。あのとき自分たちも路上で騒いでいたが、新年に興奮したわけではない。やり場のないなにかに、吐きだしたいなにかに衝き動かされた気がする。

テレビで、中国の湖北省武漢市で発生したウイルス性肺炎のニュースが流れた。ウイルス性肺炎は昨年暮れに感染が確認されたが感染源は不明で、複数の患者をだした海産物市場が消毒のために閉鎖されたという。

「SARSみたいなのかしら」

と母がつぶやいた。かんべんしてくれ、と父がいって、

「あのときはホテルのキャンセルが多くて大変だったんだ」

「でも日本はたいしたことなかったでしょ。テレビは大騒ぎしてたけど」

「うちはホテル以外に旅行代理店の業務もあるから、こういう噂だけで業績に響く」

ビーフシチューは煮込みが浅く、ジャガイモやニンジンは角が立っている。牛肉も硬くて嚙むのに顎が疲れるが、我慢してスプーンを口に運んだ。タイミングを見計らって会社見学の件を切りだすと、父はむずかしい表情になって、

「おれは本社勤務だからホテルの案内はできんぞ」

「でもホテルは見学させてくれるんでしょ」

「広報にいえば、なんとかなるだろ。おれを通さなくてもいい」

「でも調理部の子は、とうさんに相談してくれっていったんだよ」

「わかったわかった。担当者に話しとく」

「結局だめだった、ってことはないよね」

「それはないと思う。ただ会社の都合があるから、いつになるかわからんぞ」

駿は勢いよくうなずくと、スマホを手にして真央にメールを打った。

⑦

滋は背嚢を背負ったままコンクリートの床で膝を抱えていた。

尻に敷いた新聞紙を伝って、冷気がしんしんと這いのぼってくる。尻が凍ってしまいそうな冷たさに腰を浮かすが、そんな姿勢では眠れない。うとうとするたび腰をおろしては、尻の冷たさに眼を覚ます。背嚢を尻に敷きたいけれど、なかに丼が入っているし、背負っていれば背中が暖かい。

隣にしゃがんでいる参平も尻が冷えるから腰をもぞもぞ動かしている。時計がないので時刻はわからない。ただ夜が更けていくにつれ、床の冷たさと息苦しさが増していく。

暗くせまい空間に何百人ものひとびとがひしめきあっている。参平とならんで膝を抱えているのがやっとで、横になることすらできない。

上野駅の地下通路――ひと呼んで「地下道」である。

地下道の住人に聞いたところでは、昭和二十年三月十日の東京大空襲の直後、罹災者たちは焼け残った上野駅に集まった。はじめは縁故の者を捜したり雨露をしのいだりしていたが、行き場のないまま地下道で寝起きするようになったらしい。

上野にきて半月が経った。ノガミに着いたら腹いっぱい銀シャリを喰う、と参平はいった。上野の闇市は渋谷に勝るとも劣らぬにぎわいで、食料品から日用品までありとあらゆる物資が売られていた。活気があるのを通り越して誰もが殺気立ち、眼を血走らせている。

喰いものを恵んでくれる者は皆無で、金がなければ米粒ひとつ手に入らない。なんでもいいから職にありつこうと片っぱしから露店に声をかけたが、けんもほろろに断られた。

痺(しび)れを切らした参平は、またかっぱらいを企てた。汁粉(しるこ)屋の店先で隙を窺っていたら、十歳くらいの少年が売上げの入ったザルをひったくった。真冬だというのに半袖シャツに裸足だ。少年が走りだしたとたん、店主の老人が叫んだ。

「泥棒だあ。捕まえてくれッ」

近くでサイコロ賭博をしていた男たちが少年を取り押さえ、袋叩きにした。血まみれになった少年はどこかへひきずっていかれたが、子どもでも手加減しない殴りかたに戦慄(せんりつ)した。参平もこれにはおびえて、かっぱらいはあきらめた。

冷えこみがきびしいときは外にいられず、上野駅の駅舎に入った。駅舎のなかは食料を求めて農村にむかうひとびとであふれていた。いわゆる「買出し列車」は殺人的な混雑で、走行中も開いたままの窓や扉から乗客がはみだしている。そんな列車に長時間乗って農村にたどり着いても、

「金はいらん。野菜が欲しけりゃ、ものを持ってこい」

インフレで金の価値がさがっているから、そういわれる。高価な着物や貴金属と引き換えでなけれ

ば、農家は米や野菜を売ってくれないという。

滋と参平も農村へ物乞いにいこうと考えていたが、それを聞いて意欲が失せた。買出し列車に何時間も乗ってむだ足を踏むくらいなら、上野駅にいたほうがましだ。といって駅舎にも長くはいられない。終列車がでる頃に駅員から追いだされ、行き着く先は地下道しかない。

複雑に入り組んだ地下道は風が吹きこまないし、ひとびとの体温のおかげで外よりずっと暖かい。だが環境は最悪だった。地下道の住人たちは冷たいコンクリートの床で寝起きするから、ほとんどの者が腹をくだしている。

そのせいで地下道にはいつも糞便の臭いが漂っている。寒い夜は足の踏み場もない混雑だから、外で用を足すには大勢の人間をまたいでいかねばならない。それだけでも面倒だが、いったん場所を空けたら、さっきまでの居場所は誰かに奪われる。

したがって男女を問わず、その場で用を足す。小は壁にひっかけるか垂れ流し、大は壁際に置いたバケツに腰をかがめる。もはや立ちあがる力もなく、眠ったまま漏らしてしまう者もすくなくない。床には糞便だけでなく嘔吐物や腐敗した食物も散らばっているだけに、すさまじい臭いが充満し、シラミやノミや南京虫も大量に繁殖している。まれに地下道を通る一般人は、鼻をつまんで顔をそむけて走り抜けた。

地下道の住人たちは、みな顔も手足も垢で真っ黒だった。蓬髪という言葉のとおり髪は伸び放題のヨモギ頭で、ぼろ雑巾のような服にはシラミやノミがたかっていた。

世間は地下道で暮らす大人を「浮浪者」、子どもは「浮浪児」と呼んだ。浮浪児は戦災で親を失った孤児たちで、十歳前後の男の子が多かった。女の子も少数いたが外見が汚れきっているせいで、よく見ないと性別はわからない。

　滋と参平は地下道で暮らすようになって、とりあえず凍死はまぬがれた。けれども飢えは一段と深刻になった。地下道にきてまもない頃、

「あーあ、腹減ったな」

　参平がつぶやいたとたん、近くにいた老人に怒鳴りつけられた。

「そんなこたあ、ここじゃあたりめえなんだッ。二度と腹減ったなんていうな」

　老人は禿げ頭で仙人のような白い鬚(ひげ)を長く伸ばしている。地下道に住んで長いらしく、浮浪者や浮浪児からは「鬚将軍」と呼ばれていた。

　鬚将軍は、いつも地下道の真ん中あたりの壁際にいる。入口付近にくらべて風は吹きこまないし、壁が背もたれになる特等席だが、彼が留守でも席を奪う者はいない。たまに新入りの浮浪者がそこに坐ろうとすると、古参の連中が追い払う。鬚将軍にわけを訊くと、

「おれあポリ公にも顔がきくからな。地下道(ここ)のことなら、なんでも訊け」

　鬚将軍によれば、喰いものや金に関する言葉は周囲を刺激するから禁句だという。どうしても口にしなければならない場合は小声で喋るか、べつの言葉を使う。

　そういわれても無一文で喰いものを得るには、拾うかもらうか盗むかしかない。だが上野駅のゴミ箱はすっかり漁(あさ)られて残飯は皆無だった。物乞いをしようにも、もっと幼くなければ同情してもらえない。盗みをすれば袋叩きが待っている。うまく逃げおおせても誰かに見られていたら、あとで捕まるかもしれない。

「盗みなんかしなくたって、じきに狩り込みで捕まるぞ」

と鬚将軍はいった。

「狩り込み」とは、すなわち浮浪者狩りだ。連合国軍総司令部（GHQ）から浮浪者ならびに浮浪児を一掃するよう要請を受けた政府は、警官を動員して強制収容をはじめたという。

「捕まった浮浪児は、どうなるんですか」

「養育院に送られる。警察は保護するなんていうけど、名目だけよ。養育院から脱走した奴がいうには、せまい檻に閉じこめられるそうじゃ」

食事はろくに与えられず、職員の暴力も日常茶飯事だというから恐ろしい。夜の地下道で膝を抱えて空腹に耐えていると後悔の念が湧いてくる。やっぱり父の実家をでるんじゃなかった。

三月十日の大空襲で母と住まいを失ってから、西荻窪にある父の実家に身を寄せた。

父の実家は戦前まで、ちいさな雑貨問屋を営んでいた。長男の父が教師になって実家をでたから、祖父母が逝ったあと次男の叔父が家業を継いだ。もっとも戦争がはじまると物資の統制で商売ができず、店は閉めたままだった。

叔父一家は滋を気の毒がって、最初は手厚くもてなしてくれた。食事はもちろん部屋や日用品も与えられ、ひとまず寝食には不自由しなくなった。叔父夫婦には息子がふたりいた。国民学校初等科の四年生と五年生で、彼ら従弟も同情して鉛筆やノートをくれた。

叔父は父より先に召集されたが、痔疾がひどかったのと家業を継いだのもあって兵役をまぬがれた。重度の痔疾は行軍に支障がでるから、召集を猶予されることが多いらしい。

「赤紙がきたとき、これで肩身のせまい思いをせんですむと喜んだら、入隊検査ではねられた。おれも兄さんみたいに、お国のために働きたかったのになあ」

叔父は悔しそうな表情でいった。

母を亡くしたのはたまらなくつらかったが、親を失ったのは自分だけではない。この非常時に全国民が悲しみや苦しみに耐えている。そのうち自分も戦地に送られて死ぬだろう。死ねば両親に会えると思って我慢した。かわりに両親と平和な暮らしを奪った米英を烈しく憎んだ。

叔父一家と同居してまもなく、ふたたび勤労動員に通った。西荻窪は板橋の軍需工場に近いから、行き帰りは以前より楽だった。叔母は親戚が農家だったので、配給では手に入らない野菜をひそかに蓄えていた。おかげでそれほどひもじい思いはしなかった。

ただ父の実家であっても居候の気分はぬぐえず、朝夕の食事はひかえめにして、ひまがあれば家事を手伝った。その後も空襲は続いたが、西荻窪の被害はすくなく父の実家は最後まで焼け残った。


八月十五日――その日はまぶしいほどの晴天だった。

ラジオの玉音放送は板橋の軍需工場で聞いた。はじめて耳にする天皇陛下の声は甲高く、雑音のせいでよく聞きとれない。ポツダム宣言を受諾したことだけは、かろうじてわかった。

ところが担任教師はそれを聞きまちがえて、

「畏れ多くも畏くも陛下のお言葉を賜った以上、本土決戦にそなえて、いままでにもまして粉骨砕身、滅私奉公の至誠をもって邁進せよッ」

生徒たちを前に演説をぶった。いまの玉音放送はそんな意味ではない。みんなが動揺していると、徴用工の中年男が工具を投げだして、

「日本は戦争に敗けたんだぞ。もう飛行機の部品なんか作ってられるかィ」

それをきっかけに、生徒たちはぞろぞろと工場をあとにした。

勤労動員はその日で終わり、九月から中学の授業が再開された。最初に与えられた作業は、教科書を墨で塗り潰すことだった。歴史や国語や修身といった教科書で米英を敵視した表現がある箇所、あるいは国家主義を賛美したり戦意を鼓舞したりする箇所に一行ずつ墨を塗っていく。

「××ページは××行目から××行目まで。××ページはページごと削除」

といった調子で教師は延々と指示をする。

修身の教科書は二重橋の写真が載っていたから、汚したり床に落としたりすると教師に殴られたあげく教科書にむかって謝罪させられた。そんな教科書に墨を塗るのはタブーを犯しているようで、はじめは愉快だった。けれども墨を塗る箇所があまりに多いから、だんだん不快になってきた。いままで自分たちが学んできたことを、ことごとく否定された気がした。

教師にしても、ついこのあいだまで鬼畜米英といっていたのに、ころりと態度を変えてアメリカを賛美するようなことをいう。玉音放送を聞いてもなお本土決戦だと息巻いた担任教師は、

「いままでの教育はまちがっていた。わたしはもともと戦争には反対だったが、そんなことをいえる状況じゃなかったんだ」

平気な顔でそういった。

終戦からしばらくは、焼跡を歩きまわるひとびとが多かった。落ちている食物や使える日用品を探していたのもあるだろうが、戦火を生き延びた感慨に浸っている気配があった。なにをするでもなく、放心した顔つきで道ばたにしゃがみこんでいるひともたくさんいた。

やがて焼跡にジープが走り、米兵たちが増えてきた。米兵たちはみな見あげるほど背が高く、体格もたくましい。まっさらの軍服を着た彼らは、痩せ細った日本の復員兵と対照的で、戦勝国と敗戦国の差を見せつけられた。米兵はあれほど鬼畜だと教わっていたのに、彼らのいくところには子どもたちが群がり、チューインガムやチョコレートをねだっていた。

夜になると、米兵と腕を組んで歩く洋装の女をあちこちで眼にした。戦時中は主婦から女学生まで、日の丸のついた鉢巻にもんぺ姿で竹槍をふるっていた。いま米兵にしなだれかかっているのは、あのときとおなじ女たちである。

人間の変わり身の早さに、滋や同級生たちは人間不信に陥った。その一方で新たな時代への期待もあった。これからは思想を強制されたり暴力をふるわれたり、理不尽な教育はなくなるだろう。なによりも戦場に駆りだされて死ぬはずだった自分が生きている。そのことに安堵と希望を感じた。

だが学校生活が楽になった反面、実家での生活は息苦しさを増した。戦時中はたがいに団結して助けあおうという雰囲気がみんなにあった。叔父一家も両親を亡くした自分に同情してくれた。それが終戦とともに一転して邪魔者あつかいされるようになった。

食料事情は戦時中よりも悪化し、配給の欠配が何日も続いた。

叔父は店の在庫を闇市で売ったが、たいして金にならず、痔の悪化を理由に中断した。蓄えていた野菜は底をつき、叔母は衣類や家財道具を売って食費にあてた。叔父一家に限らず、都市部の住民は誰もがおなじ状況に陥っていた。一枚一枚皮を剝ぐような売り喰いの日々を、ひとびとは「タケノコ生活」と呼んだ。

滋はできる限り空腹を我慢して、叔父一家に負担をかけないようにした。勤労動員は終わったから工場で支給された昼の弁当はない。叔母は従弟たちの弁当を作るのが精いっぱいだ。

「ぼくは弁当いりません。同級生にわけてもらいますから」

叔母にはそういったものの、そんな同級生はいない。登校して昼休みになると、やはり弁当のない参平と教室をでて外で時間を潰した。家庭の事情で退学する生徒も多く、教室は空席が目立ちはじめた。参平も突然学校にこなくなったが、連絡をとるすべはなかった。

食卓が貧しくなるにつれ、従弟たちから白い眼で見られた。自分たちの喰いものを奪われたという表情に、ますます肩身がせまくなった。叔父夫婦も食事のたびにうとましげな視線をむけてきて、

「おれあ働きたいけど、痔のせいで働けん。学校を卒業したら、たんと稼いでくれよ」

「そんな悠長なこたあ、いってらんないよ。あたしゃ売り喰いで毎日駆けずりまわってんだ」

暗に学校をやめて働くようううながす。勉強が続けられないのは残念だが、叔父夫婦には世話になっただけに自分が家計を支えるべきだ。

思いきって中学を退学したのは九月の末だった。叔父夫婦は露骨に喜んで、

「苦労をかけるなあ。おれたちをほんとの親だと思って辛抱してくれ」

「うちが楽になったら、また学校にいかせてやるからね」

すぐに働き口を探すつもりだったが、叔母はなぜかいい顔をせず、

「みんな喰うや喰わずのご時世なんだ。子どもが外をほっつき歩いたって仕事なんかあるもんか。とうぶんはあたしが稼いでくるから、うちの手伝いをしな」

そういって家事全般を押しつけられた。

いままでも洗濯や掃除は手伝っていたのに、朝から晩まで家事を続けるのは苦痛だった。従弟たち

の世話までやらされて、召使いのような立場になった。そのくせ炊事は洗いものばかりで、料理はいっさいさせてくれない。

叔母は家長のように振る舞い、仕事と称して夜も外出するようになった。叔父は尻に敷かれて黙認している。叔母がいないときは叔父が不慣れな手つきで夕飯を作る。主食はあいかわらずスイトンやイモだが、滋のぶんは従弟よりすくない。

「この子らは育ち盛りだから、すこしでも多く喰わさにゃいかん」

叔父も叔母もそんないいわけをしたが、ふたりの食事も滋よりずっと量が多い。

ある夜、尿意を催して布団をでたら、台所でひそひそ話し声がした。不審に思って廊下から覗いたとたん、ぎょッとした。叔父一家が笑顔でおにぎりを頬ばっていた。この家にきて以来、米の飯など見たこともない。鉄棒で頭を殴られたような気がしたけれど、なにもいわなかった。

あれは去年の十月なかばだった。

夕方、庭で洗濯物をしまっていると、不意に戸坂参平が訪ねてきた。参平はひと足先に学校をやめてから、ずっと音信不通だった。それまで住んでいた借家が空襲で焼けて牛込にある父親の実家に住んでいたはずだが、何日か前にそこを飛びだしたという。

「あんなとこに住んでられるかィ。焼けだされた近所の年寄りが何人も転がりこんできて、家ンなかは養老院だ」

「どうして急に学校やめたの」

「バカくせえからよ。戦時中といまじゃ、教えてることがぜんぜんちがうじゃねえか」

「おやじさんは元気かい」

「ああ。でも大喧嘩してな。頭にきたから財布かっぱらってきた」

参平は何枚かの札が入った財布を見せて、

「ひさしぶりじゃねえか。なんか旨えもんでも喰いにいこうぜ」

「いきたいけど、家の手伝いがあるんだ」

事情を話すと参平は顔をしかめて、

「ひでえ話だな。早い話が叔父さんたちは穀潰しのおめえを追いだしてえんだよ」

「そうかな」

「あいかわらずお人好しだな。この家は借家か」

参平は玄関を顎でしゃくった。滋はかぶりを振った。

「ほら見ろ。おめえがいたら、いざってときに従弟の相続分が減るじゃねえか」

「そういうのは、よくわからないよ」

「とにかくこんな家に住んでたって、ろくなこたあねえ。おれと一緒にひと旗あげようぜ」

参平は強引に腕をひく。そのときは飯を喰ったら帰るつもりだったが、参平は荷物を持ってこいという。不安をおぼえつつ背嚢だけ持って家をでた。

西荻窪駅前の闇市にいくと、参平のおごりで「ネギ汁」を啜り、ふかしイモをふたつも食べた。ネギ汁は具が刻んだネギしかなく、汁は湯に醤油を垂らしただけだから料理といえる代物ではない。それでも満腹になるまで食べたのはひさしぶりだけに、夢のような気分だった。

闇市をでたあとも、まだ参平についていくかどうか迷った。だが叔父一家が夜中におにぎりを喰っている姿を思いだしたら帰る気が失せた。

　参平と行動をともにするようになったのは、その夜からだ。

　あの頃はまだ寒くなかっただけに野宿をしても平気だった。毎日焼跡をうろついて金目のものや喰いものを探した。けれども、ほとんど収穫はない。参平の持ち金は見る見る減って、何日も経たないうちに飯が喰えなくなった。

「こうなったら芝浦にいこう。あそこの倉庫にゃ、お宝がいっぱいあるっていうぜ」

　参平の誘いに乗って芝浦にいったが警官に追われて、仁龍寺に転がりこむはめになった。あれから状況は一段と悪化して、いまとなっては浮浪児の身だ。とはいえ、まったくの天涯孤独ではない。

　滋には叔父一家が、参平には父親がいる。もはや叔父夫婦は頼れないにしろ、自分の名前もいえない幼い浮浪児にくらべれば、ずっと恵まれている。そのぶんがんばらねばと思うけれど、軀は衰弱する一方だった。

　滋は地下道で膝を抱えたまま、いつのまにか眠っていた。

「おい、起きろよ」

　参平の声に目蓋を開けると、地下道の奥が明るくなっていた。駅構内のざわめきとともに列車の響きが伝わってくる。浮浪者や浮浪児たちが続々と立ちあがり、仕事や食料を求めて地下道をでていく。

　いつもの朝の光景だ。滋と参平も立ちあがった。周囲にはまだ床に寝転がった者も何人かいるが、そのなかのひとりかふたりは必ず死んでいる。

　死んだのに誰も気がつかないか、死んだとわかっても片づける者がいないかで、屍体が何日か放置されることも珍しくない。屍体は空襲で慣れっこだから誰も驚かない。顔に新聞紙をかけるのがせいぜいで、みな屍体が隣にあっても平気で坐ったり寝たりする。

空襲による死者は無差別だったが、地下道では飢えと病で死ぬ。その筆頭が老人と浮浪児だ。浮浪者たちの噂だと、去年の十一月にはひと晩で六人も死んだという。

滋と参平はいつもどおり地下道をでてノガミの闇市にいった。

闇市は上野駅から御徒町にかけての高架沿いにあった。その場所は戦前まで「小便横町」と呼ばれ、民家や商店が密集していたらしい。戦時中は空襲による火災の延焼を防ぐため、建物の強制疎開――取り壊しが全国各地でおこなわれた。小便横町も近くに変電所があったから、強制疎開で空き地になった。

その空き地が終戦直後から闇市に変わった。最初に商売をはじめたのは、戦時中は不当な差別を受けていた在日外国人――朝鮮人や中国人たちだった。日本人は戦後も統制物資の売買は禁じられ、違法行為が見つかれば警察の取締りを受けた。けれども終戦を機に「解放国民」となった在日外国人は取締りの対象にならず、堂々と商いができた。

彼らが統制物資の販売をはじめると、乏しい配給に苦しんでいたひとびとが押し寄せた。どの商品も公定価格の何十倍という法外な値段だったが、背に腹はかえられない。まもなく日本人も警察に捕まるのを覚悟で店をだし、バラックや葦簀張りの露店がぎっしり軒を連ねた。

ノガミの闇市は、早朝にもかかわらず大勢のひとびとが詰めかけていた。日本語にまじって朝鮮語や中国語が飛びかい、旨そうな喰いものが所せましとならんでいる。

渋谷の闇市はキントンをかっぱらったせいで、じっくり見られなかった。いまは時間がありあまっているから、心ゆくまで店頭を眺められる。スイトン、ふかしイモ、イカの丸煮、おでん、七輪で焼いたサンマやサバ。そのへんは前にも見かけたが「代用コーヒー」や「代用うどん」のように、はじめて目にするものもある。

参平は滋より先に家出したから闇市にくわしかった。「代用コーヒー」は大豆や麦などを炒って着色料を加えた飲みものだ。「代用うどん」は、当時メリケン粉と呼ばれた小麦粉のかわりに魚のすり身を麺に使っていると教わった。

「ダシは魚の骨よ。麺が三本しかねえのは三味線っていうんだ」

トウモロコシの粉、関西でいう「ナンバ粉」で作った「代用パン」もあった。食感はぱさぱさらしいが、無一文のふたりにとっては高嶺の花だった。

闇市のなかで、いちばん行列ができているのは得体のしれないシチューだ。品名は「栄養シチュー」や「ごってりシチュー」や「びっくりシチュー」と店によってちがう。

品名はちがっても、ぎとぎと脂ぎった汁を大鍋やドラム缶で炊いているのはおなじで、なんともいえない濃厚な匂いが漂ってくる。店の人間がオタマや木べらでかき混ぜているのを見ると、ときおり肉や野菜のほかに銀紙やビニールらしきものが汁のなかを泳いでいた。

「進駐軍の残飯をまるごと煮込んでるらしいぜ。だから煙草の箱や吸殻がまぎれこんでるんだ。いくら嚙んでも嚙み切れねえイカがあるなと思ったら、衛生サックだったたってよ」

そんな話を聞いてもなお、食べてみたいのに変わりはなかった。

闇市の隅では人相の悪い男たちが車座で花札をしたり、密造酒を呑んだりしている。傷痍軍人もたくさんいた。みな軍帽をかぶり、白い木綿の単衣に軍人傷痍記章をつけている。義手や義足姿の者、片足を失って松葉杖を突いた者、盲人用の黒メガネをかけた者、焼けただれた顔に包帯を巻いた者。なかには両腕がない者や、両足の太腿（ふともも）から先を失って台車に乗った者もいる。

　彼らは数人で固まって通行人に寄付をつのっていた。アコーディオンやハーモニカで音楽を演奏する者たちもいれば、白い募金箱を前にただうなだれている一団もいた。募金箱には「傷痍者更生基金募集」や「戦傷」や「祈平和」といった筆文字が記されている。

　おなじ傷痍軍人でも、闇市の通りにひとり異質な男がいた。

　カーキ色の軍帽に軍服姿で、足にはゲートルを巻き軍靴を履いている。左眼に黒い眼帯をつけ軍服の左袖がひらひらしているから、戦場で片眼片腕を失ったらしい。無精髭（ぶしょうひげ）を伸ばした顔は三十代なかばに見える。地面に敷いたゴザの上に少量の野菜と勲章をならべ、その前に坐っている。

　どちらも売りものだろうが、野菜と勲章とは妙な取りあわせだった。商売気はまったくなく、ときおり客が前に立っても知らん顔で、行き交うひとびとを眺めている。そんな商売だから野菜はすこししか売れず、勲章はいつも売れ残っていた。活気にあふれた闇市のなかで、男のいる場所だけがぽつんと暗い。参平は首をかしげて、

「なんだろう、あいつ。丹下左膳（たんげさぜん）みてえだな」

　丹下左膳とは片眼片腕の剣士で、戦前の新聞小説や映画で人気があった。もっとも丹下左膳は男と反対に右眼右腕がない。滋と参平は男に丹下右膳（うぜん）とあだ名をつけて、毎日それとなく観察した。

　右膳はふたりが前に立っても邪険にしなかった。といって強面（こわもて）だけに話しかける勇気はない。眼があって会釈すると右膳は軽くうなずく。その程度の関係だったが、三日前に右膳のそばを通ったとき、おい、と呼び止められた。

なにかと思ったら売れ残ったイモとカボチャをくれた。どちらもしなびていたが、小躍りして礼をいった。参平は調子に乗って仕事を手伝わせてくれと頼んだ。

「おれひとり喰うのもやっとなんだ。おまえらを雇う余裕はない」

右膳はくたびれた表情でいった。イモとカボチャは上野公園へ持っていき、火にくべて食べた。焚き火は浮浪者たちがやっているほかに、それ専門の「焚屋」がある。焚屋は焚き火が商売で料金をとって火にあたらせる。

滋と参平は無一文だから火にあたれない。近づくと追い払われるが、焚屋の店番によってはすこしのあいだ黙認してくれた。イモとカボチャをくべたのも焚屋の焚き火だ。

まともなものを食べたのはそれが最後で、あれから口にしたのはドブに落ちていた乾パンだけだ。右膳のところにいって物欲しげな顔をしても、黙ってかぶりを振る。

参平は地面を見つめて歩きながら、

「右膳の野郎、また喰いものくれねえかな」

「無理だよ。あのひとも貧乏そうだもの」

「あんな軀じゃなあ。ものを売るより、物乞いのほうが楽だろうにな」

きょうも右膳は定位置に坐っていた。

こっちを見て軽くうなずいたが、なにかくれそうな気配はない。ふと復員兵らしい中年男が右膳の前で足を止めた。軍帽に軍服姿の男は腰をかがめてゴザを覗きこむと、

「功五級金鵄勲章、功七級金鵄勲章、勲六等単光旭日章、勲六等瑞宝章か」

感慨深げにつぶやいた。右膳は知らん顔で沈黙している。男は続けて、

「これは、どこから仕入れたんだ」

「仕入れたんじゃない。おれがもらったんだ」

「すごいな。あんた軍隊の階級は」

「そんなこたあ、どうだっていい」

「しかし歴戦の勇士じゃないか。こんな大事なものを売っていいのか」

ふふん、と右膳は鼻を鳴らして、

「売ろうにも、なかなか売れんよ。売れたのは軍人傷痍記章だけさ」

「軍人傷痍記章？　そんなものを誰が使うんだ」

「おおかた偽の傷痍軍人だろ」

「あんたも傷痍軍人じゃないか。名誉の負傷をしたのに増加恩給や傷病賜金はいらないのか」

「うるさいな。買う気がないなら、どっかへいってくれ」

右膳は尖った声で男を追いかえした。

❽

二月の中旬に近い夜だった。

駿はリビングでスマホをいじっていた。ゲームに飽きて顔をあげると、テーブルのむこうで母もスマホをいじっていた。また「どうぶつの森　ポケットキャンプ」でもやっているのだろう。

テーブルに置かれた寿司桶には大トロに中トロ、ウニ、アワビ、ヒラメ、ボタンエビ、ズワイガニといったにぎりがならんでいる。ほかに茶碗蒸しと海鮮サラダもある。近所には出前をする店がないから宅配チェーンの寿司だ。

宅配の寿司を注文するのは珍しくないが、いつもよりネタが高級なのは、きょうが父の誕生日だからだ。けれども父は帰ってこない。ここしばらく七時台には帰っていたのに、もう八時半をまわっている。駿はラップをかけた寿司桶を見つめて、

「とうさん、まだかな」

「さっきメールしたら、急な会議でちょっと遅くなるって」

「とうさんって、いくつになるんだっけ」

「四十八でしょう。親の歳忘れてどうするの」

「忘れたわけじゃないよ。ただの確認」

「それにしても、おなか減ったわね」

「もう先に食べよっか」

「まだ待ちましょう。お誕生日なんだから」

九時になってテレビでニュースがはじまった。

「クルーズ船での感染拡大が止まりません。きょうも新たに四十四人の感染が確認され、この船での感染確認は乗客乗員あわせて二百十八人となりました」

男性アナウンサーが緊迫した声でいった。

二月三日に横浜港に到着したクルーズ船、ダイヤモンド・プリンセス号で新型コロナウイルスの感染が広がっている。きょうで十日も足止めされているだけに、乗客のなかにはストレスや不満を訴え

る者も多いという。最近はどのチャンネルも、このニュースばかりだ。

中国では新型コロナウイルスの感染者が四万八千人、死者は千三百人を超えている。国内では武漢から帰国したチャーター便の乗客を含め、感染者は三十人弱だ。武漢は一月下旬から都市封鎖(ロックダウン)され、韓国は日本を含む六か国への渡航自粛を要請、WHOは新型コロナウイルス感染症の正式名称をCOVID-19と命名した。

学校では手洗い、うがい、咳(せき)エチケットの徹底、マスクの着用が命じられた。さらに人混みを避け、体調管理に注意するよういわれたが、生徒にそれほど緊張感は見られない。母は用心深く、マスクを大量に買いこんで通販やネットオークションでも物色している。

「ヤフオクで売ってるマスクはぼったくりよ。一枚七百円もするんだから」

「でもニュースでいってたじゃん。毎週一億枚くらい供給できるって」

「そういったのは菅(すが)さんでしょ。でも店じゃまだ売ってないんだから」

「WHOはマスクしても予防にならないってよ」

「用心に越したことないでしょ」

「まあね」

「修学旅行、いまだったら延期になったかもよ。一月でよかったわね」

「まあね」

はじめての沖縄は新鮮だったし、それなりに楽しかった。

平和学習では戦争の悲惨さを学び、エイサーの鑑賞やシーサー作りの体験で沖縄の文化にも触れた。

しかし最終日の夜が悪かった。自由行動の時間になると、勝也は国際通りのクラブにいこうといいだ

した。駿は気が進まなかったから拒んだが、勝也はへらへらして、

「びびるんじゃねえよ。最後の夜なんだからナンパしようぜ」

「びびってるわけじゃないけど、学校の誰かに見つかったらやばいぞ」

「ぜんぜん平気だって。先生がクラブにくるはずないし」

と恭介もいう。ふたりに押し切られてクラブにいったが、ナンパするどころか地元の大学生たちにからまれて逃げるように退散した。勝也はそれでも帰ろうとせず、ジョイフルに入ると興奮した表情で強がりをいった。

「あんな奴ら、怖くもなんともねえけど、揉めたら停学だもんな」

恭介も同意してむだ話を続けた。そのせいで宿泊先のホテルにもどったのは門限の九時をまわっていた。担任の千野はロビーで待ち構えていて、こっぴどく叱られた。ほんとうは真央と話したかったが、女子たちと行動しているだけに声をかけられなかった。

クルーズ船のニュースはまだ続いている。崎陽軒(きようけん)が寄付した四千食のシウマイ弁当がどういうわけか乗客に届かなかったという。母はテレビのチャンネルをバラエティ番組に変えて、

「四千食もどこにいったんだろ。ああ、おなか減った」

九時半になると、母はとうとう痺れを切らして寿司桶のラップをはずし、

「もう先に食べましょう。とうさんのぶんは残しとけばいいから」

駿は母とふたりで寿司をつまんだ。

テレビの画面では、ひな壇芸人たちがワイプでリアクションをしたり、突っ込みや伏せ字のテロップを流したり、おなじみの構成だ。誰でも知っている蘊蓄(うんちく)を出演者が語るたび、「えー」とか「へー」

とか驚きの声があがり、つまらないジョークでも笑い声のエフェクトが入る。

わざとらしい演出にいらいらするが、母はこの手の番組が好きだからチャンネルは変えられない。にぎりを食べながらテーブルの下でスマホを見ていると、ラインの通知音が鳴った。

恭介から送られてきたラインには、泣き笑い顔の絵文字に「うぇ――い www」と文字が添えられている。「なんだよ」と送信すると「なんでもない」と返事があった。

恭介はひまになると、意味不明な顔文字や文章を送ってくる。まもなく勝也からもラインがきて、三人のグループトークに移動した。

「なんかおもろいことない？」

「ない」

「ないw」

「ふたりとも元気なくね？」

「ぴえん」

「鬼パリピ」

「マジ卍」

「tsurami」

「日本語でおk」

「つらみ。エロい彼女はよ」

「かーらーのー！」

「先シャワー浴びてこいよ」

「やったーーー！！」

「そのあいだに帰るから」

「おれたちの戦いはこれからだwww」

「ご愛読ありがとうございました！　恭介先生の次回作にご期待ください！m（＿）m」

　恭介と勝也とはきょうも学校でさんざん喋ったのに、どうでもいいやりとりを続けてしまう。腹がいっぱいになるにつれ眠くなってきた。トークを終わらせるつもりでｗと打ったら、ふたりともｗｗとかえしてきてきりがない。ｗは（笑）の略だ。もう寝ると打って強引にラインを終えた。

　母も眠そうな顔でソファにもたれてテレビを観ている。寿司を食べ終えたせいか、父のことは忘れたように口にしない。自分の部屋にいってベッドに寝転がった。

　眠ろうと思いながらもスマホは手放せない。ベッドのなかでぼんやりゲームをしていると、真央からメールがきて急に眼が覚めた。あわててゲームを中断してメールを開いた。

　用件は会社見学についてで、時期がわかったら教えて欲しいという。文面は硬いし絵文字も顔文字もなかったが、返信の機会ができたとあって胸が躍る。

　真央とは学校でたまに短い会話をするだけで、ふだんメールのやりとりはしていない。彼女はまじめな性格だけに、用もないのにメールして嫌われるのが怖かった。いまのところ真央と自分をつないでいるのは会社見学だ。早く会社見学を実現して、それをきっかけにもっと親しくなりたかった。

　駿はベッドの上にあぐらをかいてメールの文章を何度も吟味（ぎんみ）した。いま父に時期を確認しているから、もうすこし待ってというだけの内容だが、細心の注意を払わねばならない。メールを送ってまもなく真央から返信があって「会社見学のときは一緒にきてね」とあった。

思わずベッドからおりてガッツポーズを決めた。調理部は女子ばかりだから会社見学に同行するのは照れくさいが、真央との関係を深めるには絶好のチャンスだ。こうなったら父を急かして早く時期を決めさせたい。

日付が変わる頃になって、ようやく父が帰ってきた。

新型コロナウイルスの影響でホテルのイベントや企画が中止になり、その対応で忙しかったという。母は父が脱いだ上着を受けとって、大げさねえ、といった。

「日本じゃ、まだ流行してないのに」

「マスコミが騒ぐたび大迷惑さ。もうホテルやツアーのキャンセルがでてる」

「困るわ。ボーナスは大丈夫?」

「おれより金の心配か」

「そういわないでよ。駿ちゃんとずっと待ってたのよ。お誕生日だから」

あ、そうだった。駿はそうつぶやいて自分の部屋にいった。量販店で買っておいた五足組の靴下を持ってリビングにもどると、父に差しだした。

「遅くなったけど、誕生日おめでとう」

「おお、ありがとう」

父は靴下の包みを受けとって、脂の浮いた顔をほころばせた。このときとばかりに会社見学の件を切りだすと、父はまだわからないという。駿はいらだって、

「同級生に約束しちゃったんだよ。今月じゅうに会社見学できるって」

「時期はまだ決められん。もうすこし待て」

煮え切らない返事に腹がたったが、あまり急かせて父の機嫌を損ねたくない。

父は缶ビールを呑みながら寿司を食べはじめた。母が冷蔵庫からシュークリームをふたつ持ってきた。ふたりでそれを食べていたら父は不意に箸を止めて、

「どうも胃の調子が悪い。残りはあした喰う」

「あしたはもうだめよ。食あたりしたら大変でしょ」

母は料理が苦手なくせに神経質で、賞味期限を一日でもすぎたら迷わず捨てる。

「賞味期限をすぎても味が落ちるだけで、食べるのに問題ないぞ」

「厭よ。味が落ちたら食べたくないわ」

いつだったか母は父が歳暮でもらったワインを捨て、夫婦喧嘩になった。母はずっと放っておくからだといったが、父によれば未開栓のワインは何年経っても腐らないらしい。

「おい、これ食べないか」

父は寿司桶に残った大トロやウニを指さした。どちらも好物だが、いまは食べる気がしない。母もいらないといって寿司桶をキッチンにさげた。テレビではまたダイヤモンド・プリンセス号のニュースを流している。駿は部屋にもどってベッドに横たわった。


教室の窓から明るい陽光が射している。駿は机に頬杖をついて退屈な授業を聞いていた。先週おこなわれた学年末試験は、勉強していないわりにまあまあの成績だった。単位は問題なく四月から三年に進級できるが、大学受験が迫ってくるのは憂鬱だった。

隣の席にこっそり眼をやると、真央は熱心にノートをとっている。マスクをつけているから目元し

か見えないが、まっすぐ前を見つめる真剣なまなざしがきれいだった。

あさってで二月は終わりなのに、会社見学の予定はまだ決まっていない。父は新型コロナウイルスの感染がおさまらなければ目処がたたないという。もっとも真央に相談すると、来月でもいいといってくれたから焦らずにすんだ。

新型コロナウイルスは予想以上に感染が広がり、各地で影響がでている。国内の感染者は二百人を超え、天皇誕生日の一般参賀が中止、東京マラソンは一般ランナーの参加が中止になった。政府の専門家会議は不要不急の外出をひかえるよう呼びかけている。

父の会社も対応に追われているようで毎晩帰りが遅い。春の観光シーズンを前にキャンセルが相次いで売上げが激減しているという。父の会社も心配だが、この騒動が来月まで続いて会社見学ができなくなったら最悪だ。

三年生の卒業式は予定を繰りあげ、あさっておこなわれる。規模も縮小し、卒業生と保護者と教師、送辞を述べる在校生だけが参加するらしい。せっかくの卒業式が地味になったうえにマスクをつけねばならないとは卒業生が気の毒だった。

母はトイレットペーパーやティッシュペーパーがなくなるといって、スーパーや量販店をまわって山ほど買いこんできた。デマじゃないの、と訊いたら、

「デマでも品切れになるのよ」

昼休みになって、いつもの三人で学食にいった。学食ではむかいあわずに坐り、食事中は会話をしないよう指示されているが、あまり守られていない。

きょうの昼食は勝也が天ぷらうどん、恭介はカツカレーと醬油ラーメン、駿は週替わりパスタのカ

ルボナーラだった。カルボナーラにはミニサラダがついているが、ゴマ風味のドレッシングがまずいから恭介にやった。天ぷらうどんを食べ終えた勝也が大きなあくびをして、

「あー、だりぃ。食後の仮眠用に保健室開放してくれねえかなあ」

恭介がカツカレーをかきこみながらいった。

「保健室じゃベッドが足りないよ。体育館に布団敷けばいい」

壁際のテレビでは昼のバラエティ番組が流れている。人気の男性アイドルが登場して女子生徒たちが歓声をあげた。途中でニュース速報を伝える警告音がして、ブラジル、デンマーク、イラン、ギリシャ、ノルウェー、パキスタン、ルーマニアなど十か国で新型コロナウイルスの感染が確認されたとテロップが流れた。マジか、と勝也がいって、

「こんなんで東京オリンピックできんのかよ」

「あと四か月以上ある。なんとかなるんじゃね」

と駿はいった。でも、と恭介がいって、

「日本がおさまっても外国がやばそう」

「だよな。やっぱオリンピック無理だろ」

と勝也がいった。もし東京オリンピックが中止になったら、父の会社を含めてホテルや旅行業界は大打撃を受けるだろう。ひいてはわが家の家計や小遣いに響くから、中止にならないことを祈った。

昼は晴れていたのに夕方から空は曇って肌寒い。

放課後、学校をでてから勝也と恭介とサイゼリヤにいった。登下校時にもマスク着用を命じられて

いるが、店に入るとマスクをはずす。三人は辛味（からみ）チキンとマルゲリータピザとフォッカチオをつまみながら、ドリンクバーのコーヒーやジュースを飲んだ。恭介はいつものようにオレンジジュースとアイスティーを混ぜたり、コーラとメロンソーダを混ぜたり、ドリンクのアレンジで遊んでいる。

　六時をすぎた頃、スマホを見ていた勝也が不意に顔をあげて、

「おい、ラインニュース見てみ。安倍（あべ）ちゃんがすげえこといってるぜ」

　なにかと思ってスマホを見たら安倍晋三（しんぞう）首相が六時の会見で、全国の小中高と特別支援学校について三月二日から春休みまで臨時休校を要請する考えを表明したという。

「うひょー、やったッ。春休みマシマシじゃん」

　恭介が笑顔で叫んだ。本来の春休みは三月二十六日から四月五日までだった。三月二日から臨時休校になれば二十四日も休みが増える。超ラッキー、と恭介がいってから首をかしげて、

「うちの学校って臨時休校するかな」

「するしかねえだろ。卒業式だって繰りあげたんだ。休校しないで生徒がコロナに感染したら、保護者に吊るしあげられる。誰も責任とりたくねえから、ぜってー休校するさ」

「そっか。そうだよな。よーし、ゲームやりまくれっぞ」

　春休みが増えるのはうれしかったが、さらに感染が広がったらと思うと手放しでは喜べなかった。それに休みのあいだは真央の顔が見られない。会社見学のときは会えるにしても三年生になったらクラス替えがあるから、離れ離れになるかもしれない。その前に彼女ともっと親しくなって、気軽に連絡をとりあえる仲になりたかった。

⑨

二月に入ったその日は午後から雪になった。

水気の多い牡丹雪（ぼたんゆき）がぼとぼと降り続いて、地下道は夕方から混みあっていた。滋と参平もふだんは遅い時間まで喰いものを探しているが、寒さに耐えかねて地下道にもどってきた。

もっともきょうは収穫があったから、いつもにくらべて腹は減っていない。ふたりが定位置に腰をおろすと、鬚将軍が声をかけてきた。

「きょうは、やけににやついてるじゃねえか。さては、なにかにありついたな」

地下道では食や金に関する言葉は禁句だから、遠回しな訊きかただが、ありつくといえば喰いもののことだ。きょうは不忍池（しのばずのいけ）にいったと滋が答えたら、

「ははん。するってえと、これだな」

鬚将軍は両手をあげてジャンケンのチョキの形を作った。笑顔でうなずくと、参平から肘（ひじ）でこづかれた。参平は声をひそめて、よけいなことというなィ、といった。

「誰かにまねされたら、おれたちの取りぶんが減っちまうぞ」

不忍池にいったのはザリガニを捕まえるためだった。冬とあってザリガニは冬眠しているが、凍（い）てついた泥に手を突っこんで四匹捕まえた。それを上野公園に持っていき、焚屋の焚き火で炙（あぶ）って殻ごと食べた。調味料などないから味付けもしていない。

ザリガニは泥臭くて殻は硬かったが、尾の肉はぷりぷりして旨かった。不忍池でザリガニが獲（と）れる

と知ったのは、浮浪児たちが喋っているのを小耳にはさんだからだ。不忍池は戦時中の食料難のために水が抜かれて水田になっているから、収穫期には米が手に入るかもしれない。

とはいえ、そんな時期までいまの生活を続けるのは厭だった。地下道での生活からは抜けだせないにしろ、もうすこしまともなものが喰いたい。闇市にならぶ料理も魅力的だが、もっと喰いたいものがある。何日か前、闇市をうろついていたとき、参平とはぐれてひとりになった。

参平の姿はどこにもなく、退屈して右膳のところにいった。右膳はあいかわらず地面にゴザを敷き、しなびた野菜を売っているが、いつのまにか勲章がひとつもない。

「勲章はどうしたんですか」

滋はゴザの前に立って訊いた。右膳は無表情で、

「ぜんぶ売り飛ばした。二束三文でな」

「もったいない。歴戦の勇士なのに」

「そこにいたってかまわんが、おまえにやるものはないぞ」

「わかってます」

「いつまでも物乞いしたって埒があかないだろ。ほかのガキどもみたいに稼ぎ口を探せ」

「ええ。でも、みんな縄張りがあって――」

上野の浮浪児たちは何人かでグループを作っていて、さまざまな手段で収入を得ていた。もっとも多いのが「貰い」、すなわち物乞いだ。おなじ浮浪児でも滋や参平のような年長者とちがって、幼い浮浪児たちは通行人の同情をひく。彼らは駅の切符売場で釣り銭をねだったり、待合室の客から弁当の残りを恵んでもらったりする。

もうすこし年上の連中は、無賃乗車で農村地帯にいって喰いものをねだる。留守の農家を見つけると、空き巣に早変わりして金品を奪うらしい。いわゆる「田舎まいり」だ。

浮浪児たちの収入源は、ほかにもたくさんある。滋と参平がやろうとした「担ぎ屋の手伝い」、新聞を安く買って通行人に売る「新聞売り」、米兵や金持ち相手に靴磨きをする「シューシャイン」。列車や都電やバスの乗客を狙って、洋服や鞄を剃刀（かみそり）で切り裂いて金品を盗む「チャリンコ」、急行列車の切符を買い占めて乗客に売りつける「切符売り」、駅の行列にならんで、あとからきた客にその場所を売る「ショバ売り」。

先端に針をつけた棒で、路上に落ちている煙草の吸殻を拾う「モク拾い」、拾い集めた吸殻を買いとってほぐし、ふたたび煙草に巻きあげる「煙草巻き」。

上野にきてまもない頃、滋と参平はモク拾いのまねごとをやってみた。けれども吸殻を拾うまもなく浮浪児の集団に見咎（みとが）められた。浮浪児は七、八人で、小学校高学年から幼児に近い子までいる。ぼさぼさの髪を肩まで伸ばし、顔や手足は垢でまだらになっている。

「おい、誰のシマでモク拾ってんだィ。とっとと消えねえと張っ倒すぞッ」

リーダー格の少年はドスのきいた声でいった。まだ十一、二歳の子どもだが、異様な迫力に圧（お）されて逆らえなかった。そのときモク拾いやほかの商売にも縄張りがあると知った。

滋は商売の邪魔にならないようゴザの右側にしゃがんだ。右側を選んだのは右膳の左眼は黒い眼帯で覆われているからだ。冷たい風に軍服の左袖がはためいている。

「たくさん勲章もらったんだから、すごい活躍したんでしょうね」

「そんなこたあ、どうだっていい」

「どこで戦ったんですか」

右膳ははたちで入隊して中国大陸から南方戦線まで転戦したといった。

「南方？　南方のどこですか」

「あちこちいった。ジャワ、ソロモン、ルソン、それから――」

「ルソン？　ルソン島ってフィリピンですよね。ぼくの父はフィリピンで戦死したんです」

「氏名と所属部隊は？」

「里見正です。部隊はわかりません。戦死公報には比島方面の戦闘において戦死としか――」

右膳は前を行き交うひとびとを眺めながら、おまえ、歳はいくつだ、と訊いた。

「数えで十七です」

「それにしちゃあガキに見えるな。名前は」

「滋です。あの、右膳さんは――いえ、おじさんの名前は――」

右膳は前をむいたまま、瓜生武と名乗った。大正元年の生まれだというから、数えで三十五、満で三十四歳だ。

「はたちで入隊ってことは、十四年も軍隊にいたんですね。あんなに勲章もらって名誉の負傷もしたのに、どうしてこんなところで――」

瓜生は答えなかったが、ふと右眼をなごませて、

「大陸じゃ、旨いものを喰ったなあ」

「どんなものですか」

「日本が勝ち戦だった頃は、いろんなものが喰えた。満州にいた頃は羊の肉を焼いて喰う成吉思汗

が大好物だった。焼肉やキムチみたいな朝鮮料理も旨かった。おなじ隊の連中は和食を恋しがったが、おれは現地の味が口にあってな」

中国ではラーメンの原型である支那そば、焼そば、餃子、焼売、チャーハンといった料理に舌鼓を打った。焼そばといえば戦争がはじまる前年、両親と浅草の屋台で食べたことがある。支那そばの麺と野菜を鉄板で焼き、ソースで味つけした焼そばは驚くほど旨かった。父によれば、東京で焼そばをだしているのは浅草界隈だけらしい。瓜生は続けて、

「南方に転戦した頃は戦局が悪化して、まともな飯は喰えなかった。タロイモってイモは飽きるほど喰った。とろろイモみてえな感じで、ほとんど味がない。野生の黒豚を蒸し焼きにしたのはまあまあだったが、南方で旨かったのは果物だな。パパイヤ、バナナ、パイナップル、どれも旨いが、いちばん旨いのはマンゴーだ」

「どんな味なんだろう」

「うまくいえないが、ほっぺたがとろけるみたいな味だ」

戦争末期になると補給が途絶え、弾薬はおろか食料も枯渇した。兵隊たちはみな飢えと病に苦しみ、雑草や木の根っこからトカゲやネズミや昆虫まで口にした。

「復員すれば白い飯が腹いっぱい喰えると思ったら、このざまだ。それでも、おれは日本に帰ってこられただけましだ」

瓜生はそれきり口をつぐんだ。

あの日から瓜生に聞いた料理が頭を離れない。いつか日本が焼跡から復興したら、自分もそれらを食べられるだろうか。暗く寒い地下道で膝を抱えて、まだ見ぬ料理に思いをはせていると、よけいに

腹が減った。参平が肩をぶつけてきて、

「どうしたィ。ぼーっとしやがって」

地下道で喰いもののことは口にできないから、黙ってかぶりを振った。寒さと空腹で眠れない夜もあるが、きょうはザリガニを食べたおかげで早いうちから目蓋が重くなった。地下道の住人にとっては眠るのが唯一の楽しみだ。夢のなかでは銀シャリでも牛肉でも腹いっぱい食べられる。それなのに銀シャリも牛肉も夢にでてきたためしがない。

滋は膝に顔を埋めてうとうとしていたが、突然あたりが騒がしくなった。顔をあげると五、六人の浮浪児が寝ている者を踏みつけて地下道の出口に走っていった。同時に誰かが甲高い声で叫んだ。

「狩り込みだッ」

浮浪者たちがいっせいに跳ね起きた。滋と参平もあわてて立ちあがった。

「全員そこを動かないように。これから諸君を保護します」

地下道の奥から拡声器の声が響きわたったと思うと、大勢の警官たちが迫ってきた。とっさに逃げようとしたが、右往左往するひとびとに揉まれて動けない。鬚将軍がこっちを見て、

「早くしろ。捕まるぞッ」

警官たちは浮浪者や浮浪児の腕をとって出口にひきずっていく。制服姿の警官だけでなく、オーバーを着た刑事らしい男もいる。コンクリートのトンネルに怒号と悲鳴が反響した。

「なにもたもたしてんだ。先にいくぞッ」

参平が怒鳴って身をひるがえした。暗がりのなかで参平の姿はたちまち見えなくなった。急いであとを追おうとした瞬間、がっしりした太い指が肩に喰いこんだ。

⑩

勝也がいったとおり三月二日から臨時休校になった。

突然の臨時休校要請に教師たちは混乱したらしく、学校側の対応はぎごちなかった。生徒に配布されているタブレットに各科目の宿題が送られてきただけで、今後の予定は見えない。

「休み中はオンライン学習やってる学校もあるのに、駿ちゃんの高校は遅れてるね」

母は愚痴ったが、自分で勉強するからいいよ、と答えた。自宅で教師たちとやりとりしたくないから、オンライン学習がないのは幸いだった。

勝也と恭介は、毎日のようにラインや電話で遊びに誘ってくる。けれども母の眼があるから外出しづらい。母は新型コロナの感染を恐れて、手洗いはもちろん室内の消毒に余念がない。買物からもどったときはもちろん、郵便や宅配便に触れただけでも入念に手を洗う。除菌効果があるというカードを首からさげ、室内にしょっちゅう消毒剤を噴霧する。

母はコンビニにいくといっただけで眼の色を変えて、

「ちゃんとマスクしてね。買物がすんだら、すぐ帰るのよ」

家にもどったら手洗いとうがいを強制してくる。

父は会社の業績が思わしくないようで毎晩帰りが遅く、表情も冴えない。しかし母は父にも容赦せず、帰ってくるなり手洗いだうがいだと騒ぐ。父は溜息をついて、

「そうがみがみいうな。ちゃんとやるから」

「とうさんのことを思っていってるんでしょ。中高年はコロナで重症になりやすいんだから」

母がそんな調子だから遊びにいきづらい。臨時休校からきょうで二週間とあって自宅にこもっているのに飽きてきた。ゲームやネットで時間は潰せるけれど、外出できないと息が詰まる。

先週の金曜は十七歳の誕生日だったから、勝也と恭介がカラオケボックスで祝ってくれた。母には勝也の家で勉強すると嘘をついた。カラオケボックスは空いていて、どの部屋からも歌声は聞こえないが、三人で盛りあがった。

夜になって帰宅すると、リビングのテーブルに宅配の寿司とショートケーキがあった。けれどもカラオケボックスでいろいろ食べたから食が進まない。勝也の家でごちそうになったといったら、どこかへ遊びにいったんじゃないでしょうね。母は疑いの眼をむけてきた。

いってないよ、と答えたら、うっかり咳きこんで体温を測らされた。そのときは平熱だったが、カラオケで歌ったせいか翌朝から喉が痛くなった。コロナに感染したような気がして不安でたまらない。もし発症して感染経路を調べられたらと思うと気が気ではなかった。幸い喉の痛みは治まったが、それ以降は外出するのが不安で勝也たちと遊んでいない。

テレビやネットは暗いニュースばかりだ。東京ディズニーランド、東京ディズニーシー、ユニバーサル・スタジオ・ジャパンは先月末に休業を発表した。選抜高校野球は中止になり、アメリカは国家非常事態を宣言、ＷＨＯはようやく新型コロナウイルスを世界的大流行――パンデミックと認定した。政府や厚生労働省は密閉、密集、密接の「三密」を避け、ソーシャルディスタンスを守るよう全国に呼びかけている。

「とうさんも駿ちゃんも気をつけてね。三密よ、三密」

母はお題目のようにいう。父はげんなりした表情で、

「三密っていうのは、たしか真言宗の言葉だぞ」

「そんなのどうだっていいじゃない。とにかく密を避けなきゃ」

もっとも個人的には暗いニュースばかりではなく、楽しみなこともある。父の会社はいつ会社見学できるかわからないから、きのう思いきって真央に電話した。いままではメールでしかやりとりしてないので気がひけたが、彼女の声が聞きたかった。

「いきなり電話してごめん。会社見学のことなんだけど――」

今月はむずかしそうだと詫びたら、気にしないでいいよ、と真央はいって、

「あたしこそ、大変なときに無理なお願いして――」

真央も退屈していたようで、それから世間話になった。家でじっとしているのはもう飽きたとか、パンデミックはいつ収束するかとか共通の話題には事欠かない。彼女の父親は製薬会社に勤めているからコロナの影響はなく、むしろ仕事が忙しくなったという。

「でもパパはテレワークで週の半分くらい家にいる。だから気まずいの」

「うちのおやじは毎晩帰りが遅いよ。しょっちゅう顔をあわせるとうざいけど、会社が大変そうなのが気になる」

「あーあ、なんか楽しいことないかなあ」

「ほんと。おれにはひきこもり無理だってわかった」

「あたしも。春休みじゅう、うちにいるのはやだな」

「どこかで会おっか」

ふだんならいえない台詞がすんなり口をついたのに自分でも驚いた。もっと驚いたのは、うん、と真央が答えたことだ。思わぬ展開に小躍りしつつ、いつがいいか話しあった結果、近日中にタイミングがあえば映画を観にいくことになった。

「あれ、まだやってるかな。このあいだアカデミー賞とった映画」

真央にそういわれてネットで調べたら『パラサイト 半地下の家族』は一月に公開されて以来、まだ上映を続けている。どういう映画かよく知らなかったが、真央と会えるのならどんな映画でも異論はない。電話を切ったあとも興奮が冷めやらず、室内をぐるぐる歩きまわった。

真央と会うチャンスが巡ってきたのは翌週の月曜だった。

「あーやだ。もう美容院いかなきゃ」

おとといの午後、母は洗面所で鏡を見ながらつぶやいた。駿はそれを耳にして、

「いつ美容院にいくの」

「あさって。コロナ怖いけど、自分で髪切るの大変だから」

母は自分がでかけるときは外出に文句をいわない傾向がある。急いでその場を離れ、真央にメールして予定を確認すると、あさってなら大丈夫だという。駿は洗面所にもどって、

「そういえば、おれもあさってでかけるよ」

「どこへいくの」

「恭介んち。宿題でわかんないことがあるから」

「そんなこといって、どうせ遊ぶんでしょう。不要不急の外出はやめなさい」

「美容院は不要不急じゃないの」

母は眉をひそめて振りかえった。大丈夫だよ、と駿はいって、

「恭介はコロナ怖がって、ずっと外にでてないから」

「早く帰んなさいよ」

「うん」

「あたしは外にでたくないのよ。いまのうちに美容院いっとかなきゃ、もっとコロナが流行ったら髪切れないから」

母はいいわけがましくそういった。


その日は昼前に地下鉄の駅で真央と待ちあわせた。空は快晴で、真央とのデートに気分は舞いあがっていた。ふたりはＴＯＨＯシネマズ日比谷（ひびや）で『パラサイト　半地下の家族』を観た。

半地下のアパートで暮らす貧しい四人家族が、ある出来事をきっかけに大富豪の家族に寄生していく。コミカルで笑える部分もあるが、格差社会の怖さや貧困について考えさせられた。

キスシーンやベッドシーンもあって、隣の真央を意識するたび顔が火照（ほて）った。キャラメルポップコーンのカップに入れた手が彼女の指先に触れたときは、背中に電流のようなものが走った。しかし手を握る勇気はなかった。

「いい映画だったね。観てよかった」

映画館をでてから真央にそういった。

「ネットの記事で読んだけど、韓国にはああいう半地下のアパートに住んでるひとが八十万人以上も

いるんだって」

「半地下って密になりそうだから、いまなんかコロナで大変かも」

「だろうね。早くもとどおりにならないかな」

ふたりは日比谷公園をすこし散歩したあと有楽町（ゆうらくちょう）へむかった。『パラサイト 半地下の家族』は新宿や渋谷でも上映していたが、日比谷を選んだのは真央だ。それだけに彼女は街にくわしく、マッキヨや東京国際フォーラムや日比谷シャンテをぶらついた。街を行き交（か）うひとびとがほとんどマスクをしているのが異様だ。

考えてみれば、デートらしいデートはこれがはじめてだった。中三のとき、おなじクラスの女子と一緒に帰ったり、休日に近所をぶらついたりしたが、べつべつの高校に入ったせいで会わなくなった。その程度の交際だから恋愛とはいえない。真央とは一緒にいるだけで幸せな気分になる。ただ彼女が自分をどう思っているのか気がかりだった。

夕方になって有楽町センタービルのむかいにあるジョナサンに入った。

駿はハンバーグとチキンとソーセージがセットになったミックスグリル、真央は紅（べに）ずわい蟹（がに）のアメリカンソーススパゲッティを注文した。デザートは、ふたりで食べられるチョコレートフォンデュだ。真央はイチゴの「あまおう」をチョコソースにつけて食べ、窓の外に眼をむけると、

「景色がすごくきれい。ひさしぶりに外にでたら、なに見ても新鮮」

「うん。眼がびっくりする」

いえてる、と彼女は笑った。口角のあがった唇が美しい。

ジョナサンの勘定は払いたかったが、真央がだめだというから割り勘にした。

帰りの電車で真央とならんで吊革を握っていたら、切なさがこみあげてきた。きょうという一日が終わってしまうのが、たまらなくさびしい。真央と別れるのはもちろん、また自宅にこもりたくない。いっそ、このまま時間が止まって欲しかった。

地下鉄の駅をでると、あたりは暗くなっていた。

日中は暖かかったのに冷えこんできた。真央とは家の方向がちがう。途中まで送ろうかと思ったが、このへんは同級生の眼があるし彼女が嫌がるかもしれない。また遊びにいきたいね。別れ際にそういうと真央はマスクを下にずらして笑顔を見せた。

「春休みのあいだに会えるといいな」

とっさに彼女を抱き締めたい衝動に駆られた。が、軀はこわばったまま動かない。

「じゃあ、またね」

手を振って別れたとたん、凍りつくような風が肌を刺した。


帰宅して玄関のドアを開けたら、父の靴があった。まだ七時をすぎたばかりだから、きょうは帰りが早い。父はリビングで母と喋っていたが、深刻な話をしていたようで両親の表情は険しい。自分の部屋に入ろうと思ったら、チャイムが鳴った。

母は玄関にいくと眉をひそめてリビングにもどってきた。あとからマスクをしてスーツケースをさげた姉が入ってきた。いままで泣いていたのか、両眼が真っ赤に充血している。

「もうだめ。弘人と別れる」

姉はソファに坐るとマスクをはずしてテーブルに放り投げた。なにがあったの、と母が訊いた。

「弘人はリモートワークとかいって、いつもうちにいるの。でも、うちじゃゲームばっかやって家事はなんにもしない。あんなひとだと思わなかった。それでも我慢してたけど——」

夫は春分の日からの三連休に実家へ帰るといったが、姉は義父母に会いたくないから反対した。それが原因で口論になり離婚話に発展したという。

「トメとウトもうざいけど、また親戚がうじゃうじゃくるのよ」

「しょうがないでしょ。連休なんだから」

「とにかく、もう無理。仕事探すわ」

「仕事って——本気で離婚する気なの」

「うん。こんどはガチ」

それまで黙っていた父が深々と溜息をついて、

「うちの会社もコロナで大変なんだ。おまえの面倒みる余裕はないぞ」

「だから仕事探すっていってんじゃん」

駿は気まずい空気に立ちあがって自分の部屋にいった。

⑪

窓のない部屋に裸電球がひとつ灯っている。照明はそれだけだから昼でも暗く、時間の感覚がない。はっきり時刻がわかるのは、起床時間の六時と消灯時間の八時だけだ。職員に叩き起こされたのが一時間ほど前だから、もうじき午前七時だろう。

監禁室の壁は灰色に薄汚れた漆喰で、下半分に朽ちかけた腰板が貼ってある。廊下に面した側に動物園の檻のような鉄格子がはまり、扉は外側から鍵がかかっている。そのせいで自由に出入りできない。冷たい板張りの床には、おびただしい垢や汚物がしみついている。

室内は十畳ほどの広さだが、浮浪児が十六人もいるからせまくて息苦しい。浮浪児は男ばかりで、顔つきからすると十歳から十五歳くらいが多い。みな養育院から支給されたぼろぼろの服を着て、髪は丸坊主に刈られている。

部屋の隅には鏡開きに使うような四斗樽がある。それが便所がわりで常に異臭が漂ってくる。蓋も仕切りもなく、下半身を隠すためのゴザが立てかけられている。尻を拭くのはチリ紙ではなく、揉みほぐした古新聞か古雑誌のページだ。十六人もいるのに樽がひとつでまにあうのは、排泄するほど喰ってないからだ。樽は中身がいっぱいに溜まったら、職員に付き添われて外の穴まで捨てにいく。

滋が収容されているのは東京都養育院の分院である。狩り込みに遭ってここに連れてこられたとき、千葉方面だと見当がついたが、正確な場所はさだかでない。兵舎のような建物の背後は深い森で正面に海がある。周囲は鉄条網を張った柵で囲まれ、さながら監獄だ。

ここに収容されている浮浪児たちは大半が衰弱しきって、歩くのもままならない。痩せこけた顔は土色で、上着をめくると肋骨が浮きでている。そのくせ腹がぽこんと飛びでているのは栄養失調のせいだ。収容期間の長い浮浪児は泣きもしないし笑いもしない。うつろな眼で一点を見つめている。

何人かは精神に異常をきたして突然げらげら笑いだしたり、自分が漏らした大小便の上で寝ていたりする。一日じゅう壁際にしゃがんで腰板を爪で引っ搔く者もいる。

監禁室は本来、暴れたり逃走を図ったりする問題児を収容する部屋だ。問題がおさまれば、解放室と呼ばれる広い部屋に移されて、家畜の世話や野菜の栽培といった農作業に従事する。

ところが浮浪児の数が多すぎて、そうした管理ができず、農作業も指導できる者がいない。そのせいで監禁室に閉じこめたまま、なすすべもなく放置している。監禁室はいくつもあるらしく、ときおり廊下を伝って浮浪児たちの悲鳴や泣き声が聞こえてくる。

廊下の照明も裸電球だが、燭光（しょっこう）が弱いせいで檻のむこうは夜のように暗い。滋は壁の漆喰に親指の爪を立てると、縦に引っ掻いて細い傷をつけた。壁の傷は十四本だから、ここに収容されて二週間が経っている。

あの夜、狩り込みに遭った者たちは大人、子ども、病人に分類されトラックに乗せられた。滋はほかの浮浪児たちと一緒に浅草の国際劇場に連れていかれた。国際劇場は空襲で天井や壁が破壊され、内部は吹きさらしになっていた。そこで延々と待たされた。

参平の姿はなかったから、うまく逃げきったらしい。自分だけ養育院に連れていかれるのかと思うと、寒さと恐怖で膝ががくがくした。見張りの警官は泣きわめく浮浪児たちにむかって、

「なにも心配いらん。きみたちは保護されたんだ」

そんな台詞を信じる者はなく、隙を見て逃げだす浮浪児が何人もいた。滋も逃げようと思ったが、機会を窺っているうちに幌（ほろ）付きの大型トラックが到着した。

トラックは廃車寸前のポンコツで車体から黒煙があがっていた。滋たちは捕まった獣さながら荷台に押しこまれた。トラックは走りだしたが、まったくスピードがでない。

停まったり走ったりを繰りかえしながら、ようやくここに着いたのは明け方だった。養育院に入ると浮浪児たちは素っ裸にされ、ホースで水道の水を浴びせられた。凍えるような冷たさに浮浪児たち

は飛びあがって悲鳴をあげたが、職員は容赦ない。

「おまえらは黴菌の塊じゃ。きれいにしてやってるのに騒ぐんじゃねえ」

濡れた軀が乾くか乾かないかのうちに、頭から白い粉末を吹きかけられた。ＤＤＴと呼ばれる殺虫剤だ。それまで着ていた学生服や編み上げのズック靴、唯一の持ちものだった背嚢と丼は没収された。かわりに囚人服めいた灰色の粗末な制服をあてがわれ、檻に放りこまれた。

浴室はどこかにあるらしいが、水道の水を浴びたきり入浴の機会はない。ＤＤＴを吹きかけられたのも最初だけで檻のなかはノミやシラミが多く、疥癬にかかっている子も多い。

こんな待遇の、いったいどこが「保護」なのか。

烈しい憤りをおぼえたが、職員たちには逆らえない。逆らえば「教護」と称して陰惨な体罰が待っている。一緒に連れてこられた浮浪児のひとりは、滋と同い年くらいで体格がよかった。そのぶん気力もあって横暴な職員たちに喰ってかかった。

とたんに寄ってたかって棍棒で殴り倒され、どこかへ連れていかれた。翌日にもどってきた彼は口もきけなくなっていた。食事のときも畳に横たわったまま動こうとせず、二日前に息をひきとった。

もっとも浮浪児が死ぬのは珍しくない。滋がここにきてから六人が屍体となって監禁室から運びだされた。死因は栄養失調による衰弱死だが、ほとんど餓死といっていい。

ここに収容されて三か月になる養吉は、飢え死にして当然さ、といった。

「ここで働いてる連中は、おれたちの飯をネコババしてるんだ」

養吉は栄養失調のせいで十二、三歳に見えたが、歳を訊いたら同い年だった。日本橋に住んでいた養吉は、やはり三月十日の大空襲で母親と妹を亡くした。ほかに身寄りもなく、いったん同級生の家に身を寄せたが、居づらくなって飛びだした。そのまま学校にはいかず、浅草寺の境内で物乞い生活をしているところを警官に捕まったという。

養吉は、この檻のなかで唯一の話し相手だ。ここでの生活が長いぶん衰弱していて、だいぶ腹が膨らんでいる。養吉はしょっちゅう自分の尻をさすっては、

「尻っぺたの肉が落ちてケツの穴が見えるようになったら、じきにお陀仏さ」

それが事実だとわかったのは一週間ほど前だった。

昼間、十歳くらいの男の子がやっとの思いで四斗樽にまたがった。彼は衰弱がひどいせいか、下半身をゴザで隠そうともしなかった。その尻はぺったんこで尖った尾骨が浮きでていたが、翌朝に布団のなかで死んでいるのが見つかった。

廊下に足音がして職員がふたり歩いてきた。どちらもくたびれた顔の中年男で無精髭が伸びている。ひとりが配膳用の台車を押してきて、もうひとりが鍵束をだして檻の扉を開けた。とたんに畳に寝転がっていた浮浪児たちが顔をあげた。

「ほら、飯だぞ」

職員がアルミの食器を差しだすと、浮浪児たちは飢えた野犬のように群がって、われ先に手を伸ばした。滋も負けずに食器を受けとったが、誰かに横取りされる者や、食べようにも起きあがれない者もいる。にもかかわらず職員たちは食事を平等に分配せず、そそくさと去っていく。

本来は朝昼晩と三食のはずだが、一日に二食のこともあれば一食だけのこともある。ここにきてまもない頃は食事にありつけなかった者に同情して、自分のぶんをわけてやろうとした。けれども養吉

に止められた。

「そんなことしてたら死んじまう。気の毒だけど、あきらめるしかねえんだ」

養吉のいうとおり、与えられた食事を残さず食べても日増しに体力が落ちてきた。ここにきた頃は走れるくらいの元気があったが、最近は立ったり坐ったりするだけで軀がふらつく。

少年たちがせまい空間で監禁生活を送っていたら喧嘩や暴力沙汰が起きそうなものだが、トラブルは皆無で逃げようとする者もいない。みな空腹で動く気力がないからだ。にもかかわらず脱走を企てた者を密告したら、報酬として一食ぶんを支給するという陰険な規則もある。

アルミの食器には白湯（さゆ）のように薄いイモ粥が入っている。ふた口も啜ればなくなってしまう量だから、空腹はまったくおさまらない。あッというまに食器を空にすると、もうなにもすることはなく長い長い一日がはじまる。

いま朝食を終えたばかりなのに、頭のなかは次の食事のことで占められている。昼食と夕食の両方にありつける可能性はないにしろ、どちらかでも喰えれば幸運だ。壁の漆喰につけた傷をぼんやり見ていたら、きょうが十七歳の誕生日なのを思いだした。去年の誕生日は母がふだんより多めに作ったスイトンとイワシで祝ってくれたが、今年はなにもない。

「きょうは誕生日なんだ」

とつぶやいたら養吉は弱々しい笑顔で、おめでとう、といってくれた。

「なんにもあげるものはないけど」

「なにもいらないよ。でも、ここで誕生日を迎えるなんて、うんざりだな」

「ほんとだよ。こんなとこに入れられるくらいなら、山に捨てられたほうがよかった」

養吉はここに入れられる前にも狩り込みに遭ったが、そのときは養育院ではなく、どこともしれない山中でトラックからおろされたという。

「ひとりずつ、ちがう場所で置いてけぼりにするんだ」

「なんでそんなことを――」

「もう東京に帰ってくるな、ってことだろ。でも、あんときゃあ、そんなに寒くなかったから平気だった。山ンなかにゃ、食べられる草や木の実もあったからね」

養吉は長時間かかって山をおりると、ふもとの農家で物乞いをした。それから二日間、野宿をしながら歩き続けて東京にもどってきたという。

「もどったって、なんにもいいこたあない。でも東京は、おれが生まれた街なんだ」

滋も本所の生まれだけに養吉の気持はよくわかったが、東京の街は浮浪児に冷たかった。

「好きで汚ねえ恰好してるわけじゃねえ。なのに、みんなから野良犬とか乞食とかバカにされて、どこにいたって追っ払われる」

大人たちは眼をあわせようとせず、養吉が近づくと避けて通るか拳（こぶし）を振りあげた。同年代の少年たちはもっとひどかった。浮浪児は人間のクズだといって、集団で殴ったり唾を吐きかけたり汚物のようにあつかわれた。

「とうちゃんは戦争で、かあちゃんと妹は空襲で死んだ。みんなお国のために死んだのに、生き残ったおれのどこが悪いんだよ」

養吉は制服の前をはだけると、首から紐（ひも）でさげた御守り袋を手にした。御守り袋のなかには四つ折りにした写真が入っていた。養吉はそれを慎重な手つきで広げて、

「妹の七五三の写真だよ」

よれた写真には晴れ着姿の四人家族が写っていた。十歳くらいの養吉が妹とならんで笑っており、両親は後ろで温和な微笑を浮かべている。

「うちの家族の写真は、これしかねえんだ」

「そんな写真があっていいな。ぼくは一枚もないよ」

「そうなのか。ごめん――」

ううん。滋はかぶりを振った。養吉の父親は鉄道会社に勤めていたが、三十七歳で召集されてビルマで戦病死した。戦病死とは、飢えや病など戦闘以外の死因を意味する。滋の父とおなじで遺骨はなく、詳細はわからないという。

「おれたちゃあ、国から捨てられたんだ」

養吉は何度もそういった。そのときまで、そんなふうに考えたことはなかった。もろもろの不条理は戦争に敗けたがゆえの代償だと思っていた。ところが地下道で寝起きしていただけで犯罪者のように捕らえられ、牢獄まがいの部屋に閉じこめられた。

表向きは保護といいながら職員たちは暴力をふるい、喰いものはわずかしか与えられない。両親と家を失ったのは国がはじめた戦争のせいなのに、国は浮浪児を邪魔者あつかいしている。いや、その存在自体を消そうとしている。この養育院で死んだ浮浪児の遺体は、こっそり裏山に埋められるらしい。葬儀はおろか墓石も墓標もないから、無縁仏より粗末なあつかいである。

養吉がいったとおり、自分たちは国から捨てられたのだ。そう思ったら怒りを通り越して、絶望的な気分になった。国から捨てられた自分には、もはや夢も希望もない。なにがしたいとか、どこへいきたいという欲求もない。

　いっそのこと、死んで両親のもとへいきたかった。だが、このままここで死ぬのは厭だった。どうせ死ぬなら、その前に銀シャリや肉や魚や好きなものを腹いっぱい食べたかった。いまの自分にとって、生きるとは食べることだった。

「ねえ、あいつ見てよ」

　養吉が部屋の奥を顎でしゃくった。

　いつも腰板を引っ掻いている浮浪児があおむけに倒れて、全身を小刻みに痙攣させている。ただならぬ様子に鉄格子を叩いて職員を呼ぶと、その子はまもなく運びだされていった。

　養吉は自分の腹をさすりながら溜息をついて、

「かわいそうに。あいつはもう助からねえよ」

「でも医者に診せれば、まだ助かるかも」

「そんなことするもんか。おれたちはくたばらない限り、ここからでられねえ」

「いっそのこと、仮病を使ったらどうだろう」

「だめさ。ばれたら、ほんとの死人にされちまう。ばれなくっても裏山に埋められる」

「養育院って名目なのに、子どもが死んでも問題ないのかな」

「死んだけど、死んでねえ子もいるよ」

　職員たちは浮浪児の食事を横取りするために、実際の収容人数より多く都に申告している。したがって、とっくに死んだ浮浪児も存命だと偽っているらしい。養吉は鼻を鳴らして、

「もし警察の調べがあったら、逃げたっていうんだろ。簡単なもんさ」

「羅生門の追い剝ぎみたいなところだな」

「いまの日本は、国じゅう追い剝ぎだらけさ」

ははは。養吉はうつろな声で笑った。

何日か前、職員の立ち話を聞いていると、政府が金融緊急措置令をおこなったせいで生活が大変だとこぼしていた。預金封鎖とか新円切替とか財産税とか意味はわからなかったが、政府も追い剝ぎまがいに国民の財産を没収しているらしい。

⓬

テレビの画面に青みがかった海底が映っている。深海を這うように移動するカメラの前を魚の群れが横切っていく。やがて錆と海藻に覆われた巨大な艦首や菊の紋章、スクリューが映しだされた。

「きょう四月七日は七十五年前、戦艦大和が米軍の総攻撃で撃沈された日です」

ニュース番組のアナウンサーがそういってコメンテーターに解説を求めた。

大和は前日から沖縄での水上特攻を目的とする「天一号作戦」に出撃したが、米軍機の猛攻によってロケット弾百十二発、爆弾二十七発、魚雷四十四発を浴び、鹿児島の坊ノ岬沖で撃沈された。三千人を超える乗員のうち、生存者は一割にも満たない二百七十六人だった。

大和は姉妹艦の武蔵とおなじく、旧帝国海軍が建艦技術の粋を結集した最後の戦艦だ。全長二百六十三メートル、満載排水量七万二千八百九トン、四十六センチ砲を九門搭載し、当時は世界最大級を誇ったという。大和のことは映画やアニメで知っていたが、七十年以上も前の日本にこれほど巨大な戦艦を造る技術があったとは驚きだった。

テレビの前であぐらをかいていた駿は背後に眼をやって、

「大和ってすごいね」

母はスマホに眼をむけたまま、うん、と気のない返事をした。姉はゲーム中でスマホの画面をあわただしくタップしている。姉は本気で離婚するつもりらしく大阪に帰ろうとしない。そのせいで生活空間がせまくなったのが鬱陶しい。

春休みは四月五日で終わるはずだったが、新型コロナウイルスの感染は収束せず、臨時休校は延長された。先月下旬に東京オリンピックの延期が決定、小池百合子都知事は定例会見で花見をひかえるよう要請した。

三月二十九日には、タレントの志村けんが新型コロナウイルスによる肺炎で亡くなった。ほんのちょっと前までテレビで元気な姿を観ていたから、びっくりした。

「志村けんがこんなにあっけなく死んじゃうなんて、やっぱりコロナは怖いわ。すごいお金持ちだろうから、腕のいいお医者さんがついたはずなのに――」

志村けんの死をきっかけに、母は前にもまして神経質になった。そのせいでコンビニにいくといっただけでも目くじらをたてるから、真央と会うのはむずかしい。もっとも彼女の母親も感染を恐れる点では、うちの母と大差ないようで、

「エレベーターのボタンを綿棒で押すの。外じゃマスクにメガネに医療用の手袋してる」

真央は電話でそういった。

桜が見頃を迎えた先月下旬、花見にいこうと誘ったら、いきたいけれど母親にばれるのが怖いとい

う。むろん自分も外出するのは怖い。もし真央を連れだしてコロナに感染させたらと思うと、無理強いはできなかった。

勝也と恭介はちょくちょく遊びにいっていて、いまも電話やラインで誘ってくる。

「いつまでひきこもってんだよ。コロナなんて、そう簡単に罹りゃしねえよ」

きのうも勝也は電話でそういった。

「おれだって外にでたいけど、親がむちゃくちゃうるさいんだ」

「夜中にこっそり抜けだせよ。おれはそうしてる」

「おまえんちは一戸建てだからいいけど、うちはマンションだから、すぐばれる」

「つまんねえ奴だなあ。おまえの顔忘れちまうぞ」

勝也たちと遊びたいけれど、リスクが大きい。コロナの感染や両親に叱られるのを怖がりながら遊んだところで楽しくない。勉強も怠けているから焦りもある。

もう夕方とあって腹が減ってきた。このところ母は買物にいくのをひかえ、食事はスーパーの惣菜や弁当、宅配のファストフードでまにあわせることが多い。おとといの夕食はココイチのカツカレーとサラダ、きのうはガストのミックスグリル弁当だった。

「夕ご飯なに食べるの」

母に声をかけると、なにがいい？　と訊かれた。

「きょうはひさしぶりにデパ地下いこうかと思って。電車は怖いからタクシーで」

「あたしは海鮮ちらし」

「おれステーキ弁当」

姉と同時にいったとき、テレビで安倍首相の記者会見がはじまった。「新型コロナウイルス感染拡大　安倍首相　緊急事態宣言」という大きなテロップを見て、母が音量をあげた。

「特別措置法第三十二条に基づき、緊急事態宣言を発出することといたします。対象となる範囲は、関東の一都三県、東京都、神奈川県、千葉県、埼玉県、関西の大阪府と兵庫県、そして九州の福岡県であります。もっとも感染者が多い東京都では――」

母は記者会見を見ながら溜息をついて、

「デパ地下は中止。ピザでも頼みましょう」

それから三週間が経って、緊急事態宣言は全国に拡大された。

臨時休校もそれにあわせてゴールデンウィークの翌週まで継続となった。その影響で中間試験は中止となり、一学期は期末試験のみおこなうという。臨時休校に浮かれる気分はとっくに失せて、日増しに不安と焦燥がつのっていく。

来年の受験が心配だから宿題をこなしつつ自主的に勉強もはじめたが、真央の顔がちらついたり、ゲームやネットやユーチューブに気をとられてしまう。両親と姉が不機嫌なせいで、わが家の雰囲気は重苦しく、それも勉強の意欲を削(そ)ぐ。

今夜も父は帰りが遅く、母と姉と三人の食卓は会話が弾まない。夕食はウーバーイーツで注文した牛丼だった。牛丼は好物だから文句はないが、母はファストフードやコンビニ弁当は健康に悪いというのが口癖だった。その母がファストフードばかり食べるのは、コロナの影響だけではない気がする。

姉は牛丼をひと口食べてはスマホをいじる。自分もおなじことをしているのに、姉がそうするのを見るとだらしなく映る。姉はうちに帰ってきて見る見る肥りだした。結婚前は少食で一日に何度も体重計に乗っていたが、ストレスで食欲が増進したのか、別人のようによく食べる。夜中もときどき姉の部屋からぼりぼりと菓子を喰う音がする。

「またデブったね」

「うるさい」

冷やかし半分で忠告しても姉は耳を貸さない。テレビでは母の好きなお笑い番組が流れている。もっとも母は笑うでもなく箸を動かしながら、ちらちら画面に眼をやるだけだ。

駿が牛丼を食べ終えたとき、えッ、と姉が声をあげた。姉はスマホの画面を見つめて、

「ちょっと、これマジ？　ＦＡＢホテル＆リゾーツが倒産だって」

「見せて」

母は眉をひそめて姉のスマホを覗きこんだ。駿も急いでスマホを見た。

最新のニュースを検索したら、ＦＡＢホテル＆リゾーツが経営破綻、負債総額三百五十億円と見出しがあった。記事によると、新型コロナウイルスの感染拡大による渡航制限でインバウンド需要が見込めず、国内でも外出自粛の影響で宿泊客やツアーのキャンセルが相次ぎ、業績が急速に悪化、民事再生法の適用を申請したという。

「かあさん、知ってたの」

「知るわけないでしょ。すごく売上げが悪いとは聞いてたけど」

母はスマホを手にして父に電話したが、かぶりを振って、でない、といった。

「社員はみんな辞めさせられるのかな」

姉が訊いた。さあ――と母は首をかしげて溜息をつき、

「でも、とうさんは会社に残れるかも」

「ほんとに？」

「とうさんが前にいってたのよ。おれは社長と仲がいいからクビにはならんって」

いくら社長でも会社が倒産したら責任を問われるのではないか。それをいおうとしたら、勝也からラインの着信があった。「ニュース見たけど、おやじさんの会社やばくね？」という文面にげんなりしたが、既読無視もまずい。

自分の部屋にもどって、なんと返信するか考えた。大丈夫だと答えても落ちこんでいると思われそうだから「マジやべー。おやじ帰ってこねえしw」と返信した。まもなく恭介からも父の会社の件でラインがきた。ふたりとやりとりを続けるのがつらくて「おふくろが呼んでるから、また連絡する」と送信してトークを終わらせた。

気分を落ちつかせようと勉強をはじめたが、まったく頭が働かない。もし父が職を失ったら、わが家はどうなるのか。勉強机に頬杖をついて悩んでいると、真央から電話があった。真央もニュースを見て心配してくれたらしく、遠慮がちに父の会社のことを訊いた。

「まだよくわかんないんだ。大変そうだけど、がんばる」

母と姉に聞こえないよう小声だが、努めて明るい声でいった。

「洲崎くんって強いんだね」

「ぜんぜん強くないいよ。先のこと、あんま考えてないだけ」

「コロナがおさまんなきゃ、なにも考えられないよね」

「うん。なにも考えたくない。ただ――」

「ただ、なに?」

「どっかいきたいね」

「うん。いこうよ」

「マジで? すっげえうれしい」

すぐにでも会いたかったが、真央は両親がうるさいから予定がたたないという。もっとも休みはまだまだあるから焦る必要はない。真央に会えると思っただけで気分が明るくなった。


その夜、父は十二時をすぎて帰ってきた。会社のことを訊こうと思ってリビングにいくと、姉もおなじことを考えたらしく部屋からでてきた。父は疲労をにじませた表情でマスクをはずし、ネクタイをほどいていた。父の上着を手にした母はきつい眼でこっちを見て、

「ふたりとも、もう寝なさい」

しぶしぶ部屋にもどったが、気になって仕方がない。すこし経ってから足音を忍ばせて廊下にでた。リビングに耳を澄ませると両親の会話が聞こえた。

「知らん。おれだって寝耳に水だったんだ」

「それじゃ会社に残れないの」

「残ったってむだだ。営業再開のめどがたたん」

「退職金は?」

「わからん。原資があれば支給されるが、満額は無理だろう。最悪ゼロかもしれん」

「ボーナスがでないだけでもショックなのに、どうするの。このマンションのローンだって、あと十年も残ってるのよ」

「いっぺんにごちゃごちゃいうな。なんとかする」

父は重い声で答えた。

⑬

けさの朝食は塩汁と高粱飯（コーリヤン）だった。

汁に具はなく薄い塩味しかしない。高粱とは米がわりの赤い雑穀で軍隊では馬の餌だったらしいが、馬どころか仏壇に供えるくらいの量しかない。高粱飯は消火が悪くて腹をくだすから、食べても体内を素通りする。塩汁も栄養価はないにしろ、冷たい指先をアルミの食器で温められるのがよかった。

昼になると昼食がわりに少量のビタミン剤が配られた。数粒の錠剤では、まったく腹の足しにならない。にもかかわらず夕食もでなかった。

夜になって新入りがふたり職員に連れてこられた。ふたりとも十四、五歳くらいの顔つきで痩せ細っている。とはいえ監禁室の浮浪児にくらべれば、はるかに肉づきがいい。

一週間ほど前、いつも腰板を引っ掻いていた子が運びだされた。その子は当然のようにもどってこなかった。それ以来、監禁室の人数は十五人に減ったが、彼らがきて十七人に増えた。

新入りのふたりはおびえた表情で、生気のない先住者たちのあいだに腰をおろした。滋と養吉は、いまいる場所がせまくなったので部屋の奥に移動した。新入りにはなんの関心も湧かない。頭のなかは夕食がでなかった落胆で占められている。

監禁室に入れられて何日が経ったのか。

いつのまにか壁に傷をつけるのをやめたせいで、正確な日にちがわからない。昼間はすこし暖かくなってきたから二月も末だろう。が、ここをでられない以上、きょうが何日だろうと関係ない。栄養失調で日増しに軀を動かすのが億劫になってきた。

養吉は一段と腹がでて尻の肉が落ちている。養吉は尻をさすって、

「こりゃいけねえ。もうじき死んじゃうよ」

「そんなことないよ。がんばんなきゃだめだ」

養吉が弱音を吐くたび、懸命になぐさめる。しかし自分の体力も限界に近い。このままここにいたら近いうちに動けなくなる。いったいなんの罪で、こんな牢獄に閉じこめられているのか。最初は烈しい憤りを感じたが、この頃は感情の動きが鈍くなって、これが自分の運命のような気もする。

消灯時間の八時になって職員が見回りにきた。職員は早く寝るよう急かすだけで、天井の裸電球は灯ったままだ。もっとも明かりを消せば真っ暗になり、用が足せなくなる。

昼間はすこし暖かくても、夜が更けると歯の根があわぬほど冷えこむ。監禁室の寝具はぺらぺらの敷き布団と垢で煮しめたような毛布しかない。どちらも繊維のなかはシラミの巣だが、ほかに暖をとるものはない。火の気がない部屋で、二枚の寝具と浮浪児たちの体温だけが頼りだ。

滋は毛布をかぶって壁際に敷いた布団に寝転がった。眠る以外にすることはないが、腹が減って寝つけない。あたりを見ると浮浪児たちは寝静まっている。何度も寝返りを打っていたら背中がすうすう寒くなった。

どこからか隙間風が入ってくる。壁を触ってみたら五、六枚の腰板がぶかぶか浮いている。風はそこから入ってくるらしい。音をたてないよう一枚の腰板をそっと剝がしてみたら、土壁に亀裂が入っていた。隣で寝ていた養吉にそれを見せると、

「前にいた子がいつも引っ掻いてたあたりだよ」

「そうか。だから腰板が浮いてたんだ」

待てよ、と養吉は滋を押しのけて、

「あいつ、てっきり頭が変になったと思ってたけど、もしかしたら――」

養吉は土壁を覗きこむと指先で土を削り落とした。もろくなった土はぼろぼろ崩れ、格子状に竹を編んだ小舞があらわになった。竹もすっかり朽ちていて養吉が拳で叩くと簡単に割れた。仁龍寺の壁もこんなふうに崩れていたが、ここに穴を作れば外にでられるかもしれない。

養吉もそう考えたらしく、こっちをむくと唇にひと差し指をあて、

「静かにやろう。見つかったら半殺しにされる」

職員は人数がすくないから夜の見回りはたまにしかこない。とはいえ大きな音をたてれば、すぐさま駆けつけてくる。

滋と養吉は慎重な手つきで、さらに腰板を剝がした。最初の一枚を入れて五枚剝がすと、土壁は一メートル近く剝きだしになった。ふたりは勢いづいて指や爪で土壁を削り落とし、小舞にたどり着いた。小舞の隙間を指で押すと、竹と土が崩れて二センチほどの穴があいた。そこから夜気（やき）が忍びこんできて思わず胴震いをした。養吉が声をひそめて、

「もっと広げたら、外にでられるよ」

「外にでても柵があるだろ」

「職員用の出入口があるんだ。そこからでよう」

しかし小舞は一部が朽ちているだけで、ほかは頑丈だった。ふたりで押してもひいても竹の格子は崩れない。もっと体力があった頃ならなんとかなっただろうが、いまはもう力がでない。疲れて作業の手を止めていると、おうい、と誰かの声がして、

「なんだか寒いよ。そこでなにやってんだィ」

滋はぎくりとしつつ、ごめん、と答えて、

「壁に穴が開いてるから、ふさいでるんだ」

正反対のことをいってごまかした。

みんなが騒ぎだしたらまずいから、今夜は作業をあきらめるしかない。けれども作業の痕跡が職員に見つかれば、ただではすまない。床に散らばった土は便所がわりの四斗樽に捨てるとしても、腰板をもとにもどすのはむずかしい。養吉とどうするべきか焦っていたら、

「そこをどいて」

背後で誰かがささやいた。ぎくりとして振りかえると新入りのふたりが後ろにいた。

「その竹を破ればいいんだろ。おれたちがやってみるよ」

滋と養吉はうなずいて場所をゆずった。彼らはずっと自分たちの作業を見ていたらしい。ふたりは床に腰をおろして壁の穴に片足をあてがい、

「せーの」

ちいさな掛け声とともに小舞を蹴飛ばした。小舞がめりめりと音をたて、暗がりに土埃（つちぼこり）が舞いあ

がった。物音に気づいた浮浪児たちが頭をもたげたが、ふたりはかまわず小舞を蹴り続けた。

やがて、ばりッ、と音をたてて小舞が破れ、壁に大きな穴があいた。土や草の匂いとともに冷たい夜風が吹きこんできた。四人は顔を見あわせると無言で快哉を叫んだ。

穴に気づいた浮浪児たちがこっちににじり寄ってきた。

「通れるか試してみよう」

新入りのひとりが小声でいってうつぶせになると、穴から這いだした。もうひとりもそれにならって脱出に成功した。ひとりが外からこちらを覗きこんで、

「早く逃げようッ」

しかし滋はかぶりを振って、軀が弱ってる子を先に逃がそう、といった。

「そんなの無理だよ。おれたちはもういくぞ」

新入りのふたりは姿を消した。彼らの手助けがなければ、全員を逃がすのは無理だろう。

滋は意を決して、先にいくよう養吉を手ぶりでうながした。養吉は突きでた腹を竹にひっかけながらも穴から這いだした。続いて滋がうつぶせになったとき、かぼそい叫び声がした。

「だ、脱走だァ――」

後ろを見たら、声の主は満足に動けない浮浪児だった。いつも寝たきりでしょっちゅう食事を奪われている彼は、宙にむかってふたたび声を震わせた。

「脱走だァ――」

まもなく職員たちが気づいたようで乱れた足音が廊下に響いた。こうなったら逃げるしかない。滋はあわてて穴に頭を突っこむと無我夢中で這った。

真っ暗な夜空に星がまたたいている。

あたりは一面の田畑だが、まだ植えつけの季節とあって喰えそうな野菜はない。人家はまばらで遠くに点々と明かりが見える。海が近いから吹きつける風は粘(ねば)っこく、潮(しお)の香りが新鮮だった。さっきまで全力で走っていたから軀は温まって寒さは感じない。ただ裸足とあって足の裏が痛む。

滋と養吉は田畑を横切る線路に沿って歩いた。ふたりは壁の穴を抜けだしてから、職員用の出入口を通って外にでた。養育院の職員たちは懐中電灯を手にして追ってきたが、裏手の森に入ったあたりで姿が見えなくなった。

先に逃げた新入りのふたりは、どうなったのかわからない。鉄条網つきの柵は簡単に越えられそうもないから、あるいは捕まったかもしれない。おなじ監禁室にいた浮浪児たちも気になるが、逃げるのに精いっぱいで、どうすることもできなかった。

養吉は走るのに全力を使い果たして足元がふらついている。

「だめだ。もう歩けないよ」

「もうすこし、がんばろう。このままいけば、どこかの駅に着くはずだ」

そういう自分も老人のような足どりで、すこしでも気を抜けば前のめりに倒れそうだった。養育院を脱走して何時間も経った気がするが、足裏が痛くてわずかな距離しか進めない。

空が白んできた頃、ようやく駅舎が見えてきた。駅舎は木造で瓦葺(ぶ)きのちいさな建物だが、こんな早くから混みあっていた。みなくたびれきった表情で大きな背嚢や風呂敷包みを背負っている。東京方面から食料の買出しにきたらしい。

駅に着くと養吉はわずかに元気をとりもどした。ふたりとも無一文で切符は買えないから駅舎には入らず、線路を伝ってホームにまわりこんだ。ホームは大勢のひとびとがひしめきあっていた。滋と養吉はホームの下にしゃがんで列車がくるのを待った。

養吉は膝を抱えてうとうと舟を漕ぎながら、

「汽車に乗ったら、どこまでいこうか」

「やっぱり上野だよ。あそこなら地下道がある」

と滋はいった。上野にもどって参平に会いたかった。

「不忍池でザリガニが獲れるんだ。焼いて喰ったらエビみたいな味がする」

エビ？　と養吉は急に眼を見開いて、

「うわあ、喰いてえなあ。上野に着くのが楽しみだ」

やがて線路のむこうで汽笛が響いて、真っ黒な蒸気機関車が姿をあらわした。蒸気機関車は安全弁から白い蒸気を噴きあげながらホームに停車した。

たちまち乗客たちが殺到し、押しあいへしあい列車に乗りこんでいく。滋と養吉はホームに這いあがると、ガラスのない窓から車内にもぐりこんだ。

窓の外では、乗りそびれた連中が窓枠を伝って屋根にのぼろうとしている。駅員がひとびとに揉みくちゃにされつつ笛を鳴らし、列車は動きだした。

車内は身じろぎもできない混みようで、乗客たちの体臭や汗、背嚢に詰まった食料の匂いが充満している。これから何時間もこんな混雑を我慢するのかと思って憂鬱になった。乗客たちは滋と養吉にとげとげしい視線をむけてくる。裸足のうえに垢だらけの浮浪児だから無理もない。

滋は肋骨が折れるかと思うほどの息苦しさにあえぎつつ、

「噂には聞いてたけど、ものすごく混んでるね」

「始発だから、これでも空いてるほうだよ」

養吉は浅草で路上生活をしていた頃、何度か無賃乗車して農村へ物乞いにいった。まれに喰いものを恵んでもらえたが、あまりの混雑に疲れ果て買出し列車に乗るのはやめたという。

乗客は列車の屋根はもちろん、石炭車や連結器にまで乗っている。荷物棚に渡したロープでハンモックを吊り、そこで仮眠をとる乗客もいた。便所は荷物置場になって使用できず、目的地に着くまで我慢するしかない。我慢できずに漏らしてしまう乗客もいて、車内には耐えがたい悪臭が漂う。買出し列車に慣れた女性たちは事前に「おしめ」をしているらしい。

車内の照明は裸電球で一両に三つしかないから薄暗い。座席はどれも布が剝がされて、板が剝きだしになっている。養吉によれば、座席に貼ってあった布はシューシャイン——靴磨きに最適だから浮浪児たちが剝がすという。

列車は窓にガラスがないから、煤煙（ばいえん）とともに冷たい風が吹きこんでくる。むろん暖房もないけれど、車内はすし詰めとあって寒くはない。心配なのは、いつ車掌が検札にくるかだ。車内は通路も通れないほど混んでいるせいか、しばらくしても車掌はこない。ふたりは疲れ切って立ったまま眠ったが、鉄橋の震動やトンネルを通過する轟音で何度も眼を覚ました。

列車は木更津（きさらづ）を経て千葉に着いた。いったんホームにおりると、外はだいぶ明るくなっていた。ふたりは両国（りょうごく）行きの列車にふたたび無賃乗車した。

両国から上野までは徒歩で一時間もあれば着く。東京へ近づくに連れて乗客は減り、車内にいくらか余裕ができた。滋と養吉は床にしゃがみこんで、ふたたび眠った。

乗客にぶつかられて眼を覚ますと、列車は亀戸（かめいど）駅をでるところだった。まもなく両国だと思ったとき、何人かの乗客が奇妙な行動にでた。動きだした列車の窓から背嚢や風呂敷包みを放り投げている。せっかく苦労して手に入れた食料をどうして捨てるのか。

「あれは、なにしてるんだろう」

思わずそうつぶやいた。前にも見たよ、と養吉がいって、

「駅で警察の取締りがあったら、統制品はぜんぶ没収される。ああやって外に捨てといて、あとから拾いにいくんだよ。身内を待たせといて拾わせる奴もいる」

「そういうことかあ」

と滋がいったとき、列車が急に速度をゆるめ、線路の途中で停車した。

乗客の誰かが、りんけんだッ、と押し殺した声でいった。りんけんとはなにかと思っていたら、制服姿の警官が五、六人、乗客を押しのけて車内に入ってきた。

乗客は荷物を隠したり、窓から逃げようとしたりで騒然となったが、みな警官たちに制止された。その頃になって、りんけんとは臨時検査の略だとわかった。

滋と養吉は警官に見咎められないよう、頭を低くして床で膝を抱えた。

「それは、おまえの荷物か」

「中身を見せなさい」

警官たちは横柄な口調でいって乗客の所持品を調べはじめた。いちばんの標的は闇米（やみごめ）らしく、有無をいわさず没収した。米を水筒のなかや腹巻きに隠している乗客もいたが、警官たちはめざとく発見

した。妊婦を装って腹に隠していた米を没収されて、若い主婦は泣き崩れた。しかし警官たちは動じることなく臨検を続けた。

「あいつら、没収した米を自分たちで喰ってるって話だよ」

養吉が耳元でささやいた。ふと、ひとりの警官が大股で近づいてきて怒鳴った。

「おまえらは浮浪児だな。こっちにこいッ」

「まずい。窓から逃げよう」

と養吉がいった。ふたりは急いで立ちあがり、ひとごみを掻きわけて走った。窓のそばにたどり着いたとき、あッ、と背後で声がした。振りかえると養吉が床に転んでいる。助け起こそうとしたが、養吉はかぶりを振って、だめだ、といった。

「足をくじいた」

「肩を貸すよ。一緒に逃げよう」

「無理だ。捕まっちまう」

養吉は首からさげた御守り袋を差しだして、

「これを持っていって。早く逃げてッ」

とまどいつつ御守り袋を受けとったら、警官がすごい勢いで追いかけてきた。滋はあわてて窓に駆け寄った。警官は養吉の肩をつかむと、こっちをむいて怒鳴った。

「こら、そこを動くなッ」

窓枠に片足をかけたが、ひとりで逃げる決心がつかない。

「上野で待ってて。必ずいくからッ」

養吉が悲痛な声で叫んだ。ほかの警官たちも罵声をあげながら迫ってくる。養吉は眼があった瞬間、力強くうなずいた。滋は唇を噛み締め、窓から身を躍らせた。

列車を飛びおりて線路沿いに走った。とっくに体力を使い果たして息も絶え絶えだったが、最後の力を振り絞った。両国駅には警官がいるように思えて、亀戸の方向へむかった。両国も亀戸も空襲で焼き払われたから、かつての街並はほとんど残っていない。

空はよく晴れて朝の陽射しが暖かい。しばらく走って振りかえると、もう列車はでていて追っ手もいなかった。安堵して歩調をゆるめたが、養吉がどうなったのか心配だった。また養育院に入れられたら、こんどこそ死んでしまう。

しかし助けるすべはないし、上野で待ってて、と養吉はいった。いまはその言葉を信じるしかない。早く上野にもどろうと思って亀戸駅の手前で踵をかえした。

線路沿いの焼跡を歩いていたら、茂みのなかに大きな背嚢が落ちていた。場所からすると、さっきの列車の乗客が窓から放りだしたらしい。持ち主の名前なのか、背嚢の蓋には「辰（たつ）」という字が墨で大きく書いてあり丸で囲んである。

あたりを見まわしたが誰の姿もない。背嚢になにが入っているのか想像したら、ごくりと喉が鳴った。もしイモかカボチャでも入っていたら、ひとつくらいもらってもいいだろう。

地面にしゃがんで背嚢の蓋に手をかけたとき、背後で男の声がした。

「やっと見つけたぜ」

ぎくりとして振りかえったら、男がふたり立っていた。ひとりは三十代前半くらいで髪をポマードで撫でつけ、進駐軍の流出品らしい派手な背広を羽織っている。もうひとりは二十代なかばくらいで印半纏に股引姿だ。背広の男が腕を組み、鋭い眼でこっちを見おろすと、

「てめえだな。最近おれたちの荷物を盗んでるのは」

「――ちがいます」

あわててかぶりを振ったが、男は鼻を鳴らして、

「浮浪児なら浮浪児らしく残飯でも漁ってろ。その背嚢の字が読めねえのか。そこに戻って書いてあるだろ。ちょっとやそっとの悪党だって、うちの荷物にゃ手ェださねえ。辰巳一家の上前はねるたあ、ふてえ野郎だ」

「どうしますか、兄貴」

印半纏の男が腰をかがめて訊いた。

「ガキだからって勘弁ならねえ。二度とかっぱらいができねえよう腕をへし折れ」

へい、と印半纏の男がいって、こっちへむかってきた。

あわてて立ちあがろうとしたが、恐怖で足に力が入らない。四つん這いで逃げようとしたら尻を思いきり蹴飛ばされた。尾骨が割れるような痛みに尻を押さえて地面に転がった。

男は背中に馬乗りになってくると、滋の右腕をねじりあげて、

「鶏の手羽みてえな腕しやがって。二本とも折ってやる」

「かんべんしてください。盗むつもりじゃなかったんです。ぼくはただ――」

懸命に弁解したが、関節がはずれそうな激痛に息が詰まった。男はこちらの苦悶を楽しむように、じわじわ腕をねじりあげていく。あとすこしで腕が折れる。たまらず悲鳴をあげたとき、

「待て。その坊主は、おれの知りあいだ」

男の声がして印半纏が手を止めた。うつぶせのまま顔をあげたとたん、眼を見張った。左眼に黒い眼帯をつけ、軍帽に軍服姿の男が立っていた。

右膳――瓜生武だ。瓜生は右腕で大きな布袋を担いでいる。印半纏が滋にまたがったまま舌打ちをして、誰だ、てめえは、といった。

「誰だっていい。早く坊主を放せ」

「そうはいかねえ。こいつァ、おれたちの荷物を盗もうとしやがった。だから不自由な軀になってもらうのよ。てめえとおなじようにな」

「そうか。なら仕方がない」

瓜生は布袋を地面におろすと、なかから短い木刀を取りだした。ほう、と背広の男が薄笑いを浮かべた。そんな軀で、おれたちとやるってえのか。

「ああ。逃げるなら、いまのうちだぞ」

背広の男が印半纏に顎をしゃくった。印半纏は滋の背中から離れて、懐から匕首(ドス)を抜き、白鞘(しらさや)を払った。ぎらりと光る刃を見て、ぞッとした。

印半纏は一気に間合いを詰めて瓜生に飛びかかった。印半纏が振りかざした匕首が顔面に突き刺さった。と思ったら、そこに瓜生はいなかった。

印半纏の手から、ぽとりと匕首が落ちた。木刀の切っ先がみぞおちに喰いこんでいる。瓜生が木刀をひっこめると、印半纏は白眼を剥いて崩れ落ちた。あおむけに倒れた軀が小刻みに痙攣している。

瓜生は軍服の左袖を風にはためかせて、背広の男に木刀をむけた。

「片眼片腕のくせに、やるじゃねえか」

背広の男が上着の懐に手を入れた。

「ただ相手が悪かったな。おれたちを誰だか知ってるのか」

「知らん」

「なら教えてやる。おれたちゃ辰巳一家のもんだ」

「それがどうした」

「ははん、わかったぞ。このガキを使って、てめえが荷物を盗ませたんだな」

「下衆な考えしかできない野郎だ。その腐った性根を叩きなおしてやるから、かかってこい」

「なんだとッ」

背広の男は声を荒らげて上着の懐から手をだした。その手には黒い棒のようなものが握られている。背広の男が棒の側面を押すと、ぱちんと音がして鋭利な刃が閃いた。飛び出しナイフだ。

滋はようやく起きあがった。瓜生の加勢をしたいが、どうすればいいのかわからない。及び腰で見守っていると、瓜生は木刀を右手にさげて背広の男に近づいていく。

散歩でもするような足どりで、あまりに無防備だった。背広の男が腰を落としてナイフを構えた。眉間と鼻に小皺が寄って、すさまじい形相になっている。

「うりゃあああッ」

背広の男は怒声とともに走りだし、瓜生に体当りした。これでは避けようがないと思ったが、瓜生はぎりぎりでナイフをかわした。背広の男は勢いあまって前のめりになった。

次の瞬間、びゅん、と風を切る音がして、背広の男の後頭部に木刀が打ちおろされた。

男は悲鳴もあげずにうつぶせに倒れ、動かなくなった。瓜生は無表情で踵をかえすと、木刀を布袋にしまった。しばらく呆然としていたが、われにかえると瓜生に駆け寄って頭をさげた。

「ありがとうございました。おかげで助かりました。片腕なのに、あんなに強いなんて――」

滋はそういってから、ごめんなさい、といった。うっかり片腕といったのが悪かったように思えたからだが、瓜生はうっすら笑って、

「両腕があった頃は、もっと強かった」

だから、あんなに勲章をもらったのだろう。瓜生の強さには納得したが、どうしてここにきたのか。理由を訊くと、船橋に野菜を仕入れる農家があって、そこに寄った帰りだという。

「船橋まで歩いてですか」

「ああ。買出し列車は混雑が厭なんだ」

滋はうなずいて背広の男と印半纏に眼をやった。ふたりはまだ地面に倒れている。

「このひとたち――死んだんでしょうか」

「死んだってかまわんが、気絶してるだけさ」

ところで、と瓜生は背広の男に顎をしゃくって、

「おまえはほんとうに、こいつらの荷物を盗もうとしたのか」

滋はかぶりを振って、これまでのいきさつを説明した。調子に乗って養育院のことまで喋っていたら、瓜生は辰の字が記された背嚢の前で腰をかがめて、

「こいつらは、なにを運んでたんだ」

「ぼくがやりましょう」

地面にしゃがんで背嚢の蓋を開けると、大きな紙袋が入っていた。紙袋の口は紐で厳重に縛られている。紐をほどいたら、なかには白い粉末がぎっしり入っていた。

「なんだ、この粉は」

瓜生はその粉末を指でつまんで、ぺろりと舐めた。瓜生は右眼を丸くして、

「こいつはすごい。砂糖だ」

砂糖と聞いて急いで舐めてみた。とたんに陶然となった。本物の砂糖を口にしたのは何年ぶりだろう。砂糖どころか甘いものには縁がなかっただけに、舌がとろけるような甘さに頭がくらくらした。

「これだけあれば、ひと財産だ。こいつらが血眼になるのも無理はない」

瓜生は布袋から水筒と飯盒をだすと、それに砂糖をいっぱい詰めて、

「こいつを持っていけ。闇市で売れば二百五十円にはなる」

「そんなにですか」

「いまの砂糖の値段を知らんのか。公定価格は一貫四円弱だが、闇なら五百円以上する」

一貫は三・七五キロだ。瓜生によると、預金封鎖や新円切替の影響でインフレがすさまじく、物価は高騰を続け、金の価値はさがりっぱなしだという。新卒の国家公務員の給与はいま五十円くらいだから、砂糖が二百五十円で売れるなら、夢にまで見た銀シャリを腹いっぱい喰える。地下道の生活からも抜けだせるかもしれない。

「どうした。早く持っていけ」

滋はうなずいたが、地面にしゃがんだままその場を動かなかった。

「取りぶんが足りないっていうのか」

「この砂糖はもらえません。助けてもらったお礼に、なにか手伝わせてください」

「前にもいっただろ。おまえが手伝えることはない」

「ただ働きでいいんです」

「おまえは妙な坊主だな。この砂糖を持っていけば、とうぶん飯が喰えるのに」

「ぼくひとりじゃ、また地下道にもどってしまう気がするんです。だから瓜生さんの仕事を手伝わせてもらえたら――」

「あきらめろ。こいつを売ったら、いまの商売は畳む」

「それから、どうするんですか」

「どうもしない。金がなくなりゃ、また働くさ」

「それじゃもったいないですよ。砂糖を売ったお金で売れるものを作れば――」

「売れるものを作る？」

「ええ。たとえば料理とか」

「無理をいうな。おれはこれなんだ」

瓜生は軍服の左袖を右手ではたいた。料理は、ぼくが作ります、と滋はいった。

「ちょっとしたものなら作れます。母の手伝いをしてたんで」

「その程度の腕で、闇市の連中にかなうもんか」

「でも瓜生さんは大陸の美味(おい)しい料理を知ってるじゃないですか。その作りかたを教えてください。それを闇市でみんなに食べさせたら――」

懸命に説得したが、瓜生は溜息をついて、

「おまえみたいな坊主に商売ができるとは思えん」

「――やっぱり、だめですか」

「しかし、ものは試しだ。簡単なものからやってみろ」

「はいッ」

滋はいままでの疲れも忘れて勢いよく立ちあがった。

⑭

リビングの窓から朝の光が射している。

五月らしいさわやかな天気なのに朝食のテーブルは重い雰囲気だった。駿はサンドイッチ、姉はカップ麺とおにぎり、母はパスタサラダ、父は焼サバ弁当とメニューはばらばらだが、どれもコンビニで買ったものだ。

父の会社が倒産してから、母は食費を倹約しはじめた。デパ地下の惣菜はもちろんウーバーイーツも使わなくなり、スーパーの惣菜かコンビニの弁当やおにぎりでまにあわせる。本気で倹約するなら手料理のほうが安いが、調理が面倒なのか出来合いを買ってくるのが母らしい。

父は倒産が報じられた翌日の夜、駿と姉を呼んで今後について話した。FABホテル&リゾーツは民事再生法の適用を申請したが、ほとんどの従業員が解雇になり再建の見込みはないという。

「次の仕事はなるべく早く見つける。おまえたちにも苦労をかけるが、辛抱してくれ」

父は心配させまいとしてか、おだやかな顔つきでいった。

「駿は勉強をしっかりやれ。受験のことは心配しなくていい」

続いて父は姉に夫とどうするのか訊いた。

「このまま別居を続けても、おたがいのためにならん。弘人くんやご両親とじっくり話しあったほうがいいぞ」

「そうしようと思ったけど、このあいだ弘人に電話したらトメとウトが反対してるの。あたしが大阪にきちゃ困るって」

「どうして」

「東京はコロナが多いから怖いんだって。大阪もたいして変わんないのにバカみたい」

姉はあざけるようにいい、父はあきれた表情でかぶりを振った。

ゴールデンウィークは先週で終わり、本来なら授業が再開されるはずだった。けれども政府の緊急事態宣言が五月末まで延長されたのを受けて、授業再開は六月からになった。新学期のスタートが遅れたぶん、夏休みは大幅に短縮されるらしい。

学校とはタブレットで連絡をとり宿題やテストをこなしているが、勉強が身についた実感はなく、来年の受験が心配だ。わが家が大変だからこそ勉強をがんばろう。そう思うけれど、気になることが多すぎて勉強に打ちこめない。

去年のゴールデンウィークは秋に結婚をひかえた姉の提案で、京都へ家族旅行にいった。父の仕事の都合で一泊しかできなかったが、FABホテル&リゾーツの運営施設だけに格安で豪華な部屋に泊まれた。

あとの休みは勝也と恭介と毎日遊んだ。秋葉原（あきはばら）の電気街をぶらついたり、東京ジョイポリスのアトラクションに片っぱしから乗ったり、エストでボーリングやダーツやカラオケに興じたりした。それにひきかえ今年のゴールデンウィークは、三月二日から臨時休校が続いているせいで休みという感覚すらなかった。ニュースによると、連休中の人出は例年にくらべて八割近く減ったらしい。

きのう政府が全国民に配布した布マスク——いわゆるアベノマスクがようやく届いた。母はマスクを大量に買い溜めしているだけに鼻を鳴らして、いまさらもらってもね、といった。

「だいたい布マスクって、不織布マスクにくらべてウイルスを防げないっていうし」

駿はもちろん姉も使わないというから、四枚のマスクは父に渡した。

おとといの午後、ひさしぶりに勝也と恭介に会った。父の会社が倒産しただけに顔をあわせるのは気まずかったが、ふたりとも心配してくれているし、たまには外出したかった。

「ちゃんとマスクして密を避けるのよ。暗くなる前に帰んなさい」

でかける前に母はくどくど釘を刺した。

勝也と恭介とはサイゼリヤで待ちあわせて遅い昼食をとった。勝也はリブステーキにライスとサラダとスープ、恭介はグリルチキンとハンバーグにライスの大盛りとスープ、駿は金がもったいないからペペロンチーノだけにした。

ふたりは元気だったが、自粛と休校に飽き飽きしているようだった。勝也の父親はIT系のベンチャー企業の役員だから、テレワークでほとんど自宅にいるという。

「ふだんはおやじと仲いいけど、毎日いるとうざい。ウーバーイーツももう飽きた」

「うちもテレワークだけど、コロナで確定申告の期限が延長になったし、取引先からの相談が多くて、めっちゃ忙しい。中小企業はどこも資金繰りが苦しいから」

「おやじさん税理士だもんな。逆にコロナで儲かってんじゃね？」

「そんなことないよ。飲食業の取引先は潰れそうだから、顧問料が入らなくなる」

「このままじゃ飲食店はマジ壊滅だよな。旅行とかホテル業界とかも――」

勝也はそういいかけて、はッとした表情で口をつぐんだ。気にすんなよ、と駿はいって、

「もう平気だから」

「ならいいけど、おやじさん大変だろ。次の仕事見つけなきゃいけないし」

「まあね。でも、しばらくのんびりするっていってた」

そう答えたが、父はまったくのんびりしていない。

ハローワークへ失業申請の手続きにいったり、同僚や部下たちと今後について話しあったりしているらしく、毎朝でかけていく。したがって朝食も以前とおなじように家族四人で食べる。以前とちがうのは、朝食が質素なのと食卓の雰囲気が暗いことだ。

勝也と恭介は料理をたいらげてコーラやジュースを飲んでいる。駿はドリンクバーをつけなかったから水だけだ。勝也はそれに気づいて、どうしたんだよ、といった。

「水なんか飲んで」

「なんか甘いもの飲みたくなくてさ」

「じゃあコーヒーでも飲めよ。ドリンクバーくらい、おごるぜ」

「いや、いいよ」

「そっか。しっかしマジだりー。クラス替えで三組の千葉(ちば)と一緒になんねーかな」

「千葉?」

「千葉彩奈(あやな)だよ。めちゃ美人で有名じゃん」

クラス替えといわれて真央のことが気になった。長い休校のせいで新学期はクラス替えがあるのを忘れていたが、真央とべつのクラスになるのは困る。

勝也と恭介は、女子は誰がいいとか担任は誰になったら厭だとか、クラス替えの話をした。途中で恭介が、早川はどう? といったのでぎくりとした。勝也は首をひねって、

「イマイチかな。おまえ、ああいう地味なのが好み?」

「好みってほどじゃないけど――」

「はっきりいえよ。告白(コク)るんなら、手伝ってやろうか」

「おれたち、クラス替えでどうなるかな」

真央から話をそらしたくて口をはさんだ。

「三人とも一年のときから一緒だから、次はべつべつかもな。べつのクラスになっても、いままでどおり遊ぼうぜ」

「うん」

「あー、いい女とやりてー」

勝也が唐突につぶやいた。ニュースで見たけどさ、と恭介がいった。

「いま中高生が妊娠したって相談が増えてるってよ」

「だろーな。休校でひまだから、やりまくってんだよ。糞ガキどもが」

「うらやましいよなあ。おれも中坊とやりてえ」

「ロリかよ、おまえは」

「ロリじゃないよ。年齢差からいったら、いま中坊の子と将来結婚してもおかしくない」

「リア充ならな。非リア充は風俗で我慢しろ」

「風俗いってみたいけど、金がない」

「もうじき国から十万円もらえるだろ」

「特別なんとか金ってやつ？　親はおれにくれないよ」

「親の金じゃねえじゃん。国民ひとりずつに配るんだから」

先月の下旬、政府は特別定額給付金などの新型コロナウイルス感染症緊急経済対策を閣議決定した。特別定額給付金は全国民に一律十万円が給付される。

「勝也はもらえるの」

「当然だろ。洲崎は？」

「無理だよ。うちは家計がやばいから」

「だからって親がぜんぶ遣うのは変だろ。おまえがもらったのに」

「まあ、そうだけど」

二時間ほど喋ってサイゼリヤをでた。勝也がマスクをしないで歩いていると、通りがかった主婦たちが尖った眼をむけてくる。勝也は鼻で嗤って、おー怖い怖い、マスク警察だ、といった。

「医者や看護師もコロナに罹るんだから、マスクしたってむだなのによ」

「自粛警察ってのもいるね」

と恭介がいった。うちのおふくろがそうだよ、と駿がいった。

「ちょっと外にでるだけで超うるさい。きょうも大変だった」

「営業してる店に厭がらせの貼り紙したり、石投げたりする奴もいるんだろ」

「田舎はすげえよな。他県ナンバー狩りが怖いから、他県ナンバーだけど県内在住です、ってステッカー貼るらしいぞ」

と勝也がいった。それって変だよ、と恭介がいって、

「他県ナンバー狩りのために外をうろついてんだから、自粛してねえじゃん」

「そういやあ、自粛で歌舞伎町（かぶきちょう）がゴーストタウンになってるらしいぜ。見にいこうや」

勝也はそういったが、帰りが遅くなるから断った。

父が無職になって家計が苦しくなったせいで勝也と恭介にひけ目を感じる。特別定額給付金が給付されても両親にくれとはいえないし、今後は以前のように小遣いをねだれないからバイトをしたい。だが自粛の影響でバイトは激減している。社会人や大学生でもバイトにありつけないだけに、高校生を対象にしたバイトはわずかしかない。

ゆうべネットの求人を見ていたら、近くのホームセンターが短期のバイトを募集していた。自粛の影響で日用品の需要が増えて忙しいのかもしれない。ホームセンターの業務は楽ではなさそうだが、休校のあいだにすこしでも稼ぎたい。それにバイトをすれば外出の機会を増やせるから、真央にも会いやすくなる。

もっとも母にいってもむだだろう。去年の夏休みにイベントスタッフのバイトがしたいといったら、即座にだめだといわれた。母はバイト先で悪い連中と知りあうのを心配していた。

駿はサンドイッチを食べ終えると、父にバイトの件を相談した。

「勉強がおろそかにならない範囲で、やってみればいい。社会勉強にもなるしな」

父はそういったが、だめよ、と母が口をはさんだ。

「こんなにコロナが流行ってるのに」

「バイトの募集には、しっかり安全対策をしてるって書いてあったよ」

「それでもホームセンターはお客がたくさんくるから、あぶないじゃない。ただでさえ大変なのに、これで誰かがコロナに罹ったら、うちはおしまいよ」

「じゃあ、あたしも働けないね。そろそろ仕事探そうと思ったけど」

と姉がいった。母は溜息をついて、

「弘人さんとよりをもどせないの？」

「この前もいったじゃん。話しあおうと思ってもトメとウトが拒否ってるって」

「ご両親に会わなくても、弘人さんと話せばいいでしょう」

「だめよ。あのひとはトメとウトのいいなりだから」

父はなにもいわずに朝食を食べ終えると、いつものようにでかけていった。会社に勤めているときとおなじスーツ姿でマスクをしている。母はバイトを禁じるくせに父がでかけても文句をいわない。一家の大黒柱まで外出をひかえたら家計が逼迫（ひっぱく）するからだろうが、コロナの感染が収束しない限りホテルや旅行業界での再就職はむずかしいだろう。

きょうも自宅にこもったままで夜を迎えた。テレビは朝から晩までコロナのニュースを流し、母は都内の感染者数を聞いては「きょうはすこし減った」とか「また増えた」とか一喜一憂している。

アメリカでは感染拡大に歯止めがかからず、感染者は百三十八万五千人を超え、八万人以上が亡くなったらしい。テレビのコメンテーターや専門家は、日本も気を抜くとアメリカのようになるというから母はおびえきっている。

きょうの昼食はカップ焼そばで、夕食はコンビニのカレーだった。インスタントやコンビニばかりでも不満はないが、いま思えば以前の食生活は贅沢だった。コロナの流行さえなかったら父の会社は潰れず、平穏な毎日をすごせただろう。そう思ったら、やり場のない怒りを感じる。

十一時をすぎた頃、勉強に疲れてユーチューブでゲーム実況の動画を観ていると、真央からメールがあった。急いでメールを開いたら「いま話せる？」とあったから、すぐ彼女に電話した。

「ホームセンターのバイトしたいっていったら、おふくろにソッコーダメ出しされた」

「あたしもバイトしたいケーキ屋さんあったけど、コロナで募集なし。超人気店だったのに、お店ガラガラみたい」

「マジでコロナうざいよね。夏までに終わんないかな」

「コロナは暑さと湿度に弱いってネットで見たよ」

「じゃあ、梅雨になったらおさまるかも」

「だといいね。夏休みにまにあう」

「夏休み短縮されるんじゃね」

「そっか。でも短縮しなきゃ、勉強進まないもんね」

「うん。学校が休みだとサボってばっか。いまもゲーム実況の動画観てたし、ネットでマンガの無料公開とかやってるから、つい読んじゃう」

「あ、そういえば『鬼滅の刃』、もうじき終わっちゃうみたい」

「最終回どうなるんだろ。終わんないで現代編になるって説もあるけど」

真央とは毎晩のようにメールや電話でやりとりしている。他愛ないやりとりばかりで、まだ交際しているとはいえない。早く会いたいけれど、彼女の両親も外出に眼を光らせているそうだから我慢するしかない。真央がきのうから気になっていたことを口にした。

「学校はじまったら、クラス替えがあるね」

「やだな。べつのクラスになったら」

「あたしもやだ。なかなか友だちできないから」

自分を友だちだと思っているようないいかたが気になった。毎晩のようにメールや電話をしているのだから、ただの友だちではないだろう。そう思ったが、確かめる勇気はない。

真央との会話を終えたあと父が帰ってきた。父は酔っているのか声が大きく、母が小声で咎めている。トイレにいったついでに廊下で耳を澄ますと、両親の会話が聞こえてきた。

「こんなときに、なんでお酒なんか呑むの」

「会社の送別会だから、しょうがないだろ。いままでやってなかったからな」

「送別会は密でしょう。大勢で呑むなんて最悪よ」

「大勢じゃない。気のあう連中だけだ」

「それでもあぶないわよ」

「この歳まで勤めあげて退職金ももらえないんだ。送別会くらいしたっていいだろ」

「やっぱり、でないの。退職金」

「――ああ」

「どうするの、これから」

「おまえはそればっかりだな。国から十万円はでるし、失業給付金もある。次の仕事が見つかるまでは、なんとかなるだろう」

「次の仕事って、なにをするの」

「わからん。コロナがおさまらなかったら、いままでとちがう業界にいくしかない」

「給料はだいぶさがるわね」

「先の心配ばかりするな。やってみるしかないだろう」

「大きな声をださないで」

両親は押し殺した声で口論をはじめた。姉の部屋からは、ぼりぼりとスナック菓子を喰う音がする。

駿は深々と溜息をついて自分の部屋にもどった。

⑮

ノガミの闇市はきょうも朝から大変な混雑だった。

四月も上旬をすぎて暖かくなっただけに人出はますます多くなり、みすぼらしい店が軒を連ねる通りはひとびとの体臭や食物の匂いが入りまじり、むせかえるような熱気にあふれている。

「ほゥら、買った買った買ったィ」

「さァ、喰っていきな。安くて旨いよッ」

店の者たちは競うように声を張りあげる。痩せ衰えたひとびとは、みな眼をぎらつかせて店頭を覗きこみ、品定めに余念がない。

滋は破れ団扇（うちわ）を手にして地面に敷いたゴザに坐っていた。

ゴザの前では石油の一斗缶に載せた羽釜（はがま）から湯気があがっている。石油缶はコンロの代用で、滋が焼け跡で拾ってきた。瓜生がその側面に錐（きり）で空気孔をいくつも開け、底の上部分を四角く切りとり、薪や木炭をくべる焚き口を作った。二升炊きの羽釜は石油の一斗缶にすっぽりはまる。火をつけるのには強烈な臭いを放つ硫黄（いおう）マッチを使う。

羽釜のなかでは甘藷（かんしょ）――皮つきのサツマイモが蒸されている。滋は破れ団扇で薪をあおぎながら、頃合いをみて羽釜の蓋を開け、イモに竹串を刺して蒸しかげんを調べる。蒸しあがったイモには軽く塩を振る。母に教わった料理の知恵で、塩が甘みをひきだすからだ。

瓜生は客から受けとった金をザルに放りこみ、滋が古新聞に包んだイモを渡す。ほとんどの客は買ったとたんにその場でイモにかぶりつく。よその店では、むこうが透けて見えるほど薄く切ったイモを三切れ十円という法外な値段で売っているが、瓜生は分厚く切ったイモが三切れで五円の値をつけた。よそより安いうえに塩のおかげで旨いと評判だ。

屋根からぶらさげた板には、瓜生が達筆で「特上ふかし芋　伍圓（えん）」と書いた半紙が貼ってある。もっともサツマイモの公定価格は一貫で一円二十銭くらいだから、五円でもじゅうぶん高い。そうなるのは仕入れ値が高いせいだ。

戦時中からイモは主食で、都民の多くはイモの産地の川越（かわごえ）方面へ買出しにいく。そのために東武（とうぶ）鉄道東上線は「イモ電車」と呼ばれるほど混雑している。けれどもイモは米とおなじく統制品だから、やっとの思いで買出ししても警察の臨検で見つかれば没収されてしまう。

国は統制品を取り締まるくせに配給は遅配や欠配だらけで、とうてい飢えを満たせない。滋のように住まいもない身では配給すらもらえない。瓜生に聞いたところでは、去年の十一月に魚介類や青果物の公定価格と配給統制が撤廃されたが、インフレが加速したせいで政府は今年の二月に食糧緊急措置令と金融緊急措置令を施行し、ふたたび統制経済に踏みきったという。

以前読んだ新聞には東大卒の東京高等学校教授、亀尾英四郎が栄養失調で死亡したという記事があった。戦時中に食料の配給制がはじまったとき、政府は「政府を信頼して買出しをするな、闇をするものは国賊だ」と国民に呼びかけた。

亀尾は戦後もそれを忠実に守った。「いやしくも教育家たるものは表裏があってはならない」として、夫人と六人の子を配給と二坪の農園からとれる作物だけで養っていた。亀尾はわずかな食料を家族に与え、自分は喰うや喰わずで我慢した結果、栄養失調で倒れたという。

国民はみな飢えているのに、国はなぜ対策を講じないのか。誰もが闇物資を買わなければ生活できない。つまり国民のほとんどが犯罪に手を染めざるをえないのだ。

「おれたちゃあ、国から捨てられたんだ」

養育院で一緒だった養吉はそういった。国民のほとんどが犯罪者なら、まちがっているのは国ではないのか。養吉は養育院から脱走したあと、列車内の臨検で警察に捕まった。

「上野で待ってて。必ずいくからッ」

と養吉は叫んだ。あのとき養吉から受けとった御守り袋は肌身離さず持っている。その後どうなったのか心配だが、この闇市にいればきっと会える気がする。養吉に会えたら旨い飯を腹いっぱい喰わせてやりたい。

参平とも狩り込みに遭ったせいで離れ離れになった。上野にもどってすぐ地下道にいったら、参平はいなかった。鬚将軍によれば、狩り込みの夜から姿を見ていないという。参平のゆくえも気になったけれど、捜しようがなかった。

背嚢に入っていた砂糖は、瓜生が五百円で売って商売の元手にした。服は養育院を脱走したときのままで靴もなかったから、古着屋でシャツとズボンとズック靴を買った。

店があるのは瓜生が以前、野菜と勲章を売っていた場所だ。闇市の店の多くは焼跡で勝手に商売をはじめたから、家賃も借地料も払っていない。地権者が空襲や出征で全滅した土地はともかく、地権者が存命で疎開先や戦地から帰ってくると揉めごとになった。

けれどもこの一画は近くで骨董（こっとう）屋を営む日下部（くさかべ）という老人が地主で、彼に地代を払っている。日下部は髪も眉も真っ白で、いつも上品な着物姿だ。かつては息子夫婦や親戚がおなじ土地で商売をしていたが、三月十日の空襲でひとり残らず亡くなったという。

「わしも一緒に死ねばよかった。ひと足先に疎開したのが失敗での。あわててもどってきたら、残ったのは骨董屋だけじゃった」

日下部は身寄りもなく骨董屋の店内で寝起きしているらしい。自分のように両親や祖父母を亡くすのもつらいが、日下部の年齢で家族を失うのはもっとつらいだろう。

「瓜生さんははじめて会ったとき、りっぱな勲章をいくつも売りにきてね。そんな大切なものを売るほど困ってるなら、うちの土地を貸すから店でもおやんなさいっていったんだ。そしたら、このひとは地面にゴザ敷いて勲章を売りだしおった」

日下部は歯のない口を開けて笑った。

店は地面に打ちこんだ柱に焼けトタンの屋根をつけ、まわりをベニヤ板で囲っただけだが、前よりはずっと見栄えがよくなった。瓜生は片腕だから柱を打ったり屋根をつけたりするのを手伝った。

「地べたで喰いものを売るんでも、いちおうは商売だ。浮浪児のまんまじゃ客はこないぞ。これからはこざっぱりしたなりをしろ」

瓜生にそういわれて高架下の青空床屋で髪を刈り、銭湯にいった。石鹸(せっけん)は配給制で、むろん手に入らないから瓜生に借りた。どこの家庭も風呂は燃料不足で沸かせないし、銭湯も空襲で数が減った。そのせいで焼け残った銭湯はものすごい混みようだった。脱衣場は異臭が漂い、湯は垢や汚れで黒ずんでいたが、ひさしぶりの入浴で生まれ変わったようにさっぱりした。

とはいえ誰もが窮乏しているだけに銭湯も油断できず、ちょっと眼を離すと石鹸や衣類が盗まれる。浴場のタイルがあちこち剝げていたのは、それを闇市で売る者がいるからだ。

瓜生と店をはじめて、ひと月近く経った。

滋は地下道生活をやめ、店で寝起きするようになった。店の間口は一間で奥行きが一間半くらい、坪でいえば三坪ほどだ。トタン屋根とベニヤの壁はあってもほとんど吹きさらしだけに朝晩は冷えるから、闇市で買った汗臭い軍隊毛布にくるまって寝る。服や下着も闇市で買い足して、金盥(かなだらい)で洗濯している。料理や洗濯に使う水は、共同水道や共同井戸からバケツで汲(く)んでくる。

瓜生は上野駅から近い万年町(まんねんちょう)の木賃宿(きちんやど)に泊まっている。一度遊びにいくと個室はなく、粗末な段ベッドに労働者ふうの男たちが寝転がっていた。おまえも泊まるかといわれたが、金がもったいないし店を留守にしたら商売道具を盗まれるかもしれない。

イモは川越からくるヤスエさんという担ぎ屋から仕入れている。担ぎ屋とは闇市の店に統制品を卸すブローカーで闇屋ともいわれる。ヤスエさんは三十代なかばだというが、真っ黒に日焼けして皺が多いから五十代にしか見えない。夫をサイパン沖で亡くした、いわゆる戦争未亡人だ。

「町内じゃ名誉の戦死っていわれたけど、うちのひとは出征してすぐ輸送船で沈められたんです。弾の一発でも撃って死んだならともかく――」

瓜生はヤスエさんに同情して、ふつうの仕入れ値より高い金を払う。

ヤスエさんから仕入れるのはイモだけでなくイワシのときもある。イワシは包丁の背で鱗をとると、内臓がついたまま石油缶に置いた網で塩焼にする。イワシは内臓が熱でふくらんで皮が裂けないよう、腹の部分にたっぷり塩を振る。尻尾やヒレも焦げないよう化粧塩を振るのも母に教わった。

イワシもイモと同様すぐさま売れる。両隣の店の者も買いにきて顔なじみになった。

左隣は蜂須賀という五十がらみの男が経営する荒物屋だ。蜂須賀は満州の奉天にある軍需工場で働いていたが、去年の八月にソ連軍が日ソ中立条約を破棄して侵攻してきた。ソ連兵に拉致されてシベリア送りになるところを命からがら引き揚げてきたという。

蜂須賀の店では、復員兵から仕入れた鉄兜に注ぎ口と底をつけたヤカン、戦闘機の素材のジュラルミンを加工した鍋や弁当箱を売っていた。戦時中は国民からさんざん供出させた金属が所帯じみた姿でもどってきたのが滑稽だった。

右隣はおトキさんと呼ばれる女と息子のよっちゃんが古着や下着、靴下、足袋、靴といった衣料品を売っている。おトキさんは三十代前半、よっちゃんは十二、三歳に見える。おトキさんは勝気で姉御(ご)っぽいが、よっちゃんは大柄なのにおどおどして、ろくに喋れない。

「この子も前はまともだったンだよ」

とおトキさんはいった。

「空襲でうちが焼けたとき、あたしとはぐれて迷子になっちまってねえ。よっぽど怖い目に遭ったんだろ。しばらくして防空壕で見つかったときにゃ、こうなってた。おまけに亭主は復員してから脊椎(せきつい)カリエスで寝たっきりだろ。もう厭ンなっちまうよ」

おトキさんはそうこぼしながらも表情は明るい。

「命があっただけましさ。喰いぶち稼ぐためなら、なんだってやるよ」

瓜生は店が繁盛しているのにやる気がなく、ザルに入った売上げを数えようともしない。イモやイワシが売り切れて店じまいすると、瓜生はザルを顎でしゃくって、

「ほら、いるだけ持っていけ」

金は欲しいに決まっているが、瓜生にはあぶないところを助けてもらったし、ただ働きでいいから商売を手伝いたいといった手前、必要な金しかもらわなかった。それでも飢えの苦しみから解放されただけで拝むような気持になった。

店をはじめる準備が整った頃、瓜生は担ぎ屋から米を仕入れて羽釜で炊いた。塩焼のイワシと沢庵(たくわん)をおかずに喰った銀シャリは、舌が震えるほど旨かった。

瓜生もミカン箱の上に茶碗を置き、右手だけでむさぼるように喰っていた。けれども不意に表情を曇らせて箸を止めた。どうしたのか訊くと瓜生は沈んだ声で、

「戦地で死んだ仲間にも、これを喰わせてやりたかった」

南方戦線では、敵の攻撃よりも飢えや病で死んだ兵隊のほうが多かったという。戦時中は内地でさえ喰うに困ったから、戦場ははるかに食料が不足したにちがいない。

ふかしたイモや焼きあがったイワシは、陳列台とまな板を兼ねた細長い板にならべる。板はふたつのミカン箱の上に渡してあり、その横に羽釜を載せた石油缶コンロがある。

商品を包むための古新聞を見ていたら、四月七日に沖縄の糸満市でひめゆりの塔の除幕式がおこなわれたと書いてあった。沖縄の女学生たちは看護要員として従軍し、大勢が悲惨な死を遂げたと聞いている。それを思うと自分も銀シャリを喰うのが後ろめたかった。とはいえ銀シャリを喰ったのはその夜だけで、毎日の食事は売りもののイモかイワシがほとんどだ。

闇市には旨そうなものがたくさんあるが無駄遣いはできないし、物騒な連中が多いからひとりで出歩くのは危険だった。スリやひったくりや喰い逃げは日常茶飯事で、毎日どこかで怒号や悲鳴があがる。幼い浮浪児たちが大人を恐喝したり、店の金を盗んだりするのを何度も見た。

ひとりで摘発にきた警官が、闇市の連中からよってたかって殴り倒されたという噂も聞いた。ヤクザや愚連隊やテキヤ、中国人や朝鮮人の揉めごともしょっちゅうあって、ときおり銃声が響く。店にもそういう男たちが顔をだして、ショバ代を払えといってきた。滋はそのたびにおびえたが、瓜生はまったく動じることなく、

「ここは金を払って借りてるんだ。ショバ代なんぞ払う筋合いはない」

「なんだとぉ。どんな土地だろうが、ここで商売やるからにはショバ代がいるんだよ」

男たちが声を荒らげると、瓜生は樫の木刀を手にして立ちあがる。男たちは瓜生の迫力にたじろいで退散する。ほかの闇市はヤクザかテキヤが仕切っているようだが、いまいるあたりは素人の店が多

い。瓜生はショバ代をせびる連中を追い払うから、近隣の店主たちに感謝されていた。けれども、いつか報復されるのではないかと不安になる。

ヤクザや愚連隊だけでなく警察も怖い。イモやイワシのような生鮮食料品は統制品だから、警官に見つかったら商品は押収され、店の者は留置場に放りこまれる。手入れの情報はどこからともなく伝わってきて、そのたび商品を隠すが、運悪く捕まって廃業した店もある。

警官だけでなく進駐軍のMPも怖い。MPとはミリタリーポリスの略で、終時中の日本でいえば憲兵にあたる。MPは日本の警察を仕切っているから、警官では手に負えない揉めごとに乗りだしてきて、暴れる連中を有無をいわさず連れ去っていく。見上げるようなごつい体格のうえに拳銃を撃つのも厭わないから、眼をつけられたら大変だ。


その日はいつにもまして忙しく、ふかしイモは早い時間に売り切れた。ちょうどその頃、買出しからもどってきたヤスエさんが店に顔をだした。いつものようにバカでかい風呂敷包みを担いでいる。文字どおり担ぎ屋だ。

さっそくヤスエさんからイモを仕入れて羽釜でふかしたが、あたりが暗くなる頃にはそれも売り切れた。あしたの仕入れまで売るものがないとぼやいたら、瓜生が苦笑して、

「そう焦るな。喰うのに困らないだけでも、ありがたいだろ」

「ほんとうにそう思います。でも早く作りたいんです」

「なにを」

「瓜生さんが美味しかったっていう大陸の料理を。そのためには料理の道具もいるし、仕入れもかさ

むと思いますから――」

「そう焦らんでもいいだろう。きょうはだいぶ儲かったから飯を喰いにいくぞ」

瓜生と外で食事をするのははじめてだから、わくわくする。

まだ電気もガスも使えないだけに夜の闇市は暗い。アセチレンを燃焼させるカーバイドランプやロウソクの明かりで営業している店もあるが、治安の悪さを警戒して人通りはぐっと減る。

瓜生は闇市をでて上野公園のほうへ歩いていく。上野公園の下は石垣で昼間は靴磨きの少年――シューシャインボーイたちがならんでいるが、いまは髪にスカーフを巻いて真っ赤な口紅をつけた女がぽつりぽつりと佇(たたず)み、通行人の男に声をかけている。地下道で寝起きしていた頃、あれはパンパンだ、と参平に教わった。

「街娼(がいしょう)ってやつさ。春をひさぐっていっても、おめえにはわかんねえか」

「そのくらいわかるよ」

「ふうん。おめえも買ってみてえだろう」

参平は冷やかしたが、彼女たちも生活のためにやむなく街頭に立っているのだ。なかには没落した良家の子女や戦争未亡人もいるという噂だった。参平は続けて、

「あそこにゃ男娼もたくさんいるんだぜ。男が女のなりをして客をひいてるんだ」

上野公園のむかいに一軒の屋台がカーバイドの明かりを灯していた。手書きの看板に「ホルモン」とあり、脂とニンニクの強烈な匂いがした。瓜生と一緒にそこへ入ると、もうもうとした煙が眼に沁みた。黒ずんだベニヤ板のカウンターのむこうに鉄板があって得体のしれない肉片がじゅうじゅう焼けている。

「ホルモンってなんですか」

「牛や豚の臓物(モツ)だ。精がつくぞ」

臓物など食べたことがないから不気味だったが、肉類は長いあいだ口にしていないだけに生唾が湧く。椅子はなく立ち喰いで、ダボシャツを着た中年男と上っ張りを羽織った老婆が切り盛りしている。客は声高に朝鮮語を喋る男がふたりと大柄で派手な化粧をした女がいた。

瓜生は前にもきたことがあるらしく、慣れた様子で注文した。

「トンチャンとレバを二人前、それとドブロクを一杯くれ」

老婆が大きな瓶(かめ)から白濁した液体を柄杓(ひしゃく)で汲むと、欠けた湯呑みに注ぎ、瓜生の前に置いた。

瓜生はこっちに湯呑みを差しだして、

「おまえも呑んでみるか」

ドブロクとは米と麹(こうじ)で作った密造酒らしい。白濁した液体には米粒が浮いている。ひと口呑んでみると甘酒のような酸っぱい味がした。しかし甘酒とちがってアルコール度数は強く、ほんのひと口なのに、かあッと胃袋が熱くなった。

湯呑みを瓜生にかえしたとき、カウンターの端で大柄な女がこっちを見ているのに気づいた。未成年者が酒を呑んだのを咎めているのかと思ったが、そういう視線ではない。女もドブロクを呑みながらホルモンをつついている。

店の中年男は金属のヘラを二本使ってホルモンを焼いている。鉄板の汚れはヘラですばやくこそげとり、そこに油をひいてまたホルモンを焼く。効率のよいやりかたに感心した。

男は焼きあがったトンチャンとレバを皿に盛って、こっちによこした。瓜生によるとトンチャンは大腸でレバは肝臓だという。どちらも塩で味付けして、ニンニクと赤唐辛子がたっぷりまぶしてある。トンチャンは弾力のある歯応えで、噛むと熱い肉汁がほとばしる。レバはこってりしたコクと独特な旨みがある。

臓物が不気味だという思いは消え失せて夢中で箸を動かした。ニンニクの香りと赤唐辛子の辛さがホルモンの味をひきたてて、力がみなぎってくる気がした。

「これが大陸の料理なんですね」

「むこうじゃ、ほとんど生で喰ってた。焼けるのを待ってたら、ほかの奴らに喰われちまうからな」

トンチャンとレバは一皿ずつでドブロクは一杯だけなのに、勘定は百五十円もした。肉類は貴重だし闇の値段が法外なのはわかっているが、それにしても高い。

ふたりで屋台をでて歩きだしたとき、

「少尉殿ッ」

背後で野太い男の声がした。振りかえったら、さっきの大柄な女があとを追ってきて、

「少尉殿ッ。瓜生少尉殿ではありませんかッ」

てっきり女だと思っていただけに仰天（ぎょうてん）した。瓜生もさすがに驚いたようで足を止めた。

「やっぱり少尉殿ですね。北支（ほくし）の連隊でお世話になった玉岡常次郎（たまおかつねじろう）です」

玉岡という男は直立不動になって敬礼した。

「おお、玉岡か」

瓜生はとまどった声でいった。玉岡は付け睫（まつげ）の眼をうるませて、

「少尉殿、おひさしぶりです」

「少尉殿はやめてくれ」

「はッ。よくぞご無事で——にしても、その眼と腕は——」

「ガ島だ」

「ガダルカナルですか。それは大変な思いを——」

「生きて帰れただけましだ。貴様はいつ復員した」

「去年の暮れであります。しかし職にあぶれて——こんな恰好でお恥ずかしいです」

「その恰好は金のためか」

「はッ。それもありますが、自分はもともと——」

玉岡は厚化粧の顔ではにかんだ。そうか、と瓜生はいって、

「そいつは気づかなかったが、達者でなによりだ」

「ありがとうございますッ。ところで少尉殿はなんのお仕事を？」

「少尉殿はやめろといってるだろ。おれは、すぐそこの闇市にいる」

「自分も夜はたいてい上野公園におります。なにかお役にたてることがあったら、いつでもおっしゃってください」

またな、と瓜生は手を振った。玉岡はふたたび敬礼して屋台にひきかえした。

「あいつは軍曹でな。ものすごく勇敢な兵隊だった」

瓜生は歩きながら苦笑した。復員兵が男娼になるとは意外だが、こんな時代だけになにがあっても不思議はない。それよりも瓜生が少尉だったことに驚いた。少尉といえば将校だからエリートだ。

「あんなに勲章持ってたから、軍隊で活躍したとは思ってましたけど——」

「勲章なんてどうでもいい」

「でも少尉だったんでしょう。瓜生さんはえらかったんですね」

「なにがえらいもんか。悔やむことばっかりだ」

「なにを悔やんでるんですか」

瓜生は無言で焼跡の暗がりへ去っていった。

⑯

体育館の壇上で教頭が開式の辞を述べて始業式がはじまった。

全員マスクをした三年生は、広く間隔を空けてパイプ椅子に坐っている。分散登校のため二年生の始業式は午前中におこない、駿たち三年生は午後からになった。きのう——六月一日は新一年生の入学式だった。臨時休校になったとき制服は冬服だったが、もう夏服だ。

先月下旬に新型コロナウイルスによる緊急事態宣言が全面解除され、イベント開催の自粛や飲食店の営業時間短縮要請などが緩和された。しかし都内では、きのうまでの一週間で九十人の感染が確認され、夜の繁華街での感染者が増加しているという。

開式の辞のあと校長が式辞を述べた。

「新型コロナの影響で休校が長びき、学校行事や部活動に大きな影響がでました。特に三年生のみなさんは来年の受験へむけて大切な時期だけに、心身ともにつらかったと思います。これから新学期がはじまりますが——」

白髪頭（しらがあたま）の校長もマスクをしているせいで声が聞きとりづらい。

きょう登校すると校門のそばに設置されたテントのなかで非接触型体温計による検温をされ、消毒液を両手に吹きかけられた。そのあとクラス替えの発表があった。クラス替えの発表はいままで教室でおこなっていたが、今年は生徒の密集を避けて校舎の玄関前に貼りだされた。

急いで自分と真央のクラスを探したら、べつべつなのに落胆した。勝也と恭介はまたおなじクラスで担任も千野のままだ。勝也と恭介が一緒なのはいいとしても、真央がいないのはショックだった。

生徒たちはそれぞれのクラスに集合し、担任から今後の学校生活についての説明を受けた。マスクにフェイスシールドまでつけた千野はコロナの感染予防に関するマナーやソーシャルディスタンスの重要性を語ったが、真央のことが気になって頭に入らない。

期末試験は七月上旬におこない、夏休みは八月一日から十六日までに短縮されたと聞いたときも、短い夏休みのあいだに彼女とどこへいくかを考えていた。

千野はホワイトボードに「新しい生活様式」とマーカーで書いて、

「これからはクラス全員がマスクの着用を確認して授業をはじめる。三密にならないよう、おたがいの距離をじゅうぶんにとる。共有するものに触れたあとは必ず手洗い。昼食は机を動かさず前をむいて食べ、なるべく私語はしない。わかったかー」

新しい生活様式という言葉は、五月あたりからテレビやネットで眼にするようになった。コロナの感染を防ぐためとはいえ、いままでの生活が失われたような語感にわびしさを感じる。過去の新学期は期待に胸がふくらんだが、いまは不安と不満でいっぱいだ。

校長の話のあと校歌斉唱のかわりに音楽だけが流れ、始業式はあっけなく終わった。体育館をでて真央の姿を捜したが、見つからない。

クラスにもどると生徒たちは顔見知りどうしで集まり、休校中の話で盛りあがっている。駿も勝也や恭介と教室の隅で話した。勝也は浮かない顔つきで、やべえな、と声をひそめていった。なにがやばいのか訊くと、勝也は教室の後ろでマスクをはずして喋っている四人を眼で示した。そのなかにひときわ背が高く、男性アイドルを思わせる顔だちの男がいる。

「冴島(さえじま)とおなじクラスになるとはな」

冴島雄大(ゆうだい)とはずっとべつのクラスだったが、校内では目立った存在だ。容姿に恵まれているだけでなく、成績も優秀とあって女子たちに人気がある。勝也は続けて、

「知ってるか。あいつは裏じゃ、すっげえワルなんだぞ」

「そんなふうに見えないけど」

と恭介がいった。あいつとは同中(おなちゅう)だったけど、と勝也がいって、

「その頃からワルで有名よ。渋谷の半グレたちにも顔がきくから、気をつけたほうがいい」

「怖(こ)えーな。近づかないどこう」

「それがいい。いったん眼ェつけられたら、卒業までイジられるぜ」

いつも強がる勝也がそういうくらいだから、冴島はよほどたちが悪いのだろう。真央がべつのクラスになっただけでも落ちこんでいるのに、そんな奴までいるとなったら、これからの学校生活に期待が持てない。

すこし経って千野が教室に入ってきた。千野があしたからの授業についての説明をして解散になったが、駿は職員室に呼ばれた。職員室はデスクのあいだをビニールのパーテーションで仕切り、あち

こちに消毒液が置いてある。千野は父の会社が倒産したのを知っていて、家庭の状況を訊いた。

「ＦＡＢホテル＆リゾーツっていえばテレビで何度も取りあげられたし、おしゃれなホテルで有名だっただろ。まさか潰れるなんてねえ」

千野は溜息まじりにいったが、眼には好奇の色がある。それが不快で口をつぐんでいると、

「それで来年の受験だけど、おとうさんの状況からして私立より国公立を考えたほうがいいかもね。おとうさんはなんていってる？」

「受験のことは心配しなくていいっていわれました」

「そうか。洲崎くんも大変だろうけど、無理のない範囲で勉強がんばろうよ」

「はい」

「よし。じゃあ元気だしていこう」

千野はわざとらしい笑顔でいった。

軽く頭をさげて職員室をでると、廊下で待っていた勝也と恭介が近寄ってきた。

「フケセン、なんの用だった？」

勝也に訊かれて父の会社の件だと答えた。

「大変だろうが、勉強しろってさ」

「しょーもねえ。たったそれだけか」

「私立より国公立を考えたほうがいいかもね、って」

「国公立は学費が安いからか。おまえ、ＭＡＲＣＨ（マーチ）狙ってたんじゃね？」

「うーん、まだ決めてない」

「国公立と私立って、どのくらい学費がちがうんだ」
「文系か理系かによってもちがうけど、私立のほうが百万以上かかるって聞いたよ」
と恭介が答えた。まあいいさ、と駿はいって、
「いざとなったら奨学金がある」
学校をでると勝也がマクドナルドにいこうといったが、そんな気分ではない。母から用事を頼まれているといると嘘をついて帰宅した。

教室の窓から見える空はどんより曇っている。六月も中旬をすぎて関東地方は梅雨入りしたらしく、ここ数日は曇りばかりだ。新型コロナウイルスの感染状況を都民に知らせる「東京アラート」は、六月二日に発動し十一日に解除されたが、その翌日から感染者は増加を続けている。テレビやネットのニュースでは「東京アラート」は都庁が赤くライトアップされただけという批判もある。梅雨で湿度があがれば感染がおさまると期待したのは甘かった。

生徒も教師もいまだにマスクを手放せず、不便な生活を強いられている。登校時には検温と消毒があり、ホームルームでは毎日の行動履歴を担任に提出する。どの授業もはじまって三十分後に換気のためのチャイムが鳴り、いっせいに窓を開ける。そのたび授業が中断するから集中力が途切れる。

四時間目の授業は化学で、教師の三戸聡がホワイトボードに元素記号を書いている。三戸は何歳なのか皺だらけの顔をして、見た目はほとんど老人だ。ふだんから滑舌が悪いのにフェイスシールドにマスクをしているから、よけいに聞きとりづらい。

「えー、元素記号は一から二十まで習ったと思うけど、語呂あわせがおぼえやすい。すいへいりーべ、

ぼくのふね、ななまがり――」

生徒どうしもマスクのせいで表情がわからず、会話も弾まない。小声では意思疎通が図れないから私語は減ったが、授業中にラインでやりとりしたりゲームで遊んだりする生徒もいる。

授業中のスマホの使用はむろん禁止で、教師によっては没収されかねない。その点、三戸はなにもいわないからサボりやすい。駿も以前は授業中にときどきスマホをいじっていたが、いまはわが家が大変だから勉強に身を入れたい。

母はあいかわらずコロナの感染者数におびえ、姉は夫と別居したままヤケ喰いをして肥り続けている。父もあいかわらず毎朝でかけて夜に帰ってくる。

何日か前の夜、両親の会話を耳にしたところでは、父はもとの職場の同僚たちと起業を考えているらしい。母は不安そうな声で、なにをするのか訊いた。

「健康食品やサプリのネット通販だ。柏原（かしわばら）って奴が業界にコネがある」

「そのひとが共同経営者？」

「ああ」

「信用できるの」

「おれと同期入社で一緒に苦労した仲だ。会社が潰れなかったら、次は常務だったかもしれん。そのくらい仕事はできる」

「ふうん」

「これは、ある意味チャンスだと思う。定年までサラリーマンを続けるより、自分たちで会社を動かすのにあこがれてたからな」

「でも、ぜんぜんちがう業種じゃない」

「コロナがおさまるまでホテルや旅行業界はきびしい。求人はほとんどない」

「健康食品の通販なんて、いまさらって気がするけど」

「高齢化社会と健康志向で、まだまだ需要は伸びる。どこに再就職したって条件は悪いんだ。それよりは起業で夢を追ったほうがいい」

両親の会話はそこまでしか聞いていない。父が起業するにせよ、軌道に乗るまでにはだいぶ時間がかかるだろう。自分の将来はもちろん両親に負担をかけないよう、できるだけ就職に有利な大学へ進みたい。そのためにはもっと勉強するしかないが、休校のブランクがあるうえにマスクをはじめ「新しい生活様式」のせいで調子がでない。

真央とは先週、放課後に会った。教師や同級生に見られないよう本郷へ足を延ばしてレトロな喫茶店に入った。駿はコーヒーを、真央は紅茶とアップルパイを注文した。

彼女はコロナの影響で、参加する予定だった料理コンクールや商店街でのイベントがすべて中止になったとこぼした。本来はきょうも部活だったが、やる気になれず休んだという。

「調理部はみんな落ちこんでる。密を避けなきゃいけないから実習はやりにくいし、調理器具や共用部分は消毒してばっかで疲れちゃう。だから、もうやめるって決めた」

「もったいないよ。パティシエに興味あるんじゃないの」

「あるけど、いまみたいな状況じゃ調理関係の就職はむずかしいもん。もしコロナがおさまっても、また流行ったら仕事がなくなるかも」

「それはいえるね」

「ブライダル関係もいいなと思ってたの。でも、いまは結婚式とか披露宴とか、みんな延期で困ってるでしょ。進路がわかんなくなってきた」

「大学はどこ受けようと思ってたの？」

「どの大学かは決めてないけど、栄養学科があるとこ。洲崎くんは？」

「わからない。うちが大変だから国公立かな。でも、いまの成績じゃやばい」

「勉強はかどらないよね」

もっと親密な会話をしたいのに、あと一歩が踏みこめない。真央とは電話やメールでやりとりしているし、こうして会っているのだから恋愛に近い関係だ。

そう思いながらも、彼女に好かれているという確信が持てない。「好きです。つきあってください」とか「おれの彼女になってください」とか「やっぱおれ、好きだわ」とか、ネットで調べた告白の台詞が脳裏をよぎったけれど、口にはだせなかった。

喫茶店をでて真央と歩いていたら、東京大学の前を通りかかった。いまの成績ではとうてい無理だが、もし東大に入れたら彼女の心を射止められるだろうか。赤門からでてきた東大生らしいカップルがまぶしく見えた。


二度目のチャイムが鳴って昼休みになった。

昼休みもコロナ対策で不自由だ。学食は席が半分ほどに減り、券売機が校内の各階に設置された。混雑を避けるため昼休みは券売機を使用できず、食券は午前中の休み時間に買う。

メニューはきつねうどん、カレー、醤油ラーメン、おにぎり、日替わりランチだけでカフェは休止中だ。売店も食品の販売は休止して文房具しか売っていない。したがって弁当を持参するか、登校時にコンビニで買ってくる生徒が多い。昼食の前後は手洗いをし、机を消毒液で拭く。机をむかいあわせにするのは禁止で、前をむいたまま会話をせずに食べる。

教室で食べるのは息苦しいし勝也と恭介に誘われるから学食にいくが、二年生の頃のように楽しめない。配膳カウンターから料理を受けとるには間隔を空けて行列し、椅子には横ならびで坐る。

恭介がカレーの大盛りと醬油ラーメンを食べながら、

「毎日おんなじメニューばかりで飽きた。ミックスマヨ丼復活しねえかなあ」

「つーか外食してえわ。こんどロイホいこうぜ」

と勝也がいった。休み時間の外出は禁止だが、こっそり抜けだす生徒もいる。勝也は日替わりランチの豚のショウガ焼で、駿はきつねうどんだ。母からもらう昼食代は千円から五百円に減らされたから、学食でいちばん安いきつねうどんか醬油ラーメンを食べる。

放送部はいつも能天気なJ-POPをかけていたが、最近は「マスクの着用と検温を忘れずに」とか「三つの密を避け、手洗いを徹底」とか「体調不良の場合は早めに休みましょう」とか、うるさいほど呼びかけてくる。学食のテレビでは昼のバラエティ番組の途中で警告音が鳴り、きょうの都内の感染者数がテロップで流れる。

「きょうは二十七人か。また増えたじゃん」

大きな声がするほうを見ると、冴島が仲間たちと食事をしていた。眼があいそうになったから、すぐさま顔をそむけた。冴島はワルだと勝也に聞いたが、クラスではすでにリーダー的な存在になりつつあって取り巻きが増えている。

きつねうどんを食べ終えると、不意に腹の調子がおかしくなった。ストレスのせいか最近はときどき腹をくだす。勝也と恭介はまだ食べている。駿は立ちあがって、

「トイレいってくるわ。先に教室もどっといて」

学食をでたとたん、いまにも漏らしそうになって冷や汗がでた。急ぎ足でトイレに駆けこみ個室の便器にかけると、ようやく落ちついた。

まもなく複数の足音がして生徒たちがトイレに入ってきた。彼らは小用を足し終えても、がやがや喋ってトイレをでていかない。会話からすると、鏡を見ながら髪型を整えているらしい。

中学一、二年までは大きいほうを催しても個室に入るのは禁忌(タブー)だった。同級生に見つかったら最後、さんざんはやしたてられ不名誉なあだ名をつけられた。高校生になってからは、さすがにそういう同級生はいなくなり、羞恥心も薄れてきた。とはいえ個室を出入りするのを見られたくない。用を足し終えても便器にかけていると、生徒たちがでていく気配がした。

ほッとして腰を浮かせたら、また足音がして誰かがトイレに入ってきた。音をたてぬよう舌打ちして、ふたたび便器に腰をおろしたら聞きおぼえのある声がした。

「しっかし、洲崎も大変だよな」

「ほんと。とうちゃんが無職ってやべえよね」

「うちもそうだけど、恭介のおやじもコロナの影響なくてよかったな」

「まあまあ影響あるよ。仕事減ってるから。でも潰れたりはしないみたい」

「あいつ大丈夫かな。きょうも元気なかったけど」

「だいぶへこんでるよね。やっぱ大学いくのに奨学金もらうのかな」

「おまえ知らねえのか。奨学金使ったらローン地獄だぞ。こないだもテレビでやってたけど、借金かえすためにソープで働いてる女子大生とか、ウリセンやってる奴とかいるんだぞ」

「ウリセンってなに？」

「男が男に軀売るんだよ」

「うえッ、めっちゃキモい」

「つーか、あいつウリセン無理っしょ。もうちょいジャニ系の顔だったら、いけたかも」

勝也と恭介の会話を聞きながら膝に置いた拳を握り締め、唇を痛いほど嚙んだ。個室を飛びだして怒鳴りつけたい衝動に駆られた。けれどもそんな感情は一瞬で萎え、悲しさがこみあげた。まもなくふたりが去っていく足音がしたが、立ちあがる気力がない。

駿は便器にかけたまま声を殺して嗚咽した。


姉が離婚したのは六月の下旬だった。深夜、駿が自分の部屋をでてリビングにいくと、ソファにかけていた姉はスマホから顔をあげ、

「やっと自由の身になった。これでまた独身よ」

上機嫌で声をかけてきた。母は入浴中で浴室からシャワーの音がする。

「弘人のバカ、あたしが折れると思ってたみたいだけど、甘いわよ」

どちらかというと姉がふられた気がする。去年のいま頃は熱に浮かされたように弘人のことばかり語っていたが、一年も経たずにここまで変わるものなのか。

「さあ、次を探さなきゃ」

「次って彼氏？」

「うん」

「懲りないね」

「結婚はとうぶんしたくないけど、ひとりだとさみしいじゃん」

「その前にダイエットしたら？」

「うるさい。あんた彼女いんの」

「まあね」

「へえ、意外。どこまでいってんの」

「どこまでって――」

「かあさんには黙っとくから」

「デートはしてるけど」

「まだお手々つないでって感じ？」

「もういいじゃん。それより仕事どうするの」

「んー、バツイチで手に職もないし、風俗でもやろっかな」

「――姉ちゃん」

「冗談よ」

　奨学金を返済するために風俗で働く女子大生がいると勝也がいったのを思いだした。トイレの個室で勝也と恭介の会話を聞いてから、ふたりが信用できなくなった。

　あいつらは、おれを見下している。父の会社が倒産したのを嗤っている。そんな思いが頭を離れない。が、それを口にする勇気はなかった。表面上は以前とおなじように接している。昼食は三人で食べるし、学校の帰りも一緒だ。

　とはいえ重たいものが胸につかえて、親しげなふりをするのがつらい。一週間ほど前、彼らと学食にいくのが厭になって食欲がないと断った。勝也は眉をひそめて、

「もしかして、おれたちと飯喰うのが厭なのか」

「そんなんじゃない」

「じゃあ、なんだよ」

「マジで食欲がないんだ。うちのことも気になってるし」

「金がねえんなら飯おごってやんよ。おれたちはマブダチだろ」

　執拗（しつよう）な誘いにしぶしぶ学食にいったが、タイミング悪く冴島に声をかけられた。

「三人とも毎日学食だな。たまには一緒に喰おうぜ」

　勝也と恭介は冴島を敵にまわすのを恐れたのか、あからさまに機嫌をとった。それがきっかけで、ふたりは冴島の手下のようにふるまいだした。休み時間や放課後は、冴島のまわりに取り巻きが集まり、最近は勝也と恭介もそれに加わる。

　冴島に媚（こ）びるのは厭だから、机にうつぶせて居眠りのふりをしたりトイレにいったりしてやりすごした。しかしそれにも限界があって、きのうの放課後は勝也に引き止められた。

「まだ帰んなよ。冴島がおまえと話したいってさ」

　冴島は椅子にふんぞりかえって、いつものように取り巻きとだべっている。緊張しつつその前に立つと、冴島は端整な顔に笑みを浮かべて、

「洲崎って、いつも暗れーな」

いきなり呼び捨てされて不快だったが、そうかな、と答えた。

「そうだよ。勝也に聞いたけど、おまえんち大変なんだって？」

駿は曖昧にうなずいた。勝也がそんなことまで喋ったのがさらに不快だ。

「大変なのはわかるけど、前向きになれよ。暗いと女にモテねえぞ」

よけいなお世話だと思いつつ眼を伏せていると、

「よし。じゃあ一発ギャグやってくれ」

「えッ」

「わーッと騒ぎゃ、明るくなるだろ。おい、あれなんだっけ。時をもどそう、ってやつ」

「ぺこぱ」

取り巻きの何人かが異口同音にいった。ああそれそれ、と冴島はいって、

「それやってくれ」

「よく知らない。最近テレビ観ないから」

「霜降り明星とかミルクボーイは？」

「さあ——」

「じゃあ古いのでもいい。パンツ一丁で踊りながら、安心してください、穿いてますよ、ってやつ」

「とにかく明るい安村」

また取り巻きが答えた。冴島は続けて、

「それくらい知ってんだろ」

「知ってるけど無理だよ」

「やれよ。服脱がなくていいから」

冴島は上目遣いでこっちをにらんだ。やれよ、と取り巻きがいった。勝也と恭介も、やったほうがいいと眼でうながしてくる。だが女子たちもいるのに、そんなことはできない。

黙ってうつむいていると、冴島が眉間に皺を寄せて椅子から腰を浮かせた。まずいと思ったとき、あれやるわ、と勝也がいった。

「EXIT（イグジット）。恭介、一緒にやんぞ」

「うん」

「お、ノリがいいねー。すべんなよ」

冴島がにやついて椅子に腰をおろした。勝也と恭介は甲高い声でコントをはじめた。

「じゃこれは？　バスガス爆発ブスバスガイド」

「あざまる水産よいちょまる」

「無理くないー？」

冴島と取り巻きは笑い転げてスマホで動画を撮ったが、駿は笑えず顔が引き攣（つ）った。

「おまえ、イタい奴だな。ダチががんばったんだから拍手くらいしてやれよ」

と冴島はいった。仕方なく拍手をしたが、きのうのあの場面を思いだすと悔しさと腹立たしさでいたたまれなくなる。

「あのままじゃ、おまえボコられてたぞ。おれが助けてやったんだ」

あとで勝也はそういった。勝也のいうとおりかもしれないけれど、感謝する気にはなれない。といって冴島に逆らう勇気もない自分が情けなかった。

⑰

きょうは朝から烈しい雨だった。水道の蛇口をひねったような雨水が焼けトタンの屋根から流れ落ち、ぬかるんだ地面でしぶきをあげる。滋は店に吹きこんでくる雨に濡れながら、コンロがわりの石油缶に薪をくべていた。

こんな天気とあって闇市の人出はすくなく、ふかしイモはなかなか売れない。羽釜のなかのイモを蒸しすぎないよう火加減は弱めだ。手持ちぶさたで後ろを見たら、瓜生は濡れたゴザにあぐらをかいてぼんやりしている。

「この雨だから、さすがにひまですね」

「屋根があるだけましさ。前は降ったら店じまいだったからな。おい、マッチをよこせ」

はい、と滋はいって瓜生にマッチ箱を渡した。

瓜生は軍服の胸ポケットから「光(ひかり)」を取りだし、箱を器用に振って煙草を口にくわえた。マッチ箱を足の指にはさむと、右手でマッチを擦(す)って煙草に火をつけた。「光」は戦前から見かける煙草だ。以前は赤い箱だったが、戦時中から物資が不足したせいか全体が白っぽくなった。

「ひさしぶりに買ったら、十四円もしやがった」

「公定価格はいくらなんですか」

「六十銭だ。一本が一円四十銭なんて、ひどい話さ」

瓜生は右眼を細めて煙を吐きだした。大人の男たちはみな煙草を吸っていたが、父は軀に悪いといって吸わなかった。滋も煙草を吸わないよう父に命じられた。

「煙草って美味しいんですか」

「美味しいってほどじゃないが、癖になる。それに戦時中は煙草を吸うのがお国のためだった」

「どうしてですか」

「煙草を売ってるのは大蔵省の専売局だ。たくさん吸えば、そのぶん税金をおさめることになる」

軍隊では、天皇陛下から菊の紋章が入った恩賜の煙草が支給されたという。

「すごいですね。そんな煙草をもらえるなんて」

瓜生は肩をすくめて、なにがすごいもんか、といった。

「ヒトラーは大の煙草嫌いで反煙草運動を熱心にやってたらしい」

「煙草が健康に悪いからですか」

「だろうな。しかし戦争のほうが軀に悪い」


夕方になって雨は小降りになったが、瓜生は先に帰った。石油缶コンロの火を落としたり羽釜を洗ったりしていると、おトキさんが声をかけてきた。

「坊や、精がでるねえ。瓜生の旦那はもう帰ったのかい」

「ええ。きょうはひまでしたから」

坊やと呼ばれる歳ではないが、おトキさんは滋をそう呼ぶ。おトキさんは着物の袂（たもと）から銀紙のちいさな包みをだして、これ喰いな。アメちゃんにもらったんだ、といった。

「アメちゃんってＧＩですか」

「うん」

ＧＩとは米兵だ。礼をいって受けとると、銀紙のなかには茶褐色のかけらが入っていた。齧ってみたら石のように硬かったが、カカオの芳香と濃密な甘みはまぎれもなくチョコレートだった。戦争がはじまって以来、まともな菓子は食べていないから、その味は衝撃的だった。

「ハーシーってチョコだよ。旨いだろ」

「うん、ものすごく美味しい。よっちゃんにもあげたら？」

「もうやったよ。でも味なんかわかんないさ」

よっちゃんはゴザの上で膝を抱えて、意味不明なことをぶつぶつつぶやいている。よっちゃんにできるのは荷物運びや水汲みくらいで客の相手は無理だ。

おトキさんの店と左隣の荒物屋が長続きしているのにくらべて、むかいの店は商品も店主もころころ替わる。滋がここにきたときはスルメと南京豆、次は吸殻を巻きなおした闇煙草、いまは貧相な中年男が汁粉を売っている。値段が安いから一度飲んでみたが、汁粉とは似ても似つかぬ味で異様な甘みがあった。それを見ていたおトキさんは笑って、

「あんなもん飲んじゃだめだよ。紫蘇糖で甘みをつけてるんだから」

紫蘇糖は青紫蘇の精油から作られ、砂糖の何倍も甘いが、成分は有毒で殺人甘味料と呼ばれているらしい。そんなものでも商品になるのは誰もが甘味に飢えているからだ。それだけにハーシーのチョコレートはアメリカの豊かさを感じさせた。

「アメリカとは国力がちがいすぎる。資源のない日本が勝てるはずがない」

戦争がはじまったとき、父がそういったのを思いだした。

国力の差は政府や軍部もきっとわかっていたはずだ。にもかかわらず、勝てるはずがない戦争をはじめたせいで両親をはじめ多くのひとびとが無残な死を遂げ、日本じゅうが焦土と化した。そしていまや国民は、焼夷弾の雨を降らせたアメリカの残飯でさえありがたがっている。それを思うと、舌に残るチョコレートの甘さが切なかった。


五月に入って上野公園の緑は日増しに濃くなっていく。明るくさわやかな陽射しとは対照的に、人波があふれる闇市は薄汚くて騒がしい。

「どうだい、こんな上等な団子がたったの十円だッ。喰うか喰われるかってんだィ」

「物のはじまりが一ならば、国のはじまりが大和の国、島のはじまりが淡路島(あわじしま)――」

空き缶を棒で叩きながら大声で客を呼びこむ男、流れるような口上で啖呵売(タンカバイ)をするテキヤ、買って買って買ってーッ、と金切り声で叫ぶ主婦。垢じみた中年男が憐憫(れんびん)を誘うためか五、六歳の女の子に空き缶を持たせ、たどたどしい口調で寄付を哀願(あいがん)させている。

「戦争に敗けて親子ともどもルンペンになりました。みなさまのお情けにすがって糊口(ここう)をしのぐ身の上です。右や左の旦那さま、哀れな親子にお恵みを――」

滋の店のふかしイモとイワシは呼びこみの必要がないほど売れている。

店に泊まりこんで働き続けた甲斐(かい)あって、いくらか貯えができた。その金で瓜生と自分が食事をするための鍋や食器や調味料を買った。残った金は盗まれないよう、拾ったブリキの菓子箱にしまって地面に埋め、その上に自分が坐るゴザを敷いてある。ほんとうは瓜生に預かってもらいたいが、あっさり断られた。

「おまえが持ってろ。おれに預けたら、ぜんぶ遣っちまうぞ」

瓜生はその日の儲けの半分しか持って帰らない。毎晩呑んでいるようで朝はいつも酒臭い。瓜生と店をはじめてから、彼の身内や知人は誰も訪ねてこない。

瓜生に両親はどうしているのか訊くと、どっちも死んだ、と答えた。消防隊員だった父親は瓜生が出征したあと空襲による火災で焼死し、母親は瓜生が復員してまもなく結核で亡くなったという。

瓜生も両親を亡くしたのは気の毒だが、自分と似たような境遇に親近感が湧いた。

「おまえのおやじさんはフィリピンで戦死したんだったな」

「はい。遺骨はもどってきませんでしたが――」

瓜生は黙ってうなずいた。

「母の遺骨もないんです。母は空襲で燃えた家の下敷きになって、ぼくは助けようとして川に落ちてしまって――あとから母を捜したけど、どこで死んだのかもわかりませんでした」

いつか――いつか一人前の生活ができるようになったら両親の墓を建てたい。もっとも、はたしてそんな日がくるのか。将来のことなど見当もつかないが、いまできるのは働くことだけだ。

滋はきょうもせっせとイモをふかした。瓜生は包丁でイモを刻んでいる。右手しかないのにうまく切れるのは剣術の心得があるからかもしれない。イモを包む古新聞には五月一日に十一年ぶりのメーデーが開催され、皇居の前に五十万人が集まったと書いてあった。

むかいはまた店主が替わるようで、汁粉を売っていた中年男は朝から商売道具をリヤカーで運びだしていた。昼すぎに店が空っぽになったと思ったら、はたちくらいの男と十六、七の娘がきて店頭にイモ飴や飴菓子をならべはじめた。

坊主頭の男は飛行服の襟に富士絹の白いマフラーを巻き、半長靴を履いている。闇市でよく見かける「特攻崩れ」の恰好だ。娘は髪をおさげにして紺絣の着物を着ている。

男は店の準備がすむと娘とふたりであいさつにきた。

「ごめんください。きょうからむかいにきた綾部といいます」

ふたりは兄妹で兄は綾部作之進、妹は千代子と名乗った。滋は自己紹介したが、瓜生は黙ってイモを刻んでいる。綾部は瓜生の眼帯や袖だけの左腕に眼をやって、

「あの、歴戦の勇士とお見受けしますが、戦地はどちらで――」

どこでもいい、と瓜生はぶっきらぼうにいって、

「それより、おまえのその恰好はなんだ」

包丁の切っ先を作之進にむけた。作之進は眼を泳がせて、

「自分は大学生で一昨年に学徒出陣しました。知覧から出撃する予定でしたが、直前で玉音放送がありまして――」

瓜生は無視してイモを刻みはじめた。作之進は飛行服のポケットから写真を取りだすと、こっちに差しだして、嘘じゃありません、といった。

皺だらけの写真には、零戦をバックに腕組みをした作之進が写っていた。飛行帽には「必勝」と書いた日の丸の鉢巻がある。瓜生はそれを見ても無反応だった。滋は気まずさに動揺しつつ、

「特攻隊だったなんて、作之進さんは勇気があるんですね」

「せっかく志願したのに残念です。お国のために散華したかったのですが――」

お兄ちゃん。千代子が作之進の腕をひくと、こっちに頭をさげて、

「お仕事の邪魔をしてすみません。これ、お近づきのしるしに」

イモ飴をふたつ差しだした。滋は礼をいって、それを受けとった。千代子は作之進を連れてむかいの店にもどった。瓜生は鼻を鳴らして、近頃はああいう手合いが増えたな、とつぶやいた。

「ああいう手合いとは？」

「特攻崩れを騙(かた)る連中だ」

「えッ。でも作之進さんは零戦と写ってましたけど――」

「あれは零戦じゃなくて練習機だ」

「じゃあ、あの写真は――」

「おおかた記念写真だろう。くだらねえ奴だ」

滋はイモ飴を口に入れた。瓜生にも渡そうとしたが、いらないという。イモ飴はサツマイモのでんぷんが原料の真っ黒な飴で、闇市のあちこちで売っている。ハーシーのチョコレートほど甘くはないが、素朴な味わいがある。


その夜、瓜生が帰ったあと、イモ飴をもらった礼に綾部兄妹の店にふかしイモをふた切れ持っていった。カーバイドランプを灯した陳列台のイモ飴や飴菓子は、あまり売れなかったようで数が減っていない。作之進はひと口でイモを食べて、

「旨い。きみの店のふかしイモは旨いなあ」

無邪気に喜んだ。粋がって特攻崩れを騙るわりに性格は悪くなさそうだ。千代子は何度も礼をいっ

て、新聞紙にくるんだイモを着物の袂にしまった。

「きょうの晩ご飯です」

「足りるんですか。それだけで？」

「ええ。食が細いので」

千代子は微笑したが、華奢な軀からして食べるものに困っているにちがいない。もっとイモを持ってくればよかったと悔やんだ。それにしても、と作之進はいって、

「あのお兄ィさんはおっかねえな。前は下士官かい」

「いいえ、瓜生さんは少尉です」

「ひえッ。下手にあいさつするんじゃなかったなあ」

作之進は坊主頭を掻いて、あのひとはきみのおじさんかい、と訊いた。滋は手短に生い立ちを話し、地下道で寝起きしていたとき瓜生と知りあったと語った。

「滋さんは大変な思いをされたんですね」

千代子はしんみりした声でいい、涼しげな一重の眼をむけてきた。滋はどぎまぎしつつ、

「ぼくだけじゃないですから。もっと大変なひともたくさんいますし」

千代子は高等女学校を今年卒業して満で十七だというから、同い年だ。兄の作之進は満二十歳で、学徒出陣する前は大学の教育学部にいたという。いかにも素人然とした兄妹が闇市で商売をはじめたのは、どうしてなのか。それとなく訊ねると千代子が事情を語った。

ふたりの父親は大手新聞社の編集長だったが、戦時中に従軍記者だった時期があることから戦争協力者とみなされ、ＧＨＱによる公職追放で職を失った。折悪しく母親も病で亡くなった。

「父は意気消沈して、なにもできなくなりました。もう五十すぎだし気位が高いから、こういうところでは働けないんです」

本郷にある実家は焼け残ったが、罹災した近くの住民が何人も身を寄せているという。みんな年寄りで喰うに困ってる、と作之進が溜息をついた。

「ほんとは大学にもどりたいけど、ぼくと千代子で稼がなきゃならない。ここで汁粉を売ってたひとが近所の顔見知りでね。地主の日下部さんを紹介してもらったのさ」

客がきたので会話はそこで途切れた。店にもどろうとしたら、

「滋さん、おイモをありがとう」

千代子の声に振りかえった。カーバイドランプの淡い明かりに浮かんだ彼女の笑顔に、なぜか胸がどきどきした。


翌日から滋はこまめに銭湯へいくようになった。こまめといっても週に一度か二度だが、浮浪児だった頃にくらべれば、はるかに清潔だ。おトキさんの店で古着のシャツとズボンを買い、また青空床屋にもいった。

「やけに身ぎれいにしてるな。どういう風の吹きまわしだ」

瓜生にそう訊かれて、商売ですから、と答えた。

「瓜生さんがいったじゃないですか。こざっぱりしたなりをしろ、って」

「まあな。しかし、それだけじゃないだろう」

瓜生は含みのある笑みを浮かべた。ほんとうの理由を見透かされているような気がして、耳たぶが

熱くなった。身なりに気を遣いだしたきっかけは、いうまでもなく千代子だ。

　綾部兄妹がむかいで店をはじめて二週間が経った。そのあいだ千代子と会話したのは数えるほどで内容も他愛なかったが、そのたびに気持が浮き立った。

　終戦までは「男女七歳にして席をおなじゅうせず」という考えが世間に浸透していた。男女共学なのは国民学校の二年生までで、それ以降は男女別学だから同年代の女子と触れあう機会はほとんどない。女子との交際はむろん禁忌で、立ち話をしただけで教師や近所の住民に咎められた。

　そんな時代に育ったせいで千代子と喋るのは緊張する。が、そばにいるだけでわくわくするし、もっといろいろなことを喋りたい。それだけに千代子の店の売上げが心配だった。いままでの店のようにすぐ閉めてしまったら、彼女に会えなくなる。イモ飴と飴菓子はそれなりに売れているようだが、ほかの店にもたくさんあるから珍しさに欠ける。

　滋は瓜生がいないときを見計らって、ちょくちょくイモ飴や飴菓子を買いにいく。せっかく千代子と話しているのに、作之進がしょっちゅう割りこんでくる。

「いつもありがとう。きみはほんとうに飴が好きなんだね」

　喜んでくれるのはいいけれど、客がいないと世間話をはじめる。

「このあいだ極東国際軍事裁判が開廷しただろ。東條英機元首相がA級戦犯だっていうけど、戦勝国が一方的に敗戦国を裁くのは不公平じゃないかな」

　作之進の相手をしただけで千代子とほとんど話せなかったり、話す機会があっても気後れしたりする。それでも売上げに貢献できれば満足だった。

　けさはなぜか作之進がおらず、千代子が店を開けた。闇市はあぶない連中が多いから彼女ひとりで

は心配だ。滋は客が途切れた隙にむかいの店にいって、

「作之進さんはどうしたんですか」

「宮城にいきました。様子を見てくるって」

「宮城の様子?」

「すごく大勢のひとが宮城でデモをしてるんですって。兄は陛下の身が心配だといって――」

デモは食料の配給の遅延や欠配に抗議するのが目的らしい。戦時中は皇居の前を通るだけで脱帽し、お辞儀をさせられたのにデモをするなんて考えられない。

今年の元日、天皇陛下は自分は神ではないと詔書で宣言したが、いまだに畏れ多い。このあいだまで現人神と崇めていた陛下に抗議するほど食料事情は悪化したらしい。

上野の地下道はもちろん駅の周辺には幼い浮浪児がたくさんいて、哀れな姿に胸が痛む。なんとかしてやりたいが、自分も喰うや喰わずだから見て見ぬふりをしている。そのくせ千代子には、もっと美味しいものを食べさせたい。彼女の喜ぶ顔が見たい。そう思うのは自分勝手だろうか。

作之進は昼すぎにもどってきた。デモについて訊くと、

「いやはや、大変な騒ぎだったよ。飯米獲得人民大会といって宮城の坂下門にとんでもない数の群衆が押し寄せてる。詔書、国体はゴジされたぞ、朕はタラフク食ってるぞ、ナンジ人民飢えて死ね、なんてプラカードを持ってる奴がいた」

「戦時中なら不敬罪で捕まりますね」

「特高に拷問されて殺されちゃうよ。陛下はご無事な様子でよかったが、あれだけの人数が集まるってことは国民の不満も限界にきてるね」

のちに読んだ古新聞で、デモに参加したひとびとは二十五万人におよぶとわかった。五月二十二日に第一次吉田茂内閣が成立し、蔵相に石橋湛山が就任した。

数日後の午後、地主の日下部に地代を払いにいった。

広い通りには輪タクが何台も走っている。輪タクとは自転車タクシーのことで、自転車に幌付きの人力車をつけている。粗末な乗り物だが、タクシーはまだ復活せず自転車も貴重品だ。

日下部の骨董屋は古めかしい日本家屋で、薄暗い店内は壺や仏像や掛軸のたぐいで埋めつくされているが、どれも埃をかぶっている。従業員はおらず客の姿もほとんどない。

日下部はいつも壁によりかかって本を読んでいるか、うとうとしている。たまに外出するときは、何時にもどりますと几帳面に貼り紙をする。

「こんな時代に骨董なんて売れやせんし、売るつもりもない。わし自体が骨董みたいなもんじゃ」

日下部は地代を受けとると、そのなかから小遣いをくれようとする。恐縮して遠慮しても無理やりポケットに札をねじこまれる。

「わしみたいな年寄りが金持ったって、なんにもならん。ほんとうは地代なんていらんのじゃが、地主でおれば、みんなが会いにきてくれるからの」

帰りに省線の高架沿いを歩いていたら、三角地帯にバラック建ての店がならんでいて「近藤産業マーケット」と看板がでていた。滋と瓜生がいるあたりよりもこぎれいで、二十数軒ほどの店に大勢の客が群がっている。各自ばらばらの闇市とちがい、統一感のある店構えに復興の兆しを感じる。

こういうマーケットが増えてくれれば、ふかしイモとイワシだけでは太刀打ちできず、客は離れていくだろう。瓜生は商売気がないが、もっと料理らしい料理をだしたい。

店にもどって近藤産業マーケットのことを瓜生に話すと、

「新宿には終戦直後に新宿マーケットができてる。仕切ってるのはテキヤの関東尾津組だ。テキヤが仕切る闇市は、ほかにもあるだろう」

「じゃあ、近藤産業マーケットも仕切ってるのは――」

「いや。宿屋で聞いた話じゃ、自動車修理工場の経営者で近藤広吉っていうひとらしい。上野もこれからマーケットが増えそうだな」

「ぼくもそう思うんです。マーケットに負けないよう、もっと美味しい料理をいろいろだせるようにしたいですね」

「無理をいうな。おれに商いの才覚はない」

「ぼくががんばります」

ふふん、と瓜生は軽く笑って、

「いろいろ欲がでてきたな」

「――いけませんか」

「いけなくはない。人間、欲がなくなったらおしまいだ。戦地じゃ食欲がなくなった奴から死んでいった。もっとも負け戦になってからは喰うものもなかったがな」

「人間の欲で、最後に残るのは食欲ってことですね」

「ああ。痩せこけた兵隊たちは、みんな喰いもののことばかり話してた。もし日本に帰れたら、あれが喰いたいこれが喰いたいってな。しかし、ほとんどが帰れなかった」

瓜生はそこで口をつぐんで煙草を吸いはじめた。

綾部兄妹の店は、きょうも作之進はおらず千代子がひとりで店番をしている。千代子のことが気がかりでイモをふかしながら様子を窺った。作之進がようやくもどってきたのは、きょうのイモを売り切った頃だった。

瓜生が帰ったあと、むかいの店にいって飴菓子をひとつ買った。むろん千代子と話したいからだ。きょうの売上げはどうだったか彼女に訊いていると、作之進が口をはさんだ。

「さっき有楽町にいったら、丸の内（まるのうち）の邦楽座（ほうがくざ）にすごいひとだかりができてたね」

「邦楽座というと映画館ですね」

「うん。『はたちの青春』って映画をやってるんだ。日本ではじめて男女が接吻（せっぷん）する場面があるってんで、大騒ぎになってる」

「まあ——」

千代子が顔を赤らめた。滋も釣られて顔が火照った。戦争に敗けたとはいえ、まだ一年も経たないのに世の中はどんどん変わっていく。作之進はむずかしい表情で腕組みをして、

「人前で接吻など実にけしからんが、これも民主主義というやつだろう」

人前での接吻とはどんなものなのか——つい不埒（ふらち）な想像をしていると彼女と眼があった。とたんに鼓動が速くなって、どぎまぎしつつ自分の店にもどった。

最後に映画館へいったのは、いつだったか。

たしか去年の春——三月十日の大空襲の前、母と本所の映画館で「日本ニュース」を観たのが最後

だろう。「日本ニュース」は国内外の出来事を報じるニュース映画で、毎週封切られた。戦争が烈しくなるにつれて戦意を高揚させる映像ばかりになり、雨の神宮外苑の出陣学徒壮行会や神風特別攻撃隊の出撃の様子もこれで観た。

たび重なる空襲や食料不足により庶民でも戦況の悪化がわかるのに、あたかも米英を殲滅できるかのような報道をしたのは国策のためだろう。いま思えば、ほんとうにバカバカしい。戦時中は自由に映画を観ることも許されなかったが、これからは変わるにちがいない。

いつか千代子と一緒に映画を観たい。そんな思いに胸がふくらんだ。


五月三十日の朝だった。空は快晴ですがすがしい。

石油缶コンロの上で羽釜が湯気をあげ、ふかしたイモの甘い匂いがあたりに漂いだした。滋はコンロの焚き口を破れ団扇であおぎ、瓜生はイモを切っている。まだ早い時間だが、闇市はきょうも活気に満ち、大勢のひとびとが行き交う。

左隣の荒物屋では、店主の蜂須賀が鉄兜を加工したヤカンを七輪に載せ、湯を沸かす実演をしている。蜂須賀は値踏みする客たちにむかって、

「なにしろもとが鉄兜だから頑丈だ。ふつうのヤカンより長持ちするよ」

右隣の店では、おトキさんが声を張りあげる。

「さあお客さん、きょうは舶来物の足袋が安いよォ」

「おいおい、足袋に舶来物なんてあるのかい」

店先にいた男が冷やかしたが、おトキさんはめげずに、

「細かいこたァいいんだよ。さあ買った買ったィ」

息子のよっちゃんはなにもしないでぼんやりしているが、いつものことだ。いい天気のせいか綾部兄妹の店も繁盛しているようで客足が絶えない。千代子と作之進の笑顔に安堵した。

しばらくして遠くでどよめきが聞こえた。また揉めごとが起きたのかと思ったら、どよめきは急速に近づいてきて、闇市のあちこちで怒号と悲鳴があがった。

さらに銃声が轟いて、ただごとではないと悟った。大風呂敷の包みや背嚢を担いだひとびとが店の前を駆け抜けていく。おトキさんが顔見知りらしい女を呼び止めて、

「ちょいと、なにがあったんだィ」

「抜き打ちの手入れだよ。もうこっちへくる」

女は早口でいって走り去った。

思わず腰を浮かせたとたん、ものすごい数の警官が通りになだれこんできた。急いでイモを隠そうとしたが、もう遅かった。中年のごつい警官が店の前に立つと、

「おい坊主ッ、イモは統制品だ。荷物をまとめてトラックに乗れッ」

大声で怒鳴って通りのむこうを指さした。そこにはトラックが何台も停まり、警官たちが闇市のひとびとを追いたてて荷台に乗せている。地下道で狩り込みに遭ったときの恐怖が蘇って、口のなかがカラカラに渇いていく。

「ぼやぼやするな。荷物をまとめろといったのが聞こえんのかッ」

警官がまた怒鳴ったとき、樫の木刀を腰に差した瓜生が前に立ちふさがった。

「坊主は店と関係ない。おれを連れていけ」

「だめだ。坊主も一緒にこいッ」

　瓜生はこっちをむいて耳元でささやいた。

「金を持って逃げろ」

「えッ」

「いいから早くしろ。元も子もなくなるぞッ」

　あわててゴザの下を掘り、金を入れたブリキの菓子箱を取りだし、シャツの下に隠した。千代子が心配だが、逃げまどうひとびとや警官でごったがえして、むかいの店は見えない。蜂須賀やおトキさんは警官と揉みあい、瓜生は警官と押し問答を続けている。

「どうして、こんな弱い者いじめをする」

「弱い者いじめじゃない。おまえらが法律に違反したからだ」

「法律に違反しなけりゃ、飯が喰えん。おれたちに死ねというのとおなじだ」

　警官は埒があかないと見たのか、もういいッ、と怒鳴った。

「力ずくでも連行するぞ」

　警官は店に踏みこんできて瓜生の肩をつかもうとした。次の瞬間、瓜生は身をかわすと腰から木刀を抜いて警官の手を払った。警官は手を押さえて悲鳴をあげ、近くにいた警官たちが駆け寄ってきた。

　瓜生がこっちを見て、いけッ、といった。

　滋は店を飛びだすと、ブリキの菓子箱を抱えて死にものぐるいで走った。

⑱

母がリビングの窓を開けると、湿った空気が流れこんできた。夜空は厚い雲に覆われている。母は家族の誰かが帰宅するたび、急いで窓を開けるようになった。

「換気も大事だろうが、あんまり気分のいいもんじゃないな」

いま帰ってきた父が苦笑した。どうして？　と母が訊いた。

「おれにウイルスがくっついてるみたいだからさ」

「百パーセントくっついてないっていえる？　みんなのためにやってるのよ」

母はこれも新たな習慣になった除菌スプレーを室内に噴霧した。

きょうの夕食は珍しく家族の意見が一致して、鰻重（うなじゅう）の出前をとった。最近は倹約しているのに贅沢な出前をとった理由はわからないが、金曜の夜だからか。

「土用の丑（うし）の日っていつだっけ」

母がそう訊くと姉がスマホを見てから、

「今年は七月二十一日と八月二日だって」

「なんで二回もあるの」

「知らない」

「まだ早いけど、当日は注文が混むからちょうどいいわ」

「あれ？　二十一日って火曜よ。土曜じゃないじゃん」

「その土曜じゃない。曜がちがう」

父が宙を指でなぞって用の字を書いた。あ、そうだった、と姉がいって、

「でも土用ってなに？」

「土用波とかいうだろ。自分で調べろ」

「なんだ。知らないんだ」

ひさしぶりに食卓の雰囲気は明るいが、テレビは暗いニュースを流している。

「きょうは東京都で二百四十三人、埼玉県で四十四人、神奈川県で三十二人、全国で四百三十人の感染が確認されました。一日の感染者数が四百人を超えるのは四月二十四日以来で――」

女性アナウンサーの声に母は顔をしかめて箸を止め、

「また夜の街じゃない？　とうさんも気をつけてね」

「わかってる。最近はまっすぐ帰ってるだろ」

小池都知事が会見で夜の街への外出をひかえるように要請してから「夜の街」という言葉がテレビやネットで頻繁に取りあげられている。飲食業や風俗業の関係者からは差別や偏見を助長すると反発の声もあるが、客足は遠のく一方で廃業や休業に追いこまれた店も多いらしい。「夜の街」という漠然とした表現には、たしかにいかがわしいイメージがある。そのせいでネガティブなレッテルを貼られてしまったのだろう。

似たようなレッテル貼りは学校でもある。新しいクラスでは生徒の容姿はもちろん成績や性格から親の経済状況までが比較され、それぞれの立ち位置――すなわちスクールカーストが形成される。

男子生徒でヒエラルキーの頂点に立つのは、整った容姿で成績がよくスポーツの才能にも恵まれた

生徒。加えて親が裕福であれば万全だ。それに準ずる生徒がヒエラルキーの上位グループで教師たちのおぼえもめでたく、楽しい学生生活が約束されている。

平凡な中位グループの生徒は上位グループの機嫌をとって仲間に入る機会を窺い、下位グループを蔑むことで優越感をおぼえる。そうしたグループわけもレッテル貼りだが、個人のキャラクターについても陽キャとか陰キャとかレッテルが貼られる。

陽キャは陽気なキャラクターを意味し、明るい性格で異性に人気がある。たいてい彼女や彼氏がいるのでリアルが充実しているリア充だ。一方、陰キャは性格が暗く異性に人気がない。したがってリアルが充実していない非リア充だ。

いったんレッテルを貼られたら、それを覆すのは困難で、周囲の評価はなかなか変わらない。というよりは、与えられた役柄をみずから演じてしまうのだ。

駿も中学に入ったときは陰キャのレッテルを貼られるのが厭で、無理してひょうきんにふるまった。同級生から軽く見られただけで人気者にはなれなかったが、途中で路線変更ができず、ひょうきんなキャラクターを演じ続けた。

「陽キャとか陰キャとか、ぶっちゃけ他人の判断じゃん。ガン無視すりゃいいよ」

中学で仲のよかった同級生の後藤はそういった。

そのとおりだと思ったが、後藤は都内でもっとも偏差値の高い高校へ進学した。それきり疎遠になったから、あいつもやはりレッテル貼りをしたのだろう。

うちのクラスでいえば冴島がスクールカーストの頂点で、その取り巻きが上位グループに属する。そこへ喰いこもうとしているのが勝也と恭介だ。冴島には関わりたくないし勝也や恭介とも距離をおきたいが、それを態度で示せないまま、しぶしぶつきあってしまう。

きょうの放課後もひとりで帰りたかったのに、勝也に引き止められて教室に残った。このところ放課後は、冴島を囲んでだらだら喋るのが習慣になっている。内心はげんなりしつつも、それを顔にださないよう会話を聞いていると、冴島がつぶやいた。

「ちょっと小腹空いたな。なんかスイーツ喰いたくね?」

喰いてえ、と取り巻きは賛同した。冴島は続けて、

「シュー・ア・ラ・クレーム、あれ、かなり旨えよな」

「うん。マジ旨え」

「ちょっとコンビニいくか」

「いこういこう」

「でも、みんなでいくのはまずい。密を避けなきゃな」

冴島は五百円玉をこっちに差しだすと、洲崎、買ってきて、といった。

「おれが?」

「そんな顔すんなよ。おまえ、ひまそうにしてたじゃん」

冴島は眉を八の字にして、頼むよー、と甘えた声でいった。きっぱり断るべきだと思ったが、冴島の機嫌を損ねるのが怖くて五百円玉を受けとった。とたんに取り巻きがてんでに小銭を差しだして、

「おれバスクチーズケーキ」

「おれクレープ」

「おれ豆大福」

勝也と恭介までが便乗して買物をせがむ。これでは、ほとんどパシリだ。しかし断るタイミングを逸している。暗い表情を見せたら、よけいパシリのように映るだろう。

「誰がなに買うか、まとめて紙に書けよ。でなきゃ金ごまかすぞ」

虚勢を張って声を荒らげたが、金と紙を受けとって教室をでると、がっくり肩が落ちた。このままではクラスでの立場はますます悪くなりそうだ。

駿は放課後のみじめな記憶を頭から追い払って、饅重を食べた。父は缶ビールで顔を赤くして、もうすぐ起業するネット通販について喋っている。

「思ったより早く進んでる。失業給付金は最後までもらえんだろう」

もったいないわね、と母がいった。

「せっかくもらえるのに」

「そのぶん再就職手当がでる」

「とうさんが経営者になるって実感がない」

「そういうけど、ネット通販は当たれば早いぞ。創業から何年も経たずに上場する会社も珍しくない」

姉がスマホから顔をあげて、いいじゃん、といった。

「あたしも雇って」

「会社が軌道に乗ったらな。おい、もう一本ビールをくれ」

母が気前よく饅重をとったのは、父の起業が順調に進んでいるからだろう。父が立ちあげた会社がうまくいけば家計は安定して、勝也と恭介にひけめを感じなくてすむ。

もっとも来年は卒業だからスクールカーストなど気にする必要はない。しっかり勉強して、クラスのみんなを見返せるような大学に入ろうと思った。

教室で帰りのホームルームがはじまった。

換気のために開けた窓から、風とともに雨粒が舞いこんでくる。もう七月中旬なのに先週からずっと雨か曇りだ。天気予報では関東地方の梅雨明けは八月になるらしい。

先週おこなわれた期末試験は、勉強をがんばったわりに点数は伸びなかった。こんな成績では来年の受験が心配だが、コロナのせいで先行きが見えない状況だけに危機感が乏しい。

あいかわらずマスクにフェイスシールドをつけた千野が教壇で喋っている。

「えー、きょうの都内の感染者は百六十五人。感染者数が百人を超えるのは七日連続だ。登下校時や放課後にマスクをはずして喋ってる生徒もいるようだが、自分がコロナに罹る危険もあるし他人にうつすかもしれない。みんなの命を守るために感染予防を徹底してください。特に夜の街への外出はぜったいしないように」

冴島がいちばん後ろの席で手をあげて、先生、といった。なんだ、と千野が訊いた。

「コロナって昼より夜のほうがうつりやすいんすか。ウイルスは昼間寝てるとか」

取り巻きや女子たちがくすくす笑った。そういう意味じゃない、と千野は顔をしかめて、

「夜の街は密になりやすいからだ」

「密でいうなら満員電車のほうがすごいっすよね。それに夜の街へくるひとって、昼間働いてるひとでしょう。なんで夜の街ばっか目の敵にするんすか」

「きみたちは高校生なんだ。夜の街へいくほうがおかしい」

冴島はまだなにかいいたそうだったが、千野は話を締めくくって教室をでていった。放課後になって生徒たちは帰りはじめた。駿も帰りたかったが、どうせ勝也に引き止められる。

冴島は机の上に腰かけるとマスクを乱暴にはずして、

「フケセンの奴、コロナコロナってマジうぜえ」

取り巻きが冴島に同調してマスクをはずし、勝也と恭介もそれにならった。

なにがみんなの命を守るためだ、と冴島は毒づいた。

「交通事故だって自殺だってインフルエンザだって、ひとは山ほど死んでるだろ。正月に餅を喉に詰まらせて死ぬ年寄りのほうが、コロナで死んだ奴より多いってよ。だったら車の運転や餅も自粛しろっつーの」

「おれたちが感染しても無症状か軽症だよ。死ぬのはジジババだけさ」

取り巻きのひとりがそういった。だろ、と冴島はいって、

「クッソむかつく。気晴らしに誰かおもしれえことやってくれ」

取り巻きがさっそくギャグを飛ばしたり下ネタを口にしたりした。露骨なご機嫌とりに辟易(へきえき)していると、冴島が不意にこっちをにらみつけて、

「洲崎、なんで自分だけマスクしてんの」

「なんでって——フケセンとかうるさいし」

「うるせえからしてんのか。コロナ怖いんじゃねーのか」

「そりゃ怖いのもあるけど」

「けど、なんだ？　みんながマスクはずしても自分ははずさねえ。ここにいる誰かがコロナだと思ってるからか。それともおまえがコロナだからか」

「そんなことないよ」

「だったら、なんで自分だけマスクしてるんだ」

「万が一ってこともあるから――」

「おれにむかついてんだろ。はっきりいえよ」

図星をつかれて言葉に詰まっていると、冴島は苦笑して、

「おまえ、かえしがつまんねーんだよ」

「かえし？」

「いちいちマジに反応すんな。ツッコミにはギャグでかえせよ」

冗談だとわかって安堵したとたん、冴島は顔から笑みを消して、

「おれにむかついてねえなら、なんかおもしれえことやってくれ」

「無理だよ」

「すべってもいいんだよ。ウケるかウケねえか、やってみなきゃわかんねえだろ」

「でも思いつかない」

「やっぱ、おれにむかついてんだな」

駿は黙ってかぶりを振った。

「じゃあ、みんなのスイーツ買ってきて」

またかと思ってうんざりした。いうことを聞けばパシリあつかいがエスカレートしそうだが、この

場を早く切り抜けたかった。いいよ、と溜息まじりに答えたら、

「罰ゲームだから、おまえのおごりな」

「そんな――」

財布には二千五百円ほどあるからスイーツは買えるが、理不尽な要求に従いたくない。コンビニにいくふりをして職員室で千野に相談しようか。しかし千野にいいつけたら女々しい奴といわれるだろうし、どんな仕返しをされるかわからない。

誰かが後ろから背中をつついた。振りむくと勝也が耳元でささやいた。

「やべえぞ。金ねえんなら、これ遣えよ」

勝也はこっそり千円札を押しつけてきたが、それを押しもどして冴島に眼をむけた。

「わかった。買ってくる」

思いきってそういった。冴島が満足そうにうなずき、取り巻きは歓声をあげた。


コンビニで買物をすませたら財布はほとんど空になった。

勝也と恭介は自分に遠慮してか安いプリンとケーキだったが、冴島と取り巻きは好き勝手に高いスイーツを注文した。むろん自分のぶんは買えない。

駿はレジ袋をさげて学校にもどった。耐えがたい屈辱に怒りがこみあげてくる。冴島はこれで調子に乗って、また無茶な要求をしてくるだろう。次はぜったい断ろう。殴られてもいいから怒るべきだと思うが、ほんとうにそうできるのか。

煮え切らない自分にいらだちつつ一階の廊下を歩いていると、職員室から真央がでてきた。真央と

はゆうべも電話で話したが、しばらく顔をあわせていなかったから胸が弾んだ。彼女は部活をやめる件で顧問の教師と話していたといった。

「洲崎くんはなにしてたの」

「コンビニいってた」

真央はひょいとレジ袋を覗いて、わー美味しそう、といった。

「どうしたの。そんなにいっぱい買って」

「――じゃんけんで負けたんだ。それでみんなのぶんを買ってきた」

おごらされたといえずに嘘をついた。真央は疑う様子もなくうなずいて、

「あのさ、こんどの日曜、遊びにいかない?」

「う、うん。いいけど大丈夫なの」

思わぬ誘いにテンションがあがって声がうわずった。真央の両親は日曜に父方の祖父の三回忌があって、昼すぎから岡山へいくという。

「コロナのせいで身内しかこないけど、パパとママの帰りはだいぶ遅くなると思う。だから一緒に晩ご飯食べようよ」

「うん。その前はどこにいく?」

「としまえんがいいな」

「としまえん?」

「うん。いったことないけど」

「おれもないよ」

「八月三十一日で閉園しちゃうの。その前にいっときたいと思って。ただ混雑しないよう入場制限があるから事前に予約しなきゃいけないの。予約しといていい？」

「もちろん。すっげえ楽しみ」

廊下のむこうから教師が歩いてきたので、真央とはそこで別れた。日曜のことを思うと、パシリあつかいされた悔しさは薄れて足どりが軽くなった。

⑲

滋はブリキの菓子箱を抱えて不忍池まで逃げた。

あれから瓜生はどうなったのか。統制品のイモを売っていたうえに警官に手をだしたから、ただではすまないだろう。千代子の身も心配だが、闇市にもどれば自分も捕まってしまう。

不忍池の茂みに夕方まで隠れてから、恐る恐る闇市の様子を窺った。羽釜や石油缶コンロ、ミカン箱の上に渡した陳列台は蹴倒されていただけで、店が無事だったのに安堵した。

だが瓜生をはじめ蜂須賀やおトキさんの姿はなく、千代子と作之進もいなかった。どの店も商品を押収されたらしく、店頭にはなにもない。みんな必死で商売していたのに闇市は警察に潰されてしまうのか。滋は悔しさに唇を噛んだ。

ブリキの菓子箱を元どおりゴザの下に埋め、踏み荒らされた店のなかを片づけた。瓜生がもどってくるまで、ここで待つしかない。しかし瓜生はどこにいるのか、いつもどってくるのか。

あたりが暗くなっても闇市は閑散として、ひと気がない。

ゴザの上でしょんぼり膝を抱えていると、通りのむこうにカーバイドランプが灯った。千代子と作之進が店内を見まわしている。滋はふたりに駆け寄って、

「大丈夫ですか。警察に捕まったんじゃ――」

「いいえ、すぐ逃げましたから。滋さんも無事でよかった」

と千代子がいった。作之進は担いでいた背嚢をこっちにむけて、

「うちはイモ飴と飴菓子だから隠すのは簡単だよ」

「瓜生さんがどうなったか知りませんか」

「警官たちに囲まれてるのは見たけど、ぼくらは逃げたから、そのあとはわからない」

闇市の店主たちは押収品とともにトラックで上野警察署に連行されたらしい。

「じゃあ瓜生さんは留置場に？」

「たぶん、そうじゃないかな。ただ聞いた話じゃ始末書を書かされて、二、三日で釈放されるそうだよ。商品は没収されるがね」

「でも瓜生さんは木刀で抵抗したんです」

「そりゃまずいな。簡単には釈放されないぞ」

「どうすればいいんでしょうか」

「んー、腕のいい弁護士をつけるべきだろう。でも弁護士の知りあいはいないしな」

「すみませんが、しばらく店を見てもらっててていいですか」

「いいけど、どうするんだい」

「瓜生さんに面会したいんです」

上野警察署は上野駅のそばにある。滋は息を切らして走り、警察署に着いた。入口の前には闇市の関係者らしいひとびとが十人ほどいて、警官たちと口論している。きょう摘発された店主や従業員の釈放を訴えているらしい。

警官の眼を盗んで警察署に入り、留置場を担当する受付で面会がしたいといった。受付にいた中年の警官に氏名、生年月日、住所、職業を書くようにいわれてとまどった。

氏名と生年月日は事実を書いたが、住所はかつてのわが家にして職業は無職と書いた。被疑者とどういう関係か訊かれて、伯父だと答えた。警官は帳簿を繰って、しばらく面会はできないといった。

「この瓜生って奴は警官に暴力をふるったんだ。統制品を売った食糧管理法違反と公務執行妨害で刑務所行きになるだろう」

「そんな――」

「瓜生は逮捕されてから、ずっと黙秘しとる。こいつの住所をいえ」

「――わかりません」

「伯父の住所も知らんとは怪しいな。おまえも統制品を売ってたんじゃないか」

「ちがいます」

もたもたしていると捕まりそうな気配に、急いで警察署をあとにした。

瓜生の逮捕から五日が経った。きのう拾った六月一日の新聞によると、五月三十日の摘発では五百人の警官が動員され、押収品はトラック十五、六台におよんだという。

作之進がいったとおり闇市の店主や従業員たちは二、三日で釈放された。蜂須賀とおトキさんも店にもどってきて商売を再開した。ふたりとも商品の大半を押収され留置場に入れられたというのに、めげた様子はない。

「瓜生さんは心配だな。あのひとがいねえと、またヤクザにショバ代をたかられる」

と蜂須賀がいった。坊や大丈夫かい、とおトキさんはいって、

「瓜生の旦那はいつ釈放されるのかねえ」

「わかりません。もしかしたら刑務所に入れられるかも――」

「困ったねえ。どうすりゃいいんだろ」

千代子と作之進もイモ飴と飴菓子を売るかたわら声をかけてくる。

「滋さん、しっかりね。わたしたちが応援してますから」

「イモを売っただけで、皇軍の勇士を捕まえるとはけしからん。お国のために戦って名誉の負傷をしたんだから恩赦があるべきだ」

みんながいるのは心強かった。担ぎ屋のヤスエさんも店にくるたび心配してくれるが、ひとりでは商売する気になれず、イモとイワシは自分が食べるぶんだけ買った。

滋はもどかしい思いで毎日をすごした。瓜生と面会しようにも、上野警察署にいけば自分も捕まるかもしれない。まわりに弁護士を知っている者はいないし、知りあう機会もない。といって、このままだと状況は悪くなる一方だ。

その日の午後、滋はあてもなく闇市を歩きまわった。

客足はすでにもどりつつあり闇市に活気が蘇った。あれほど大がかりな摘発があったとは思えないにぎわいに庶民の生命力を感じる。また捜査をすれば一網打尽だろうが、立て続けに摘発しないのは

警察も庶民の反発を恐れているのかもしれない。

滋は闇市を歩きながら客たちを観察した。弁護士だって配給だけでは生活できない。本人か家族が闇で喰いものを買っているはずだ。なんとかして弁護士かその知りあいを見つけられないか。考えながら歩いていたら、肉とニンニクの焼ける旨そうな匂いに腹が鳴った。

復員兵らしい中年男が七輪でモツを焼いている。それを見て、瓜生に連れていかれたホルモン屋を思いだした。同時にあの店にいた女装の男――玉岡常次郎が脳裏に浮かんだ。

「なにかお役にたてることがあったら、いつでもおっしゃってください」

玉岡は瓜生にむかってそういった。玉岡はかつて軍曹で、ものすごく勇敢な兵隊だったと瓜生はいった。いまは男娼だから顔も広いはずだ。彼ならば弁護士を探すのを手助けしてくれるかもしれない。

滋は夜になるのを待って上野公園へむかった。

夜は店に泥棒が入るかもしれないから、千代子と作之進が見てくれている。瓜生といったホルモン屋をすぎて上野公園に入ると、西郷(さいごう)さんの銅像のそばに和服や洋装の女がぽつりぽつり佇んでいる。遠目から見たら女だが、近よるにつれ顔だちや体型が不自然で男娼だとわかった。そのなかで、ひときわ大柄な洋装の男娼が玉岡だった。

緊張しつつ声をかけると玉岡は厚化粧の顔をほころばせて、

「あら、少尉殿と一緒にいた坊やじゃない。いったいどうしたの」

このあいだとちがって女言葉で口調も甘ったるい。

「実はお願いがあるんです」

「ははん、わかったわ。坊やならお代はいらない。うんとサービスしてあげる」

玉岡はしなを作って頬を撫でてきた。滋は分厚い掌の感触にぞくりとして、

「ちがうんです。瓜生さんが警察に捕まって――」

事情を話したとたん、玉岡は表情を一変させた。

「ろくでなしのポリ公めッ。少尉殿を豚箱に入れるなんて許せないわ」

「腕のいい弁護士を知りませんか」

「弁護士なんて、かったるいことじゃだめよ。あたいにまかしときな」

ちょいと、みんなァ、と玉岡は叫んだ。たちまち男娼が十人ほど集まってきて異様な雰囲気にあとずさった。玉岡は男娼たちにひそひそ話をしてから、滋にむかって、

「坊やは店にもどってな。あたいたちは、いまから上野警察署へいく」

「えッ。警察署へいって、どうするんですか」

「決まってるじゃない。少尉殿を釈放させるのよ」

「で、でも、どうやって――」

「あたいはこう見えてもノガミのツネヨ。その前は泣く子も黙る鬼軍曹、玉岡常次郎よ。ポリ公なんぞに負けやしないわ」

玉岡はいったいなにをする気なのか。

上野警察署で男娼たちが暴れまわる姿を想像して頭がくらくらした。もしそんなことになったら、警察の心証を損ねて瓜生の釈放が遠のいてしまう。玉岡は男娼たちを率いて歩きだし、上野公園をあとにした。滋は急ぎ足で玉岡を追いかけて、待ってくださいッ、といった。

「お願いです。そんな無茶をしないで——」

「いいから店にもどんな。坊やのでる幕じゃない」

「でも玉岡さん、いや、ツネヨさん、もし警察が釈放してくれなかったら——」

懸命に止めたが、玉岡はまったく耳を貸さない。それどころか背筋を伸ばして「同期の桜」を朗々と歌いだした。玉岡は意気揚々と両手を振り、軍隊が行進するような足どりで歩いていく。男娼たちも彼にならって裏声で合唱した。

男娼たちの行進は滑稽だが、あとをついていく自分にとっては笑いごとではない。通りを行き交うひとびとは、みな驚いた表情で足を止めた。

上野警察署に着いても男娼たちは歩調をゆるめない。入口に立っていた警官が怪訝な顔で前をふさぎ、なんの用だ、と訊いた。これで大丈夫かと思いきや、

「どきな。ノガミのツネヨのお通りだよ」

玉岡たちは警官を押しのけて警察署に突入した。まもなく署内から烈しく言い争う声が響いてきた。

滋は路上に立ちすくんだまま頭を抱えた。

20

待ちに待った日曜の午後、地下鉄の駅で真央と落ちあった。朝は曇っていたが、昼頃からひさしぶりに晴れてデートには絶好の天気になった。

両親には、ひとりでお台場海浜公園にいくと嘘をついた。お台場海浜公園なら広くて密にならない

から文句をいわれないと思ったが、母は反対した。

「なにするの。そんなところで」

「特に決めてないけど、外の空気を吸いたいから」

「きのうは東京で二百九十人も感染者がでてるのよ。あぶないから、うちにいなさい」

たまには息抜きもいいだろう、と父がいった。

「コロナだけが病気じゃない。ストレスが溜まるのは軀に悪い」

「またそんなこといって。もしものことがあったらどうするの。ねえ愛美」

姉はずっとひきこもっているから、母は味方につけようとした。姉はスマホをいじりながらあくびを嚙み殺して、まあいいじゃん、といった。

「テレビは感染者がまた増えたって騒いでるけど、陽性者と感染者はちがうらしいよ。死んだウイルスが喉についてるだけでもPCR検査で陽性になるんだって」

「死んだウイルスでも喉にくっついたら怖いじゃない」

「死んだウイルスがどうして怖いの。かあさんはコロナ脳になってんのよ」

「なによそれ」

「コロナを怖がりすぎて、おかしくなってるってこと」

「なんですって――」

大丈夫だよ、と駿はいった。

「ずっとマスクしてるし、人混みには近づかないから」

それでなんとか押し切った。小遣いは貯金のなかから一万円を持ってきた。

としまえんは入場制限のおかげで、日曜のわりに混んでいなかった。順番待ちもスムーズだから、いろいろなアトラクションを楽しめた。二回転宙がえりのローラーコースターのコークスクリュー、丸太型の船で川下りするフリュームライド、地上四十五メートルで二隻の船が大きく揺れるフラインクパイレーツ、ミラーハウスにお化け屋敷。ふたりして思いきり歓声や悲鳴をあげ、胸がすかっとした。こんなにはしゃいだのは、いつ以来だろう。

学校では冴島のせいでスクールカーストの底辺になりつつある。このあいだスイーツをおごらされて以来、パシリはしないですんだ。けれどもクラスのみんなの眼には蔑みの色があるし、勝也や恭介との関係はぎくしゃくしている。

「おれがせっかくフォローしてるのに、なんで冴島に逆らうんだよ」

「機嫌とっときゃいいだけじゃん。味方につけといたほうがいいって」

勝也と恭介はそういったが、彼らは陰で父の失業を嗤っている。

アトラクションの合間にホットドッグやクレープを食べ、最後にカルーセルエルドラドに乗った。カルーセルエルドラドは百年以上前にドイツで造られた日本最古の回転木馬だ。アール・ヌーヴォー様式の凝った手彫りの彫刻が美しく郷愁（きょうしゅう）を誘う。

「これもなくなっちゃうのかな。こんなにきれいなのに、もったいない」

回転木馬をおりてから駿はつぶやいた。

「壊したりはしないんじゃない。機械遺産に指定されてるから、どこかで復活するよ」

「いつかまた、ふたりで乗りたいね」

うん、と真央はいって肩を寄せてきた。胸が高鳴るのを感じつつ、そっと伸ばした手を彼女は握りかえした。それからふたりは手をつないで歩いた。

としまえんのあとは真央のリクエストで原宿へいった。

彼女は美味しいと評判のピッツェリアにいきたいという。ずっと手をつないで夕暮れの竹下通りを散歩してから、ピッツェリアで夕食をとった。

メニューはエビのアヒージョ、ズワイガニのコロッケ、マルゲリータ、クアトロフォルマッジョで、ふたりでシェアして食べた。どれも旨いけれど真央との関係が深まった興奮が先にたって、じっくり味わう余裕はない。真央の笑顔に見とれてばかりいた。

真央はきょうも割り勘にしようといったが、男らしいところを見せたくて強引に払った。ふたりは代々木公園に足をむけ、ライトアップされた噴水を眺めたり、ベンチでまどろんだりした。陽がすっかり落ちた園内は暗くひと気がなく、森に入ると別世界のようだ。

どちらからともなく足を止め、真央と見つめあった。たちまち空気が濃密になり、鼓動が速くなった。真央がマスクをはずし、駿もそうした。思いきって顔を寄せたら真央は首に腕をまわしてきた。無我夢中で唇を重ねた瞬間、電流のような痺れが背筋を貫いて恍惚となった。頭のなかが燃え盛り、下腹部が熱く脈を打った。やわらかい唇の感触と甘い吐息にわれを忘れたが、スマホの着信音で現実にひきもどされた。

真央はスマホを見て、やばい、といった。

「ママから。もうすぐ新横浜だって。早く帰んなきゃ」

「じゃ、いこう。でもその前に――」

駿はそういって真央にふたたび唇を寄せた。こんどはさっきより自然にできた。短い抱擁を終えたとき、生まれてはじめての台詞が口をついた。

「愛してる」

あたしも、と真央はいった。駿は全身にみなぎるような幸福を感じた。


翌日から天気は曇り空にもどった。

授業はいつものように退屈だしクラスの雰囲気も嫌いだったが、気分は上々だった。ゆうべ真央からメールがあって、ぎりぎりで両親より先に帰れたらしい。駿が帰宅すると父はまだ帰っておらず、母はきょうから放送の「日曜劇場　半沢直樹」を熱心に観ていた。

たしか小学校三、四年の頃もおなじドラマが放送されていて、当時は両親そろって観ていた記憶がある。母はＣＭのあいだに小言をいった。

「なんでこんなに遅くなるの。電話してもつながらないし――」

スマホをマナーモードにしていたから着信に気づかなかったが、お台場海浜公園へいっていないのがばれなくてよかった。

朝からずっと、きのうのことを思いかえしてうっとりした。真央がとうとう彼女になった。それだけで憂鬱な日常が一変した。とっくに飽きた学食の醤油ラーメンはいつになく旨く、勝也と恭介に対しても、つい饒舌になった。勝也は不審がって、

「えらく機嫌いいな。なんかいいことあったのか」

「もしかして彼女できたとか」

恭介は意外に鋭いことをいった。ちがうちがう。駿はあわてて否定して、

「おやじが会社立ちあげるんだけど、うまくいきそうだから」

「よかったじゃん。ずっとへこんでるみたいだから心配してたんだ」

「マジでよかった。どこの会社もコロナで大変なのに、おやじさんすげえな」

ふたりはすなおに喜んでくれた。トイレの個室でふたりの会話を聞いたときは、父の会社が倒産したのを嗤っていると思ったが、悪意はなかったのかもしれない。

きょうも放課後は冴島や取り巻きとだべるのにつきあわされた。みんなマスクをはずしているから、駿もそれにならった。また意地を張って冴島にからまれたくない。

「きのうの夜、昔族やってた先輩と歌舞伎町で飯喰ったんだよ」

と冴島がいった。取り巻きが熱心に相槌を打つ。

「その先輩、身長百八十以上あってすっげえいかついけど、いまアルト乗ってんの」

「アルトって軽じゃん」

「そう、しかも白。んで区役所通り走ってたら、後ろから黒のヴェルファイアが煽ってきたんだよ。こいつうぜーな、って先輩が路肩に車停めたら、ヴェルファイアからヤンキー丸出しの兄ちゃんが金属バット持っておりてきた」

「うわ、やっべ」

「そいつ金属バットぶんまわしながら近づいてくんの。あー、こいつ頭イカれてんなと思った。でも先輩は平気で車おりて、やんのかこら、っていった。そしたらそいつ、くるって後ろむいて金属バットぶんまわしながら車にもどってった」

ぎゃははは、と取り巻きは爆笑した。勝也と恭介も笑って、

「軽だから舐めてたんだろ。めっちゃヘタレ」

「金属バットぶんまわしながら帰るところがかわいい」

釣られてくすりと笑ったら、おッ、と冴島がいった。

「珍しく洲崎が笑ったな。なにがおもろかった？」

下手なことをいうと、また難癖をつけられると思ったが、いつもほど緊張しなかった。

「うちの姉ちゃんがおなじようなことしたから」

「どんなこと？」

中学一年のとき、姉と買物にいくと横断歩道のむこうに大学生風の男がいた。姉は信号が変わると同時に駆けだして、小林くーん、と男に手を振った。男はとまどった顔でこっちに歩いてくる。姉はなぜか男を無視して、小林くーん、と叫びながら走っていった。

「要するにひとちがいだった。でも姉ちゃんは恥ずかしいから、べつの奴に声かけたふりして走ってったんだ。すげえ遠くまで」

さしてウケなかったが、難癖はつけられなかった。気分が明るいとすべてうまくいく。


その夜、母は珍しくカレーを作った。市販のルーとはいえ、手作りのカレーはひさしぶりだ。父は最近帰りが早かったのに、八時まで待っても帰ってこず連絡もつかない。

あきらめて母と姉とカレーを食べた。香りも味もやけに薄かったが、母にしては手間ひまかけたから文句はいわなかった。テレビでは、あさってからはじまる「ＧｏＴｏトラベルキャンペーン」のニュースを流している。

「これって、なんで東京は除外なの」

姉がそうつぶやくと母が答えた。

「さあ――小池さんが反対したから話がこじれたんでしょ」

「最大三十五パーも割引になるなら、どっか旅行いきたかったのに」

「だめだめ。こんな時期に旅行なんて」

「そういうひとが多いから、とうさんの会社が潰れたんじゃない」

「かもしれないけど、しょうがないでしょ。誰だってコロナに罹りたくないんだから」

父が帰ってきたのは十一時すぎだった。

父はまた呑んでいるのか、リビングから母と言い争う声がする。その隙に真央と電話で喋り、次のデートの計画を練った。しあさっての木曜は海の日、金曜はスポーツの日だから四連休だ。

「連休のあいだに会いたいね」

「うん。次はどこにいく?」

「どこでもいいよ。早川さんと一緒なら」

真央も両親がうるさいせいで日程は決められなかったが、次のデートの行き先は池袋のサンシャイン水族館になった。電話を切るとき、愛してる、と照れながらいった。真央も愛してると小声でいってくれたから軀の芯が熱くなった。

翌朝は雨だった。両親はまだ揉めているらしく、ほとんど会話をしない。ゆうべはそれほど夜更かししていないのに全身がだるく熱っぽい。朝食はコンビニのおにぎりとカップ味噌汁だった。おにぎりはいつもふたつ食べるが、食欲がないからひとつだけにした。

　ビニール傘をさして学校へむかっていると、校門のそばで勝也と恭介に会った。

「ゆうべ冴島からラインきたんだけど、こんどの土曜バーベキューやるってよ」

　と勝也がいった。場所は足立区の舎人公園で女子もたくさんくるらしい。駿は首をかしげて、大勢集まったら、やばいんじゃね？　と訊いた。

「学校に知れたらな。ぜってー秘密だぞ」

「うん」

「でも外でバーベキューだから密になんねえだろ。おまえも当然くるよな」

「いや、おれはいいよ。親がうるさいから」

「またそれか。おれと恭介と勉強するっていえよ」

「親に相談してみるけど、むずかしいと思う」

　連休は真央とデートするし、休みの日まで冴島や取り巻きに会いたくない。校門を抜けたところにテントがあり、そこで検温と両手の消毒をする。テントのなかには女性の養護教諭――いわゆる保健室の先生がマスク姿で立っていて、生徒の額に非接触型体温計をかざしている。

　勝也と恭介に続いて検温をすませた瞬間、ちょっと待って、と養護教諭がいった。

「三十七度七分。きょうは登校できないね」

「えッ」

「家で体温測らなかったの」

　駿はうなずいた。母はすこし前まで体温を測れとうるさかったが、最近はその頻度が減った。養護

教諭にクラスと氏名を訊かれ、それに答えた。彼女はクラスと氏名をメモして、

「担任の千野先生には、わたしから伝えとく。これから帰って病院にいきなさい」

勝也と恭介がぎょッとした表情でこっちを見ている。でも、と駿はいって、

「そんなに体調が悪いわけじゃ――」

「始業式のとき説明あったでしょう。三十七度五分以上は帰宅」

養護教諭はきっぱりといった。

帰らざるをえない雰囲気に振りかえると、後ろにならんでいた生徒たちがあとずさった。まだこっちを見ている勝也と恭介に、あとでラインする、といって校門をでた。すこし熱があるくらいで追いかえされるのは納得いかない。全身がだるいのはたしかだが、ただの風邪だろう。

もっとも母は大騒ぎするに決まっているから、うちに帰るのは気が重い。しかし病院へいくには健康保険証がいる。母に電話して事情を話すと、予想どおりヒステリックな声がかえってきた。

「いますぐ病院にいきなさいッ」

「わかってるって。だから保険証だしといて」

まもなく千野から電話があって、診断の結果がわかったら、すぐ知らせて欲しいといった。

うちに帰ってドアを開けると、マスクをしてゴム手袋をはめた母が健康保険証を玄関まで持ってきた。ひとまず休憩したくて靴を脱ごうとしたら母に止められた。

「いま部屋を消毒してるから、先に病院いって」

感染を警戒してか室内に入れたくないらしい。うんざりしつつ健康保険証を受けとって、かかりつ

けの個人病院にいった。受付にいた看護師は症状を聞くなり眉をひそめて、

「申しわけありませんが、発熱した患者さんは診療してないんです」

「じゃあ、どうすれば――」

「ほかの病院にいくか、保健所に相談してください」

「保健所？」

「ええ。新型コロナ相談窓口です。コロナに感染した可能性もありますので」

露骨に迷惑そうな対応をされて腹がたった。まさか自分がコロナに感染したとは思えなかったが、病院をでると喉がひりひりするのに気づいた。そういえば、ゆうべのカレーは香りも味もやけに薄かったし、けさのおにぎりと味噌汁も味気なかった。

駿はビニール傘をさすのも忘れ、雨のなかを力なく歩きだした。

㉑

六月のなかばになったが、梅雨のわりに雨はそれほど降らない。闇市は完全に復活し、五月三十日の摘発前を超える混雑ぶりで、滋と瓜生の店も旧に復した。

けれども警察は八月一日から土地を無断で使用している店の閉鎖を命じた。この一帯の店は日下部に地代を払っているから対象にならないが、統制品を売っているのに変わりはなく、いつまた摘発されるかわからない。

瓜生が店にもどってきたのは、玉岡たちが上野警察署に押しかけた翌日だった。どう考えても男娼

たちの交渉がうまくいくとは思えない。よけいに話がこじれて瓜生の釈放は遠のくと絶望していただけに驚いた。

「おれも驚いた」

瓜生は店内のゴザに腰をおろすと、眼を細めて煙草を吸った。

「一年かそこらは、ぶちこまれると思ってたからな」

なにがあったのか訊くと瓜生は苦笑して、

「玉岡に聞いたところじゃ、あいつらの客に刑事（デカ）が何人もいるらしい」

「客に？」

「ああ。玉岡はそれを警視総監にぶちまけるっておどしたんだ。風紀取締りをする刑事が客になったんじゃ洒落（しゃれ）にならん。当の刑事たちは泡を喰って、おれを釈放するよう働きかけたそうだ」

「玉岡さんはすごいことをやりますね」

「いまでこそ見た目は女だが、もとは鬼軍曹だからな」

「自分でもそういってました」

「おまえがあいつに相談してくれたおかげだ。礼をいう」

瓜生に頭をさげられて面映（おもは）ゆかった。

数日後の夜、玉岡に礼をいいにいき、ふかしイモを渡した。

「義理堅いのね、坊や。ますます気に入ったわ。いつでも遊びにいらっしゃい」

玉岡はそういって頬擦りをしてきた。逃げるわけにもいかず身を硬くしていたが、ちくちくする髭の感触に鳥肌が立った。

きょうは晴天で人出も多く、用意したイモは夕方に売り切れた。店の片づけを終えた頃、いつものバカでかい風呂敷包みを担いだヤスエさんがきた。ヤスエさんから、あした売るイモを仕入れた。

「きょうは卵もあるよ。ちょっぴりしかないけど産みたてだよ」

とヤスエさんがいった。卵か、と瓜生がつぶやいた。

「ひさしぶりに喰いたいな。四つもらおう」

ヤスエさんは籾殻を敷いた木箱から大事そうな手つきで卵を取りだした。戦時中、卵は貴重品で配給はふたりにひとつだった。戦況が悪化すると卵の配給はなくなり、粉っぽくてまずい「乾燥卵」が支給された。本物の卵は、もう何年も口にしていない。

四つの卵は夕食がわりにゆで卵にして、塩をつけて食べた。瓜生は右腕しかないから滋が殻を剝いた。ぷりぷりした白身、とろりとした半熟の黄身はこたえられない旨さだった。こんな美味しいものをふたつも喰うのは贅沢に思える。

千代子にひとつ持っていこうと腰を浮かせたら、瓜生がにやりとした。あの子にやるんだな。滋は照れながらうなずいた。

「ゆで卵で気をひきたいんなら、ヤスエさんからもっと買えばよかったじゃないか」

「気をひくなんて、そんな――」

そういいながらも気をひきたいのはたしかだった。

ゆで卵を手にしていそいそと暗い通りにでたが、まもなく足が止まった。綾部兄妹の店に強面の男がいて、作之進がぺこぺこ頭をさげている。男は二十代後半くらいで髪を短く刈り、着流しに雪駄履きだ。

千代子は店の隅でこわばった表情を浮かべている。緊張しつつ店に入り、千代子の手にこっそりゆで卵を握らせた。彼女は遠慮したが、無理やり着物の袂に入れた。そのとき男がこっちをにらんで、おいッ、と尖った声をあげた。

「そこで、なにをこそこそしてる」

「なんでもありません。千代子さん、作之進さん、それじゃまた」

急いで店をでようとしたら、ハンチングと呼ばれる鳥打ち帽をかぶり、黒い開襟シャツを着た少年が入ってきた。一見して与太者らしい恰好の少年は、着流しの男に札束を差しだして、

「兄貴、集金してきやした」

男はそれを受けとって数えはじめた。カーバイドランプに浮かんだ少年の顔をあらためて見たとたん、あッ、と叫んだ。地下道で狩り込みに遭って別れたきりの戸坂参平だった。参平もこっちに気づいて、ぽかんと口を開け、滋、とつぶやいた。

「参平――」

ふたりはたがいに歩み寄り、笑顔で肩を叩きあった。

「養育院で死んだと思ったぞ。ここでなにやってんだ」

「むかいの店で働いてる。参平こそ、どうしてた」

着流しの男が舌打ちして、なんでェ、といった。

「おまえら知りあいか。もういくぞ」

へい、と参平が答えた。着流しの男は、またくるぞ、と作之進に声をかけて店をでた。参平は滋の肩に手をまわして、ちょっとつきあえよ、といった。通りにでると参平は着流しの男にむかって、

「すみません兄貴、こいつと話があるんですが――」

男は懐から何枚か札をだして参平に渡し、

「これで飯でも喰ってこい」

「ありがとうござんす」

参平は深々と頭をさげ、男は肩で風を切りながら歩み去った。滋はいったん店にもどって、参平とでかけていいか瓜生に訊いた。瓜生は参平に鋭い眼をむけたが、黙ってうなずいた。


参平に連れていかれたのは新橋(しんばし)の闇市にある屋台だった。中年の夫婦が店を切り盛りしていて、串に刺した肉を炭火で焼いている。看板には焼鳥とあるが、鶏ではなく焼トンだという。

「焼トンてェのは豚さ。シロ、ナンコツ、ハツ、レバ、なんでも旨えぞ」

参平は顔なじみらしく慣れた口調で串を注文し、

「おやじ、カストリを二杯くんねえ」

まもなくカウンターにコップがふたつ置かれた。コップには透明な液体がなみなみと注がれ、酒の匂いがした。ハンチングをあみだにした参平はそれをひと口あおって、くーッ、と喉を鳴らした。

浮浪児が煙草や酒を売り買いする時代とあって驚くにはあたらない。けれども地下道で寝起きしていた頃とは、すっかり雰囲気がちがう。

「どうしたィ。おめえも呑めよ」

恐る恐るコップに口をつけたら、強烈な匂いと味にむせて咳きこんだ。

おめえはまだガキだなあ、と参平は笑って、

「ここのカストリは米で作ってるから上物（じょうもの）だ。よそのはイモ臭くていけねえ」

カストリとは米と米麹を原料に素人が作った「カストリ焼酎（しょうちゅう）」で、最近闇市に出まわりはじめたという。ほかにも燃料用のアルコールを薄めて作った「バクダン」という密造酒があるが、強い毒性を持つメチルアルコールが混入されている場合がある。

「メチルはあぶねえぞ。たくさん呑めば眼が潰れるし、下手すりゃくたばっちまう」

「酒の話はともかく、いまなにをやってるんだ」

ここへくるまでにおなじ質問をしたら、参平はもったいぶって答えなかった。が、服装や酒の呑みかたからして、まともな職業でないのは見当がつく。滋は続けて、

「おまえが兄貴って呼んでたのは何者だよ」

「疋田治郎（ひきたじろう）さん。城門（じょうもん）組の幹部さ」

「城門組って——ヤクザなのか」

「おう。兄貴から盃（さかずき）もらったんだ」

参平は得意げに指で鼻をこすった。参平は地下道で狩り込みから逃げたあと、新橋の闇市で兄貴分の男と知りあったといった。まともな職業ではないと思ったものの、ヤクザとは意外だった。参平は組が経営する賭場（とば）で寝起きして、疋田の仕事を手伝っているという。

「おれあまだ三下（さんした）だけど、すぐにのしあがってやるぜ」

「しかしヤクザがなんで綾部さんの店に——」

「さっきのイモ飴屋か。よく知らねえが、借金があるんだろ」

作之進や千代子がヤクザに金を借りるとは思えない。けれども作之進は、さっき疋田にぺこぺこし

ていたから、なにかしら借りがあるのはたしかだろう。

焼トンの串はどれも旨かったが、千代子のことが心配でじっくり味わえない。参平はカストリ焼酎を呑みながら上野のヤクザについて語った。

「ノガミの闇市を仕切ってるのは鍋島一家、西尾組、破れ傘一家だ。でも関東尾津組の勢力も強い。いくらおめえでも、親分の尾津喜之助は知ってるだろ」

尾津喜之助といえば、終戦からまもなく「光は新宿より」という謳い文句で新宿駅東口に「新宿マーケット」と呼ばれる巨大な闇市を作ったことで有名だ。参平は続けて、

「先月、尾津の親分たちが朝鮮人や中国人のところへいって、闇市で悪さしねえよう頼んだんだ。だから、すこしは治安がよくなっただろ」

「そうかな」

「三角地帯に近藤産業マーケットができたけど、あれも治安回復のためさ。警察の肝煎りで実業家の近藤さんに仕切らせたんだ。それにしても、おめえが丹下右膳と商売するとはな」

「丹下右膳じゃない。瓜生武さんだ」

「なんだっていい。あいつとしけた商売したって儲かんねえぞ。おめえも城門組に入れ。おれが兄貴に口きいてやっからよ」

「いいよ。ぼくはヤクザなんて無理だ」

「おめえは悔しくねえのかよ。戦争で両親を殺されて、住む家もなくなったんだろ。大人は鬼畜米英とか一億玉砕とかいってたくせに、戦争に負けたとたんアメリカに頭をさげて民主主義だって抜かしやがる。そんな奴らを見かえしたいと思わねえのか」

「そりゃ悔しいけど――」

「おれたちが浮浪児だったとき、大人はなにをしてくれた。喰いものを恵んでくれるどころか、唾ひっかけて野良犬みてえに追い払ったじゃねえか。ひとかどのヤクザになって、その落とし前をつけてもらうのよ」

「おやじさんは知ってるのか。おまえがヤクザになったのを」

「あんな奴関係ねえ。おれのおやじはアカだった。だから特高ににらまれて転校したんだ」

参平はカストリをあおって遠い眼になった。参平がなぜ転校したのか語らなかった理由がようやくわかった。戦時中はアカ――共産主義者は国賊や売国奴と呼ばれただけに、つらい思いをしただろう。

参平につきあってカストリ焼酎を呑むと、胃のなかが燃えるように熱くなった。おう呑め呑め、と参平はいってコップで乾杯すると、

「おれたちゃ兄弟みてえなもんだ。これからもなかよくやろうぜ」


翌日はカストリ焼酎のせいで、朝から頭がずきずきして胸焼けがした。これが世間でいう二日酔いかと思ったら、すこし大人になった気がした。

参平はゆうべ酔っぱらって、なにか困ったことがあったら組を訪ねてこい、と別れ際にいった。いっぱしのヤクザ気どりはいただけないが、参平が元気なのはうれしかった。

「あいつは、おまえと一緒に飯をたかりにきた奴だな」

瓜生は浮浪児だった頃の参平をおぼえていた。いまなにをしているのか訊かれて正直に答えると、瓜生は唇をゆがめて、チンピラなんぞになりやがって、といった。

「もう関わるな。妙なことに巻きこまれるぞ」

「でも友だちですから――」

「あてになるもんか。その参平って奴は狩り込みのとき、おまえを見捨てて逃げたんだろ」

「なにも見捨てたわけじゃ――ぼくが逃げ遅れただけです」

瓜生は鼻を鳴らして、お人好しだな、おまえは、といった。開店の準備をしながらそんなやりとりをしていると、千代子がゆで卵のお礼だといって飴菓子を持ってきた。

滋は恐縮しつつそれを受けとると、城門組との関係について訊いた。千代子は表情を曇らせて、お恥ずかしい話ですが――と語りだした。

「父はいつのまにか賭場に出入りして、大変な借金を作ったんです」

「賭場というと城門組の？」

「ええ。父はめぼしい家財道具を売り払ったんですが、それでも足りなくて――」

城門組は作之進と千代子に残った借金の返済を迫ってきた。借金は高額な利息がついたせいで二万円もあるという。店の売上げから細々と返済を続けているが、借金はいっこうに減らない。返済が滞れば本郷の実家をとられてしまう。

「わたしたち家族はどうにかなるんです。でも、いまうちに住んでいる罹災したお年寄りが行き場をなくすので――」

「ひどい話だな。警察に相談したらどうですか」

むだだ、と瓜生がいった。

「いまの警察は闇市を手入れするのがせいぜいだ。ヤクザを取り締まるどころか、裏でつながってる奴もいるだろう」

瓜生が捕まったばかりなのに警察をあてにするのはまちがいだった。

「博打の借金とはいえ、おやじさんも承知でやったことだ。踏み倒せば、奴らは手荒いまねをするだろう。家族で話しあって、どうにかするしかない」

「はい。みんなで考えます」

千代子はつらいはずなのに笑みを浮かべて店にもどった。参平に相談しようかと思ったが、城門組の疋田を兄貴と慕う身ではなにもできないだろう。滋は溜息をついて、

「千代子さん、心配ですね」

「兄の作之進は特攻崩れなんだ。作之進がカタをつけるべきだ」

「でも、ほんとは特攻崩れじゃないって瓜生さんに聞きましたけど――」

「ああ、あいつは偽者だ。しかし偽者でも特攻を騙るからには、軀を張らなきゃな。都合のいいときだけ粋がって、分が悪いと逃げるんじゃ筋が通らん」


朝は天気がよかったが、夕方から雨になった。

瓜生は客足が途絶えたのを見計らって先に帰った。ヤスエさんは大荷物のせいか傘もささず、雨に濡れながらやってきた。きょうは売上げが伸びなかったからイモの仕入れもすくない。滋はそれが申しわけなくて、

「すみません。きょうは雨のせいで売れなくて――」

「そんなこと気にしないでいいよ。それよりね、こっちがあやまんなきゃいけない」

「なにをですか」

「来月なかばで担ぎ屋をやめるのよ」

「えッ。じゃあ、あとひと月ですか」

ヤスエさんの父親は池袋で製麺所を営んでいたが、物資統制のために原料が仕入れられず休業していた。けれども闇で原料を仕入れるツテがあり、うどんや支那そばの麺を作れるようになったのでヤスエさんは販売や配達を手伝うという。

「麺を売るのももちろん闇だから、お上に見つかったらまずいけど——」

うどんや支那そばの麺と聞いて商売になる気がした。

「その麺を仕入れさせてもらえませんか」

「この店でかい？　うどんや支那そばは厨房がなきゃむずかしいよ」

ヤスエさんは羽釜を載せた石油缶に眼をやった。うどんや支那そばを作るには、麺を茹でる釜や汁を煮る鍋がいる。客にだす丼や箸、麺を湯切りするザル、火力のあるコンロや流し台も必要だ。ちゃんとした店を建てて厨房を作らなければ麺類は無理だろう。

それよりもヤスエさんが辞めたあと、べつの仕入れ先を見つけなければならない。担ぎ屋はたくさんいるが、いいかげんな者も多そうだから慎重に選ぶ必要がある。といってイモやイワシでは、たいした稼ぎにならない。もっと本格的な料理をだしたいと前から思っていただけに、いままでとちがう食材を仕入れたかった。

六月の下旬になって蒸し暑い日が続いた。梅雨のわりに降らないのは助かるが、闇市には蝿や蚊が増えてきた。肉や魚といった生鮮食品をあつかう店は、蠅がぶんぶん飛び交うから軒下に蠅取り紙をぶらさげたり、蠅叩きを振りまわしたり苦労している。

瓜生と滋の店は蠅はそれほどこないが、夕暮れどきになると藪蚊の大群が襲ってくる。藪蚊は焼跡の水たまりや不忍池で育ったらしい。店に蚊帳を吊るわけにもいかず、蚊取り線香を焚くしかないが、寝ているあいだにあちこち喰われてしまう。もっとも地下道や養育院でシラミやノミにたかられていたのを思えば、我慢できなくはない。

瓜生は藪蚊に喰われても平然として痒がりもしない。

「こんなものは蚊のうちに入らん。南方戦線のジャングルにはハマダラカって蚊がうじゃうじゃいてマラリアを媒介する。マラリアに感染したら四十度以上の熱が三日も四日も続く」

「瓜生さんも罹ったんですか」

「ああ。おれはキニーネでなんとか治ったが、衰弱してる兵隊たちは次々に死んだ。死んだ兵隊にはびっしり蠅がたかって蛆が湧く。その蛆さえ喰う奴もいた」

「兵隊さんにくらべれば、みんなはまだ恵まれてるんですね」

滋は溜息まじりにいった。

闇市で暮らすひとびとの多くは困窮しているが、かろうじて希望がある。しかし戦地の兵隊たちは飢えと病に苦しみながら、圧倒的な戦力を誇る米軍と戦わねばならない。捕虜となることは許されず「生きて虜囚の辱を受けず」という戦陣訓の一節を守って自決するしかない。兵隊たちの絶望は察するにあまりある。

きょう用意したふかしイモは夕方で売り切れた。

おトキさんも店を早じまいして、息子のよっちゃんを連れて帰った。おトキさんはいつになく機嫌がよく、最近流行りはじめた岡晴夫（おかはるお）の「東京の花売娘」を歌っていた。

「東京で花売娘なんて見たことねえな。このへんにいるのはパンパンだけだ」

荒物屋の蜂須賀が冷やかすと、おトキさんは笑って、

「あたしもよ。でも、いいじゃない。平和な時代がきたって感じがさ」

瓜生が帰ったあと店でぼんやりしていると、外で怒鳴り声がした。中年男が上半身裸の浮浪児の首根っこをつかんで、どこかへひきずっていく。どうやら盗みを働いたらしい。

痩せこけているのに腹が膨らんだ体型が養吉に似ている。気の毒だが、いまの自分にはどうすることもできない。滋は首からさげた養吉の御守り袋に触れた。

養吉はいま、どこにいるのだろう。また養育院に収容されたのなら、もう死んでいるかもしれないが、生きていると信じたかった。生きていれば、きっと上野にくるはずだ。

あるいはすでに上野にきたが、おれを見つけられなかったのか。養吉は以前、浅草寺の境内で物乞いをしていたといったから、浅草へもどった可能性もある。浅草までは歩いて三十分ほどだから様子を見てこよう。

作之進と千代子はまだ店を開けている。城門組の借金は心配だけれど、あれから疋田は集金にきてないし、ふたりの表情はいつもどおりだ。

「ちょっと浅草にいってきます」

千代子に声をかけて闇市をあとにした。千代子は客の相手をしていたから会釈してくれただけだが、それでも心がなごむ。

浅草にきたのは、戦争がはじまる前年に両親ときて以来だ。

三月十日の大空襲で浅草も焼けた。浅草寺の本堂をはじめ雷門や宝蔵門や五重塔も焼け落ちていたが、仲見世通りはだいぶ復興してにぎわいがもどっていた。

滋は足早にあたりを歩きまわって養吉を捜した。ふと思いついて浅草にきただけで、そう都合よく見つかるはずがない。そもそも養吉が浅草にいるかどうかもさだかでないのだ。なんの手がかりもないまま陽が暮れてきた。

ぽつぽつと明かりが灯りはじめた通りを歩いていると、両親と食べた屋台の焼そばを思いだした。同時に香ばしいソースや熱々の麺の旨さが蘇った。あの焼そばをもう一度食べたい。頼りない記憶をたどって屋台があったとおぼしい場所にいったが、空襲ですっかり景色が変わり屋台もない。

空襲で焼け残った松屋デパートの前に背の高い米兵が立っていて、洋装の女がしなだれかかっている。米兵は軍服からして将校らしいが、女の顔を見たとたん、ぎょッとした。化粧が濃くてすぐにはわからなかったが、眼を凝らすとおトキさんだった。

見てはいけないものを見てしまったようで、すぐにその場を離れた。おトキさんは、あの米兵からハーシーのチョコレートをもらったのかもしれない。きょうは早めに店じまいしたのは米兵と会うためだったのか。だとしても、なんでもありのご時世だ。みな喰うために必死なのだから、彼女を咎める筋合いはない。

すこしして大風呂敷を背負った中年の女とすれちがった。ヤスエさんに似た風体からして担ぎ屋だろう。そのとき、脳裏に閃くものがあった。ヤスエさんは父親の製麺所で、うどんや支那そばの麺の販売や配達を手伝うといった。

支那そばの麺で焼そばを作ったらどうだろう。焼そばなら両親と食べた屋台のように鉄板で炒めるだけだから、うどんや支那そばにくらべて調理器具はすくなくてすむ。

東京で焼そばをだしているのは浅草界隈だけだと父はいった。焼そばはあれ以来食べたことはないし闇市でも見かけないから、まだ普及していないはずだ。だとすれば、きっと人気がでる。

滋は急ぎ足で上野へむかった。

㉒

タクシーが病院に着き、料金を払って車をおりた。

病院の駐車場に発熱外来と貼り紙のあるプレハブの施設があり、そこに入った。受付にはマスクとゴーグルをつけ防護服を着た男性看護師がいて、せまい待合室で診察を待った。来院の時間を指定されたのは、ほかの患者との接触を避けるためだろう。待合室には誰もいない。勝也と恭介はラインで何度も診察の結果を訊いてくる。熱と不安のせいで返事をするのが面倒だからスルーした。

けさ個人病院に診察を断られたあと自宅に帰ると、母から自分の部屋にいるよう命じられた。姉も自分の部屋からでてこない。マスクにゴム手袋の母は細めにドアを開けて、体温計を差しだした。体温はいつのまにか三十八度二分まであがっていた。

自分ではそんなに熱があるとは思わなかったから驚いた。母に急かされて保健所の新型コロナ相談窓口に電話した。母はドアの隙間からこっちを覗いている。電話にでた女性に症状を話すと、嗅覚(きゅうかく)

と味覚が鈍いのは気になるが、風邪かもしれないといい、

「ご自宅で安静にして、すこし様子をみましょうか」

「それじゃあ、検査はしなくていいんですね」

ちょっと待ちなさい。母が部屋に飛びこんできてスマホをもぎとった。母は廊下にでていき、うちの子はすごく体調が悪いんです、と大声でいった。母はＰＣＲ検査を受けさせて欲しいと懇願したあげく、発熱外来のある病院の予約をとりつけた。病院には公共交通機関を使わず、四時にきてくれという。ＰＣＲ検査など受けたくなかったから、うんざりした。


母はまたドアを細めに開けてスマホを差しだし、駿はそれを受けとった。

「ちゃんと検査しなきゃ安心できないでしょう」

「――うん」

「日曜にでかけるからよ。ひとりで病院いける？　できればついていってあげたいけど――」

あたしがついていこうか。姉が部屋から叫んだが、母が即座にだめだといった。

看護師に名前を呼ばれて診察室に入った。看護師とおなじように重装備の医師が問診した。発熱は免疫力をあげる作用だから、解熱剤はまだ服用しないほうがいいらしい。

そのあと隣の検査室でＰＣＲ検査を受けた。細長い綿棒を鼻腔と喉に挿しこんで検体を採取する。綿棒で粘膜をぐりぐりこすられるのは不快だったが、すぐに終わった。

「検査結果は、あした連絡します。それまでは誰とも接触しないようにしてください」

医師にそういわれて発熱外来をでた。保健所の要請があったから検査費用は公費でまかなわれるという。帰りは病院の玄関に停まっていたタクシーに乗った。タクシーは病院で客待ちをしているだけ

あって、運転席と後部座席はビニールシートで厳重に仕切られていた。

ＰＣＲ検査の結果は、あしたわかると千野にメールで伝えた。学校はもう放課後だ。自宅のそばでタクシーをおりたら、千野から電話がかかってきた。

「大変だったね。熱がさがるまで休んだほうがいいよ」

「はい」

「あした結果がわかったら、すぐ教えて。ところで体調が悪くなるような心あたりはある？」

「――ありません」

「そうか。ならいいんだ。くれぐれもお大事にね」

夜になって体温は三十八度五分にあがった。

空咳がでるようになり喉が痛む。全身がだるくて食欲はなく、母に買ってきてもらったコンビニのチャーハンはほとんど残した。チャーハンもやはり香りと味がしない。コロナについてスマホで調べると、もっともよくある症状に合致するから、たまらなく不安になった。ずっとベッドで横になったまま、トイレにいくとき以外は自分の部屋にこもっている。

勝也と恭介にはラインでＰＣＲ検査を受けたと伝えた。ふたりは心配してあれこれ訊いてきたが、答えるのがつらい。あした連絡するといって、やりとりを終えた。

もし検査結果が陽性だったら、クラスで大騒ぎになるだろう。考えるのも厭だったが、真央と日曜にデートしたのが気になった。真央にＰＣＲ検査を受けたとメールすると、すぐに電話があった。

真央は自分の部屋にいるらしく、大丈夫？　と小声でいった。

「まだ熱はある?」

「うん、でも平気。早川さんは体調どう?」

「あたしはなんともない」

「よかった。おととい一緒にでかけたから心配だった」

「たぶん風邪かインフルだよ。密になるところはいってないもん」

代々木公園で口づけを交わしたのは密以上だ。そう思ったけれど、むろん口にはだせない。

あさってから連休よ、と真央はいって、

「早く治してね。サンシャイン水族館いきたいから」

彼女と話したおかげで気分はだいぶましになった。

父は今夜も帰りが遅かった。酒は呑んでいないようだが、母とリビングでなにか口論している。熱のせいで軀は熱いのに肌寒い。といって掛け布団をかぶると暑くて眠れない。岸に打ちあげられた魚のように何度も寝返りを打った。


翌朝、ノックの音で眼を覚ました。

「駿ちゃん、起きてる? 体調はどう?」

ドアのむこうから母の声がする。ゆうべは寝苦しくて遅くまで眠れなかった。スマホで時刻を見たら、もう十時すぎだった。まだ空咳がでるし軀もだるいが、体温は三十七度六分にさがっていた。母はドアの隙間から体温計を受けとると笑顔になった。

「だいぶさがったわね。これで平熱にもどったら――」

母がそういいかけたとき、スマホが鳴った。保健所からだとわかって緊張した。急いで電話にでたら女性の声がした。洲崎駿さんですか。はい、と答えて固唾（かたず）を呑んでいたら、

「ＰＣＲ検査の結果は陽性です」

たちまち幕をおろしたように視界が真っ暗になった。

㉓

浅草にいった翌朝、焼そばを店でだしたいと瓜生に相談した。

瓜生は首をかしげて、日本の焼そばは食べたことがないといった。

「中国じゃ炒麺（チャーメン）っていって、麺を鉄鍋で炒めたのは喰った。揚げた麺に片栗粉でとろみをつけたのもあるが、味つけはどっちも塩か醬油だったな」

「ぼくが食べたのはソースで味つけしてました。すごく美味しいんです」

「どんな味が見当がつかんが、好きなようにやってみろ」

瓜生は二日酔いらしく、だるそうな表情でいった。毎日深酒をしているようだから心配になって、体調は大丈夫ですか、と訊いた。

「平気だ。左眼と左腕以外はな」

おトキさんとよっちゃんは、ふだんどおり店にいる。おトキさんはゆうべ米兵といたときとちがって着物姿で化粧が薄い。ふたりを見たことは誰にもいわないほうがいいだろう。

夕方にヤスエさんがくると、焼そばを作るから支那そばの麺を仕入れたいと切りだした。ヤスエさ

んは真っ黒に日焼けした顔をほころばせて、

「お得意さんが増えるのは大歓迎さ。でも厨房がないのに大丈夫かい」

「はい。だから焼そばにしたんです」

彼女が帰ったあと蜂須賀の店にいった。蜂須賀は禿げ頭に汗を浮かべて鉄兜で作ったヤカンをボロ布で磨いていた。元工員だけに腕が太く掌が厚い。蜂須賀に鉄板が手に入らないか訊くと、

「担ぎ屋に訊いてみよう。大きさと厚さはどのくらいだい？」

「焼そばが作れるくらいです。こう横に長くて——」

といいかけたが、どのくらいがいいのかわからない。鉄板の大きさと厚さはあとで伝えることにした。前に瓜生といったホルモン屋は鉄板とヘラでモツを炒めていた。あれとおなじくらいにすればいいだろう。

店を閉めてからホルモン屋にいくと、上半身裸の男が包丁で臓物を刻んでいた。前にホルモンを焼いていた男だ。こっそり鉄板に眼をやった。大きさは横が八十センチで縦は四十センチくらいだが、うちはもっとちいさくていい。鉄板の厚さはカウンターに隠れて見えない。

カウンターから身を乗りだしていると男は臓物を刻みながら、

「なんだい？　店はまだ開いてねえぞ」

「あの、この鉄板はどのくらいの厚さでしょう」

「はあ？　なんでそんなことを訊く」

「このあいだ、こちらでホルモンを食べたら、すごく美味しかったんです。あんなに美味しく肉を焼くには、どのくらいの厚さがいいかと思ったので——」

男は包丁を止めるとこっちをにらんで、

「おまえら日本人は、ちょっと前までホルモンなんて見向きもしなかったじゃねえか。おれたち朝鮮人を見下して、さんざんバカにしただろうが。それが戦争に敗けたら急にヘイコラして、ホルモンは旨いだと。ふざけるんじゃねえよ」

「すみません。でも、ぼくはなにも——」

といいかけて言葉に詰まった。戦時中は朝鮮人や中国人が不当な差別をされていたのは知っている。自分や両親はそれに加担していないが、日本人がやったことだから責められても仕方ない。

「たかが鉄板の厚さでも商売のコツだ。日本人なんかにロハで教えるもんか」

男はふたたび臓物を刻みだした。あきらめて店をでようとしたとき、

「鉄板の厚さは最低でも二十厘はいるね」

かすれた声に振りかえると上っ張りを羽織った老婆が立っていた。二十厘は約六ミリだ。男が顔をしかめて、オモニ、といった。

「よけいなことというなよ。このガキは日本人だぞ」

「日本人は憎いけど、この子は関係ない」

老婆はそういってから、鉄板でなにを作るんだい、と訊いた。

「焼そばです」

「薄い鉄板は焼くとすぐゆがんじまう。鉄板は厚みがあるほど熱を逃さないからむらなく焼ける。はじめて使うときは、鉄板をよく洗って空焼きする。鉄板が冷めたら油をまんべんなく塗ってまた焼く。冷めたらまた焼く。それを繰りかえして鉄板を育てるんだ」

「鉄板を育てる？」

「鉄板に油をなじませると焦げつかない。油がなじんだら野菜クズを炒めて鉄臭さをとる。鉄板は鍛えて使いこむほど味がでる。人間とおなじさね」

「ありがとうございましたッ」

滋は深々と頭をさげて屋台をあとにした。

店にもどると蜂須賀に鉄板の寸法を告げ、ヘラの仕入れも頼んだ。戦時中は金属類回収令であらゆる金属を供出させられただけに値段が心配だったが、蜂須賀によれば戦後は安くなったらしい。

「GHQは日本が二度と兵器を作れないよう、重工業を締めつけてる。だから、いまは鉄の需要がすくないんだ」

支那そばの麺と鉄板とヘラは手に入るから、あとは具材と味付けだ。具材はなるべくいいものを使いたいが、仕入れ値をさげるために贅沢はできない。肉は値段が高くて無理だから具は野菜だろう。焼そばにあいそうな野菜で廉価なのはキャベツだ。キャベツは戦時中に芯まで食べた反動か、あまり人気がないから手に入れやすい。

味付けはソースに決めているが、戦時中は砂糖不足で甘みのない無糖ソースしかなかった。いまも砂糖は貴重品とあって、戦前の洋食にかけたような美味しいソースはなさそうだ。

「瓜生さんが軍隊にいたとき、ソースはありましたか」

「物資があった最初のうちだけだ。ソースは油揚げ肉饅頭（にくまんじゅう）にかけてた」

油揚げ肉饅頭とはコロッケのことだ。戦時中、外来語は敵性語とされ、ソースは西洋醬油、カレーは辛味入汁掛飯、ドーナツは砂糖天ぷら、サイダーは噴出水といったように言い換えを強制された。

米兵が街を闊歩するいまとなってはバカバカしいにもほどがある。

　瓜生にそれをいうと、まったくだ、とうなずいて、

「野球のストライクは、よし一本、ツーストライクは、よし二本、ボールは、だめひとつ、ツーボールは、だめふたつ、ファウルは、もとえ、だぞ。わけがわからん」

「バイオリンは、あちら押さえこちら押さえ顎はさみこすり器って呼んでたそうですね」

「愚の骨頂だな。日本は欧米に学んで近代化したのに、急にそれをごまかそうとするから滑稽なことになる。そんなことだから戦地に食料も送れなくなるんだ」

　敵性語の排斥運動は政府や軍部が主導したとおぼしいが、大日本国防婦人会のような民間の圧力も強かった気がする。大日本国防婦人会は、最盛期に一千万人の会員数を誇った。贅沢は敵だといってパーマネントの女性を吊るしあげた女たちはいま、なに喰わぬ顔をして闇市で違法な買物をしているだろう。


　翌日から仕事の合間に闇市を見てまわり、ソースの仕入れ先を探した。

　けれども予想どおり、売っているのは無糖ソースばかりだった。無糖では焼そばに使えないから悩んでいると、綾部兄妹の店のイモ飴と飴菓子が眼にとまった。イモ飴の甘みは原料のサツマイモだけではないだろうし、飴菓子も値段からして貴重な砂糖は使っていないはずだ。だとすれば、どんな甘味料を使っているのか。

　作之進と千代子に訊くと、イモ飴と飴菓子は担ぎ屋から仕入れているが、甘味料の種類はわからないといった。きょうの夕方、作之進に頼んで、その担ぎ屋を紹介してもらった。

担ぎ屋は天馬実という男だった。彫りの深い端整な顔だちですらりと背が高い。作之進によればまだ十八歳で、大阪から流れてきたという。飴のほかにもさまざまな商品をあつかっていて、かなりの稼ぎがあるらしい。

瓜生が帰ったあと天馬は店にきて、いろいろ教えてくれた。

「イモ飴や飴菓子の甘みはサッカリンや。上海から船便で仕入れたサッカリンを千葉のでんぷん工場で飴に混ぜてるねん」

人工甘味料のサッカリンという名称は知っていたが、それだけを口にしたことはないから、どんな味でなんに使われているのか知らなかった。

「上海から仕入れるくらいだから、法律で禁じられてるんですよね」

「五月から水溶性のサッカリンは食品への使用が許可されたで。国も砂糖があれへんから切羽詰まっとるんやろ。ズルチンも来月販売を許可されるらしいわ」

ズルチンも人工甘味料だ。ためしにサッカリンを仕入れたいというと天馬は笑って、

「金さえ払ろうたら、なんぼでも持ってくるで。ただし頼みがあるんや」

「なんでしょう」

天馬は背嚢から金色のちいさな筒をだして、こっちに差しだした。

「舶来物の口紅や。あの子にこれを渡して欲しいねん」

「あの子？」

「鈍い奴っちゃな。千代子はんや」

「えッ」

「千代子はんもまんざらやないけど、作之進はんがおるからな。あいつは妹にちょっかいだすと、わあわあいうてくるねん。千代子はんには舶来の上等品で、わいからの贈りもんていえよ」

真剣な顔でいわれて断りきれず、しぶしぶ口紅を受けとった。

天馬が千代子に気があると知って、にわかに落ちつかなくなった。口紅を渡したことで千代子が彼を好きになったらどうしよう。いや、千代子もまんざらではないと天馬はいったから、すでに好意を持っているのだろう。

千代子にはずっと惹かれていたが、いままでは顔を見るだけで満足していたし、いつか一緒に映画を観たいと思うくらいで、それ以上のことは考えていなかった。

けれども天馬に嫉妬したことで千代子への思いがはっきりした。ふたりの関係が気になって、夜が更けてもなかなか眠れなかった。ゴザの上で軀を丸め、藪蚊に喰われながら悶々とした。この切なさが――このやるせなさが恋というものなのか。抑えきれない感情に胸が苦しくなった。


翌朝は起きてからずっと、そわそわしていた。贈りものをことづかっただけなのに、わがことのように恥ずかしい。やがて千代子がむかいの店にきて、商品を陳列棚にならべはじめた。作之進がまだきていないのを確かめてから、思いきって口紅を持っていった。

天馬に命じられたとおりのことをいって口紅を渡すと、千代子は頬を赤らめた。

「まあ、こんな高価なものを――天馬さんは、どうして滋さんに頼んだんでしょう」

「さあ――」

よけいなことをいうと天馬に怒られそうだから首をかしげた。

「迷惑だったでしょう。ごめんなさいね」

「いえ、そんなことないです」

千代子は口紅を着物の袂にしまった。もしかしたら千代子は口紅を受けとるのを拒むかもしれない。そんな期待もあっただけに落胆した。

だが住む家も両親もなく、中学校もでていない自分に千代子は釣りあわない。天馬は男前で背が高いし、担ぎ屋で稼いでいる。千代子が好きになるのも無理はない。身のほど知らずなことは考えず、彼女をそっと見守るだけでいい。自分にそういい聞かせた。

24

「陽性――ですか」

駿はおうむがえしにそうつぶやいた。ドアの隙間からこっちを見ていた母は顔を大きくゆがめると、スリッパをバタバタ鳴らして廊下を走っていった。

陽性です。保健所の女性はそう繰りかえして、

「つきましては、ただちに指定医療機関に入院していただくことになります。その前に発熱の二日前からきょうまでの行動を教えていただけますか」

女性の口調はやさしくていねいだが、頭が混乱して口ごもった。

「そのあいだにマスクをしないで接触したかたを知りたいんです」

二日前の日曜は真央ととしまえんにいったが、母にはお台場海浜公園へいったと嘘をついた。いま

さらほんとうのことはいえないし、真央を巻きこみたくない。駿は全身に冷汗がにじむのを感じつつ、

「ひとりでお台場海浜公園へいきました」

保健所の女性は当日の行動を細かく訊いてきたが、適当に嘘をいうしかなかった。

「その翌日は、どこへいって誰と会いましたか」

その翌日、つまりおとといは放課後に冴島や取り巻き、勝也や恭介とだべった。みんなはあのときマスクをはずしていたが、それをいったら告げ口したような状況になる。また嘘を重ねるのに後ろめたさをおぼえながらも、いつもどおり登校して、まっすぐ帰宅したといった。

「発熱したのがきのうの朝ですので、その時点で発症と考えられます。発症からは最低でも十日間は入院していただき、経過を観察しますが――」

電話の声が遠くに聞こえる。いつのまにか母がもどってきて、ドアの隙間からこっちを見ている。いまにも泣きだしそうな表情だ。保健所の女性は続けて、

「あした区の職員がお迎えにあがり、入院先の病院までお送りします。職員は防護服なので驚かれるかもしれませんが、感染を防ぐためなのでご理解ください。お迎えの際、職員がご自宅までおうかがいするのに抵抗がある場合は、べつの場所をご指定いただくことも可能です」

近所の眼があるからマンションにこられてはまずい。区の職員にきてもらうのはマンションからすこし離れた公園の前にした。保健所の女性はそのあと保護者と話したいといい、母と電話をかわった。

母の取り乱した声を聞きながら、いつどこで感染したのか考えた。もっとも疑わしいのは日曜だから、としまえんか原宿のピッツェリアか代々木公園か。あるいはその行き帰りの電車や駅か、すれちがった通行人か。いくら考えてもわからなかった。

もうこれで真央とサンシャイン水族館へはいけない。次はいつ会えるのか。それどころではないのに、そんな思いが浮かんでくる。

やがて電話を切った母に、ごめんね、と頭をさげた。烈火のごとく怒られると思ったが、母は大きな溜息をついて、いまから大変だわ、といった。

「あたしたちも、あした保健所にいかなきゃ」

家族は濃厚接触者だから、母と父と姉もＰＣＲ検査を受けることになったという。申しわけなくてまた詫びると、母は眉をひそめて、

「駿ちゃんがコロナに罹ったことや、あたしたちがＰＣＲ検査を受けることは誰にもいっちゃだめよ。このマンションに住めなくなるから」

「うん。ごめん」

「もういいから安静にしてて」

それからベッドに寝転がって呆然としていた。

まさか、まさか自分がコロナに罹るなんて――。悪夢を見ているような気分だが、これは夢ではなく現実だ。これからどうなるのかを考えると恐怖と不安で押し潰されそうだった。心配なのは自分の身だけではない。両親と姉、そして真央のことが心配でならない。

さっき保健所に日曜の行動を訊かれたときは、うろたえていたせいでとっさに嘘をついた。けれども、もし真央が感染していたら取りかえしのつかないことになる。真央が発症するかもしれないし、周囲に感染させる危険もある。

コロナの潜伏期間は一日から十二日くらいあるそうだから、しばらく安心できない。真央は学校に

いるはずだから、いますぐ連絡したほうがいい。陽性だったことをメールで伝えようと思った矢先、真央から電話があった。

「洲崎くん、いまおうち？」

「うん。たったいまメールしようとしてた。実はおれ――陽性だった」

「やっぱそうだったんだ。いま臨時休校になって、うちに帰ってるとこ」

学校は感染者が誰か明かさなかったが、生徒が新型コロナウイルスに感染したので、臨時休校して校内を消毒するという。駿は泣きたくなるのをこらえて、

「マジごめん。ほんとにごめん」

「洲崎くんはなにも悪くないよ。それより日曜にあたしと会ったこと、誰かにいった？」

「ううん、いってない」

「よかった。誰にもいわないで」

「うん。でも、もし早川さんも罹ってたら――」

いつ発症するかわからないし、家族や同級生に感染させるかもしれない。そういいたかったが口にできずにいたら、大丈夫、と真央は硬い声音でいった。

「しばらく学校休んで自分の部屋からでないようにする。だからお願い。あたしと会ったこと、誰にもいわないで。パパとママに殺されるから」

「わかった。誰にもいわない」

「ありがとう。もうすぐうちに着くから、また連絡するね」

「うん」

愛してる、という前に電話は切れた。真央から責められなかったのに安堵した。

それも束の間、べつの不安が頭をもたげた。としまえんや代々木公園は開けた場所だから感染の危険は薄いにしても、原宿のピッツェリアは混んでいた。いったいどこで感染したのかわからないが、感染を広げないためには、いまからでも実際の行動を保健所に伝えるべきだ。

といって、ほんとうのことをいえば真央が両親に責められる。さらに濃厚接触者としてPCR検査を受けなければならなくなる。日曜に彼女と会ったことは誰にもいわないという約束を破るわけにはいかない。が、そのせいで新たな感染者がでてもいいのか。

真央のことだけでなく、おとといの放課後に冴島たちとマスクなしでだべったのも気がかりだった。告げ口はしたくないけれど、クラスター感染が発生したら、また授業がストップして長い休校になるだろう。自分の判断がクラスメイトや見知らぬ誰かを危険に陥れるかもしれない。

罪の意識にさいなまれていると、千野から電話があった。千野は保健所から聞いたらしく、すでに検査結果を知っていた。千野はきょうから臨時休校になったといって、

「気を落とさずに治療に専念して。感染者がでたから校名は公表されるけど、個人が特定されないよう性別や何年生かは伏せてある」

千野はそういったが、登校時の検温で追いかえされたのは、たくさんの生徒に見られている。しかも勝也と恭介にはPCR検査を受けたといった。ふたりがそれをクラスで喋っていたら、誰が感染したのかばればれだ。それと気になることがある、と千野はいった。

「洲崎くんはおとといの放課後、マスクなしで友だちと喋ってたんだって?」

「――誰からそれを」

「それはいえないけど、さっき保護者から電話があったんだ。保健所から聞いた洲崎くんの行動とちがうけど、ほんとうなの」

　おとといあの場にいた誰かが不安になって親に打ちあけたのだろう。嘘がばれたショックで口ごもっていると、千野は続けて、

「保護者の話が事実なら、洲崎くんと一緒にいた生徒は濃厚接触者になる。誰と誰がいたのか教えてもらえるかな」

　千野の口調はやさしいが、語尾の震えから動揺が窺える。自分が担任するクラスでクラスター感染が発生するかもしれないのだから当然だ。ここまできたら、もう隠し通せない。さらなる感染を防ぐためにも正直にいうしかなかった。

「うん。保護者から聞いた氏名と一致するね。これから全員に連絡とらなきゃ」

「——すみません」

「どうしてマスクはずしたの」

「特に理由はないですけど、みんなそうしてたんで——」

「困ったもんだな。しかし、いまいってもしょうがない。ただ洲崎くんが感染したことや、友だちが濃厚接触者になったことは口外しないように」

「はい」

「最近はネットで誹謗中傷（ひぼうちゅうしょう）をする連中も多いからね。きみや友だちの個人情報が特定されたら、学校やご家族にも迷惑がかかる。また電話する、お大事に」

　千野は溜息まじりにいって電話を切った。勝也はこんどの土曜に冴島や女子たちとバーベキューを

するといっていたが、きっと中止になる。あのときマスクをはずしたのは自分のせいではない。そう思いながらも、みんなを裏切った気がして心苦しかった。

病室の窓をいくつもの雨滴(うてき)が流れていく。今年の梅雨はやけに長く、もう七月下旬だというのに雨か曇りの天気が続く。駿はベッドで半身を起こして窓をぼんやり見つめていた。

病室は七畳ほどの個室で、テレビとユニットシャワーとトイレがある。病院内は静まりかえって、なんの物音もしない。ベッドテーブルに置かれたトレイには、さっき看護師が運んできた昼食がある。院内感染を防ぐため使い捨ての弁当箱に、煮魚、おひたし、漬物、飯が入っている。

病院食だけに好みのおかずはすくなく、いまだに香りと味がしない。免疫力をあげるため食事はしっかり食べるよう医師にいわれているが、すぐ箸が止まる。

区の職員がミニバンで迎えにきたのは、六日前の朝だった。

予定の時刻になると母からパジャマや日用品や現金を受けとって、ひとりで自宅をでた。いままで大きな病気をしたことはないから入院の経験はない。それなのにコロナの感染者として入院するのは心細い。両親と姉はマスク姿で玄関まで見送りにきて、

「病院の先生のいうこと聞いて、早く治すのよ」

「人生なにごとも経験だ。これもいい経験になるから、がんばれ」

「さびしかったら電話していいよ。あんた友だちすくなそうだから」

姉はもともと外出しないが、父も濃厚接触者とあって自宅にいる。起業の準備で大事なときに迷惑をかけたのが申しわけない。あれほどコロナに神経質だった母がやさしいことや、ふだんは無愛想な

姉の言葉が胸に沁みた。

降りしきる雨のなかを戦場へむかうような思いで待ちあわせ場所にいくと、白いミニバンが停まっていた。保健所から電話で聞いていたとおり、区の職員はものものしい防護服で、車内は運転席と後部座席がビニールシートで厳重に仕切られていた。

文京区にある都立病院で車をおろされ、入院の手続きをした。そのあと体温と血圧の測定、採血、CTの撮影があった。医師と看護師もゴーグルにマスクをしているから表情はわからないが、物腰はやわらかかった。

起床は六時で就寝は十時。朝と夕方に体温と脈拍の測定があり、担当の医師が一日に一回検診にくる。きのうから空咳はやみ、軀のだるさもなくなったので、これといった治療や投薬はない。体温は三十七度前後をいったりきたりしている。

外出はむろん禁止で、病室をでるのは検査のときだけだ。検査のときはマスクをして、ほかの患者と一緒にならないよう業務用エレベーターを使う。必要なものがある場合は、看護師に頼んで売店で買ってきてもらうが、その際に渡す現金も除菌シートで消毒する。

面会は禁止だから誰とも会えない。外部との窓口はスマホだけだ。母は毎日電話やＳＭＳで容態を訊いてくる。おととい母から電話があってＰＣＲ検査の結果がでたという。

「みんな陰性だった。でも偽陰性っていうのがあるらしいから、百パーセント安心はできないけどね」

それを聞いて胸を撫でおろした。

冴島と取り巻き、そして勝也と恭介は濃厚接触者になったが、千野に聞いたところではＰＣＲ検査は全員陰性だったそうで、授業は再開された。ただ勝也と恭介からの連絡はぴたりと途絶えた。告げ口したと怒っているのか、学校から指示があったのか、ラインも電話もない。こちらも後ろめたくて連絡をとる気になれないが、感染者がいないのは幸いだ。

ニュースを見た限りでは、原宿のピッツェリアでの感染もないようだった。だが、いちばん心配な真央の様子がわからない。入院してまもなく電話で喋ったときは、

「体調はぜんぜんふつう。うちの学校でコロナがでたから両親は大騒ぎして十日くらい休めって。それはちょうどよかったけど、監視の眼がめちゃきびしくて――」

両親が聞き耳をたてるから、しばらく電話できないという。

「わかった。じゃあメールするよ」

うん、と彼女はいったが、それきり連絡がとれなくなった。

真央はPCR検査を受けていないから感染の有無はわからない。もし発症していたら最悪だ。もっとも学校で新たな感染者がでたという報道はない。自宅でおとなしくしているのかもしれないが、それならメールくらい送ってくれてもよさそうなものだ。

はじめての入院生活は、ひたすら憂鬱で退屈だった。幸い症状の悪化はなく、嗅覚と味覚の異常が続いているのと、ときどき微熱がでるだけだ。それでもPCR検査の結果は陽性だった。

看護師によると、以前はPCR検査の結果が二回続けて陰性にならなければ退院できず、そのせいで入院が長びいた。けれども、いまは厚生労働省が退院基準を見なおし「発症から十日経過かつ症状軽快から七十二時間経過」すれば退院が可能になったという。

軽症者の場合、発症から七日から八日で周囲への感染リスクはほとんどなくなるからだ。したがっ

て退院の基準にＰＣＲ検査が陰性である必要はなくなった。

「洲崎さんは軽症なので、ホテルでの宿泊療養をお願いしたいのですが――」

きょうの午後、医師からそういわれた。

重症者のために病床を空けるべきだし、ホテルのほうが病院よりましだろう。そう思って承諾したら移動はあしただという。まだ陽性で微熱もでるのにホテルに移っていいのか不安だった。

駿は大きな溜息をつくと窓から視線をはずし、のろのろ夕食を食べはじめた。


八月に入ってようやく梅雨が明けた。

カーテン越しに強い西日が射しこんでくる。病院からビジネスホテルに移って一週間が経つ。部屋は四階で窓から浅草の街が見える。浅草といっても繁華街から離れているし、コロナの影響で人通りはすくないが、外を自由に出歩けるだけでうらやましい。

部屋はごくふつうのビジネスホテルという印象で、ベッド、テレビ、ユニットバス、トイレがある。ホテルでは患者ではなく療養者というあつかいだから診療はない。朝は七時に起床して自分で検温、八時から九時に朝食、十二時から一時に昼食、四時半にやはり自分で検温、六時から七時に夕食というのが一日の流れだ。

検温の結果やその日の体調は、内線電話で看護師に伝える。体調は健康観察票をもとにチェックし、要注意の症状があったら看護師にすぐ連絡する。ルームサービスはないから部屋は自分で清掃して、ゴミは一日一回ビニール袋にまとめて捨てる。食事は三食とも弁当でエレベーター前の長いテーブルに置いてある。それを取りにいくとき以外、外出はいっさい禁止だ。

ホテルに移って四日目から平熱にもどり「発症から十日経過かつ症状軽快から七十二時間経過」の条件はすでに満たしているので、看護師はもう退所できるという。けれども母に相談すると、念のためにまだ我慢しなさい、といわれた。

「うちに帰って症状がぶりかえしたら大変だから」

看護師も感染リスクはほとんどないといっても、ゼロではないといった。抗体ができていない可能性もあるから、退所後に再感染する危険もあるらしい。そういわれたらホテルにとどまるしかない。

学校は八月一日から夏休みに入った。

休校の影響で十六日までと短いだけに、高校生活最後の夏休みをなにもできずにすごすのはむなしい。気晴らしにテレビやユーチューブを観たりゲームをしたりで一日が終わる。こんなときこそ時間を有効に使って勉強すべきだが、いっこうに意欲が湧かず自己嫌悪に陥る。

真央からは、いまだに連絡がない。夏休みのあいだに一日でもいいから、ふたりですごしたかったのに、それももう無理だろう。夏休みはあと十日しかない。

千野はときどきメールで容態を訊いてくるが、勝也と恭介は連絡が途絶えたままだ。夏休みだというのにラインもよこさないのは、やはり怒っているのだろう。冴島や取り巻きも怒っているにちがいないから、登校できるようになっても憂鬱な日々が続きそうだ。

テレビで小池都知事の記者会見がはじまった。

きょうの都内の感染者数は三百六十人で、一日の感染者数は十日連続で二百人を超えた。都知事は都外への旅行や帰省の自粛を呼びかけ、この夏は「特別な夏」だといった。たしかに今年の夏は特別だ。空は連日晴れわたっているが、心のなかにはどす黒い暗雲がたちこめている。

六時すぎにマスクをし、エレベーターの前に弁当を取りにいった。きょうの夕食は唐揚げ弁当だが、まだ嗅覚と味覚がもどらないから味気ない。きょうもまた、ひとりきりの長い夜がはじまる。

㉕

七月に入ってもインフレの嵐は吹き荒れていた。

商品にもよるが、春にくらべて物価は五倍から十倍近く上昇した。仕入れ値があがり続けるせいで五円で売っていたイモは十五円に値上げせざるをえなかった。

二月に施行された金融緊急措置令によって預金封鎖がおこなわれ、企業が給与として従業員に支払える現金は五百円までで、それを超える入金は強制的に預金となる。しかもその預金は引出しを制限されているから、勤め人の世帯は家族が何人いようと月に五百円で暮らさねばならない。

新卒の国家公務員の給与は、春から三倍近くあがったと新聞に書いてあった。つまりインフレによって、それだけ金の価値がさがったのだ。公務員は給料があがるからいいとしても、庶民の収入は変わらない。

それだけに闇市を行き交うひとびとの表情はぎらついている。みな一円でも安く買い、一円でも高く売ろうと必死だが、それでいて暗さを感じさせないのは、誰もが本音で生きているからだろう。

四日前の朝、ようやく鉄板とヘラが届いた。インフレのせいで注文したときより値段がだいぶ高くなっていたが、やむをえない。蜂須賀によれば、鉄板のもとになったのは相模(さがみ)陸軍造兵廠(ぞうへいしょう)で造っていた戦車の部品だという。ヤカンを加工した鉄兜とおなじように戦車も日用品になった。戦車になるはずだった鉄板で、旨い料理を作るのだと思ったら胸が躍った。

鉄板を置くコンロは石油缶だと面積が足りない。瓜生の提案で、空襲で崩壊したビルから拾ってきた耐火レンガでコンロを作った。ずっしり重い鉄板をよく洗ったあとコンロの上に置くと、いっぺんに店らしくなった。

ホルモン屋の老婆に教わったとおり、さっそく空焼きしてから鉄板を冷まし、油をひいてまた焼いた。油は値段が高くてもいいものを使いたかったので、菜種油(なたねあぶら)を精製した白絞油(しらしめゆ)にした。まだ麺はないから薄切りにしたイモを鉄板で塩焼きしてみたら、油でコクがでて想像以上に旨かった。

「ふかしたイモもいいが、鉄板で焼くと香ばしくて旨いな」

瓜生は感心して、近所のみんなにも味見してもらえ、といった。綾部兄妹、蜂須賀、おトキさんに食べてもらうと、すこぶる好評で鼻が高かった。よっちゃんは例によって無反応だったが、ぺろりとたいらげたから好評といっていい。

天馬のことがあるから千代子への想(おも)いは複雑だ。とはいえ大好きなのに変わりはなく、塩焼きのイモを美味しそうに食べる姿に見とれていた。

ただ心配なのは、きのう城門組の疋田があらわれたことだ。疋田はあいかわらず着流し姿で、弟分の参平を従えていた。気になって様子を窺うと、作之進はこの前とおなじようにぺこぺこして疋田に金を渡したが、しきりに怒鳴られている。

「物価があがったぶん利息も増えてるんだ。これっぽっちじゃ足りねえぜ」

我慢できずに店をでて、疋田の後ろに立っていた参平の袖をひいた。参平を通りに連れだして、なにがあったのか訊いた。参平は声をひそめて、

「兄貴は早く金をかえせっていってる」

「かえせなかったら、どうなるんだろ」

「かえせねえじゃすまねえ。こっぴどい目に遭うだろうな。なにせ城門組にゃ新橋のマッカーサーがいるからな」

「マッカーサー？」

「知らねえのか、松川甲吉さんを。恰好がアメリカっぽいし、苗字が松川さんだからそう呼ばれてる。新橋のマッカーサーっていやあ、泣く子も黙る代貸だ」

代貸は組長に次ぐ地位だが、城門組の組長は高齢だけに松川が実質的に組を取り仕切っているという。参平は続けて、

「松川さんはもともと辰巳一家の幹部だったけど、辰巳一家がうちの組と合併して代貸になったんだ。でけえパッカードに乗って、すげえ羽振りだぜ」

あれは四月のはじめだったか。養育院を脱走して亀戸駅近くの線路脇で背囊を拾ったら、ふたりの男に捕まって腕を折られそうになった。彼らは辰巳一家と名乗っていた。瓜生はふたりを木刀で叩きのめし、背囊に入っていた砂糖を売っていまの店をはじめた。それだけに関わりを持ちたくないが、綾部兄妹のことが心配で、

「どうにかならないかな。返済をしばらく待ってもらうとか」

「無理さ。城門組の取り立ては甘くねえ。それより、あの兄妹になんで肩入れするんだ」

参平はそういってから、ははん、とつぶやいた。

「さては、あの小娘に気があるんだろ」

あわててかぶりを振って、ちがうよ、といったが参平はにやりと笑い、

「おめえも色気づいてきやがったな。あの小娘の気をひきてえんなら、もっと金を稼いで、どかんと渡してやれよ。ぼろい稼ぎ口なら紹介するぜ」

「ぼろい稼ぎ口って――」

「やる気があるなら教えてやる。見ろよ、おれあ先週これだけ稼いだ」

参平はズボンのポケットから分厚い札束を覗かせた。それに眼を見張っていると、疋田が参平を呼んだから、話はそこで途切れた。疋田は参平を連れて綾部兄妹の店をでていった。


きょうも朝からイモを売った。油で炒めたイモは珍しいだけに人気は上々だ。ふかしイモより早く作れるのも大きな利点だが、炎天下に鉄板の前にいるのは恐ろしく暑い。闇市では氷水を一杯五円で売っているから、瓜生とふたりでがぶがぶ飲んだ。

「大繁盛ね。焼そばなんかやんなくても、これで商売になるんじゃないの」

おトキさんにそういわれた。でも、と滋はいって、

「街が復興したらイモだけじゃ飽きられると思うんです。戦争がはじまる前みたいな東京になるには時間がかかると思いますけど、食べごたえのあるものを作らなきゃ」

「坊やは先のことまで考えてえらいねえ。あたしゃ目先のことしか考えらんないよ。亭主の病気は悪くなるばっかりで、にっちもさっちもいきゃしない」

その日の夕方、瓜生が帰ったあとで天馬がサッカリンを持ってきた。サッカリンは白い粉末で細いガラスの管に入っている。天馬は代金を受けとると、綾部兄妹の店に眼をやって、

「このあいだの口紅、千代子はん喜んではった。なにかお礼がしたいいうから、カストリでもおごって待合に連れこんだろか思うたのに、作之進はんが邪魔くりよった」

待合とは男女が密会するための茶屋だけに鼓動が速くなった。天馬は続けて、

「なんか理由つけて作之進はんをどこかへ呼びだされへんか。わいはそのあいだに千代子はんとしけこむよってに」

そんなことには、とうてい協力できない。むしろ邪魔したいくらいだ。

「無理ですよ。ぼくが作之進さんに叱られます」

「わいとぐるやて、ばれへんかったらええやろ。お礼にサッカリン安うしとくで」

天馬がしつこく頼むのをなんとかはぐらかした。千代子と天馬はそんな関係にまで進んでいるのかと失望したが、彼女が望んだのならそれを尊重すべきかもしれない。いずれにせよ、ふたりをやっかむより、いま自分にできることをやろう。

滋はあらかじめ買ってあった一升瓶入りの無糖ソースを小鉢に取りわけ、サッカリンをすこしずつ混ぜて何度も味見をした。戦前のソースにはおよばないが、甘みのある味わいは格別で、早く焼そばで試したかった。


ヤスエさんが支那そばの麺をリヤカーで運んできたのは七月なかばだった。池袋の製麺所から上野の闇市までは徒歩で一時間半ほどかかるからヤスエさんは汗びっしょりだ。

「なァに、買出し列車にくらべたら、これくらいなんともないよ」

ヤスエさんはそういったが、気の毒だから一杯五円の氷水を買ってきた。ヤスエさんは喉を鳴らし

てそれを飲み、ありがとうねえ、といった。

「まだ若いのにこんな気配りができるなんて、たいしたもんだ。あんた、そのうち大物になるよ。ねえ瓜生さん」

瓜生は笑みを浮かべて、もう大物さ、といった。

「ついこのあいだまで地下道で寝てたのが、ひとさまにごちそうしてるんだからな」

滋は照れて頭を掻いたが、早く焼そばを作りたくてたまらない。

仕入れたのは、支那そばの麺九十玉が入った箱ふたつだ。さっそく鉄板に油をひき、支那そばの麺と刻んだキャベツを炒めると、サッカリンを混ぜたソースをかけた。香ばしいソースの匂いに生唾が湧いたが、瓜生と試食したとたん顔を見あわせた。

「苦いな、これは」

「ええ。どうしてでしょう」

焼そばは妙な苦味があって、これでは商品にならない。炒める前のソースは甘いのに、なぜ苦くなったのか。ためしにサッカリンを混ぜていない無糖ソースで麺を炒めてみた。すると旨くはないが、苦味もない。苦味の原因はサッカリンだとわかった。けれども、どうすればいいのかわからない。

滋は失敗作の焼そばを見つめて唇を噛んだ。

26

長い宿泊療養を終えて自宅へもどったのは八月八日だった。母に聞いた限りではマンションの住人に感染は知られておらず、近隣で感染者もでていない。

ひさしぶりのわが家でひと息つけるかと思ったら、新たな大問題が起きていた。父はネット通販の共同経営者になるはずだった柏原という男に、出資した五百万を持ち逃げされたという。それが発覚したのは先月の末だったが、

「駿ちゃんは入院してたでしょう。そんなこといったら心配すると思って」

母はいままで黙っていたといった。

父は一緒に起業するはずだった同僚たちと、柏原のゆくえを血眼で捜していると弁解した。金はなんとかして取りかえす、と父はいったが母は鼻で嗤って、

「取りかえせるわけないじゃない。そんなの確信犯よ」

両親はすでにさんざん揉めたようで憔悴（しょうすい）した表情だった。起業が失敗したうえに五百万もの金を失ったとあっては、わが家の未来は絶望的だ。

「あのふたり、離婚するかもね」

両親がいないとき、姉がぼそりとつぶやいた。

「あんたがいないあいだ、すごかったんだから。かあさんがガチギレして、そこらへんのものをぶん投げてた」

「マジで離婚するかな」

「そのときは、あたしはかあさんの籍に入るから、あんたはとうさんのほうね」

「どうして?」

「とうさんがひとりになったら、かわいそうでしょ」

「そういう問題じゃないじゃん」

父はあいかわらず朝からでかけて日が暮れる頃に帰ってくる。いまのところ離婚話は具体的に進んでいないようだが、両親は必要最低限しか口をきかない。

母もどこへいくのか外出が多くなった。以前にくらべてコロナへの警戒が薄れているらしく、ときどきマスクを忘れてでかけては、あわててもどってくる。室内の消毒も前ほど神経質でなくなったのに、かえって異常を感じる。

去年のお盆は父は仕事で忙しく、母と姉と三人で山形の実家へいった。母方の祖父は勉強のことしかいわないから苦手だが、実家の周辺は緑が豊富なのが心地いい。

「今年は実家に帰らないの」

軽い気持で母に訊ねたら、帰れるわけないでしょ、といった。

「おれがコロナに罹ったから?」

「罹ってなくても、こんなときに東京から帰ったら村八分になるわ」

祖父母には、孫が感染したのを伏せているらしい。大都市からの帰省客を拒んで監視や厭がらせをするひとびとを「帰省警察」と呼んでいるくらいだから、知らせないほうが賢明だ。

両親の仲が険悪とあって家族で食卓を囲む機会はない。メニューは母が買ってきたコンビニ弁当か買い置きのカップ麺のたぐいだ。もはや出前やウーバーイーツを注文する経済的な余裕はない。

もう家族に感染させるリスクはないと思いながらも、食事はたいてい自分の部屋でとる。自宅に帰ってから嗅覚と味覚はほとんど回復したが、食欲はない。

きょうで夏休みは終わり、あしたから学校だ。前半は入院と宿泊療養で潰れ、後半は自宅にこもっていただけのむなしい夏休みだった。真央や勝也たちとはいまだに連絡がとれないだけに、顔をあわせるのが不安だ。きょう千野から電話があって、あした登校したら職員室にくるようにいわれている。始業式の前に説明したいことがあるというが、なんなのか気になる。

きょうの夕食はカップ焼そばだけだった。

母は昼から外出したきり、夜になってももどってこない。焼そばを食べ終えて容器を捨てに部屋をでると、父がひとりでテレビを観ていた。テーブルには食べかけの惣菜パンがあるだけで、晩酌に欠かさなかった缶ビールはない。父はこっちを見て微笑すると、体調はどうだ？　と訊いた。

「ふつう」

「あしたから学校だろ。大丈夫か」

「うん」

父はうなずいた。さびしげな表情が気になってソファに腰をおろした。

テレビの画面では、日本武道館でおこなわれた全国戦没者追悼式の様子が流れている。それを観て、きょうが七十五回目の「終戦記念日」だと気づいた。先の大戦の戦没者は三百十万人にのぼるとアナウンサーがいった。当時の日本の人口は七千二百万人弱だから、二十三人にひとりの割合で亡くなったことになるらしい。

番組のなかで戦争体験者へのインタビューがあり、捕虜となった元兵士の老人や空襲で罹災した老婦人が当時のことを語った。老婦人の夫は戦死したが、弔問に訪れた大日本国防婦人会の女たちから「戦死は名誉」だといわれて涙さえ流せなかったという。

大日本国防婦人会は「贅沢は敵だ」を合言葉に街ゆくひとびとを監視し、髪にパーマをかけた女性や派手な服装の女性を捕まえては集団で吊るしあげた。

老婦人によれば大日本国防婦人会は家庭の食事にも眼を光らせ、すこしでも贅沢なものを食べていると、この非常時に不謹慎だと怒鳴りこんでくる。金属類回収令が施行されたときは家に押しかけてきて、鍋釜から結婚指輪まで供出させた。戦争末期に至っては犬や猫などの愛玩動物も毛皮や食肉として供出させたというから、あきれるほかない。

「おれのじいちゃん――おまえのひいじいちゃんは戦時中にずいぶん苦労したそうだ」

父は画面を観ながらそうつぶやいた。

「世の中平和で飯さえ喰えりゃ、いうことない。ひいじいちゃんはそれが口癖だったそうだ。ひいじいちゃんは、おれが小一のときに死んだから、ほとんど記憶はないけどな」

「ひいじいちゃんって、いま生きてたら何歳？」

「たしか昭和五年生まれだから、九十はすぎてるだろう。おやじから聞いた話じゃ、仕事ひと筋の男だったらしい」

「どんな仕事してたの」

「奥多摩(おくたま)で林業をやってたと聞いた」

「林業？　でもじいちゃんは会社勤めだったよね」

「ああ。おやじは田舎暮らしが嫌いだったから」

父方の祖父は電力会社に勤めていたらしいが、亡くなったのは物心つく前だから記憶はないに等しい。祖父は何歳で亡くなったのか父に訊いた。

「おやじは六十一。会社を定年まで勤めあげて、やっとのんびりできるってときになあ」

「ひいじいちゃんはいくつで死んだの」

「五十だったと思う」

「まだ若いね。じいちゃんも死んだのが六十一でしょう。うちって早死にの家系なのかな」

「かもしれん。でも、おまえは大丈夫だろ。かあさんの家系はしぶといからな」

たしかに、と駿は笑った。

次のニュースでアナウンサーが、きょう東京都は新たに三百八十五人が新型コロナウイルスの感染を確認したといった。都内の感染者は累計で一万七千四百五十四人になる。多くは無症状か軽症とはいえ、コロナは罹っただけでダメージが大きい。

病院やホテルにいるあいだ、感染者たちに取材した記事をネットで読んだ。プライバシーに配慮してか未成年者に関する記事はほとんどなかったが、感染を職場に知られて解雇されたり、地域住民の厭がらせで引っ越しを余儀なくされたり、ネットの誹謗中傷で精神を病んだり、痛々しい体験に気持が暗くなった。

ふつうは病気になったら同情されるのに、コロナの場合は責められる。感染した有名人たちは、決まってコロナに罹ったことを詫びる。好きで罹ったわけでもないのに詫びるのは、世間がそれを強いるからだろう。不要不急の行動をとらずに自粛しろと同調圧力をかけてくるのは、大日本国防婦人会とおなじだ。

あした学校にいったら、どんな眼で見られるのか。

もしかしたら陰湿ないじめに遭うかもしれない。ＰＣＲ検査で陽性になってからずっと心配だったが、あらためて登校するのが怖くなった。

㉗

警察は予告どおり、土地を無断で使用している店を八月一日に閉鎖した。地面にゴザや新聞紙を敷いただけの店はもちろん、簡素な屋根と葦簀張りの店も姿を消した。警察との衝突は意外にすくなかったが、闇市を追われたひとびとはまた喰うに困るだろう。

国が面倒をみてくれないから自力で生活しているのに、国は法律を盾にその邪魔をする。進駐軍も日本を占領したのだから、国民を飢えさせてはならないはずだ。けれども進駐軍は日本人立入禁止——オフリミットの高い金網のむこうで豊かな生活を享受している。

終戦からもうすぐ一年が経つというのに復興への道は遠い。上野駅周辺はにぎわっているが、街はずれには焼跡や瓦礫の山が残り、なんともいえない異臭が鼻をつく。

上野駅周辺の浮浪児もいっこうに減らない。顔も手足も垢で真っ黒なのはふつうで、吹き出物や瘡蓋だらけの子もいる。飢えきって路上をさまよう姿を見るたび、地下道での生活を思いだす。

先月のある夜、綾部兄妹の店で買ったイモ飴や飴菓子を浮浪児たちに配った。すぐさま大勢が集まってきて、ものもいわずに飴を口に放りこんだ。

それから何度か、浮浪児たちにイモ飴や飴菓子を配りにいった。彼らはすぐに顔をおぼえて「飴のあんちゃん」と慕ってきた。けれども飴が足りないと気の毒だし店を知られたら困るから、配り終えると足早に立ち去った。

その夜も上野駅にいって浮浪児たちに飴を配った。飴がなくなって帰ろうとしたら、ちょいと待ちな、と呼び止められた。米兵のぶかぶかの軍帽をかぶり、上半身裸の少年が立っていた。

「あんたかい、飴のあんちゃんってのは」
十二、三歳に見える少年はくわえ煙草で煙を吐きだした。以前モク拾いをしようとしたときに文句をつけてきた浮浪児のリーダーだ。またなにかいわれるかと警戒したが、少年は態度のわりにあどけない顔をほころばせて、ありがとうよ、といった。
「あんた闇市で焼そば売ってるだろ」

「――どうしてそれを」

「残飯拾いに闇市へいったとき、うちの子が見かけたってさ」

曖昧にうなずいたら、心配すんなって、と少年はいった。

「商売の邪魔はしねえよ。おれたちが店にいったら迷惑だろうからな。ただ、これからもよろしく頼むぜ。おれもこいつらを喰わすので大変なんだ」

「うん、わかった。また近いうちに飴持ってくるよ」

「おれあノガミのピス健(けん)って通り名だ」

「ピス健?」

「ああ。気に喰わねえ奴にゃ、こいつをぶっ放すからよ」

米兵の帽子とおなじく、ぶかぶかの軍隊ズボンから拳銃を取りだした。あっけにとられていたら、コルトだよ、とピス健はいった。

「アメ公からかっぱらってやった。とうちゃんの仇(かたき)さ」

ピス健の父親はアッツ島で玉砕し、母親と親戚たちは空襲による火災や敵機の機銃掃射で亡くなったという。父親は職業軍人だったというから、以前は経済的に恵まれていたのだろう。それが学校にもいけず浮浪児になったのは不憫だった。

八月十五日――一年前のきょう戦争が終わった。あの日とおなじように空は晴れわたり、まばゆい陽射しがごみごみした闇市を照らしている。

滋は鉄板の前で汗を滴らせながら二本のヘラを操り、麺とキャベツを炒めていた。次から次へと客がくるからいくら作っても追いつかない。瓜生も汗まみれで客に焼そばを渡したり、金を受けとったりしている。

屋根からぶらさげた看板がわりの板には「鉄板焼そば　弐拾圓」と瓜生が達筆で書いた半紙が貼ってあり、鉄板焼そばという文字の横には朱筆で二重丸がついている。

サッカリンは加熱すると苦味がでる。といって無糖ソースでは美味しくない。それで悩んでいたら、押してもだめならひいてみな、と瓜生がいった。

「戦争だって攻めるばかりが能じゃない。臨機応変に退却するのも、りっぱな戦術だ」

瓜生の言葉がヒントになってソースの問題は解決した。サッカリンを加熱しないよう、焼そばを炒めたあとでソースをかけて混ぜればいい。仕上げに青海苔をふりかけて経木に包む。具はキャベツだけなので肉を入れたいところだが、値段が高くなりすぎる。キャベツは三角地帯にできた近藤産業マーケットが割安だった。

割箸は戦時中に禁止されたせいでまだ普及していないから、客は箸立てに入れた塗箸で立ち喰いするが忙しくて箸が足りず、経木からじかに喰う客も多い。

ほかに焼そばをだす店がないとあって、商売は思った以上にうまくいった。原価は売値の半分くらいで儲けも大きい。ゴザの下に埋めたブリキの菓子箱には、かなりの金が貯まった。この金で店を建てなおして雨風が吹きこまず、戸締りができるようにしたい。

「店より先に住むところを見つけろ。また警察の手入れがあったら、どうなるかわからんぞ」

瓜生はそういったが、近頃は酒をだす店が増えたせいで夜は一段と物騒になった。盗めるものはなんでも盗む連中がたくさんいるだけに、店を空けるのは心配だった。戸締りもできないから商売道具の鉄板やヘラはおろか、トタン屋根やベニヤの壁まで盗まれるかもしれない。

「だから、もうすこしお金が貯まったら店を建てなおしましょう」

瓜生はなおも乗り気でなさそうだったが、反対はしなかった。

闇市で働くひとびとにも焼そばは人気で、あちこちから食べにくる。隣の店の蜂須賀やおトキさん、千代子と作之進もしょっちゅう食べてくれる。

「この麺を炒める匂いに釣られちまうんだよな。まともな麺を喰うのはひさしぶりだ」

「甘みのあるソースを食べたのは戦争前だよ。キャベツも甘くて美味しいねえ」

蜂須賀とおトキさんはそういった。綾部兄妹は焼そばがよほど気に入ったようで昼間だけでなく、ときどき夕食にも買って帰る。家で温めなおして食べるというからソースは別添えにする。

「うちで配給のイモや菜っ葉を足して喰うんだよ。腹いっぱいになるぜ」

と作之進はいった。千代子は笑って、

「兄さんたら欲ばって、道ばたに生えていたキノコも焼そばに入れたんです。そのせいで、ふたりともお腹を壊してしまって――」

千代子にはただで食べさせたかったが、周囲の眼があるからそうもいかない。お礼のつもりでイモ飴や飴菓子をたくさん買い、食べきれないぶんはまた浮浪児たちに配った。ほんとうは浮浪児たちみんなに焼そばをごちそうしたかった。

去年のきょうは、勤労動員で通っていた板橋の軍需工場でラジオの玉音放送を聞いた。父は戦死して母は空襲で死んだ。自分も遠からずおなじような死を迎えると思っていた。終戦によって急に未来がひらけたが、こんどは飢えとの戦いが待っていた。

叔父夫婦の要望で中学を退学したあと、参平に誘われて叔父の家をでると仁龍寺に転がりこんだ。住職の至道鉄心は戦災孤児たちを連れて行乞の旅にでるといい、参平と寺をあとにした。喰いぶちを求めて上野へきてからは地下道で暮らす浮浪児となった。それがどうにか喰うに困らなくなったと思うと感慨深いものがある。

いま気がかりなのは千代子と瓜生のことだ。天馬は商品を卸しにくるたび、千代子を誘いだしたそうにしている。千代子はいつも作之進と一緒に帰るからいいが、作之進が休んだときが心配だ。

瓜生は朝から酒臭くて顔色がすぐれない。あいかわらず毎晩呑んでいるからだろう。健康のために酒をひかえて欲しいといっても聞いてくれない。

「こう暑くっちゃな。酒でも呑まなきゃ眠れねえ」

たしかに毎晩暑いけれど、南方のジャングル戦を生き延びたのだから酒に頼らずとも眠れるはずだ。瓜生が呑み続けるのは、ほかに事情がありそうだった。

翌日から二日間、おトキさんとよっちゃんは店にこなかった。なにがあったのか心配だが、住所を知らないから連絡のとりようがない。三日目の朝、おトキさんはくたびれきった顔でよっちゃんを連れて店にきて、亭主が死んじまったよ、といった。

「神も仏もないもんだねえ。せっかく復員したのに寝たきりで死ぬなんて」

涙を流すおトキさんを蜂須賀や綾部兄妹となぐさめた。瓜生はどこからかスイカを買ってきて香典袋と一緒におトキさんに渡した。スイカはむろん貴重品で、かなりの値段がする。

「見ず知らずの亭主のためにすみません。こんなことまでしてもらって――」

「旦那さんも兵隊だったから戦友だ。お参りにもいけずにすまないが、しっかり供養してやってくれ」

おトキさんは自分たちだけで食べるのはもったいないといい、氷水で冷やしたスイカを切りわけて近所に配った。スイカはほんのひと切れだったが、軽く塩をまぶして食べると戦争がはじまる前の夏を思いだした。


それから三日目の朝、瓜生はまた二日酔いで店にくると険しい顔で新聞を読んでいた。気になって横から覗いたら、元海軍軍人で進駐軍の洗濯夫をしていた小平義雄という男が十七歳の少女を殺害した容疑で逮捕されたと記事にあった。芝の増上寺の裏山で発見された遺体は全裸で、かたわらにはもう一体の白骨化した女性の遺体があり、これも小平の犯行とおぼしい。

小平は過去にも義父を殺していたが、まだまだ余罪があるらしく、食べものを餌に女性を誘いだしては暴行と殺害を繰りかえしていたという。若い女性が食べものに釣られるくらい、みんな飢えているのだ。

「こんな糞野郎は元軍人の恥だ。戦地でも民間人にひでえことをやったにちがいない」

瓜生は酒臭い息を吐いて繰りかえした。糞野郎がッ。

「民間人に悪さをする兵隊がいたんですか」

「戦場は精神的にも肉体的にも極限状態だ。召集されるまでは虫も殺せなかった奴が豹変する。現地住民の財産や食料を掠奪したり、女子どもに暴行したり、もっと残酷なこともする。人間のそんな醜い部分が表にでるのは戦争に駆りだされたせいだ。しかしおれはそういう連中が許せなくて――」

瓜生はそういいかけて口をつぐんだ。ひとつしかない眼が鋭い光を放っている。続きが聞きたかったが、凄みのある表情に圧されてなにもいえなかった。

その夜、瓜生が帰ったあとで参平が店にきた。

参平はまた新橋の屋台へ呑みにいこうと誘った。夜に店を空けるのは無用心だから断ったら、参平はどこかへいって五合瓶に入った日本酒と折詰を買ってきた。折詰のなかにはにぎり寿司が入っている。日本酒も寿司も手の届かない高級品だから驚いた。

「よく見ろよ。寿司ったって、ふつうの寿司じゃねえ。おから寿司さ」

参平にそういわれて眼を凝らすと、具は鯨のベーコンで酢飯はシャリではなく、おからを握ったものだった。おからは、いうまでもなく豆腐を作るときにできる絞りかすだ。けれどもベーコンの脂がおからの淡白な味にあって意外に旨い。

「鯨は統制品だけど、寿司ならその場で作るから、手入れがあってもすぐ隠せる。知恵のある奴がいるもんだ」

参平は店内のゴザにあぐらをかくと、茶碗に日本酒を注いで滋にも勧めた。滋はすこししか呑まなかったが、参平はぐびぐび呑んで煙草を吹かした。煙草の箱には日の丸のような模様が描かれている。

「こいつはラッキーストライクって洋モクよ。おれたちゃ日の丸って呼んでるけどな」

「あいかわらず景気がよさそうだね」

「まあな。このインフレで金の値打ちはどんどんさがるんだ。稼いだぶんは気前よく遣っちまわなきゃ損さ」

参平はズボンのポケットを探ると、この前会ったときとおなじように分厚い札束を見せびらかした。洋モクを吸っているから米兵にツテがあるのかと訊いたら、

「こうやって、こっそり吸うぶんはいいけどよ。米軍物資の横流しは重罪だ。MPに捕まったら沖縄に送られて強制労働させられるって話だ」

「じゃあ、なにをやって稼いでるの」

石鹼さ。参平はあっさり稼ぎ口を明かした。

「苛性(かせい)ソーダと油脂をドラム缶で混ぜたのを木の枠で四角く固めるんだ。それを石鹼の寸法にあわせてピアノ線で切って、刻印を押したらできあがりよ」

「刻印？」

「花王(かおう)石鹼とかミツワ石鹼とか有名なのがあるだろう。あれによく似た刻印よ。本物じゃねえから、花玉とかミシワとか字をちょっと変えてある」

石鹼も統制品で市場に出回るのは硬くて泡立ちの悪い配給品しかない。入浴も洗濯もままならないご時世だけに誰もが石鹼を欲しがっている。それほど簡単に石鹼ができるのなら、いくらでも売れる

はずだ。滋がそれをいうと参平はにやにや笑って、

「おもしれえほど売れるけど、闇の石鹸だからな。軀を洗ったら皮膚がぴりぴりするし、三日も経てば半分以下に縮んじまう」

「そんなもの売れないよ。お客が気の毒だ」

「なにが気の毒だよ。いまのご時世、だまされるほうが悪いんだ。どうだ、おれと組まねえか。たっぷり稼がせてやるぜ」

偽の石鹸を売ってまで儲けようとは思わないから断ると、参平は不機嫌になって帰った。もっとも焼そばの材料も統制品だから法律に反する点では大差ない。といって公定価格で売れば生活できなくなる。もしこの店がなかったら自分も石鹸を売っていただろう。そう思うと、参平の誘いをむげに断ったのが申しわけなかった。

28

始業式の日は朝から燃えるような暑さだった。ずっと外出をひかえて冷房の効いた室内にこもっていただけに、陽射しに眼がくらみ全身から汗が噴きだす。

このところ猛暑日が続いているせいか校門を入ったところにテントはなく、検温と手の消毒は学校の玄関でおこなっていた。養護教諭の女性はわずかに眼をなごませて、

「ひさしぶりね。きょうからがんばって」

小声でいって非接触型体温計を額にかざした。自宅をでる前も平熱だったから問題ないに決まって

いるが、学校での検温はなにかの選別をされているようで不快だ。

職員室に入って千野のデスクにいくと、相談室に連れていかれた。相談室はパーテーションで仕切られたせまい部屋で、粗末なテーブルとソファがある。

千野はソファのむこうで、早く治ってよかった、と何度も繰りかえした。フェイスシールドとマスクのせいで表情はわからず事務的に聞こえる。実は、と千野はいって、

「うちのクラスで、あれから感染者がでてね」

「えッ。誰がですか」

冴島雄大だと聞いて狼狽した。でも、でも、と駿は舌をもつれさせて、

「PCR検査は陰性だったんじゃ――」

「きみが動揺するだろうと思って、あのときは陰性だといったけど、ほんとうは陽性だった。冴島は、きみが入院した二日後に発症したんだ」

「そんなニュースは見てないですけど――」

「こんどは校長の判断で校名を伏せた」

「――おれが、うつしたってことですよね」

「いや、そうとは限らないし、もしそうだったとしても自分を責めないで欲しい」

冴島は軽症だったが、入院が長びいて一週間ほど前に退院し、いまは自宅で健康観察をおこなっているという。おれが入院した二日後に発症といえば、二十日以上経っている。いまだに登校できないのは症状が重かったからだろう。

「保護者がまだ不安がってて、きょうは休んでる生徒が多い。みんなを刺激したくないから、コロナ

のことは友だちともなるべく話さないで」

千野にそう釘を刺されて相談室をでると、教師たちがちらちら眼をむけてきた。

誰にもうつしてないと思っていたのに、よりによって冴島が感染したとは最悪だ。もともと嫌っているおれにコロナをうつされたとあって激怒しているにちがいない。

マスクをはずすよう仕向けた冴島にも責任はあるが、あいつはそんなことで遠慮はしない。冴島は校内で人気があるから、取り巻きはもちろん女子の反感も買っているだろう。

もう教室へいかず、このまま帰りたかった。けれどもわが家は大変な状況だし、家族に迷惑をかけたばかりだ。真央のことも気になるから、勇気をふるって教室に入った。

千野がいったとおり休みの生徒が多く、席は三分の一ほど空いている。勝也はいたが、恭介はいない。地雷原でも歩くような心地で自分の席についた。みんなの視線が怖くてあたりを見まわせない。

開け放った窓からツクツクボウシの声がわびしく聞こえた。

始業式はＺｏｏｍでおこなわれ、ホワイトボードの前に設置されたディスプレイで校長が式辞を述べた。校長はウィズコロナの時代をどう乗り越えるかという話をしたが、この先もずっとコロナに悩まされながら生きていくのかと思うと気が滅入る。

始業式のあと千野が伝達事項を告げてから、感染予防をしつこいほど訴えた。もし名指しされたら、感染した有名人のように詫びるべきかと思った。しかし千野は駿や冴島のことには、いっさい触れなかった。ただ切羽詰まった声で、

「ぼくが責任をとってすむことじゃない。みんな大事なときなんだから、学校にいるときマスクはぜったいはずさないで。くれぐれも三密を避けて手洗いと換気を徹底してくれ」

お願いします、と頭をさげた。千野は自分のクラスでふたりも感染者をだしたから、教職員のあいだで肩身がせまいのだろう。

欠席者が多いせいか夏休み明けにおこなわれる宿題テストはなく、千野の話が終わると解散になった。早く教室をでて真央の様子を見にいきたかったが、勝也がそばにきて、ひさしぶり、といった。放課後でも、さすがにマスクをつけている。

「体調はもう大丈夫か」

駿は緊張しつつうなずいた。

「親にダメ出しされたから連絡できなかった。悪かったな」

「ダメ出し？」

「おれが濃厚接触者になっただろ。だから両親と妹も自宅待機になった。ＰＣＲ検査はみんな陰性だったけど、偽陰性の可能性もあるからって――」

勝也の一家は八月上旬まで外出をひかえていたという。あの日の放課後、教室でだべっていた生徒はみんな濃厚接触者になった。ということは、その家族も全員が自宅待機になったのだろう。そんな大勢のひとに迷惑をかけたのかと身が縮む思いがした。学校もまだ休めっていわれてるらしい」

「恭介もおやじにめっちゃ叱られたって。学校もまだ休めっていわれてるらしい」

「ごめん。おれのせいで迷惑かけて――」

「あやまんなくていい。でも親がうるせえから、しばらく遊べねえけど、気ィ悪くすんなよ」

「うん、わかった」

じゃあな。勝也は足早に帰っていった。冴島のことを訊きたかったが、あとを追うのも気がひけた。

いつのまにか教室には誰もいなくなっていた。

学校がはじまって四日が経った。

危惧したようないじめには遭わなかったが、クラスのみんなの態度は冷ややかで、眼があうと顔をそむけたり、近づくと露骨に避けたりする。

勝也も以前のように話しかけてこなくなった。親がうるさいからと勝也はいったが、みんなの眼もあるからだろう。クラスで何人もの濃厚接触者をだしたのだから嫌われても仕方がない。

冴島の取り巻きは、こっちをにらみつける。冴島がまだ休んでいるせいか、なにもいってこないが、そのうちからまれそうな気がする。

コロナの感染予防のため学食は閉鎖され、昼食はコンビニ弁当かパンになった。昼食は以前とおなじく、みんな教室で前をむいて食べる。クラス替えがあったのは六月だから親しい生徒はおらず、誰とも口をきかずに下校する。

ひとりでいるのは入院生活や宿泊療養で慣れたものの、同級生に無視されるのはやはりこたえる。加えて父が五百万を持ち逃げされたせいで、わが家は崩壊の危機にある。来年の受験や将来のことがなにも考えられなくなった。

その日の放課後、駿はスマホを手にしてコインパーキングの隅に佇んでいた。通りのむこうに学校があり、下校する生徒たちが校門をでてくる。駿がいる場所は隣にある民家で日陰になっているが、きょうの昼間は三十六度を超える猛暑で、いまもじっとしているだけで暑い。噴きだす汗でシャツが背中に貼りつき、マスクの口元が蒸れている。

真央とは、いまだに連絡がとれない。校内で会えば噂になるから厭だとしても、ずっと無視されるのに我慢できず、きのうの放課後もここで彼女を待った。ところが、おなじクラスらしい女子生徒が一緒にいて声をかけられなかった。

駿はスマホを見るふりをしながら、校門にちらちら眼をむける。真央は部活をやめるといったから、遅くまで学校に残らないと思うが、まだでてこない。ここにきてから、もう三十分がすぎた。

あの夜、代々木公園で交わした口づけはなんだったのか。それまでのデートや恋愛めいたやりとりはなんだったのか。天にものぼるような心地から、一転して地の底に突き落とされた。

真央が無視を続けるのは、おれの感染が原因なら理不尽極まりない。真央はむろん濃厚接触者だから発症しても不思議はなかった。本来はＰＣＲ検査を受けるべきだが、両親に責められるから誰にも口外しないでくれといった。

彼女が他人にうつす危険もあるから、あの日のことを隠し通すのはつらかったし罪悪感をおぼえた。それでも約束を守ったのに、こんな仕打ちを受けるのは納得できない。

一時間近く経って、ようやく真央が校門からでてきた。

きのうとおなじ女子生徒が隣にいるのを見て溜息が漏れた。また声をかけられそうもないが、あきらめきれず、ふたりのあとをつけていった。まるでストーカーになったような気分だ。以前の真央はひとりで下校していたのに、ふたりで帰るようになったのは、おれを避けるためかもしれない。そんな猜疑心も浮かんでくる。

真央と女子生徒は肩をならべて前を歩いていく。どちらもマスクをしているし距離があるから声は聞こえないが、楽しげな様子にいらだった。

やがてふたりはコンビニに入り、店のそばの路地で待った。あたりに日陰はなく涼しい店内がうらやましい。このぶんでは声をかける機会はなさそうだ。もう帰ろうと思ったとき、真央だけがコンビニをでると、急ぎ足でこっちに歩いてきた。真央は二メートルほど前で足を止めて、

「あとをつけたりしないで。きのうもそうだったでしょ」

尖った声でいった。尾行を気づかれていたのに狼狽しつつ、だって、と駿はいった。

「ずっと無視してるから――」

「それは悪かったと思ってる」

真央は眼を伏せていった。

「落ちついたら、ゆっくり話そうと思ったの。でも、いまは連絡できなくて――」

「どうして」

「洲崎くんが入院した頃、ママが勝手にあたしのスマホ見たの。それで洲崎くんとのメールとかばれて、パパからもめちゃめちゃ怒られた」

としまえんにいったのも発覚してタブレットやノートパソコンも調べられた。いまも母親から毎日のようにスマホやメールをチェックされるという。

「こまめに履歴を消せば、ばれないいんじゃ――」

真央は顔をあげて、もうそういう状況じゃないの、といった。

「また嘘ついたらマジ殺されちゃう。パパもママもコロナでパニクってるから、あたしもPCR検査受けさせられた」

「えッ」

「保健所とかじゃなくて、パパの知りあいの病院で。学校には伝えてないから検査のことはパパとママしか知らないけど、陰性だった」

「よかった。でも、ひとこと連絡して欲しかった」

「ごめんね。あたしもずっと悩んでたけど、どうしようもなかったの。でも洲崎くんが元気になってよかった」

「ありがとう。で、おれたちって、これから――」

友だちでいよう。真央はきっぱりいった。

「パパとママには嘘つけないし、そろそろマジで勉強しなきゃ受験がやばいし」

「――おれのこと、好きじゃなかったの」

「好きよ。いまみたいにコロナで騒いでなかったら、つきあってたと思う」

いままではつきあってなかったように聞こえる。駿は溜息をついて、

「もう会えないってこと?」

「そうはいってないけど、いまは勉強に集中したいの」

反論する言葉が見つからず、ぎごちなくうなずいた。ごめんね、と真央はいって、

「じゃ友だち待たせてるから」

踵をかえしてコンビニに入っていった。駿は力ない足どりで、ふらふら歩きだした。

真央のいったことが、どこまでほんとうなのかわからない。母親にスマホを見られたとか、ＰＣＲ検査を受けさせられたとか、連絡を断ったいいわけに思える。なんにしても、ひとつだけはっきりしているのは真央にふられたということだ。

わが家に帰る気力もないほど打ちひしがれて、あてもなく歩いた。汗がとめどもなく流れ、喉は渇ききって脱水症状を起こしそうだ。ふとわれにかえって自販機で買ったコーラをがぶ飲みし、ふたたび歩き続けた。

どこをどう歩いたのか、気がつくと新宿まできていた。あたりは繁華街で飲食店が軒を連ねている。やっと陽が傾いて風はいくぶん涼しくなった。憤りはぜんぜんおさまらないが、さすがにくたびれた。スマホで地図を見ながら地下鉄の駅を探していたら、誰かと肩がぶつかった。

「どこ見てんだ、おらッ」

怒声に振りかえると、二十代前半くらいの男がふたり立っていた。ひとりは坊主頭で黒地に金文字の刺繍が入ったTシャツとハーフパンツ、もうひとりは金髪のツーブロックで胸元の開いた白いサマーパーカーにジーンズという恰好だ。ふたりとも真っ黒に日焼けして、首筋や腕にタトゥーがある。

駿はスマホを手にしたまま一気に緊張して、

「すみませんでした――」

頭をさげたが、坊主頭に胸ぐらをつかまれた。

「ガキがなに調子くれてんだよ。ちょっと顔貸せや」

怖くて抗うこともできず、路地裏に連れこまれた。薄暗くひと気のない通りには煙草の吸殻やゴミが散乱している。ツーブロックがスマホをひったくって、

「こんなもん見てるから、ひとにぶつかるんだろうが」

あわててスマホに手を伸ばした瞬間、みぞおちに拳がめりこんだ。

㉙

八月下旬は天気に恵まれなかったが、九月に入って晴れの日が続いた。

おかげで焼そばは売れに売れ、閉店まで客が途切れない。ヤスエさんから仕入れる麺は以前の三倍になった。ヤスエさんは最近リヤカーではなく、古ぼけたオート三輪に乗ってくる。オート三輪はバイクに荷台をつけたような小型のトラックだ。

「製麺所のを借りたんだよ。麺の注文が多くてリヤカーじゃ配達が追いつかない」

ありがたい話さ、とヤスエさんは笑顔でいった。反対に瓜生は忙しさにげんなりして、

「もう仕入れを増やすな。これだけ稼げりゃ、じゅうぶんだ」

「あとちょっとで店を建てなおすお金が貯まります。それまで辛抱してください」

瓜生はあいかわらず儲けの半分だけを持って帰り、残りの金には手をつけない。金庫がわりのブリキの菓子箱は札でいっぱいになり、似たようなブリキの箱をもうひとつ用意した。

瓜生は金を預かってくれないし、預金しようにも国に裏切られたばかりとあって銀行など信用できない。とはいえインフレで金の価値はどんどんさがるから、早く店を建てなおさなければ貯えた金がむだになる。

荒物屋の蜂須賀の知りあいに大工がいたので紹介してもらい、閉店後に見積もりを頼んだ。地面に柱を打って梁(はり)をかけ、トントン葺きと呼ばれるベニヤ板の屋根を張る。壁と床にもベニヤ板を張り、入口に引戸と看板をつける。

見積もりの金額は、いま貯めている金で足りたので来週に工事を依頼した。滋がそうした段取りを進めていくのを瓜生は苦笑いして眺めていた。

「おまえは商売にむいてるよ。ヤスエさんがいったみてえに先で大物になるかもな」

「大物になんかなれないし、なろうとも思いません。ぼくがひとり立ちできて両親の墓を建てられれば、それでじゅうぶんです」

瓜生が南方戦線で経験した飢餓にはおよばないが、飢えのつらさやみじめさは厭というほど身に沁みている。ひとびとの空腹を満たす、安くて美味しい料理が作りたい。いま考えているのはそれだけだった。

瓜生は深酒のせいか日増しに顔色が悪くなっていく。おトキさんは夫が死んで看病から解放されたせいか、顔の色艶がよくなった。いつもぼんやりしたよっちゃんを叱ったりなだめたりしながら、遅くまで店を開けている。

「女手ひとつで大変だろう。あまり無理しちゃいけないよ」

瓜生がそういうと、おトキさんは微笑して、

「これでもずいぶん楽になったんです。亭主が死んで楽になったなんて大きな声じゃいえませんけど、因果な話ですよ」

その日も大忙しで焼そばはすぐに売り切れた。店の掃除をしてから近藤産業マーケットでキャベツを買ってきた。瓜生は戦死した部下の法事で川崎（かわさき）へいくといって早めに帰った。

ようやくひと息ついて綾部兄妹の店にイモ飴を買いにいった。千代子と話したいし売上げに協力したいのもあるが、くたくたに疲れると甘味が欲しくなる。

作之進が店番をしていて千代子はいなかった。落胆しつつイモ飴を買ったら天馬が店にきて、千代子はんは？ と訊いた。作之進は首をかしげて、

「共同井戸まで水を汲みにいったんだけど、もどってこない。どこで油を売ってるんだろう」

共同井戸はすぐ近くなのに、もう三十分も経つという。もし水汲みの行列ができていても、そろそろもどってくるはずだ。

「ちょっと様子を見てきます」

心配になって駆けだしたが、共同井戸やその周辺に千代子の姿はない。もう陽が傾いていて不安がつのる。ふと先月逮捕された小平義雄を思いだした。小平は食べものを餌に何人もの女性を誘いだしては暴行殺人を繰りかえしていた。千代子がそんな男の餌食になったらと思うと、胸が張り裂けそうになる。

ひとまず綾部兄妹の店にひきかえしたが、千代子はまだもどっていなかった。作之進と天馬と三人でどこへいったのか考えていると、オート三輪が店の前に停まった。まもなくヤスエさんが血相を変えて店に飛びこんできて、

「大変よッ。いま千代子ちゃんがＧＩに連れていかれた」

うわずった声でいった。なんだってッ、と作之進が叫んだ。ヤスエさんは共同井戸から水を汲んで帰る途中の千代子に会って、立ち話をしていた。そこへ米兵がふたりやってきて、千代子を無理やり連れ去ったという。

「止めようとしたら突き飛ばされた。こっそりあとをつけたら、ＧＩたちは広小路（ひろこうじ）の先の焼けビルにむかってた。相手がＧＩじゃ警察も頼りにならないし――」

ヤスエさんはおろおろして眼に涙を浮かべている。

「とにかく、そこへいこうッ」

と作之進がいった。ヤスエさんも一緒にいくといったが、米兵との揉めごとに巻きこまれたらあぶないから店番を頼み、三人で駆けだした。こんなとき瓜生がいてくれたらいいが、川崎へいくといっていたから連絡がとれない。


閑散とした通りを夕陽が茜色（あかねいろ）に染めている。

息せき切って広小路を抜けて焼けビルに着いた。ビルは三階建てだが、二階から上は爆撃で崩れ落ち外壁が真っ黒に焦げている。ビルのまわりには、おびただしい瓦礫が散らばっていた。

ガラスがなくなった窓を覗くと、サングラスをかけた米兵が千代子を羽交（はが）い締めにしていて、その前で赤ら顔の米兵がにやにや嗤っている。ふたりとも白人で百八十センチ以上ありそうな大男だ。

「やめてくださいッ」

千代子は悲痛な声をあげて身をよじっている。

「やめんかいッ。このあほんだらがッ」

天馬が怒鳴って窓を乗り越えた。あとを追おうとしたら作之進に腕をつかまれた。

「相手はＧＩだぞ。おれたちじゃ勝ち目はない。警官を呼んでこよう」

「そんなの待っていられません」

作之進の手を振り払って窓のむこうを見ると、天馬はもう殴り倒されて床に伸びていた。作之進は青ざめた顔で肩を震わせている。情けない姿に腹がたって、

「しっかりしてくださいい。それでも特攻崩れですかッ」

嘘なんだ。作之進は弱々しい声でいった。

「ぼくは——ぼくは飛行場の整備兵で特攻隊じゃなかった」

「そんなこと、どうでもいいです。ぼくが時間を稼ぎますから、闇市にもどって誰かに応援を頼んでください」

「応援ったってGIと喧嘩する奴なんかいない。助っ人探してるあいだに、きみが殺されちゃうよ」

「ぼくはまだ十七です。いくらGIでも未成年者を殺すのはまずいでしょう。作之進さん、早くいってくださいッ」

わかった。作之進が身をひるがえした。滋は同時に窓を乗り越え、ビルのなかに入った。赤ら顔の米兵が千代子にのしかかり、サングラスは彼女の両手を押さえている。天馬は気絶したのか、床に倒れたまま身動きしない。

滋は全速力で走って、赤ら顔の背中に体当たりした。しかし分厚い背中はびくともせず、赤ら顔はおもむろに立ちあがり、こっちをむいた。

千代子は赤ら顔に両手を押さえつけられたまま眼を見開いて、滋さんッ、と叫んだ。滋は力強くうなずいて、ふたたび赤ら顔に飛びかかったが、野球のグローブのような掌(て)で張り倒された。コンクリートの破片だらけの床に尻餅をつき、鋭い痛みが走った。

「Hi kid. Bring it on」

赤ら顔は笑って手招きした。滋はすぐさま立ちあがり、コンクリートの破片を拾って赤ら顔に投げつけた。破片は脛(すね)に命中し、赤ら顔がわめいた。

「Hey! You bastard!」

滋はコンクリートの破片を拾って、また投げつけた。赤ら顔は歯を剝きだして追いかけてきたが、それをかわして次々に破片を投げつけた。

赤ら顔は顔を真っ赤にすると、腰のホルスターから拳銃を抜いて怒鳴った。

「Don't move, or I'll shoot!」

滋は足を止めた。黒光りする拳銃の銃口がこっちをむいている。恐怖で膝頭が震えたが、怒りのほうがまさっていた。撃てよ、と滋はいった。

意味が通じたのか、赤ら顔は両手で拳銃を構え、撃鉄を起こした。やめてッ、と千代子が叫び、サングラスが彼女の口を手でふさいだ。こいつらが街を焼き払い、両親や大勢の市民を殺したのだと思うと、はらわたが煮えたぎった。撃てよ、と滋は繰りかえした。

「撃ちやがれ、アメ公ッ」

思わず怒鳴ったとき、外で急ブレーキの音がした。赤ら顔とサングラスが怪訝そうに外へ眼をむけた。まもなくMPのヘルメットをかぶった米兵がふたりと作之進が駆けこんできた。

「What are you doing!」

MPが怒鳴った。赤ら顔はにわかに血の気の失せた表情で拳銃をおろし、サングラスは千代子を押さえつけていた手を放した。MPはふたりにすばやく手錠をかけた。

作之進に肩を揺さぶられて天馬は意識を取りもどし、あたりをきょろきょろ見まわしている。千代子が駆け寄ってきて滋の胸にすがりついた。

照れくささにどぎまぎしつつ千代子を外へ連れだすと、ジープが二台停まっていた。一台に見覚えのある将校とおトキさんが乗っている。おトキさんッ、と滋は叫んだ。

「おトキさんがＭＰを呼んでくれたんですね」

「千代子ちゃんがＧＩに襲われてるって作之進さんに聞いたから、近所で電話を借りてジョニーに――このひとに頼んだのさ」

おトキさんは将校を眼で示した。

ジョニーという将校は微笑して親指を立てた。赤ら顔とサングラスはがっくり肩を落とし、ＭＰに引き立てられてジープで去っていった。


店の改築が終わったのは、それから十日後だった。ベニヤ板ばかりの簡素な作りだが、いまだに地べたで商売する者も多いから闇市の店にしては贅沢だ。

工事がはじまる前、看板の店名をなんにするか瓜生に相談すると、おまえが考えろといわれた。もともとは瓜生がはじめた店だから、

「瓜生食堂とか瓜生軒はどうですか」

「おれの苗字なんか使うな。おれはそのうち辞めるんだから、おまえの名前を使え」

「そんな――瓜生さんが辞めたら困ります」

「あわてるな。まだ先の話さ」

おまえの名前を使えといわれても、里見食堂や滋食堂はおこがましい気がする。なにがいいか悩んでいると、養吉のことを思いだした。滋と養吉の養をとって「滋養食堂」に決めた。これなら養吉がいつか上野にきたとき気づくかもしれない。看板は例によって瓜生が達筆で書き、べつに注文した暖

簾は紺色に白抜きで「滋養満点　鉄板焼そば」と入れた。

新しい店ができあがった日、ひさしぶりで銀シャリを炊き、塩にぎりをたくさん作った。塩にぎりは綾部兄妹、蜂須賀、おトキさん、ヤスエさん、天馬にふるまった。

上野公園にいる男娼の玉岡にも持っていくと、

「ありがとう、坊や。これはお礼よ」

額に口づけされて背筋がぞくぞくした。

作之進はあれから飛行服に半長靴という特攻崩れの恰好をやめ、ふつうのシャツとズボンを身につけるようになった。瓜生は微笑して、どうした、その服は？　と訊いた。作之進は頭を掻いて、

「申しわけありません。実は、ぼくは特攻隊には――」

「もういうな。そんなこたあ最初からわかってる」

作之進が眼をしばたたいていると、ごめんなさい、と千代子が頭をさげた。

「いままで黙ってましたけど、兄はほんとに臆病なんです。大学にいた頃、兵役逃れをしようと徴兵検査の前に絶食して体重を落としたり、醤油をいっぱい飲んだり――」

醤油を大量に飲むと塩分過多で発熱して体調不良に見えるらしい。よけいなことをいうな、と作之進はいったが表情はなごんでいた。瓜生も頬をゆるめて、

「特攻崩れだろうとそうでなかろうと、闇市じゃ前の肩書きなんて通用しない。国籍も学歴も階級もないんだ。みんな裸一貫でやりなおすんだから、昔のことは気にするな」

作之進は深々とうなずいた。

おトキさんは来月から店を妹にまかせ、ジョニーとアメリカへいくという。

「ジョニーが帰国するとき、一緒にきてくれってうるさいのよ。お金はぜんぶだしてくれるし、よっちゃんも連れてきていいっていうから」

「大丈夫ですか。急にアメリカで暮らすなんて」

滋は訊いた。そりゃ心配だよ、とおトキさんはいって、

「いま頃ンなって英語の勉強してるけど、ちんぷんかんぷん。こんなあたしがアメリカでやっていけるのかねえ。でも、ここで商売するのも肩身がせまいよ。あたしがオンリーさんなのが、みんなにばれちゃったからね」

オンリーさんとは米軍将校の愛人だ。米兵相手に売春するパンパンと同様、白い眼で見られることも珍しくない。そんな弱みをさらけだしてまで千代子を助けてくれたことに感動したが、彼女とよっちゃんがいなくなるのはさびしかった。

千代子はおトキさんはもちろん、天馬や滋にもくどいほど礼をいった。

天馬は一瞬で殴り倒されたとはいえ、米兵を恐れず真っ先に飛びこんでいった。それだけ千代子のことを大事に思っているのなら、ふたりがつきあっても嫉妬するまい。そう考えたが、千代子はあれから親しみのこもった眼をむけてきて、前より会話する機会が増えた。

開店からまもなく、天馬は焼そばを食べにくると悔しそうな顔で、

「あかんなあ。千代子はん、おまえに気ィあるみたいやわ」

「まさか」

「眼ェ見りゃわかるがな。アメ公との喧嘩じゃ、おまえにええとこ持ってかれたさかいな」

「でも千代子さんは、天馬さんがあげた口紅を喜んでたんでしょう」

「あれは嘘やねん。こんな高級なものはいただけませんて突きかえされたがな」

そういわれても半信半疑で、千代子の気持を確かめる勇気はない。天馬は焼そばが旨いとほめてくれて、紅ショウガつけたらええ、といった。

「大阪やと、お好み焼には紅ショウガて決まっとる。こっちでも流行るで」

新たに開店した滋養食堂は大繁盛で、焼そばは飛ぶように売れる。天馬の提案で紅ショウガを添えたら箸休めにぴったりで、彩りもきれいになった。

いまだに店で寝泊まりしているが、戸締りができるし雨風も吹きこまない。なによりも地面ではなく板張りの床があるのは快適だ。カーバイドランプも買ったから夜は本も読める。

闇市には粗悪な仙花紙（せんかし）に印刷した本や雑誌が大量に売られている。誰もがみな食物だけでなく活字にも飢えていたから、どんな本だろうと売れていく。性風俗や猟奇的な犯罪記事を載せた雑誌も流行ったが、三号もださないうちに廃刊する。それらは三合も吞んだら潰れてしまうカストリ焼酎にかけてカストリ雑誌と呼ばれた。

その夜、床に寝転がって料理本を読んでいると、誰かが入口の引戸を叩いた。鍵がわりのつっかい棒をはずして外を覗いたら、千代子が会釈した。千代子はだいぶ前に作之進と帰ったはずだ。滋は驚いて、どうしたんですか、と訊いた。

「兄と父は配給のお酒を吞んで寝ちゃいました。だから滋さんとこれを食べようと思って」

千代子は手にしていた紙包みを広げた。紙包みのなかには大福餅がふたつ入っていた。実家に居候している婦人が作った大福餅で、たまたま手に入った本物の砂糖を使っているという。

千代子を店に招き入れ、急いで引戸を閉めた。ふたりならんで床に坐ると彼女と肩が触れ、顔が火照って胸がどきどきした。

㉚

洗面所の鏡に鼻と口元に絆創膏を貼ったうつろな顔が映っている。鼻と口元の腫れがひかなかったのと軀の痛みがひどかったせいで、土日をのぞいて二日も学校を休むはめになった。

新宿でふたり組の男にからまれたのは五日前だった。

ツーブロックにみぞおちを殴られたのを皮切りに、坊主頭から顔に膝蹴りされて地面に倒れた。それからはもうめちゃくちゃで全身に蹴りが飛んできた。両手で頭をかばいエビのように軀を丸めて耐えるのがやっとだった。

気がつくとふたりはおらず、踏み潰されたスマホが地面に転がっていた。這うようにして交番を探し、警官に被害を訴えた。二十代後半くらいの警官は熱心に話を聞いてくれたが、保護者に連絡するよういわれたのはまずかった。

やがて交番にきた母は怒り狂って、なにやってんのッ、と怒鳴った。

「高校生が夜の街なんかうろつくからよ」

なぜ新宿にいたのか訊かれたが答えようがなく、ぼんやり散歩していたといった。交番をでたあと母はあきれた顔で溜息をつき、あんたはぜんぜん懲りてないのね、といった。

「このあいだコロナに罹ったばかりなのに――もう面倒みきれないわ」

翌日、病院でもらった診断書には鼻部打撲、唇挫傷、腹部打撲、全治一週間とあった。それから

母と新宿警察署にいったが、応対した私服警官は渋い表情で、

「被害届はいちおう受理しますが、犯人の逮捕はむずかしいかもしれませんね」

坊主頭とツーブロックに連れこまれた路地裏には防犯カメラがないから、駿が説明したふたり組の人相や服装では特定が困難だという。母はますますいらだって、

「要するに泣き寝入りってことね。バカバカしい」

スマホは盗難や紛失の補償サービスに加入しており、電話帳やそのほかのデータはクラウドにバックアップされているが、電話会社から新しいスマホを送ってもらうには、それなりに金がかかる。

「そのぶんは、とうさんに払ってもらって」

母はにべもなくいった。

恐る恐る父に相談するとカードで払ってくれたが、こんどから気をつけろよ、としかいわなかった。怒りもしない父に失意の深さを感じた。姉は今回の件をおもしろがって、

「あんたもやるじゃん。チンピラと喧嘩するなんて」

「喧嘩なんかしてない。ただ殴られただけ」

駿は絆創膏を避けて顔を洗い、歯を磨いた。

きょうから学校なのに勉強する意欲はまったくない。クラスのみんなと顔をあわせるのも厭だった。絆創膏はマスクで隠れるとしても、なぜ二日も休んだのか詮索されるだろう。新宿で殴られたのは母から千野に伝わっているから、あれこれ訊かれるにちがいない。

真央との関係が終わってしまったいま、最後の希望は断たれた。コロナが収束する兆しはなく、きのうは都内で百八十二人の感染が確認された。ずっと輝いていた未来は光を失い、うすぼんやりした

闇に包まれている。

学校にいくと、思ったとおり千野から呼びだされた。ほかの教師に聞かれたくないからか千野のデスクではなく、また相談室に連れていかれた。まあ大きな怪我でなくてよかった、と千野はいったが、あきらかに迷惑そうな表情だった。

「夜の新宿なんかにいって再感染したら大変だよ。もっと行動を慎まないと」

駿はうつむきかげんでうなずいた。

「こっちの立場もわかってくれよ。生徒や保護者のなかには、いったんコロナに罹ったら再陽性になるから怖いって声もあるんだ」

「――それって、おれのことですよね」

「洲崎くんが悪いわけじゃない。ただ、みんな神経質になってる。今回きみが休んだのだって再陽性じゃないのかって問いあわせがきてる」

「だったら、ほんとの理由をいえば――」

「それはそれでまずい。夜の盛り場でトラブルに巻きこまれたなんていったら、ぼくが責任を問われる。どういう教育指導をしてるんだってね」

退院後しばらく経って陽性になり、ふたたび入院したというケースはニュースで観た。それを恐れるのは無理もないが、いまだに感染者のように見られているのはショックだった。どうりでクラスのみんなに避けられるはずだ。

職員室をでて憂鬱な気分で教室にいった。冴島はまだ休んでいたが、恭介は登校していた。恭介は濃厚接触者になったせいで父親に叱られ、学校を休まされたくらいだから、こっちには近寄ってこない。眼があったとき、わずかに頬をゆるめて軽く手をあげただけだ。

授業がはじまっても再陽性のことが頭を離れない。ネットの記事を見た限りでは、退院からひと月以上経って陽性反応がでた例もあった。再陽性の場合、他者に感染させる可能性は低いという記事もあったが、みな陽性というだけで拒絶反応を示す。いったん感染者となったからには、今後もずっと不審な眼で見られるのだろう。

昼休み、窓を開け放った蒸し暑い教室で、誰とも喋らずコンビニのサンドイッチを齧っていると、学校にいるのが厭になってきた。以前なら、こんなときこそ勉強に集中すべきだと思った。

両親に負担をかけないよう来年は国公立の大学に入り、奨学金をもらってでも勉強し、卒業したら一流企業に就職して、みんなを見かえしてやる。いまからだって遅くないと自分を鼓舞したが、気持は萎えていた。

その日、わが家に帰ると母と姉がスーツケースに衣類を詰めこんでいた。

父はまだ帰っておらず異様な雰囲気だ。母も姉もむっつりしているから、ついに離婚するのかと思ったら、山形のおじいちゃんが倒れた、と姉がいった。

「昼間に庭いじりしてたら熱中症になったって――」

病院に搬送された祖父は重体で、実家には祖母しかいない。万一のことがあるから姉も母についていくという。母はばたばたと旅支度をしながら何度も溜息をついた。

「悪いことは重なるっていうけど、もううんざり」

「東京からいくと厭がられるんじゃない？　帰省警察みたいなひとから」

と姉がいった。そりゃ厭がられるでしょうよ、と母はいって、

「おじいちゃんだって意識があれば、帰ってくるなっていうに決まってる。でも、しょうがないでしょう。本人が死にかけてるんだから」

母はここしばらく父に怒っているだけに、なおさら実家に帰りたいのかもしれない。母と姉は東北新幹線で仙台までいき、そこから仙山線（せんざんせん）に乗り替えて山形へいくらしい。学校に厭気がさしているせいか、ふたりについていきたい気もした。

食欲はないから夕食は買い置きのカップ麺ですませた。母と姉がでかけるのと入れちがいに父が帰ってきた。事情を話すと父は沈んだ表情で、そうか大変だな、といった。父は毎日なにをしているのかはっきりしない。五百万円を持ち逃げした柏原という男を捜したり、ハローワークにいったりしているようだが、毎日でかける必要はないはずだから自宅に居づらいのもあるだろう。

父はリビングのソファにかけ、ぼんやりテレビを観ていた。いつのまにか白髪が増えて横顔に疲れがにじんでいる。学校はどうだ。父にそう訊かれて、ふつう、と答えた。

自分の部屋にもどったが、なにもする気になれない。勉強はもちろんネットやゲームさえ意欲が湧かなかった。しばらくしてリビングにいくと、父はずいぶん前に中元か歳暮でもらったウイスキーをロックで呑んでいた。

祖父が倒れて五日目の朝だった。きょうで八月は終わりだが、残暑はきびしく秋の気配は感じられない。小池都知事がいった「特別な夏」はまだ続いている。

けさの朝食はコンビニのおにぎりとカップの味噌汁だった。父とふたりで食べていると、テレビの情報番組では、三日前に辞意を表明した安倍総理大臣のニュースに続いて「日曜劇場　半沢直樹」の視聴率がうなぎのぼりだといった。とたんに父はチャンネルを変えた。

母と姉はまだ山形からもどってこない。姉に電話で聞いたところだと祖父の容態は持ちなおしたが、意識障害があって介護が必要だという。

「最悪寝たきりかも。かあさんはとうぶん帰れないっていってる」

「とうぶんって、どれくらい？」

「さあ、おばあちゃんも調子悪いから、ひと月やふた月はかかるんじゃない」

「そんなに——」

「たぶん。とうさんとなかよくね」

ひひひ、と姉は笑った。姉は離婚のショックから立ちなおったようで妙に明るいが、こんどは両親が離婚の危機に瀕（ひん）している。母がいないせいか父はでかける時間が遅くなった。けさも駿が自宅をでるとき、父はリビングで新聞を読んでいた。

重い足どりで学校へむかっていると、急に下腹が痛みだした。最近は食欲がないしストレスが溜まっているから、内臓が疲れているのかもしれない。

先週ようやく夏休みの宿題テストがあったが点数は最悪で、千野にまた説教された。

「おとうさんの会社があんなことになったうえに、洲崎くんも入院して大変だったと思う。しかしこんな成績じゃ、国公立はきびしいよ」

国公立を受けるなら大学入学共通テストの受験は必須で、出願の受付は十月八日までだ。にもかかわらず、どこを受けるのかさえ決まっていない。

「もう、あきらめたほうがいいでしょうか」

なんとなくそう訊いたら千野は眼を泳がせて、

「そんなことはいってない。がんばって欲しいからいってるんだよ」

わかりましたと答えたが、がんばれそうもない。それどころか登校するだけで疲れ果てている。できればオンラインで授業を受けたかった。

いつものように検温と手の消毒をすませて教室にいった。誰とも眼をあわせず席につき、机に両肘をついていると、うわッ、と背後で歓声があがった。気になってこっそり後ろを見たら、冴島がいた。

冴島は元気そうで、取り巻きや女子たちに囲まれて笑顔を見せている。

冴島が回復したのはよかったが、学校生活はいままで以上につらくなるだろう。冴島や取り巻きにコロナをうつしたと責められたり、またパシリあつかいされたりしそうだ。いや、もっと陰湿ないじめに遭うかもしれない。

そうなる前に感染させたのを詫びたほうがいいような気もする。けれども楽しげな輪のなかに入っていく勇気はないし、みんなの態度に違和感をおぼえる。冴島だって再陽性になる可能性があるのだから、みんなに避けられてもおかしくない。それなのに冴島は大歓迎され、こっちは完全に無視されている。

「冴島が元気になってよかった。みんなで協力して授業の遅れを取りもどそう」

千野は朝のホームルームでそういった。千野も冴島の復帰を喜んでいるらしいが、このちがいはなんなのか。冴島は被害者で、おれは加害者だからか。あるいは容姿や性格の差か。いずれにせよ、この教室に居場所はないと思った。

冴島たちにいつからまれるかと思うと、その日は授業が終わるまでが長かった。休み時間になるたび、冴島や取り巻きの視線を感じる。昼休みは教室にいるのが厭で、コンビニで買ってきたパンは食べずに校庭の隅でスマホを見ながら時間を潰した。

以前は昼休みになると、決まって勝也と恭介と昼食にいった。放課後も休日もしつこいくらい遊びに誘ってきたし、ひまさえあればラインを送ってきたのに、いまは見向きもしない。そのくせスクールカーストの上位グループに入りたくて、冴島たちに媚を売る。おれとつきあったら親から叱られるにせよ、あまりに冷淡だ。

「おれたちはマブダチだろ」

いつだったか勝也はそういったが、まったくの嘘だ。あいつらは、もう友だちでもなんでもない。不意に頭に血がのぼって、ラインでふたりをブロックしてリストを削除した。続いて電話も着信拒否にした。真央もそうしようかと思ったが、かろうじて思いとどまった。

ようやく放課後になると逃げるように教室をでた。冴島たちが追いかけてくる気がして、しばらく走った。そんな自分が情けなくて涙が頬を伝った。

自宅に帰ると、父はもうリビングにいて発泡酒を呑んでいた。テーブルには発泡酒の空き缶がふたつと焼鳥の缶詰がある。おかえり。父は赤く弛緩した表情で微笑した。

翌朝、登校する時間になっても父はまだ寝ていた。

どうせ食欲はないから朝食は抜きにして自宅をでた。灰色の雲に覆われた空を鴉(からす)が飛んでいく。きょうは九月一日だから本来はきょうが始業式だった。高校生活最後の夏休みはホテルでの宿泊療養と部屋にこもっているだけで終わった。

むなしい記憶をたどりつつ歩いていると、きょうも下腹が痛みだした。腸を絞るような痛みはしだいに強くなってくる。我慢できない痛みではないが、吐き気がするほど気分が悪い。しばらく足を止めて右手で下腹をさすった。そろそろ歩きださなければ遅刻する。やっとの思いで足を踏みだしたら、背後で大きな笑い声がした。

振りかえると冴島と取り巻きが喋りながら、こっちへ歩いてくる。ぎくりとして前をむいたとき、洲崎、と冴島の声がした。次の瞬間、自分でも説明できない衝動に駆られて走りだした。

「おい、ちょっと待てよッ」

また冴島の声がしたが、捕まりたくない一心で下腹の痛みをこらえて走り続けた。彼らが追ってきていないのを確かめてから民家の塀に寄りかかり、荒い息を吐いた。すでにホームルームがはじまる時間をすぎている。完全に遅刻だが、もはや登校する気になれない。わが家へむかってとぼとぼ歩きだすと、嘘のように腹痛がおさまった。

㉛

十月上旬の、よく晴れた朝だった。

おトキさんはよっちゃんを連れて別れのあいさつにきた。いままで衣料品を売っていた店は数日前から手伝っていた妹のフクコさんが引き継ぐ。フクコさんは二十代後半くらいで、名前のとおり丸顔で福々しい。勝気な姉とちがって、おっとりした印象だ。

大風呂敷を背負ったおトキさんはよっちゃんの手をひいて、

「瓜生さん、お世話になりました。坊やもいままでありがとう」

ジョニーという将校は松屋デパートの銀座本店を接収した「TOKYO PX」で待っているという。PXとは進駐軍専用の売店だ。瓜生はおトキさんに餞別を渡して、

「おれとこいつからだ」

滋を顎でしゃくった。おトキさんは何度も頭をさげて礼をいい、

「坊やもがんばるんだよ。むこうへいったら、あんたの焼そばが恋しくなるねえ」

「日本に里帰りしたら食べにきてください。いつでも待ってますから」

「うん。じゃあ、それまで店を開けててね。きっとだよ」

おトキさんは眼をうるませていった。滋も目頭が熱くなるのを感じつつ、はい、と答えた。彼女は自分でオンリーさんだといったから、ジョニーには妻子がいるのかもしれない。だとすればアメリカでの生活は楽ではないだろう。

おトキさんとよっちゃんは、ジョニーが手配した輪タクに乗って去っていった。滋は蜂須賀や綾部兄妹と通りにならんで、ふたりが見えなくなるまで手を振った。

滋は隣に立っていた千代子にむかって、

「おトキさんがいないと、さびしくなるね」

「ほんとにさびしいです。おトキさんには助けてもらった恩返しをしたかったです。滋さんにもまだ

恩返しができてませんけど――」

「ぼくはしてもらったよ」

「なにをですか」

「このあいだの大福で」

千代子は頬を赤く染めて、かぶりを振った。

「あんなのじゃ、ぜんぜん足りません」

千代子が訪ねてきた夜を思いだすと胸がときめく。あの夜、千代子とは肩を寄せあって大福餅を食べ、すこし喋っただけだ。緊張して他愛ないことしか口にできなかったが、それでもじゅうぶん満足だった。帰りはひとりだとあぶないから、徒歩で十五分ほどの本郷の家まで送っていった。

滋養食堂はますます繁盛しているだけに忙しさも倍増して、朝から晩まで働き通しだが、まったく苦にならない。それどころか料理を工夫するのが楽しくてたまらない。天馬の提案で焼そばに紅ショウガを添えたのに加えて、少量のイカも足すようにした。

食料難にもかかわらずイカは割と豊富で、闇市でも安く買える。そのぶん原価はあがるが、儲けよりも味を優先したかった。イカを加えたおかげで味も香りも格段に増して、客たちに大好評だ。いつか戦前のように自然な甘みのあるソースが使えるようになったら、さらに旨い焼そばができるだろう。その頃には食堂の名にふさわしく、ほかの料理も作りたい。

そんな将来を考えるとわくわくするが、誰もが大変なときにこんなにうまくいっていいのかという気がする。そもそも人生とは、どう生きるべきなのか。戦争がはじまってからは近い将来死ぬのだと思っていたし、戦争が終わってからは飢えを満たすことしか頭になかったから、将来を考える余裕がなかった。

「人生って、どう生きればいいんでしょうか」

瓜生にそう訊ねたら、わかるもんか、と一蹴（いっしゅう）された。

「おれたち軍人は皇国のために命を捧げ、米英を撃破するのが使命だった。しかし戦争に敗けて、なんの目標もなくなった。戦友や部下たちはむごたらしい死にかたをしたのに、おれは生き残っておめおめと復員しちまった。とんだ恥さらしだ」

「そんなこといわないでください。瓜生さんのおかげで、ぼくは生き延びられたんです」

「おれがいなくても、おまえはなんとかなったさ。千代子ちゃんから聞いたが、米兵相手に大立ち回りをやったそうじゃないか。一人前の大人でも、そんなまねはできん」

「一人前じゃないからできたんです。米兵も子どもは殺さないだろうと思って」

「人生をどう生きるかなんて、おれにはわからんが、せっかく戦争を生き延びたんだ。悔いが残らんよう、やりたいことをやれ」

父は出征する夜、ひとさまのお役にたてる男になってくれ、と別れ際にいった。安くて旨い料理を作ることが、それにつながるのかどうかわからない。ただ客の喜ぶ顔を見ると、自分も幸せな気分になる。料理を通じて、もっとみんなを喜ばせようと思った。


十月もなかばをすぎたその日、夕方に店を閉めてからイカの仕入れにいった。吹く風はすっかり秋めいて、夕焼けに赤く染まったうろこ雲が鮮やかだった。

ふと通りのむこうから、ぼろぼろの墨衣を着た高齢の僧侶が錫杖（しゃくじょう）を突きながら歩いてきた。見おぼえのある顔だと思ったら、仁龍寺の至道鉄心だった。

　あいかわらず枯れ木のように痩せているが、眼光は鋭い。和尚さん。声をかけたら至道は皺だらけの顔をほころばせて、おお、おまえか、といった。

「わしが行乞の旅にでる前は寺を追いだして気の毒じゃったが、前よりもだいぶ肉づきがよくなった。どうやら働き口を見つけたようじゃの」

「その節はお世話になりました。いまは闇市で働いています」

「闇でもなんでも喰えればよい。暗夜（あんや）のような時代じゃが、生きてさえおれば、どうにかなる。一灯（いっとう）をさげて暗夜を行く。暗夜を憂（うれ）うなかれ、ただ一灯を頼め」

「一灯とは、自分の足元を照らす提灯（ちょうちん）のことですか」

「うむ。おのれの足元を見定めておれば、闇のなかでも道を踏みはずすことはない。佐藤一斎（さとういっさい）という儒学者（じゅがくしゃ）の言葉じゃ。ときに、おまえの連れはどうしておる」

「元気です」

　参平がさっそく道を踏みはずしてヤクザになったとはいえなかった。至道が面倒をみていた戦災孤児たちは、山梨県の寺で寝泊まりできるようになったという。

「かろうじて飢え死にはまぬがれたが、まだ安心はできん。わしは寺を再興して子どもたちに金を届けねばならん」

「仁龍寺にもどるんですね」

「うむ。あいかわらず喰いものはないが、寝る場所に困ったときは、いつでもくるがいい」

　母のさびしい葬儀にきた僧侶は早口で経をあげ、布施を受けとりそそくさと帰った。戦災孤児たちを助けるために無償で働く至道こそ、本物の僧侶だと思った。

イカを買って帰る途中、商店の壁に映画のポスターが貼ってあった。学生服の藤田進が草むらに寝そべって煙草をくわえ、隣に坐った原節子が学帽を手に微笑している。『わが青春に悔なし』という題名に惹かれて足を止めた。

監督は黒澤明で、出演者は原節子と藤田進のほかに大河内傳次郎、杉村春子、志村喬の名がある。黒澤明は新鋭の監督らしいが、原節子や藤田進や大河内傳次郎は大スターだ。映画は今月二十九日の封切だった。

瓜生がいったとおり、せっかく戦争を生き延びたからには悔いを残したくない。そんな思いを象徴するような題名だ。千代子とはいつか一緒に映画を観たいと思っていたが、この映画に誘ったらどうだろう。そう考えたとたん、胸が高鳴って軀が熱くなった。

滋養食堂にもどってむかいの様子を窺うと、千代子は作之進と店の掃除をしていた。作之進がいては声をかけづらいが、こっそり誘うのも後ろめたい。あらかじめ考えた台詞を胸のなかで繰りかえしてから、勇気をふるって千代子の前に立った。

「こ、こんど映画を観にいきませんか。わ、『わが青春に悔なし』という映画なんです。原節子と藤田進が共演してて――」

緊張で舌がもつれたが、千代子は笑顔でうなずいた。いいねえ、と作之進がいって、

「仕事ばかりでくたびれたよ。たまには三人で遊びにいこう」

思わぬ展開に眼をしばたたいていると、お兄ちゃん、と千代子がいって、

「野暮なこといわないの。映画は滋さんとふたりでいきます」

「あ、そうかそうか。そういうことか。こりゃ失礼した」

作之進は照れくさそうに頭を掻いた。封切の二十九日は自分が店を開けるから千代子は休んでいいという。作之進に礼をいうと急いで滋養食堂にもどり、瓜生に店を休んでいいか相談した。

おれも休みたかったところだ、と瓜生はいって、

「二日酔いで毎日働くのはくたびれるぞ。おまえが働きづめだから、仕方なくつきあってたが、これからは月に何度か休もう」

考えてみると店の建てなおしで工事中のときをのぞいて、一日も休んでいない。土砂降りや嵐の日は開店休業に近かったが、それでも店は閉めなかった。休みになにをするのか訊かれて正直に答えたら、時代は変わったなあ、と瓜生は片眼を細めて、

「戦時中なら、おまえの歳で女の子と映画にいくなんて考えられん。戦争非協力で退学になって、特高か憲兵にひっぱられたぞ」

「じゃあ、ぼくは不良ですね」

「そうとも。大不良だ」

ふと瓜生には妻や交際相手がいたのだろうかと思った。そういう話はいままでしたことがない。遠慮がちに訊いてみると瓜生は右眼を細めて、

「許嫁(いいなずけ)はいたが、復員したら亡くなってた」

許嫁は陸軍病院に勤める看護婦で、戦地で負傷した瓜生が入院中に知りあった。しかし去年の八月六日、研修のため訪れた広島で被爆して亡くなったという。

「すみません。つらいことを思いださせて――」

「気にするな。許嫁といっても口約束だ。まさか復員できるとは思ってなかったからな」
おれが先に死ぬはずだった、と瓜生はいった。

帝都座(ていとざ)をでると午後の陽射しがまぶしかった。

滋は千代子とならんで新宿の街を歩いた。千代子はいつもの紺絣ではなく、こぎれいな紬(つむぎ)の着物姿なのがうれしい。滋は冴えない服装だけに一緒に歩くのに気後れした。街角のラジオから近江俊郎(おうみとしろう)と奈良光枝(ならみつえ)の「悲しき竹笛」が聞こえてくる。西條八十(さいじょうやそ)作詞で古賀政男(こがまさお)作曲の大ヒット曲だ。

きょうは昼から店を休んで、さっきまで千代子と『わが青春に悔なし』を観ていた。映画館は超満員で立ち見するしかなかったが、思った以上に見ごたえがあった。

大河内傳次郎演じる教授の娘、原節子にふたりの大学生が思いを寄せ、彼女も彼らに好意を抱いていた。けれども日本が戦争への道を歩みはじめると教授は大学を追われ、娘は誇り高くも過酷な人生に身を投じる。

パンフレットによると、京都帝国大学で思想弾圧により教授が追放された瀧川(たきがわ)事件とソ連のスパイが日本で諜報(ちょうほう)活動をおこなったゾルゲ事件をモデルにしたらしい。

「原節子の演技がすごかったですね。はじめは呑気(のんき)なお嬢さん役なのに、後半は農家ですごくたくましい女性になってて——」

千代子は帝都座をでてからそういった。原節子の美貌や演技にはたしかに感心したが、それよりも映画を観ているあいだ千代子が隣にいるのがうれしくてたまらなかった。

ふたりで肩をならべて歩いていくと、街のあちこちに女子学生の集団がいて、

「引き揚げ同胞の援護にご協力願います」

甲高い声で寄付をつのっているから募金箱に小銭を入れた。

関東尾津組の新宿マーケットは大変な混雑で、上野の闇市に匹敵するにぎわいだった。千代子とおでんの屋台に入って遅い昼食をとった。おでんは茹で卵とカマボコと大根とジャガイモを彼女とわけあって食べた。味はいまひとつだったが、千代子と食べればなんでも美味しい。

屋台をでてから賞品が当たる三角クジをひいたり、あん蜜屋でイモに着色した餡を寒天にかけたあん蜜もどきを食べたり、ブリキでできたゼンマイ仕掛けの馬を走らせる路上賭博を見物したりした。ときどき人相の悪い男にじろりとにらまれて肝を冷やしたが、幸いなにごともなかった。

夢のように楽しい時間は、あッというまにすぎて夕方になった。

作之進はひとりで店番をしているから千代子は上野にもどる。省線の駅へむかって広い通りを歩いていると、路肩に米軍のバスが停まっていた。

おい見ろッ。通りがかった中年男が大声をあげてバスを指さした。

「トウジョウが乗ってるぞ」

バスの窓に眼をやったら、ニュース映画や新聞で見たことのある元首相の東條英機が乗っていた。A級戦犯として裁かれているだけに、ずいぶんやつれた顔だった。バスはまもなく走りだした。どうやら市ヶ谷(いちがや)の軍事法廷から巣鴨(すがも)プリズンにもどる途中らしい。戦争に敗けたとはいえ、つい最近まで絶大な権力をふるっていた東條英機が哀れな囚人になるとは人生のはかなさを感じた。

あいかわらず殺人的な混みようの電車に乗って上野へもどった。上野駅構内もひとでごったがえしている。買出しの荷物を背負った主婦、疲れた顔の中年男、痩せ細った復員兵、物乞いする垢だらけの浮浪児たち。階段に腰かけたり床に敷いたゴザで寝たりする家族連れもいる。

上野駅をでて闇市が見えてきたところで千代子は不意に立ち止まった。

「滋さん、きょうはほんとうにありがとう」

千代子は両手をそろえて頭をさげた。

「戦争がはじまって以来、こんな楽しい思いをしたことはないです」

「とんでもない。お礼をいうのはこっちですよ。生まれてきてよかったって思った」

「そんな——大げさですよ」

「大げさじゃない。本気でいってるんです」

「また——また誘ってくださいね」

「もちろん」

滋はうなずいた。ふたたび肩をならべて歩きだすと、千代子と指先が触れあった。思いきって手を握ったら、彼女もそっと握りかえしてきた。なにかいうべきだと思ったが、緊張と興奮のあまり言葉がでない。ふたりは手をつないだまま無言で歩いた。

闇市に着くと、作之進と蜂須賀が店の前で立ち話をしていた。ふたりともなぜか浮かない表情だ。不穏な気配に千代子の手を放してそばにいったら、どうも変なんだ、と作之進がいった。

「さっき城門組の疋田が子分を連れてきて、このへんの店を一軒ずつ調べてた。まるで測量でもするみたいに——」

「なにをしてたんでしょう」

千代子が訊いた。蜂須賀が太い首をひねって、

「わからんが、あいつらのやることだ。なにか悪だくみをしとるのかもしれん」

疋田がなにをたくらんでいるのか気がかりだったが、その夜はなかなか寝つかれず、千代子とすごした時間を何度も思いかえして幸福な気分に浸った。

32

登校時に冴島たちに会った日、体調不良を理由に学校を休んだ。冴島に呼び止められて走って逃げたから、仮病だと思われただろう。しかし腹が痛かったのは事実だし、翌日も登校しようとしたら烈しい腹痛に見舞われた。

我慢できずに病院へいくと、血液検査や内視鏡検査をされた。検査の結果、どこにも異常は見られず、医師の診断は過敏性腸症候群だった。おもな原因はストレスだという。コロナに罹って以来ストレスが蓄積しているだけに、さもありなんという気がした。

治療法は生活習慣を改善して睡眠や休養をじゅうぶんとることだが、それだけで治らないのは自分でわかっていた。いまのクラスにいる限り、ストレスは解消しない。父に相談したら、しばらく休めといわれて安堵した。

「おまえもいろいろ大変だったからな」

以前なら早く病気を治せといわれただろうが、いまの父は無気力だ。母と姉が山形にいるせいか、スーパーやコンビニにいく以外は外出せず、明るいうちから晩酌をはじめる。そんな父を見て自分がしっかりせねばと思いながらも、来年の受験はすでにあきらめていた。

学費は奨学金でまかなえるにせよ、いまから猛勉強する気力がない。根性がないといわれても甘えているといわれても、無理なものは無理だった。いっそ退学しようかと思ったが、高校中退では就職先が限られる。受験の意欲が湧いたときのために休学することにした。

丸一週間休んだあと、クラスの誰かに会わないよう放課後の遅い時間に学校にいった。いつもの相談室で休学したいと切りだすと、千野は眉間に皺を寄せてうなずいた。

「そういう病気なら仕方ないね。留年するのは残念だけど、浪人とおなじだから珍しいことじゃない。ゆっくり休養して再来年がんばればいいよ」

持てあましている生徒が自分の手を離れるのがうれしいのか、千野は深刻ぶった表情と裏腹に饒舌だった。いまはほんとに特殊な状況だからね、と千野は続けて、

「コロナの影響で、大学も休学や退学をする学生が増えてるんだ。コロナがいつ収束するかわからないし、焦って進路を決めないほうがいいかもしれない」

医師の診断書と保護者の事由書を添付した休学届を提出すると、すぐに受理された。休学中の学費は払う必要がなく、学費の支払いは復学した月からなので、そのぶん家計に負担をかけずにすむ。もっとも復学するかどうかはわからない。

両親は没交渉だから姉を通じて母に休学を伝えたが、なにもいってこない。受験に関して口やかましかった母が沈黙しているのは、見捨てられたようでさびしかった。

休学してから腹痛はぴたりとやんで気持も楽になったが、部屋でぼんやりすごしていると不安と焦りが湧いてくる。そんなときは決まって学校のことを思いだす。勝也や恭介や冴島、そして真央の顔が浮かぶから、かぶりを振って意識から遠ざける。

男ふたりの生活だけに室内はしだいに散らかり、むさ苦しい雰囲気になっていく。掃除や洗いものや洗濯やゴミ出しを自分たちでやるようになって、母の負担の大きさがわかった。

大学受験から脱落したのはやむをえないとしても、わが家の家計は逼迫している。父はときどきハローワークにいくが、再就職する様子はない。無職の父に小遣いをもらうのも気がひけるし、ずっと自宅にいるのも息苦しい。先で復学するかどうかはべつにして、自分の生活費くらいは稼ぎたいからバイトを探した。

けれどもコロナがおさまらないせいで適当なバイトが見つからない。高校生バイトの定番だったファストフードやファミレス、カフェや居酒屋やカラオケ店といった飲食関係の求人は激減している。ウーバーイーツのような宅配業務は求人が増えているが、年齢が応募条件にあわない。

かろうじて働けそうなのは工場での軽作業やコンビニくらいだった。求人している工場は自宅から遠かったので、近くにある大手コンビニのバイトに応募した。ネット上の応募フォーマットに必要事項を書いて送信すると、面接にも至らず不採用通知が送られてきた。不採用の理由は特に書いてなかったが、高校を休学中と正直に書いたのがいけなかったのか。

次に応募したべつの大手コンビニは面接までいったから、履歴書と年齢証明書と保護者の同意書を用意した。父は同意書を書いてもらったとき、

「苦労をかけてすまんな。とうさんが先に働かなきゃいけないんだが――」

晩酌の発泡酒を呑みながら赤い顔でいった。

面接したのは店長の中年男だったが、休学の理由を訊かれて返事に困った。病気といえば落とされそうだし、コロナに罹ったせいで学校に居づらくなったともいえない。父の勤務先が潰れたので家計

が大変だからと答えたら、

「事情はわかったけど、コンビニは接客業だからね」

店長はむずかしい表情でいった。

「きみは雰囲気が暗いよ。接客したいなら、もっと明るくならなきゃ」

不採用になったことよりも、雰囲気が暗いといわれたのがショックだった。自分では意識していなかったが、憂鬱な気分が顔にでていたのだろう。そもそもバイトははじめてだから自信はないし、コンビニで働きたかったわけでもない。

だがコンビニは高校生のバイトとして、もっともポピュラーだ。そこで不採用になるようでは、ほかのバイト先でも雇ってもらえないかもしれない。

コンビニの面接はどうだったか父に訊かれて、落ちたといったら、

「いまの学生は大変だな。おれが若い頃は金に困ったら、日払いの工事現場で働けばよかった。近所の店の手伝いでも金になったが、最近はそういう現場や個人商店は減ったからなあ」

昔は人力に頼る仕事が多かったぶん、バイトの種類も豊富だったらしい。けれども作業の機械化やＩＴの発達によって雇用の選択肢はせばまり、業務はマニュアル化して画一的になっていく。多様性を認めあおうという声をテレビやネットでよく聞くが、仕事に関しては逆の方向へ進んでいるように思えた。

九月十六日に安倍内閣が総辞職し、自民党の菅義偉（よしひで）総裁が第九十九代内閣総理大臣に選出された。

その日の夜、父に誘われて食事にいった。父とふたりで外食するのは何年ぶりだろう。

あれは中学三年の冬休みだったか。高校受験に備えて深夜まで勉強していると、父が部屋にきて、腹は減ってないかと訊いた。減ってると答えたら、飯を喰いにいこうという。すでに寝ている母と姉を起こさぬように、ふたりでこっそり松屋（まつや）にいって牛丼を食べた。あのときのことはいい思い出だが、せっかく入った高校は休学するはめになった。

父に連れていかれたのは秋葉原駅そばの古びた焼鳥屋だった。煙が充満する店内はコロナの影響を感じないほど混んでいて、父とならんでカウンターの丸椅子にかけた。ふだんはコンビニの焼鳥ばかりだけになにを食べても新鮮な味わいで、特にモツ焼と焼トンが旨かった。なぜこの店にきたのかと思ったら父は大学生の頃、近くの電器屋でバイトしていたという。

「バイト代が入ったら、友だちとこれを吞むのが楽しみだった」

父は眼を細めてホッピーと書かれたジョッキを傾けた。ホッピーとはホップが原料の炭酸飲料で、焼酎で割って吞むという。駿はジンジャーエールを飲みながら、

「アキバって、その頃からメイドカフェとかあったの」

「ないない。街じゅう電器屋だらけだった。いまは大手の家電量販店が多いけど、当時は小規模な店がたくさんあった。おれがバイトしたのもそういう店で、アマチュア無線やオーディオやラジオのパーツを売ってた」

「パーツ？」

「基板（きばん）とかコンデンサとかダイオードとか抵抗とか、電子部品さ。おれが小学生の頃はハンダゴテ使ってラジオ作ったりしたが、そんな子どもはもういないだろう」

「パソコンはあった？」

「あった。でも家庭にはまだ普及してなかった。おれは当時パソコンにくわしいほうだったけど、いまはもうついていけん。あれから三十年足らずでこんなに変わるとは、おれも歳をとるわけだ」

感慨に浸るようジョッキに視線を落とした父は、急に老けこんで見えた。

焼鳥屋をでると涼しい夜風が吹いてきた。父は夜空をあおいで、

「ああ気持いいな。すこし歩こう」

ふたりは肩をならべて高架沿いの道を歩いた。十分ほど歩くと三階建ての古いビルの一階にコンビニがあった。あしたの朝飯を買っとくか、と父がいって店内に入った。コンビニは業界中堅のエバーマートで、大手にくらべるといまひとつ洗練されていない印象だ。

コロナ対策でビニールを垂らしたレジには、店長らしい五十がらみの男がいて愛想よく接客をしている。尿意を催してトイレを借りたら、壁にバイト募集の貼り紙があった。時給は千十五円からで高校生可とある。最寄駅は仲御徒町（なかおかちまち）駅だから自宅から二十分もあれば着く。

支払いをすませた父と一緒に店をでたが、さっきの貼り紙が気になった。


エバーマートで面接を受けたのは、それから二日後だった。

ネット上に応募用のフォーマットは見あたらなかったから店に電話をかけた。求人の貼り紙を見たんですが。そう切りだしたら、すぐ面接になった。

この前レジにいた男が店長兼オーナーで、冷蔵庫の裏側にある狭苦しいバックルームに案内された。壁際の棚や床に商品の段ボール箱が山積みされ、ストアコンピュータやファイルが置かれたデスクと防犯カメラのモニターがある。

店長兼オーナーの名刺には小久保孝（こくぼたかし）とあった。

小久保は丸顔で背が低く、目尻の皺が深い。面接では休学の理由を訊かれて、前回とおなじく父の会社が倒産したので家計が大変だからと答えたが、陰気に見えないよう明るい表情で喋った。それが功を奏したのか、あっけなく採用になった。

「コロナが流行ってから、セブンとかファミマは求人の応募が増えたらしいけど、うちは人手不足でね。洲崎くんがきてくれたら助かるよ。それでシフトなんだけど――」

深夜の時間帯が特に人手不足らしいが、十八歳未満の高校生は午後十時から午前五時までのバイトは法律で禁止されている。慣れるまではいちばん楽な夕勤――午後五時から午後十時までのシフトで勤務して欲しいといわれて承諾した。休みは週に二日、シフトによっては一日に減るが、時間はたっぷりあるから問題ない。バイト代は十五日締めの二十五日払い。

以前の母なら夜の街でバイトをするなといったにちがいない。しかし母は山形にいるし休学しても知らん顔だから問題ないだろう。帰宅してからバイトの件を父に報告すると、よかったな、がんばれ、といってくれた。

ようやく採用されたのはうれしかったが、コンビニのバイトは思った以上に大変だった。わずか五時間でもはじめての立ち仕事は疲れるし、制服を着るのもカウンターに立つのも恥ずかしかった。そのうえ、おぼえることは山ほどある。

レジ打ちと袋詰め、商品を補充する品出し、商品の陳列を調整するフェイスアップ、店内やバックルームの清掃、弁当や麺類、惣菜の温め、揚げものや中華まんといったホットスナックとおでんの調理、廃棄商品のチェック、宅配便やメール便の手配、切手や収入印紙の販売、通販商品の受けとり、電話対応。

代金の支払いだけでも現金以外にクレジットカード、電子マネー、スマホのキャリア決済、プリペイドカード、ＱＵＯカード、商品券があるから面倒だ。詳細なマニュアルがあるから、そのとおりにやればなんとかこなせるが、最初はかなり混乱した。

「ありがとうございました。またお越しくださいませ」

が、うまくいえない。ありがとうございましたまではいいけれど、舌がもつれて、またお越しくらさいやせ、などと嚙んでしまう。お釣りの札を数えるのもレジ袋に商品を詰めるのも慣れないうちはむずかしい。

煙草の販売は番号で注文してくれればいいが、銘柄をいわれてもどれがどれだかわからない。高齢者は決まってコピー機やＡＴＭの使いかたを訊いてくる。バイトをはじめたばかりなのに、近くの店や建物の場所を訊かれることも多い。勤務はふたり体制だから、駿ともうひとりのバイトでまわしていかねばならない。

とはいえ、いちばん大変なのは店長兼オーナーの小久保だ。小久保は人手不足のせいで穴埋めに入るから、バイトとおなじ業務に加えて商品の発注、スーパーバイザー――ＳＶと呼ばれる本部社員との交渉、商品や売場の管理、シフトの調整などもこなす。

「一年前までは女房がいたからまだ楽だったけど、心臓悪くしちゃってね。それからぼくが出ずっぱり。ぜんぜん休むひまがないんだ」

この店の場合、朝勤は六時から十時、昼勤は十時から五時、夕勤は五時から十時、夜勤は十時から六時までだ。朝勤は大学生やフリーター、昼勤は主婦のバイトでまわしているが、夜勤の人数が足りず小久保は週に三回くらい徹夜で働くという。

　朝勤や昼勤に欠員がでると徹夜明けでも帰れなくなる。以前は何人かいた留学生のバイトは不法就労で在留資格を失ったから、ますます多忙になった。休日は皆無に近く、冠婚葬祭でも休めない。

「正社員がいて何店舗も経営してるなら休みもとれるけど、うちみたいに一店舗しかないオーナーは、ぼくと似たようなもんだよ」

　小久保は十四年前まで印刷会社に勤めていたが、会社の経営が傾いたのを機に四十歳で退職し、コンビニのオーナーになったという。小久保は父の会社が倒産したことに同情してくれて、おとうさんも気の毒だねえ、といった。

「いまの時代は中年すぎると潰しがきかないもん。かといって、ぼくみたいにコンビニ経営したら、寝るひまもなくなっちゃう。うちは子どもがいないから独立してもどうにかなると思ったけど、ぼくがいま倒れたら一巻の終わり」

　父は職を失ったうえに五百万を持ち逃げされて落ちこんでいるが、小久保も負けず劣らず大変だ。

小久保によれば、コンビニ経営者の大半が低所得の長時間労働を強いられているらしい。

「店長ってあんだけ働いて、年収は四百万切るらしいぞ」

　おなじ夕勤のシフトに入る土肥智弘はそういった。駿は驚いて、

「マジですか」

「うん。本人がそういったもん」

「どうして、そんなにすくないんですか」

「利益の半分近くはロイヤリティとして本部が持ってくだろ。残りから人件費とか光熱費とかひいた

ら、それくらいしか残らない。だいたいエバーマートは人気ないからね」

　土肥は縮れた髪を長く伸ばし、顔も軀もひょろりと痩せている。三十五歳だが正社員の経験はなく、大学を中退してから、しばらくパチスロで生計をたてていたといった。

「その頃は四号機が全盛でさ。押忍!番長とか吉宗とか南国育ちとか勝てる台がいっぱいあったから、月百万は楽勝だった。ミリオンゴッドなんか一日で八十万勝ったこともある。でも、おかげで金銭感覚が狂っちゃった」

　大学を中退したのも、パチスロで儲かりすぎたせいらしい。当時はブランドファッションを買い漁り、毎晩キャバクラで豪遊したが、パチスロの機種が変わると勝てなくなった。それでも浪費癖は抜けず、競馬や株やFXに手をだして生活が破綻した。

　以降はバイトを転々として、この店に勤めて三年になる。休みは週に一度で、それ以外は夕勤から夜勤まで十三時間の通し勤務をする。それでも生活するのがやっとだという。

「まだ人生ワンチャンあると思ってんだけどね。店長はやさしいし、ほかに稼げる仕事もないから、なかなか辞めらんなくてさ」

　大学を中退してまでギャンブルにのめりこむ心理は理解できない。が、小久保は寝るひまもなく働いて年収四百万を切る。父のように名の知れた大学をでて優良企業の部長にまでなっても、あっけなく無職になる。それを思うと、どういう進路を目指せばいいのかわからない。

　スーパーバイザー――SVの北畠翔は二十八歳で、毎日のように顔をだす。陽焼けした精悍な顔に黒縁メガネをかけ、細身のスーツがよく似あう。SVは加盟店をまわって商品の発注や陳列、改善点の指導などをおこなったり、オーナーの相談に乗ったりする。

「どうもお疲れさま。オーナーいる?」

北畠は白い歯を見せてさわやかに微笑するが、小久保にとっては煙たい存在でもあるらしい。SVは本部の意向で動いているだけに心証を悪くすれば、契約の更新に響く。

「うちは来年更新だから、びくびくしてるんだよ」

と小久保はいった。SVは新商品の発注や季節ごとのキャンペーンへの協力をオーナーに求める。それ自体は問題ないが、北畠は自分のノルマを達成したいがために無理な注文を押しつけてくる。

「これはぜったい売れますから、どかーんと発注しましょう、なんていうけど、売れ残ったら自爆だよ。売上げが悪いと本部の評価がさがっちゃうからね」

自爆とは商品を自分で買うことだ。オーナーが自爆するのはざらで、店によっては従業員やバイトに無理やり買わせるという。感染予防対策のマスクとビニール手袋も本部から着用を義務づけられているが、費用はオーナー側の負担だ。本部は契約解除権を持っているからSVには逆らえない。小久保が息子ほど歳の離れた北畠にぺこぺこするのは気の毒だった。

コンビニのバイトは多忙だが、それなりにメリットもある。コンビニでは商品に表示されている賞味期限や消費期限より前に販売期限があり、それを越えたら廃棄となる。

販売期限のチェックは一日に何度もおこない、そのたびに大量の廃棄がでる。おにぎり、パン類、弁当、惣菜、生鮮食品、菓子、揚げものや中華まんなどのホットフード。その重量は毎日十キロを超える。直営店の場合、廃棄はすべて捨てられるが、フランチャイズの加盟店はオーナーの判断しだいで従業員が持って帰れる。ただし食あたりになっても自己責任だ。

「小久保さんの店は、まだまだ廃棄がすくないですよ。廃棄は必要経費なんだから気にしちゃだめです。どんどん仕入れてどんどん売らなきゃ」

何日か前、北畠がバックルームで小久保にそういっていた。

本部は食品衛生上の問題があるから廃棄を捨てるよう要請しているらしい。しかし小久保はそれに従わず、バイトに廃棄の持ち帰りをさせている。

「やっぱり、もったいないじゃない。古い考えかもしれないけど、まだ美味しく食べられるものをこんなに捨てちゃ、バチがあたると思うんだよね」

小久保がいうとおり、毎日山のように捨てられる食品を見ると悲しくなる。食費が浮くのも助かるし、すこしでもむだをなくしたいから廃棄を持ち帰るようになった。

㉝

千代子と映画を観にいってから二日後の夕方だった。

闇市のどこかでラジオが鳴っていて、田端義夫（たばたよしお）の「かえり船」が流れてくる。帰国する復員兵の心情を歌った大ヒット曲で、軍服姿の男たちが通りに足を止めて聞き入っている。瓜生も曲を聞いているのかイカを刻んでいた手を止め、右眼を宙にむけていた。

きょう用意した焼そばが売り切れた頃、天馬がサッカリンを卸しにきた。天馬は店に入ってくるなり滋の脇腹を肘でこづいて、うらめしそうな眼をむけてきた。

「このあいだ千代子はんと映画にいったらしいな」

「どうしてそれを――」

「さっき作之進はんに聞いたんや。うまいことやりよったのう。おまえには先越されたけど、わいはまだあきらめてへんで」

「天馬さんと張りあう気はないですよ。顔じゃ勝ち目がないですから」

「なんやそれ。顔以外は勝ってるいうんかい」

瓜生はふたりのやりとりを聞きながら笑みを浮かべている。おトキさんの妹のフクコさんが福々しい顔を覗かせると、紙袋を差しだした。

「よかったら、みなさんでどうぞ」

紙袋のなかには、ちっぽけな蒸しパンが三つ入っていた。みんなで礼をいったらフクコさんは国産煙草のピースの箱をすばやく天馬に渡して、

「これは天馬さんに」

それだけいって逃げるように店にもどった。天馬は眼を白黒させて、わいの名前をなんで知ってるねん、とつぶやいた。瓜生がにやりとして、

「おやおや、思わぬ伏兵があらわれたみたいだな」

「んなあほな。わいの好みとちゃいますがな」

天馬が小声でそういったとき、通りのむこうが急に騒がしくなった。なにが起きたのかと思ったら、城門組の疋田を先頭に強面の男たちが肩を怒らせてこっちへむかってきた。疋田を入れて六人だ。

「どけどけどけぇッ」

男たちは怒鳴って通行人を押しのける。店頭で商品を物色していた客たちはあわてて逃げだして、あたりには誰もいなくなった。

「なにしてるんだ。商売の邪魔をするなッ」

瓜生は怒鳴った。疋田が店の前で足を止め、邪魔なのはおまえらだ、といった。

「誰に断って商売してる？」

「誰でもない。ここは地主に地代を払ってる」

「ところがな、うちの組はその地主から、この土地を買いあげた。ついては、おまえらに地代を払ってもらわなきゃならん」

「でたらめをいうな。日下部さんからは、なにも聞いてないぞ」

「日下部の爺さんは耄碌（もうろく）してるんだろう。城門組が土地を買ったのはまちがいねえ。地代を払うのは、こことそことあそこと——」

疋田は城門組が買いあげたという土地に該当する店を次々に指さした。滋養食堂、蜂須賀の荒物屋、フクコさんの衣料品屋、綾部兄妹の飴屋を含めて十数軒だ。それぞれの店主たちが不安げな表情で通りにでてきた。疋田は子分から書類を受けとって、

「土地権利証と登記簿の写しだ。嘘だと思う奴ァ、眼ェかっぽじってよく見やがれ」

店主たちは、おずおずとそれを覗きこんだ。

店主たちの落胆した表情からすると、城門組が土地を買いあげたのは事実らしい。おとといの夜、疋田たちがここへきたのは土地を確認するためだったのだ。

「納得できんな。あとで日下部さんに確認する」

と瓜生はいった。勝手にしろ、と疋田はいって、

「ただし日下部の爺さんは店を畳んで、旅にでるといってたぜ」

「あのひとは身寄りがないんだ。どこにいくあてがある」

「知らねえな。大金が入ったから、温泉にでもいったんじゃねえか」

あきらかに怪しい説明だった。あの無欲な日下部が土地の売却に同意するとは思えないから、書類が本物だとしても城門組がなにか仕掛けたにちがいない。

「爺さんがどこにいようと、ここは城門組の土地なんだ。わかったら金を払え」

疋田は勝ち誇った声で叫んだ。いくら払えばいいんだ。蜂須賀が訊いた。

「間口が一間、奥行きが一間半につき八百円。いっとくが、これあショバ代じゃないぜ。ちゃんとした地代だ」

一間は約一・八メートル、一間半は約二・七メートルで、多くの店がそのくらいの広さだ。いま日下部に払っている地代は二百円だから、いきなり四倍になる。

「八百円は高すぎる。いちばん高い新宿西口でも六百円だ」

蜂須賀がうめくようにいった。疋田は鼻を鳴らして、

「日下部の爺さんに欲がねえのをいいことに、いままで安く借りてたぶんさ。しかもこのインフレときちゃ、値段が高くなるのはあたりめえだ」

「いつまでに払えっていうんだ」

「きょうから十一月だ。支払いは月末まで待ってやる」

弱い者いじめはやめろ、と瓜生がいった。

「相場なみの金なら払うが、そんな法外な地代は払えん」

「払えねえんなら、いますぐでていけ。でも、おまえらにとって悪い話じゃねえ。これからは城門組

が店の守(も)りをしてやるんだ。安心して商売できるぜ」

ヤクザに守りしてもらう必要はない、と瓜生がいった。

「おれを追いだすつもりなら、腕ずくでやれ」

「なにが腕ずくだ。片腕のくせに粋がるんじゃねえッ」

疋田が殺気だってわめいた。そのとき、けたたましいクラクションが鳴って黒塗りの大きな車が通りに入ってきた。代貸のパッカードだッ。組員のひとりが叫んだ。車は軒を連ねた店に車体をこすりそうになりながら進み、組員たちがあわてて飛びのいた。

パッカードは滋養食堂の前で停まった。制服姿の運転手がうやうやしく後部座席のドアを開けると、真っ白な背広の上下を着た男が悠然(ゆうぜん)とおりてきた。髪をポマードで撫でつけた男の顔を見たとたん、背筋がひやりとした。

亀戸駅近くの線路脇で瓜生が木刀で叩きのめした男だった。あのときは辰巳一家と名乗っていたが、いまは城門組の代貸らしい。ということは、この男が参平のいった松川甲吉――新橋のマッカーサーにちがいない。

松川が洋モクをくわえると、疋田がすかさずライターで火をつけた。松川は煙を吐きだしながら、なにをもたついてんだ、と訊いた。

「すみません。この野郎がごねてるもんで」

疋田が顎で瓜生を示した。松川は瓜生に眼をむけると、ほう、と声をあげて、

「こんなところにいやがったか。ずいぶん捜したぜ」

「代貸、こいつを知ってるんですか」

「おれが辰巳一家にいたとき、組の砂糖をかっぱらいやがったんだ。おや、あのときのガキもいるじゃねえか」

どんより濁った眼でにらまれて軀がすくんだ。松川は薄笑いを浮かべて、

「ふたりとも、あのときの礼はたっぷりさせてもらうぜ。新橋のマッカーサーに盾突いたら、どうなるかわかるか」

なにが新橋のマッカーサーだ、と瓜生がいった。

「おまえも兵役にいったんだろう。敵の司令官の名前を騙って恥ずかしくないのか」

「あいにく、いまは民主主義の世の中だ。おまえみてえな石頭の元軍人のほうが恥ずかしいぜ」

「その石頭の元軍人にこっぴどくやられたのは、どこの誰だっけな」

松川は見る見る顔を紅潮させると組員たちにむかって、

「こいつとガキを組まで連れてけ。逆らったら遠慮なくぶちのめせッ」

「へいッ」

疋田と組員たちは大声をあげて店を取り囲んだ。が、もうそのときには木刀を手にした瓜生が通りに立っていた。いつも二日酔いでだるそうなのに見ちがえるような動きだ。

疋田が着物の懐から匕首をだして鞘を払った。

「てめえ、ぶっ殺されてえのかッ」

「殺せるもんなら殺してみろ」

瓜生は無表情でいった。疋田はすばやく間合いを詰めるなり、瓜生の顔に斬りつけた。瓜生が顔をそらしたと思ったら、匕首が地面に落ちた。木刀が動くのも見えなかったが、疋田は苦痛に顔をゆが

めてへたりこみ、両手で腹を押さえている。

「この野郎ッ」

組員たちが怒号とともに瓜生に飛びかかった。一度に五人が相手では、さすがの瓜生もやられてしまう。こらいかん加勢せな。天馬にそういわれてうなずいた。ふたりで道路に駆けだしたら、瓜生の突きを喰らった組員が吹っ飛んできて、滋もろとも地面に倒れこんだ。

ぐったりした組員を押しのけて立ちあがると、勝負はすでについていた。五人の組員はみな倒れるかへたりこむかして苦悶の声をあげている。松川と運転手は呆然としてパッカードの横に立ったままだ。瓜生は木刀を肩に担いで松川の前にいくと、

「おい、マッカーサーとやら。次は貴様の番だぞ」

「たいした腕なのは認めてやろう」

松川はこわばった表情でいった。

「しかし城門組の若い衆は百人以上いるんだ。このままじゃ、その人数を相手にすることになるぜ」

「物量で攻めてくるのはアメリカらしいな。ごたくはいいから、かかってこい」

「そうしてやりてえが、いまから会合がある。ただし、てめえにはきっちり落とし前をつけてもらう。命が惜しかったら、とっとと夜逃げするんだな」

松川はいいわけがましくいうと、運転手を急かしてパッカードに乗りこんだ。パッカードがすごい勢いでバックしていき、疋田や組員たちがよろめきながらあとを追った。

店主たちは飛びあがって歓声をあげたり、逃げる組員に罵声を浴びせたりしている。城門組はきっと反撃してくるから手放しでは喜べないが、眼にも止まらぬ瓜生の剣術にあらためて感心した。

「すごかったですね。五人が相手だったのに一瞬で――」

そう声をかけたら、瓜生は苦しげな表情で地面にしゃがみこんだ。大丈夫ですか、と訊いても答えない。瓜生は前かがみになると、なにかを受けるように両の掌を口の前にかざした。

次の瞬間、大量の血が口からあふれだした。


瓜生は吐血したあと手の甲で口をぬぐって、

「なんでえ、こんなもの」

自嘲するように唇を曲げて嗤うと店で横になった。すこし寝ていれば治るといったが、そんなはずがない。綾部兄妹、蜂須賀、フクコさん、天馬が心配して見守った。

「結核だと咳に血が混じるけど、そうじゃないみたいだね」

「だったらなんでしょう。胃潰瘍かしら」

蜂須賀とフクコさんの会話に、瓜生は横になったまま苦笑して、

「もう大丈夫です。心配ないから帰ってください」

しかし誰も動かない。救急車は電話がないと呼べないし、くるにも台数がないから時間がかかる。作之進がかかりつけの医者がいるといって本郷まで迎えにいき、輪タクで店まで連れてきた。

白髪頭の医者は瓜生を診察してから、

「くわしく検査せんと正確な診断はできんが、すこし黄疸もでとる。恐らく肝硬変じゃ」

吐血の原因は肝硬変による食道静脈瘤破裂だという。

「すぐ入院して治療せにゃ、長くは生きられん」

瓜生は鼻を鳴らして、戦争だって死ななかったんだ、といった。

「このくらいで死ぬもんか。入院なんてまっぴらだ」

「だったら、ただちに酒をやめなさい。次に吐血したら最期かもしれんぞ」

瓜生の顔色が日増しに悪くなったのは、深酒で肝硬変になったせいだろう。みんなは入院を勧めたが、瓜生は頑なに断り、医者はあきれて帰った。入れ替わりにヤスエさんが麺の配達にきた。ヤスエさんは事情を聞くと眉をひそめて、

「ヤクザに土地を買い占められるなんて、困ったことになりましたね。でも肝硬変は重病です。ちゃんと入院したほうが——」

ぼくもそういってるんです、と滋はいった。

「店はひとりでもなんとかなりますから、この際お酒をきっぱりやめて——」

「おれのことはいいから、日下部さんのところにいってみてくれ」

瓜生にそういわれて骨董屋にいくと、ガラス戸に鍵がかかっていた。ガラス戸を叩いて声をかけても応答はない。日下部は店で寝泊まりしているし、何時にもどるという貼り紙がないだけに不安がつのった。

滋養食堂にもどって日下部がいないと報告したら、瓜生は立ちあがって、

「気になるな。いまから手わけして捜そう」

「もう遅いから、あしたにしましょう。すこしは休んでください」

瓜生は渋ったが、みんなで説得するとようやくうなずいた。

黄疸のせいか顔色は黄ばみ、表情には疲れがにじんでいる。ヤスエさんがオート三輪の荷台に瓜生

を乗せて万年町の木賃宿まで送っていった。

残った六人は今後について話しあった。

「城門組の奴らは、きっと日下部さんをおどすかだますかして、土地をぶんどったんだ」

蜂須賀は苦い表情でいった。天馬は腕組みをして、

「えげつないことしよるなあ。地代が八百円なんて、ぼったくりもええとこやで」

「うちは姉から店を引き継いだばかりで、商いの要領もわからないんです。売上げもないのに、そんな地代は払えません」

とフクコさんがいった。作之進が溜息をついて、

「うちも払えない。店をやめたら借金の返済ができなくなるけど、どうしようもないな」

「でも店をやめたら、城門組に実家をとられてしまうんじゃ——」

滋が訊いた。実は——と千代子がうつむいていった。

「前から疋田にいわれてたんです。実家を手放したくないなら、兄は城門組が経営する土建屋に住み込んで働き、わたしは赤線に身売りしろって——」

赤線とは売春が目的の特殊飲食店街だ。千代子がそんなところに身売りするのは耐えられない。滋は思わず、冗談じゃない、と大声をあげた。

「あきらめたら城門組の思う壺だ。ぜったい店はやめないでください」

「でも兄とわたしが辛抱すれば、父や実家のお年寄りは住むところを失わずにすみますから——」

「弱気にならないでください。みんなで城門組と戦いましょう」

戦うっていってもなあ、と蜂須賀がいった。

「瓜生さんはともかく、おれたちじゃ手も足もでん。城門組が土地を買いあげた以上、法律的にも勝ち目はないぞ」

「わいは担ぎ屋やけど、堅気を苦しめる連中は許せへん。城門組と事を構えるんやったら、およばずながら助太刀させてもらいまっせ」

と天馬がいった。フクコさんはうっとりした眼で天馬を見つめて、

「あたし店をやめることになったら、お嫁にいきたいんです」

「いや、店はやめんでええです。やめたらあかん。わいががんばりますよってに」

天馬はあわてた表情でいった。


夜が更けて綾部兄妹と蜂須賀とフクコさんは帰ったが、天馬は店に残った。フクコさんが一緒に帰りたそうなのを避けるためらしく、天馬はときどき外を覗いては大きな息を吐いた。

「さっきまで、そこにおったんや。帰ろうにも帰られへん」

「フクコさんに冷たいですね。一緒に帰ってあげればいいのに」

「やい滋、われが千代子はんとうまくいってる思うて調子乗んなや。千代子はんが赤線売り飛ばされたら、どないするねん」

「そんなの、ぜったいだめです。なにがなんでも食い止めます」

「そないいうけど、あの兄妹は城門組に借金があるんやろ。それがかえせん限り、ずっとつきまとわれるで。おまえが肩代わりしてやれるんかい」

「できるものなら、そうしたいです。でも――」

二万円もの借金をいっぺんに返済するのは無理だ。このままいけば地代の八百円を毎月払うはめになるから、店で稼いでも追いつかない。滋は嘆息して、

「どうにかして二万円を作る方法はないですか」

「うーん、銀行強盗か賭場荒らしか」

「天馬さんは担ぎ屋でしょう。もうちょっと現実味のある方法を考えてください」

「せやなあ。アメちゃんから物資仕入れて横流ししたら、すぐ稼げるけど」

「そんなツテがないし、ＭＰに捕まったら沖縄送りでしょう」

ふたりで埒のあかないやりとりをしていると、引戸を叩く音がした。こんな時間に訪ねてくるのは千代子か。あるいはフクコさんか。恐る恐る引戸を開けると、参平だった。なにがあったのか眼のまわりにどす黒い痣（あざ）があり、顔が腫れあがっている。

「どうしたんだ、その顔」

参平は答えずに手招きするから、天馬を残して外にでた。

「うちの松川さんと丹下右膳が揉めたらしいな」

「丹下右膳じゃない。瓜生さんだ」

「なんだっていい。おかげで、おれの立場もまずくなった」

「どうして」

「おれがおめえのダチだって疋田の兄貴が知ってるからよ。しかも右膳――瓜生さんとおめえは松川さんが辰巳一家にいたとき、闇の砂糖をかっぱらったそうじゃねえか」

「だからなんだよ」

「てめえもそれを知ってたのか、って兄貴にぶん殴られた。いい迷惑さ」

参平は血の混じった唾を吐いて、瓜生さんの家はどこだ、と訊いた。

「なんで、そんなことを訊く」

「兄貴たちは、おめえはガキだから勘弁してやってもいいっていってる。そのかわり瓜生さんの居場所を教えろってさ」

「やだよ。もし知ってたっていうもんか」

「まあいいや。じゃあ、ちょっとつきあえよ。いいもの見せてやるから」

「いいものってなんだよ」

「すげえブツがあるんだよ。これがさばけりゃ、とんでもねえ大金が手に入る」

そのすげえブツとやらは、すぐ近くの焼跡に隠してあるという。また偽の石鹸のような話だろうと思ったが、二万円を作る方法を考えていただけに気になる。

天馬に店番を頼んでから、参平とふたりで歩きだした。外はすっかり暗くなって肌寒い。闇市を離れて街はずれまできたが、まだ目的地に着かない。あとすこしだから。ひと気のない道を歩きながら、参平はそう繰りかえした。

やがて瓦屋根が半分崩れ落ちた民家に着いた。ここだよ、と参平はいって引戸がはずれた玄関に入っていく。あとをついていったが、室内は暗くてなにも見えない。なにかおかしい。

踵をかえそうとした瞬間、がつんッ、と後頭部に強い衝撃があって目蓋の裏に火花が散った。頭蓋骨が割れそうな激痛に両手で頭を抱えたら、誰かが背後から飛びかかってきて床にねじ伏せられた。

「だましたなあッ」

必死でもがきながら叫んだ。静かにしろい。野太い男の声がして、たちまち両手首を縄で縛られ、雑巾のような布で猿轡を嚙まされた。男はもうひとりいて両足首も縛ると、ふたりがかりで外へひきずりだされた。

ひとりは見知らぬ男だったが、もうひとりは疋田だった。民家の裏にはトラックが停まっていて、荷台に放りこまれた。冷たい荷台の感触に身震いがする。

参平はあとから荷台に乗ってくると隣で膝を抱えて、

「すまねえ。こんなこたあ、したくなかったんだ。でも、おめえが瓜生さんの居場所を教えねえから――」

ふざけるなッ。頭をもたげて怒鳴ったが、猿轡のせいで声にならない。トラックはがたがた揺れながら、すごいスピードで走りだした。

34

エバーマートでバイトをはじめて、ひと月が経った。

十月一日からＧｏＴｏトラベルキャンペーンの東京発着がはじまり、感染予防対策に取り組む飲食店を応援するＧｏＴｏＥａｔキャンペーンもスタートした。けれども新型コロナウイルスの感染拡大はおさまらず、いまの時点で国内の感染者数は累計九万人を超えた。

世界的な感染状況はさらに深刻で、感染者数は四千万人を超え、アメリカのトランプ大統領までが新型コロナウイルスに感染した。一週間足らずで執務に復帰したが、来月三日は大統領選挙の投票日とあって選挙のゆくえが注目されている。

バイトは小久保と土肥のサポートもあって、はじめはおぼえきれないと思った業務にもようやく慣れてきた。とはいえ接客には、まだとまどうことが多い。

立ち読みだけしにくる客。毎日のようにトイレを借りにきて、なにも買わない客。レジ待ちの行列に割りこむ客。冷蔵や冷凍の食品を常温の棚に置いていく客。レジに金を放り投げる客。弁当ひとつしか買ってないのに割箸をたくさん欲しがる客。会計中にレジを離れて、べつの商品を取りにいく客。会計中にスマホで誰かと喋る客。ゴミ箱に自宅のゴミを捨てる客。レジ横で売っている菓子を無料だと思って、その場で食べる客。

マナーの悪い客をあげたらきりがない。なれなれしく話しかけてきたり、横柄(おうへい)な態度をとったりするのはまだましで、ささいなことで逆上する客もいる。

酒や煙草を買ったので、年齢確認をお願いします、といったら、

「ふざけんな。おれがガキに見えんのかよ」

眼を吊りあげてからんでくる。釣り銭と一緒にレシートを差しだすと、いらねえよッ、と怒鳴る。あるいはレシートをくしゃくしゃに丸めて、これ見よがしに捨てる。

七月から有料化したレジ袋もトラブルのもとだ。レジ袋の要不要をいわなかったり、自分で持ってきたレジ袋やバッグに商品を詰めろといったりされると会計が長引く。後ろにならんでいる客たちは、わがままをいう客にではなく、こっちに尖った視線をむけてくる。

いまはだいぶよくなったよ、と土肥はいった。

「七月と八月は最悪だった。国が決めたことなのに、なんで有料なんだってキレられる。手ぶらできたのに意地でもレジ袋なしで持って帰る奴とか、会計終わってんのにマイバッグ忘れてきたって家まで取りに帰るやつとか――たった何円かをどんだけ払いたくねえんだよ」

　レジ袋が有料になったのは、プラスチックゴミの削減や地球温暖化の防止が目的だとテレビで観たが、効果のほどはわからない。土肥は続けて、

「いちばん迷惑してるのは、おれたちだよ。レジの時間はめっちゃかかるし、マイバッグじゃ買物したのかどうかわかんないから万引きも増えた。いったい誰得って感じ」

「マスクでお客の声が聞こえにくいのも困りますね」

「だいたいコンビニは客に質問多すぎ。ポイントカードはお持ちですか、お弁当は温めますか、お箸かスプーンをおつけしますか、お煙草は一緒に入れてもよろしいですか、レジ袋はご利用ですか。レジ袋のサイズはＳＭＬのどれにしますか。見てなよ、いまにもっと質問が増えるから。体温をお測りしてもよろしいですか。身近なかたに発熱や咳などの症状はありますか。二週間以内に海外渡航歴はありますか。ＰＣＲ検査は陰性ですか」

　土肥はそういって笑った。駿も笑って、

「でも、お客のために質問してるんだから、キレられても困りますよね」

「みんな余裕がないんだよ。コロナでいらついてるのもあるし」

　たしかにコロナのせいで誰もが余裕を失っている。だから日頃の不満を、身近な存在であるコンビニの従業員にぶつけてくるのかもしれない。勤務の交代で顔をあわせる昼勤の主婦――手塚（てづか）と八木（やぎ）も最近は客のクレームが増えたとこぼしている。ふたりは四十代なかばで仲がいいが、いつも小久保に

ずけずけものをいうから苦手だった。

バイトが終わると、レジ袋に入れた廃棄の弁当やパンを持って家路につく。母と姉はまだ山形にいて、父とふたりの生活が続いている。父は再就職するでもなく酒ばかり呑み、駿が帰った頃には酔っているか寝ているかだ。

一週間ほど前、千野から自宅に電話があった。近況の確認だというからコンビニでバイトをしていると答えたら、店名と勤務時間を訊かれた。

「バイトは大変だろうけど、がんばってね。学校もコロナがおさまらないから、みんな来年の受験のことで悩んでる。こんな特殊な時期だから休学はマイナスにならないよ」

そうですか。駿はそっけなく答えた。

「四月には復学できるよね」

と訊かれて、わかりませんと答えた。来年もコロナ禍は続いているかもしれないし、わが家がどうなっているのかもわからない。

先の見えない毎日に不安がつのる一方で、コンビニの常連客との触れあいは楽しみだった。塾の帰りに駄菓子や中華まんを買いにくる小学生や、散歩がてらにやってくる近所の高齢者。彼らとは他愛ない会話を交わすだけだが、気持がなごむ。

隣のビルにある「哀歌（エレジー）」というスナックのママは、しょっちゅう酒や食材を買いにきて、ここはうちの冷蔵庫よ、と厚化粧の目元をほころばせる。歳は五十代後半くらいで小肥りだ。

ママは自分の店が営業中でも、こちらの手が空いていると世間話をする。土肥や駿がマナーの悪い客の愚痴をこぼすと、そういうのは地元の出身じゃないね、という。

「下町の人間は情があるもん。そんな行儀の悪いこたあしないよ」

ママはときどきアルミホイルやラップに包んだ惣菜を持ってきて、

「あたしがこしらえたんだ。口にあうかどうかわかんないけど、よかったら食べなよ」

食べものは廃棄があるから足りているが、心遣いがうれしい。

浅見風香という女子高生とも顔なじみになった。風香は学校帰りに菓子やスイーツを買いにくる。短めの茶髪で眼が大きく、ニットのカーディガンにミニスカートというギャル系の雰囲気だから本来は苦手なタイプだ。

会話をするようになったのは半月ほど前だった。風香がシュークリームを買おうとしてレジで財布をだしたら、五百円玉が落ちてどこかへ転がっていった。タイミング悪く土肥は客が汚したトイレを掃除していて、レジには長い行列ができている。

「あとで拾うからいいですよ」

駿は五百円を立て替えて、風香に釣り銭を渡した。

ごめんなさい。彼女は顔を赤らめて帰っていった。五百円玉は清掃のときに見つかったから損はしなかったが、風香は翌日も店にきてチョコレートをくれた。

「これ、きのうのお礼」

「そんな――お礼なんていいよ」

「あたしおっちょこちょいだから、前もコンビニのレジで小銭じゃらじゃら落としたの。でも店のひとはガン無視で、次のかたどうぞ、って。きのうみたいに親切にされたの、はじめてだったから――」

風香は私立女子校の二年生で看護科に通っているという。

「勉強で疲れると甘いものが欲しくなるの。デブだから食べちゃだめなんだけど」

「デブってないじゃん」

風香は大きな眼で、こっちの名札を覗きこんで、

「洲崎さんってやさしいね。高校どこ？」

校名を口にすると風香は、へえー、と声をあげた。

「すごい偏差値高いじゃん。頭いいんだ」

「頭よくないし休学中。もしかしたら、やめるかも」

「えー、もったいないよ。あたしは高校でたら働くけど」

風香は高校を卒業したら准看護師として働くといった。看護の仕事は大変だろうが、見かけによらず進路を決めているのに感心した。

きょうもスイーツを買いにきた風香とレジ越しに喋った。彼女の高校も朝の検温や手の消毒、昼食は前をむいて食べるといったコロナ対策が続いているらしい。

「このあいだの体育祭も全員マスクして、応援の声だすのも禁止だから、ぜんぜんつまんなかった。これで来年の修学旅行が中止になったらマジギレする」

風香が帰ったあと土肥がにやにやして、あの子はやめとけ、といった。

「この前スロット打ちにいったとき、ヤンキーっぽい彼氏と歩いてるの見たぞ」

そんな気はなかったけれど、彼氏がいると聞いてすこし落胆したのが自分でも意外だった。とはいえ真央で懲りているから、いまは彼女が欲しいと思わない。

店の客ではないが、勅使河原という老人とも親しくなった。勅使河原はむかいのビルの一階で古ぼ

けた時計屋を営んでいる。色褪せた看板には「時計・メガネ・宝飾・修理　勅使河原時計店」とある。けれどもショーウインドーは空っぽに近く、客がいるのを見たことがない。

駿が出勤する頃、勅使河原は決まって店先にだした椅子にかけて通りを眺めている。店はぼろぼろなのに、白髪をきれいに撫でつけて上品な雰囲気だ。はじめて口をきいたのは、たまたま眼があって会釈したときで勅使河原が声をかけてきた。

「きみは歳いくつ？」

「十七です」

「そこのコンビニで働いてるの」

「はい」

「若いのに感心だね。店のひとはよくしてくれるかい」

「はい。すごくやさしいです」

「そりゃあよかった。がんばりなさいよ」

それから顔をあわせると短い会話を交わすようになった。だが商品もなく客もいないのに潰れないのが不思議だった。何日か前に思いきって訊いてみた。

「あの――新しい商品を仕入れたりしないんですか」

「わたしはもう隠居だからね。店を開けても、たまに時計の修理を頼まれるくらいだけど、家にいたってすることがない。こうやって街の景色を眺めてるほうが楽しいよ」

勅使河原は息子夫婦と同居しているそうだから、生活には困らないようだった。

十時前に客が途切れてバックルームにいくと、小久保が廃棄の海苔弁当を食べていた。お疲れさん、と小久保はいったが、いつになく表情が沈んでいる。どうしたのか訊いたら、

「ドミナント。くるべきものがきたよ」

ドミナントとはコンビニなどのチェーンストアが特定の地域に集中して出店する経営戦略だという。本部はブランドの認知度や市場占有率があがるうえに、SVの巡回や配送が効率的になり商品の共有もできるといったメリットがあるが、オーナーはパイの奪いあいになるから死活問題だ。新しい店舗は年明けから工事に入り、来年二月にオープンを予定しているという。

「その店は、ここから二百メートルも離れてない。共食いもいいところさ。がんばってはみるけど、どれだけ持ちこたえられるかわからん」

「本部には文句いえないんですか」

「いったよ。でも新店舗ができたからといって売上げがさがるとは限らないってさ。本部は出店するほど儲かるからいいだろうけど、こっちにはデメリットしかない。ただでさえテレワークの影響で売上げが落ちてるのに」

「どうして加盟店の都合を考えないんでしょう」

「しょうがないさ。オーナーなんて、しょせん本部の奴隷だもの」

「オーナーって、ほんとに大変ですね。ここでバイトするまでは、コンビニって便利だなとしか思ってませんでした」

「便利っていうのは、いつも誰かの犠牲の上に成り立ってるんだ」

「誰かの犠牲――」

「たとえば百均だってそうだろ。百均には、これがたった百円なの？　って商品がそろってる。なんで百円なのかといえば、その商品を何十円かそれ以下で作ってる誰かがいるからさ」

「自分が作る立場だったら、やだな」

「うん。でもね。駕籠に乗るひと担ぐひと、そのまた草鞋を作るひとって言葉がある。世の中は駕籠に乗るひとだけじゃ成り立たない。下積みで働くひとがいるから便利で快適な暮らしができるんだ」

いまの時代は、駕籠に乗るひとばかりを持てはやしている。裕福な暮らしぶりをインスタやツイッターやユーチューブで発信するひとも多い。介護の仕事が低賃金で長時間労働なのは誰でもできるからだ、と発言した有名人もいた。

しかし誰でもできる仕事であろうと、世の中に必要な職業であれば誰かがその役目を担うしかない。それを貧富の差だけで見下すのは、まちがっている気がする。もっともそういう自分もいまの状況に陥るまでは、いい大学をでて一流企業に就職したいと思っていた。

つまり駕籠に乗りたがっていたのだ。いまだってその欲求がなくなったわけではない。経済的には豊かになりたいし、やりがいのある仕事がしたい。けれども以前のように右にならえで、みんな大学にいくから自分もいくという考えではなくなった。


十月も下旬になり、夜はすっかり涼しくなった。

駿は地下鉄の駅をでると、廃棄の親子丼やおにぎりが入ったレジ袋をさげて自宅へむかった。住宅街の家から、にぎやかな笑い声が聞こえてくる。家族でテレビか映画でも観ているのだろう。わが家にもそんな団欒があったのが遠い昔のように感じられる。

きょうは、はじめての給料日だった。

小久保からもらった封筒には十万円を超える現金が入っている。いままでバイトの経験がなかっただけに、これだけの金額を自分で稼いだことに感動した。以前は服やゲームやスマホの新機種など欲しいものがたくさんあったが、いまは浪費をしている場合ではない。給料袋から五万円をだして財布にしまった。

自宅に着いてリビングに入ると、父はソファに横たわっていびきをかいていた。テーブルには発泡酒や酎ハイの空き缶、食べかけのチーズ鱈（たら）と柿の種がある。つけっぱなしのテレビでアナウンサーが、きょう都内の新型コロナウイルスの感染者は百二十四人、累計で三万人を超えたといった。

親子丼をレンジで温めてから、父のむかいに腰をおろした。親子丼を食べ終えた頃、父が薄目を開けて、帰ってたのか、といった。駿は給料袋を差しだして、

「五万だけもらった。なにかの足しにしてよ」

父は急に起きあがって、心配かけてすまん、と頭をさげた。

「はじめてもらった給料だ。気持だけでじゅうぶんだから、おまえが持っておけ」

「ほんとに大丈夫なの」

「ああ」

「お酒ばかり呑んでると軀壊すよ」

「わかってる」

「最近かあさんと話した？」

父は首を横に振った。

「おまえと愛美には悪いが、かあさんとはもう無理かもしれん。次の仕事が決まったら、ここを売ろうと思う」

「どうして?」

「財産分与のためさ」

「ここを売って、どこに住むの」

「おれひとりなら、どこだっていい。それで——おまえはどうする?」

「どうするって——」

駿はしばらく口ごもってから、山形にはいきたくない、といった。

「でも、なんとかならないの」

父は眉間に皺を寄せて答えなかった。


エバーマートには、いつも四時四十分くらいに出勤する。バイトがはじまる時間よりだいぶ早いが、余裕をもって出勤したほうが気が楽だ。仲御徒町駅をでてからのんびり歩き、店に入る前にむかいの勅使河原時計店に眼をむける。

夕方は肌寒くなったせいか勅使河原は外にはでてこないで、ガラス戸のむこうから通りを眺めている。といって無視するのは失礼だから、眼があえば会釈する。

勅使河原はときどき手招きするので店内に入ると、饅頭や煎餅をくれて世間話をはじめる。話が長びいて遅刻しそうになるのは困るが、勅使河原ののんびりした雰囲気は好きだった。

もう十一月だというのに母と姉は帰ってこない。父が次の仕事が決まったらマンションを売るとい

ったのが心配で、ひさしぶりで母に電話した。母は不機嫌な声で、

「勝手なことしないでって、とうさんにいっといて」

「じゃあ売らないいんだね」

「売るにしたって、とうさんひとりで決めることじゃないでしょ。こっちはおじいちゃんの世話が大変で、考えるひまがないの」

「まだ帰ってこられない？」

「ごめんね。おじいちゃんが介護施設に入れたらいいけど、こっちもコロナが増えてるから受け入れ先がなくて――」

母はそこで言葉を切って、

「愛美に聞いたけど、コンビニでバイトしてるんでしょ」

「うん」

「いつまで休学するの」

「――決めてない」

「そう。あたしはなにもしてあげられないけど、がんばって」

母はやはり離婚するつもりらしい。母はいったんいいだしたら聞かないから、引き止めたところでむだだろう。仮に離婚しなくても喧嘩ばかりしている両親は見たくない。

といって、いまの父も心配だった。山形にはいきたくないといったのは、必ずしも父に同情したからではない。苗字を変えたくないのもあるし、東京を離れたくないのもある。これからも父が酒浸りのままなら、ふたりで暮らすのはつらくなりそうだ。

わが家だけでなく、世の中も不穏な雰囲気に包まれている。新型コロナウイルスの感染者数は八月をピークに横ばいだったが、先月末あたりから増加に転じた。

一日の感染者数が十万人を超えたアメリカでは現地時間の十一月三日に大統領選挙がおこなわれ、民主党のジョー・バイデン前副大統領が当選確実になった。しかしトランプ大統領は敗北宣言を拒否し、大規模な不正投票があったと訴えている。

長びくコロナ禍のせいでエバーマートの客たちは疲れた雰囲気だ。表情はマスクではっきりわからないが、うつろな眼やぞんざいな態度にそれがでる。マナーの悪い客も目立って増えてきた。

最近店にきた四十がらみの女は薄汚れた手提げバッグをレジに放って、商品を入れろという。いわれたとおりにしていたら女は眼を剝いて、ちょっとあんたッ、と怒鳴った。

「その手袋、いつ交換したの」

「いつって——五時に出勤してからですが」

「じゃあ、もう汚れてるじゃない。コロナがうつったらどうすんの」

持参したレジ袋やバッグに商品を詰めろといわれるのには慣れたが、こんなクレームははじめてだった。でしたら、お客さまがご自分で——。遠慮がちにそういいかけると女は舌打ちして、じゃ消毒して、といった。

「あんたがいま触ったところ」

仕方なく除菌シートで商品を拭いたが、さすがにキレそうになった。

よく店にくるサラリーマン風の中年男は裕福そうな身なりだが、常に無言なので土肥は「サイレント」とあだ名をつけている。サイレントは商品の入ったカゴをレジに置くだけで、いっさい口を開かない。お弁当は温めますか、お箸かスプーンをおつけしますか、といった質問には必要な場合のみ、ごくわずかにうなずく。

サイレントが買うのは、たいてい弁当や飲みものや菓子だ。その日もレジに置かれた買物カゴにはハンバーグ弁当と緑茶とのど飴が入っていた。ただ、いつもとちがって赤ワインとサラミとチーズがある。それらの商品をレジに通していくと、買物カゴの底にパッケージを裏返したコンドームがあった。が、客がなにを買おうと反応してはいけない。

努めて無表情でコンドームをレジに通してから、お弁当は温めますか、と訊いたらサイレントはかすかにうなずいた。そのとき女子高生の集団がレジに集まってきて、口々に唐揚げや中華まんの注文をはじめた。

とたんにサイレントは、もういい、といった。はじめて口をきいたから驚いていると、もういい、と繰りかえす。弁当を温めなくていいというのを理解するのに数秒かかり、

「お箸は何本おつけしますか」

続いてそう訊いたらサイレントは、いらないから早くしろッ、と怒鳴った。

「おれの時間をむだにするな。おれの時給はおまえらとちがうんだッ」

要するに女子高生の前でコンドームを買うのが恥ずかしかったらしい。しかし怒鳴ったせいで彼女たちの注目を集め、くすくす笑われた。あとからその話で土肥と盛りあがった。

「キモい奴だな。誰に使うのか知らないけど、そういうときも無言だったりして」

「いつも黙ってるのは、喋るのが面倒なんですかね」

「コンビニの従業員なんかと口もききたくないと思ってるのさ。あいつの時給がいくら高くても他人

にとっちゃなんの価値もないのに」

「でも時給が高いっていばるのは、自分を尊敬して欲しいからでしょうね」

「だったら、ひとを見下すなっつーの。みんなコンビニがなきゃ困るんだから、おれたちにも最低限のリスペクトをして欲しいよな」

それにしても、と土肥は続けて、

「ここがドミナントで潰れたら困るなあ。どこで働きゃいいんだ」

「ドミナントって中止してもらえないんですか。北畠さんに相談したら――」

「SVにそんな権限はないよ。だいたいおれ、あのひと嫌いなんだ。自分のノルマ達成することしか考えてねえから」

もし来年の四月に復学するのなら、三月くらいまでバイトできればいい。けれども復学するかどうか決めていないし、もしバイトを辞めても小久保に店を続けて欲しかった。


十一月二十四日からエバーマートの各店で、おでんセールがはじまった。期間は月末までで、おでんが全品十パーセントオフになる。

おでんは本部からパッケージに入った具材とツユが送られてくる。具材は水洗いしてツユで煮込むだけだから簡単そうだが、実際にはかなり面倒だ。具材はそれぞれ販売期限が決まっていて、それをすぎたら廃棄になるし具材やツユの補充、温度管理や鍋の清掃など手間がかかる。

去年までは客がセルフでおでんを容器に入れていたが、現在は飛沫防止のため鍋に蓋があり、客が注文した具材を従業員が取りわけねばならない。

「鍋に蓋がないときは虫や埃が入ったりするから、そのたび総入れ替えで大変だったけど、どっちみち儲からないんだよね」

と小久保はこぼした。おでんの粗利は約五割で、その半分をロイヤリティで本部が持っていく。ひとつ百円のおでんなら店側の粗利は二十五円しかない。しかも容器やカラシは店の負担になるから、廃棄を減らすためにオーナーや従業員が自爆することも多いという。

「どこのオーナーもおでんをやめたがってるけど、本部が許してくれないんだ」

SVの北畠は担当の店を「おでん巡回」してハッパをかけているらしい。北畠は自分のノルマがあるせいか異様にはりきっていて、

「おでんセールで地区一位の栄誉を勝ちとりましょう」

みんなで一致団結しようといったが、小久保と土肥はいまひとつ乗り気でない。そのせいで北畠はこっちに関心をむけてきて、洲崎くん頼むよ、という。

「おでんがいちばん売れるのは、なんといっても夕方以降だ。ここが優秀店舗になれるかどうか、きみのがんばりにかかってる」

北畠は好きではないが、小久保のために売上げをあげたい。おでんの調理と管理はいつもよりていねいにして、客が入ってくるたび、

「ただいまおでんセール実施中です。いまなら全品十パーセントオフですよッ」

恥ずかしいのを我慢して叫んだ。

レジで会計中の客にも、おでんはいかがですか、いまセール中です、と声をかけた。無視する客も多いけれど、黙っているより確実に売れる。それがおもしろくて接客に熱が入り、手書きのPOPも

作った。

「お兄ちゃんがそんなにがんばってるなら、どーんとちょうだいな」

哀歌のママは大きなレジ袋がいっぱいになるほど買ってくれた。こんなにたくさん食べられるんですか。心配になって訊くとママは笑って、

「店で客にだすのよ。あたしが作ったっていって倍の値段で儲けるから」

風香はおでんを買ったこともないのに同級生の女子をたくさん連れてきて、

「ここのおでん買ってみ。マジ旨いから」

「風香って、いつもスイーツじゃん。なんで急におでん推し?」

同級生たちは首をかしげつつも、次々におでんを買った。

顔なじみの常連客も買ってくれたおかげで初日の売上げは上々だった。ほかの業務もあるからよけいに忙しいが、おでんの調理も楽しい。出来合いの具材をツユで煮るだけにせよ、料理の経験はないだけに、自分が作ったものが商品として売れていくのが新鮮だった。


翌日、東京都は新型コロナウイルスの感染拡大を懸念して、都内の飲食店に対し営業時間を午後十時までに短縮するよう要請した。期間は十一月二十八日から十二月十七日までで、要請に応じた事業者には一日二万円、最大で四十万円の協力金を支給するという。

「また時短営業なんて、かんべんして欲しいよ」

哀歌のママは店にくるなり、さっそく愚痴をこぼした。

「うちみたいなちっぽけな店でも苦しいのに、大きな店は一日二万ぽっちじゃ潰れちゃうよ。小池さ

んも三密の次は五つの小なんていうけど、早い話がうちにいろってことだろ」

五つの小とは、会食は小人数、時間は小一時間、会話は小声、料理は小皿、換気と消毒は小まめ、を感染防止対策の合言葉にするらしい。レジにいた小久保が、苦肉の策なんだろうね、といった。

「ＧｏＴｏで旅行や外食を勧めなきゃ業界がまいっちゃう。だからといって、いまのままじゃ感染がおさまらない。どっちつかずで様子見るしかないんじゃないの」

「国にとっちゃ様子見でも、これから忘年会ってときに酷な話だよ。そりゃお金持ちは家で仕事できるし休んだって平気だろうけど、貧乏人はコロナが怖くても働かなきゃホームレスさ。それが厭なら首くくるしかない」

「うちの店も潰れそうだから他人事じゃないね」

「だろ。国は結局、貧乏人の面倒なんかみてくれない。みんな自分でなんとかするしかないんだ。それなのに旅行へいけだの、外食しろだの、やっぱり家にいろだの、混乱するだけさ。政治家も役所も仕事してるふりしたいんだろうけど、よけいなお節介焼かないで欲しい」

ふと冴島が教室で口にした台詞を思いだした。千野が密になりやすいから夜の街にはいくなといったのに対して、冴島はこういった。

「密でいうなら満員電車のほうがすごいっすよね。それに夜の街へくるひとって、昼間働いてるひとでしょう。なんで夜の街ばっか目の敵にするんすか」

満員電車には誰だって乗りたくないが、リモートワークができない仕事なら乗らざるをえない。もし満員電車が夜の街以上の感染源だったら、都知事や政府はなんというのだろう。

その日もおでんはよく売れた。声かけも工夫して鍋の具材を見ている客に、

「牛すじと大根がちょうど食べ頃ですよ」

具体的な提案をすると反応がいいのに気づいた。小久保は売上げに感心して、

「毎年おでんセールは自爆と廃棄がたくさんでるから今年も覚悟してたけど、この調子なら期待できそうだ。土肥くんも洲崎くんもがんばってくれ」

「おれは声かけ苦手だから、ほかの仕事をやる。洲崎はおでんに集中しろよ」

土肥もそういってくれて、ますます意欲が湧いた。

㉟

滋は両手足を縛られたまま板張りの床に横たわっていた。殴られた後頭部がずきずき痛み、猿轡のせいで息苦しい。六畳ほどの室内は窓がなく、弱い燭光の裸電球が灯っている。壁際に柳行李（やなぎごうり）や茶箱が積みあげてあるから納戸（なんど）のようだった。

トラックからおろされたあと、疋田たちに抱えられて大きな屋敷に入り、ここに閉じこめられた。あれから二時間くらい経った気がするが、正確な時刻はわからない。

「はい、先にコマ先にコマ」

「さあ、どっちもどっちも――」

どこからか男のダミ声とともに大勢のざわめきが聞こえてくる。雰囲気からして賭場らしい。参平は城門組の賭場で寝泊まりしているといったから、ここがそうなのか。なんにせよ参平にまんまとだまされたせいで、とんでもない窮地に陥った。

この部屋に入れられたとき、疋田はこっちを見おろして、

「瓜生はどこにいる。こいつが口を割らねえんなら、指を一本ずつ折ってでも吐かせるぞ」

ほんとに知らねえみたいです、と参平がいった。

「おれがあした、こいつの店にいって瓜生をおびきだします」

疋田は探るような眼をむけてきたが、じゃあそうしろ、といった。参平は部屋をでるとき、こっそり耳元に口を寄せてささやいた。

「心配するな。おめえは無事に帰してやる」

あやうく指を折られるところを参平はかばったつもりだろう。が、無事に帰れたところで瓜生の身になにかあったら許せない。

「その参平って奴は狩り込みのとき、おまえを見捨てて逃げたんだろ」

瓜生が以前そういったのを思いだした。城門組の組員になったとはいえ、いまでも友だちだと信じていたのがまちがいだった。怒りに震えながら身をよじったが、両手足を縛った縄はびくともしない。そのうち疲れ果てて目蓋が重くなった。眠っている場合ではないと思いつつも猛烈な睡魔に抗えず、ついうとうととした。

どのくらい経ったのか。がたがたと戸が開く音で眼が覚めた。薄目を開けたら疋田と参平が入ってきた。参平がしゃがんで顔を覗きこんだから眼を閉じた。おい滋。参平の声がした。肩を揺さぶられたが、眠っているふりをした。

「ちぇッ、寝てやがる。兄貴、起こしますか」

「いや、小便か糞でも漏らしてねえか見にきただけだ。そのままにしとけ」

「へい」

「あしたはしっかりやれよ」

「わかってます」

「瓜生の野郎は、おれたちで始末する。参平、てめえはこいつを始末しろ」

「えッ。始末って――」

「てめえもいっぱしの極道になりてえだろ。若えうちに殺しをやっときゃハクがつくぜ」

「でも――でも、こいつはダチですから」

「ダチであろうと勘弁ならねえ。こいつァ砂糖かっぱらって、松川の兄貴の顔に泥塗ったんだ。生かしておいちゃ示しがつかねえ」

「――わかりやした」

思わず叫びそうになるのを猿轡を噛んでこらえていると、ふたりは部屋をでていった。それからはもう眠るどころではなかった。手首の縄をほどこうと渾身の力をこめた。手首の皮膚が擦り切れ、肉が裂けても縄はゆるまない。しかし、あきらめたら瓜生も自分も殺される。

滋は痛みに歯を喰い縛って、死にものぐるいでもがき続けた。

参平と疋田が去ってから、たっぷり一時間はもがいていただろう。が、どうやっても縄はほどけない。手も足も筋肉が萎えて悔し涙が頬を伝った。地下道で苦労を共にした参平に殺されるくらいなら、いっそ床に頭を打ちつけて死にたかった。

とはいえ、それを実行する自信はないし、首尾よく死ねても疋田たちは瓜生をおびきだすにちがいない。ならば最後まであきらめないで反撃の機会を窺うべきだが、こんな絶体絶命の状況で反撃などできるのか。瓜生と自分が死をまぬがれたにせよ、城門組は法外な地代を請求してくる。千代子は赤線に売られ、作之進は城門組のタコ部屋行きだ。

それを考えただけで、はらわたが煮えくりかえる。どんな手を使ってでも千代子は助けてやりたい。ふたたび縄をほどこうと最後の力を振り絞っていると、すうッと戸が開いた。参平が抜き足差し足で入ってきて、唇にひと差し指をあてて、

「静かにしてろ。ぜったい声だすんじゃねえぞ」

参平はズボンのポケットから小刀をだして両手首を縛った縄を切り、猿轡をはずした。とたんに起きあがって参平の胸ぐらをつかんだ。滋は押し殺した声で、

「ちゃんと聞いてたんだぞ。瓜生さんをおびきだしたら、おまえがぼくを殺すって――」

「声だすなっていってんだろ。おめえを殺したくねえから、こうしてるんじゃねえか」

参平は小声でいって足首を縛った縄を切り、逃げるぞ、といった。

「兄貴たちはまだ寝てる。早く逃げなきゃ、おれも殺される」

参平は小刀を手にしたまま及び腰で部屋をでていく。滋はふらつきながらも足音を忍ばせ、それに続いた。部屋の外は広縁で、ガラス戸越しに見える空は白みかけている。

参平が音をたてないよう慎重にガラス戸を開け、ふたりは裸足で庭におりた。池や築山のある庭を突っ切り裏木戸から道路へでると、転がるように走った。

やがて赤レンガの高架が見えてきた。景色からすると、ここは新橋らしい。

「ちくしょう。おめえのせいで、また宿なしになっちまった」

参平があえぎながらいった。なにがぼくのせいだ、と滋はいって、

「おまえが悪いんだろ。ヤクザなんかになるから」

「もうヤクザじゃねえ。ヤクザに追われる身だ」

「自業自得さ」

「せっかく助けてやったのに冷てえな。なあ、こんどはどこへずらかろうか。思いきって東京をでて——」

「ひとりでいけよ。ぼくは瓜生さんのところへいく」

「バカ。もたもたしてたら、ふたりとも殺されるぞ」

「おまえに殺されるよりはましさ」

「だから殺さなかったじゃねえか。まったくおめえはよう——」

参平は愚痴りながらも肩をならべて走った。


ふたりは息を切らして万年町の木賃宿に着いた。

早朝のせいか帳場には誰もいない。客室の段ベッドでは男たちが大いびきをかいている。寝ていた瓜生を揺り起こし、手短に事情を話した。瓜生は段ベッドに腰かけて参平をにらんで、

「日下部さんはどこにいる」

「わかりません。ただ松川さんと兄貴が喋ってるのを盗み聞きしたら、その爺さんをおどして土地を買おうとしたけど断られたっていってました」

「やっぱりな。じゃあ土地権利証と登記簿もでっちあげだから、地代を払う必要はない。いまから店

「大丈夫だ。みんなのためにも店を守るんだ」

「でも瓜生さんはまだ安静にしとかないと――」

「逃げるわけにはいかん。逃げたら店を乗っとられる。うちだけじゃなく、みんなの店もだ」

おれも、と参平がいった。瓜生は枕元にあった大きな布袋を手にして立ちあがった。

「瓜生さん、ひとまず身を隠してください。あいつらは瓜生さんとぼくを殺しにきます」

にいくぞ」


滋養食堂に着くと天馬が店の前に立っていた。とっくに帰っただろうと思ったが、なんとなく胸騒ぎがしたので待っていたという。天馬は参平を顎でしゃくって、

「こいつは城門組のもんやろ。前に疋田と一緒におったから気になっててん」

参平が口を尖らせて、もう城門組じゃねえ、といった。瓜生はここで城門組がくるのを待つという。しかし大勢の組員が襲ってきたら勝ち目はない。

なにか考えがあるのか訊くと、瓜生はにやりとして、

「おれが戦場で何人の敵と戦ってきたと思う？　重武装した敵の軍隊が何千人何万人と攻めてくるんだ。それにくらべりゃ、城門組なんて小僧の集まりだ」

瓜生はたったひとりで百人以上の組員を相手にするつもりなのか。あまりの無謀さにあきれていたら、心配するな、と瓜生はいった。

「闇市は大勢の人目があるから、城門組もそうそう無茶はできん。あいつらは日下部さんをおどして土地をぶんどった。しかもおまえを拉致して殺すつもりだったんだ。たとえ警察がヤクザと癒着し

てても、れっきとした犯罪は見逃せんはずだ。警察がだめならＭＰを動かして、松川たちを刑務所(ムショ)に送ってやる」

「それじゃ早く警察に相談して――」

滋がそういいかけたが、それはまだ早い、と瓜生はいって、

「警察を動かすには、もっと決定的な証拠が欲しい。まずは日下部さんの居所をつかむのが先決だ」

「わかりました。じゃあ、ぼくと参平で調べてきます」

「頼む。ただ、その前に――」

「その前に、なんですか」

「腹ごしらえだ。焼そばを作ってくれ」

「えッ。そんな呑気なことを――」

「いいから作れ。そこの裏切者も腹が減っただろう」

「もう裏切りません」

参平がむッとした顔でいった。天馬が首をひねって、

「そういう場合ちゃう気もするけど、たしかに腹が減りましたな」

滋はしぶしぶ火をおこして鉄板を加熱すると、参平と天馬に手伝わせて調理の準備をした。瓜生はゴザの上であぐらをかいて煙草を吹かしている。油をひいた鉄板で刻んだキャベツとイカをヘラで炒めながら、その隣で麺を軽く焦げ目がつくまで炒め、最後に混ぜあわせる。

具材と麺の香ばしい匂いが漂いだすと、参平と天馬は鉄板を覗きこみ、ごくりと喉を鳴らしている。できあがった焼そばを経木に盛ってからソースをかけ、青海苔を振って紅ショウガを添えた。

四人は熱々の焼そばをさっそく食べはじめた。天馬は口をはふはふいわせて、

「いつもながら旨いでんな。わいの知恵で紅ショウガつけてから、なおさら旨なった」

「おめえの焼そば、はじめて喰った」

と参平がいった。それから不意にしゃくりあげて、旨えよ、とつぶやいた。

「どうしたんだよ」

「おめえと――おめえと地下道にいた頃を思いだしたんだ」

参平は洟（はな）を啜りつつ麺を頬ばった。滋は目頭が熱くなるのを感じつつ、

「湿っぽいこというなよ。おまえらしくないぞ」

瓜生は無言で食べ終えると、布袋からガラス瓶をだして歯で栓を抜いた。続いて透明な液体を湯呑みに注ぎ、それを一気にあおった。ぷん、と焼酎の匂いがしたから驚いて、

「だめですよッ。そんなもの呑んじゃ――」

「これ一杯だけだ。さあ、日下部さんの居場所を探ってこい」

36

おでんセールで忙しい日々が続いた。接客やおでんの管理に集中しているせいか時が経つのを忘れ、気がつくと退勤の時刻になっている。午後十時以降は働けないのが物足りなかった。

心地よい疲労をおぼえて帰宅すると、廃棄の弁当やパンを食べる。父はあいかわらず無職で部屋にいる。このところ酔った様子はないが、ゴミ出しのときに発泡酒の空き缶や焼酎の空き瓶がたくさん

でてくる。はじめてバイト代をもらった夜に呑みすぎを咎めたから、酔わないふりをしているのかと思うと切なかった。

おでんセールが終わって十二月になった。今年のおでんセールは過去最高の売上げだと小久保にいわれて驚いた。おでんが売れたのはたしかだが、そこまでの数字とは思わなかった。さらに驚いたのは、北畠が賞状とトロフィーを持ってきたことだ。

「この地区では金額前年比で一位です。おめでとうございます」

賞状とトロフィーは見るからに安っぽくて金一封もない。それでも飛びあがるほどうれしかった。洲崎くんのおかげだよ、と小久保はいったが、自分だけの手柄ではない。おでんの販売に集中させてくれた土肥と小久保、朝昼もがんばっておでんを売ったスタッフのおかげだ。

哀歌のママや風香も自分のことのように喜んでくれた。しかし北畠は地区一位という目標を達成したのに、それほどうれしそうでもなく、

「クリスマスケーキとおせちの予約は伸びてませんね。おでんセールの勢いに乗って、こっちも一位を目指しましょうよ」

次から次へと難題を押しつけてくる。小久保は溜息をついて、

「がんばってはみるけど、ドミナントのことを考えるとねえ――」

「それは本部の判断ですからね。ぼくにいわれても困るなあ」

クリスマスケーキとおせちも予約を増やしたいが、カタログしかないだけにうまくいかない。そのぶん新商品や利益率の高いホットスナックの販売に力を入れた。

店内はクリスマスソングが流れているのに、これといった装飾がない。風香はそれを指摘して、め

っちゃ地味くない？　といった。小久保にクリスマスの装飾をしないのか訊いたら、本部からの指示はなくオーナーまかせだという。

「クリスマスグッズなら百均にいっぱいあるよ」

風香にそういわれて出勤前に百円ショップにいったら、ツリーやリースやフラッグなどが格安で売っていた。それらを買って飾りつけると、店内がいっぺんにクリスマスらしくなった。

小久保はすまながって代金を払おうとしたが、いつも廃棄をもらっているし自分が楽しくてやったのだから遠慮した。小久保は店内を見まわして、

「ぼくはいつも発注や売上げばかり考えて、こういうことまで気がまわらなかった。でも、お客さまの目線に立たないと売上げもついてこないよね。ありがとう」

洲崎がきて店が変わったよ、と土肥はいった。

「コンビニのバイトって、やることは多いけど、いったん仕事おぼえるとおなじことの繰りかえしなんだよな。だからいままで退屈だったけど、ちょっとおもしろくなってきた」

コロナに罹って以来、誰かにほめられたことなどなかったせいか胸がじんとして、嗚咽が漏れそうになった。土肥が眼をしばたたいて、

「おいおい泣くなよ。大げさだな」

コロナのことは黙っておこうかと思ったが、ふたりには打ちあけておきたかった。

「実はおれ――七月にコロナに罹ったんです。休学したのは父の会社が潰れたのもあるけど、学校に居づらくなって――」

「そうだったの。つらかっただろう」

と小久保がいった。気にすんなよ、と土肥がいって、

「洲崎はぜんぜん悪くないんだから」

ふたりは親身になって慰めてくれた。胸の奥につかえていたことを話せたおかげで気分がすっきりした。小久保に頼まれて年末年始はほとんどバイトの予定が入っている。自宅にいるより働いたほうが気が楽だし、すこしでも稼いだほうがいい。

バイトが楽しい一方で、新型コロナウイルスの感染拡大は急速に進んでいる。十二月十日には都内の新規感染者が六百人を超え、小池都知事は会見で「ひきしめよう」の六文字を使った標語で感染予防への取組みを訴えた。翌日は感染予防の要点をまとめた「ウィズコロナ東京かるた」を発表、東京都防災ホームページからダウンロードして、家族で楽しみながら感染対策を学ぶよう呼びかけた。

十四日には飲食店への営業時間短縮要請を来年一月十一日まで延長、ＧｏＴｏトラベルキャンペーンは十二月二十八日から来年一月十一日まで全国いっせいに一時停止することが決定した。

さらに十七日には都内の新規感染者が八百人を超え、小池都知事は「年末年始コロナ特別警報」を発出し「いつもと違う年末・年始　5つの約束」を呼びかけて「都民向け感染予防ハンドブック」を公開した。

「標語だのカルタだのハンドブックだの、もういいよ。コロナに罹らなくっても来年まで時短営業で、こっちは死にかけてるのに」

哀歌のママは溜息まじりにいった。

「小池さんも三密で流行語大賞とったもんだから、言葉遊びばっかやってるね。あんなカルタわざわざ印刷して正月に遊ぶ家族がいんのかね」

「都の職員は遊ばなきゃいけないんじゃないですか。せっかく税金で作ったんだから」

と土肥がいった。ＧｏＴｏトラベルキャンペーンが突然停止になったせいで宿泊施設は予約のキャンセルが相次ぎ、対応に追われているらしい。父の会社のように倒産する旅行代理店やホテルや旅館がこれから増えると思ったら胸が痛む。

ひとの命がかかっているから自粛しろといわれたら、口をつぐむしかない。しかし自殺者は七月からずっと増加を続け、自立相談支援機関への生活困窮に関する相談は前年度の三倍に急増したとニュースは報じている。自分が新型コロナウイルスに感染した経験からすれば、病気よりもひとの心が怖かった。


その日、エバーマートに出勤すると小久保がカウンターで接客していた。

まだ四時四十分だから昼勤の手塚と八木がいるはずだが、バックルームには誰もいない。タイムカードを押して制服に着替えていたら土肥が出勤してきて、手塚さんと八木さんは？　と訊いた。

「いないんですよ。もう帰ったんでしょうか」

駿がそういったとき、客が途切れたらしく小久保がバックルームにきて、

「まいったよ。手塚さんと八木さんが辞めちゃった」

「えッ。どうしてですか」

「最近コロナが増えてるんで、家族からバイトを辞めてくれっていわれたそうだ」

「ひとりならともかく、ふたりともですか」

「手塚さんも八木さんも体調が悪いんだってさ。せめて年内はがんばってくれって頼んだけど、だめ

だった。あたしたちがコロナに罹ったら責任とってくれるんですか、って。そんなこといわれたら、どうしようもない」

よりによってこんなときに、と土肥がいった。

「しあさってはイブですよ。やばいじゃないですか」

「そうなんだよ。で、洲崎くんに頼みたいんだ。次のバイトが見つかるまで昼勤もやってもらえないかな。十時から十時までで大変だけど――」

「わかりました。でも昼勤はやったことないんで、ひとりでまわせるかどうか――」

「ぼくも可能な限り手伝う」

「おれは夜勤があるからしんどいけど、空いてる時間は入りますよ」

と土肥がいった。ふたりともありがとう、と小久保は頭をさげた。そのとき来店のチャイムが鳴ったから、小久保は急いでバックルームをでていった。

昼勤と夕勤を兼ねるのは大変そうだが、ただでさえ疲れている小久保にこれ以上無理をさせたくない。とはいえ次のバイトはなかなか見つからないだろう。小久保はクリスマスケーキの予約が伸びなかったぶん、北畠に大量の販売ノルマを押しつけられたらしい。

「ここだけの話、北畠さんは勝手に商品を注文してるんだよ」

半月ほど前、小久保は暗い表情でそういった。北畠はバックルームに誰もいないときを見計らって、ストアコンピューター――ストコンで無断発注をかけているという。むろん自分の営業成績をあげるためだが、売上げは北畠の手柄で損失は小久保の負担になる。

「おでんセールはおかげで自爆しないですんだけど、クリスマスケーキは二十四日をすぎたら確実に売れ残る。いまから頭が痛いよ」

「勝手に発注されても文句をいえないんですか」

「来年は契約更新だからね。揉めるのはまずいんだ」

自分勝手な北畠に怒りをおぼえるが、バイトの身ではどうしようもない。来年はドミナントもあるだけに、この店の将来が心配だった。

もうひとつ心配なのは父だ。十二月に入ってから、父は発泡酒をひと缶くらいしか呑まない。酒をひかえたのはうれしい反面、顔がげっそり痩せて口数が減った。

朝早くから険しい表情で考えこんでいたり、急に散歩にでかけたりする。あれは何日前だったか、深夜にふと眼を覚ますと、リビングから父の声が聞こえた。こっそり部屋のドアを開けて耳を澄ましたら、父は電話で誰かと喋っていた。

「ああ――もう無理だろう。だから、おたがい肚をくらなきゃな――いやいや、こっちこそなにもできずにすまん――じゃあ、これでお別れだな。いろいろ世話になった――うん、ありがとう――」

父が立ちあがった気配がしたから最後まで聞かずにドアを閉めた。父が誰と話していたのかわからないが、なにかを思いつめているような会話が気になった。


翌日はさっそく午前十時から出勤した。

業務内容は夕勤と大差ないが、ランチタイムは息つくひまもないほど忙しい。寝不足のせいで眼が充血した小久保とふたり、店内を駆けずりまわって接客した。

五時をすぎた頃、風香が珍しく私服で店にきた。アディダスのキャップを横かぶりにしてオーバーサイズのパーカーを羽織り、ラインパンツを穿いているから最初は誰かわからなかった。風香はきのうから冬休みだという。

「休みに入るのが早いね。高校の冬休みは短縮されたって聞いたけど」

「都立はそうみたいだけど、うちは私立だもん。うらやましいっしょ」

「おれは休学中だから毎日休み。でも年末年始はバイト漬け」

「へー、そんなにお小遣い稼いでどうするの」

そばで会話を聞いていた土肥が、昼のバイトが急に辞めたんだよ、といった。

「だから店長パニクってるし、洲崎は十二時間勤務」

「そうなんだあ。そんなに大変だったら手伝おうか」

「え、マジで?」

駿は思わず声をあげた。

「マジマジ。あたし接客得意よ。うちの実家、洋服屋だから」

風香はときどき店を手伝っているという。バックルームで仮眠していた小久保に急いで相談すると、たちまち救われたような表情になって、

「大歓迎だよ。ぜひともお願いして」

風香は急遽(きゅうきょ)あしたからバイトすることになった。シフトは昼勤で五時には帰るが、風香とはゆっくり話をしてみたかったから一緒に働けるのはうれしい。ただ彼女には交際相手がいる。友だち以上の感情を持ってはいけないと自分にいい聞かせた。

十二月二十四日は朝から曇っていた。

きのうからバイトに入った風香は、まだわからないことだらけでミスも多い。けれども愛想のよさでごまかして客のクレームはほとんどない。彼女の自宅は御徒町で、両親はアメヤ横丁——アメ横の商店街で衣料品店を営んでいるという。あとを継がないのか訊くと、

「店は姉ちゃんたちが手伝ってるからいいの」

風香は三人姉妹の三女だが、三人とも気が強くてしょっちゅう喧嘩するらしい。

「子どもの頃から髪の毛ひっぱりあったり取っ組みあったり、もうめちゃくちゃ。父方のじいちゃんがすごく気が強いひとだから、みんな性格が似たみたい」

去年のきょうは二学期の終業式だった。

夜はクリスマスイブのうえに翌日から冬休みとあって、生徒たちはみな舞いあがっていた。終業式のあと勝也と恭介とサイゼリヤで暗くなるまでだべり、家に帰ってからは母がデパ地下で買ったローストチキンとロブスターとケーキを食べた。楽しげにシャンパンを呑んでいた両親の姿を思いだすのはつらいが、あの頃にもどりたいとは思わなくなった。

駿と風香は朝からサンタクロースの衣装で接客した。サンタの衣装を着るのは風香のアイデアだ。百円ショップなら、男性用も女性用も一着四百円ちょっとで買える。はじめは恥ずかしかったが、すぐに慣れたし子どもが喜んでくれる。

もっとも十一時すぎに売上げを見にきた北畠はなぜかいい顔をせず、

「コスプレは誰がやろうっていったの。小久保さん?」

「店長じゃないです。おれたちで決めたんです」

「コスプレはオーナーの判断しだいだけど、本部は特に推奨してないよ。そもそもサンタの衣装が安っぽいなあ」

「だって百均ですから」

と風香がいった。北畠は彼女をじろじろ見て、

「きみが新しいバイトか。こんな稼ぎどきに高校生ふたりで接客させるのは困ったもんだな。オーナーはバックルーム？」

「いえ、ゆうべから徹夜で朝勤も手伝ってたんで、いったん帰りました」

と駿がいった。呑気だねえ、と北畠はいって、

「昼勤のバイトが急に辞めたのも経営に問題があるんじゃない？」

「そんなことないです。店長はやさしいし、すごくがんばってます」

「ならいいけど、なにか問題があったら教えてね。ぼくはきみたちの味方だから」

北畠はそういってバックルームに入っていった。

「あのひと、たまに見るけど誰なの」

風香に訊かれて、北畠がＳＶなのを説明した。なんかやな感じ、と彼女はいった。

「おれも苦手なんだよ。でも本部のひとだから店長も逆らえない」

ふだんは唐揚げやコロッケなどが入っているホットショーケースには、クリスマス用のフライドチキンがぎっしりならび、ケーキはショートケーキから大箱のホールケーキまで大量に仕入れてある。小久保のためにも売上げをあげたいが、どちらも売れゆきはいまひとつで焦りが湧く。

「イブにチキン買うならケンタッキーかデパ地下でしょ。ケーキも人気店で買いたいから、コンビニ

はあんま売れないと思うな」

と風香はいった。まったく同感だけれど、北畠が勝手に発注しているのだから売れ残って当然だ。このままでは小久保が自爆したうえに廃棄もたくさんでてしまう。

ここで働きはじめてから廃棄のことが気になってネットで調べてみると、まだ食べられるのに捨てられる食品を「フードロス」と呼ぶのを知った。国内のフードロスは年間に約六百万トン、大型トラック千七百台ぶんの食品が毎日捨てられている。その一方、世界では七億人近いひとびとが飢餓状態に陥っており、餓死者は一分間に十七人、そのうち十二人が子どもだという。

「便利っていうのは、いつも誰かの犠牲の上に成り立ってるんだ」

と小久保はいった。捨てるほどありあまる食品も、きっと誰かの犠牲によって生まれているのだろう。けれども、それらの食品は飢えに苦しむひとびとには届かない。

新型コロナウイルスによって失われる命、経済の自粛によって失われる命。ひとの命が等しく尊いのなら、飢餓で失われる命にももっと関心をむけるべきだ。そうならないのは、なぜなのか。

がんばって声かけしたおかげでフライドチキンはだいぶ売れた。しかしケーキは五時になっても動きが鈍い。風香は売上げに協力するといって大箱のホールケーキを買って帰った。これから彼氏とイブをすごすのかと思ったら、うらやましかった。

風香と交代で出勤してきた土肥はだるそうな表情で、

「あーあ、イブなのに通し勤務か。どうせ彼女いねえからいいけど」

「おれもいません」

「彼女いない歴どのくらい？」

「七月にコロナに罹ってふられたから――いや、よく考えたら、おれがつきあってるつもりだっただけで彼女じゃなかったのかも」

「コロナでふるなんて最低だな。そんな女とつきあわなくてよかったじゃん」

真央のことを思いだしても気持が揺れなくなった。真央から友だちでいようといわれたときは絶望に打ちひしがれたが、あのときとはちがう自分になれたような気がする。

六時をまわった頃、小久保が店にきてバックルームに入った。すこしして小久保は眉間に皺を寄せてもどってきて、またやられた、といった。

「いまストコン見たら、北畠さんが恵方巻と節分スイーツ発注してた」

きょう北畠は十一時すぎに店にきてバックルームに入ったが、あれは発注のためだったのか。小久保は大きな溜息をついて、困ったなあ、といった。

「恵方巻は廃棄がすごいから、業界のなかじゃ違法巻っていわれてるんだ。それが問題になって予約販売に力を入れてるコンビニも多いけど、当日買いにくるお客がほとんどだから予約は伸びない。ぼくが自爆しても廃棄がごっそりでてしまう」

節分スイーツは恵方巻にちなんだロールケーキや塩豆大福が主流で、こちらも発注しすぎて廃棄がでるらしい。たまたま恵方巻が売れた年もあるが、北畠は調子に乗って翌年はさらに発注をかける。

「ノルマをかさ上げするから、売っても売ってもきりがない。さっきニュースでいってたけど、きょう都内の感染者は八百八十八人で過去最多だって。年末年始も外出自粛になって、また売上げがさがるだろう」

「コロナがおさまらないと来年も憂鬱ですね」
「まったくだ。ただ、いいこともあったよ。女房の具合がだいぶよくなってきた。そのうち店を手伝えるようになるかもしれない。それまで店があればの話だけど」

十時にバイトが終わると、廃棄のフライドチキンとショートケーキを持って帰宅した。父はどこへいったのか姿がない。リビングに暖房が入っているから、さっきまでここにいたような気がする。レンジで温めたフライドチキンを食べながらテレビを観ていたら、玄関のドアが開く音がした。

コンビニのレジ袋を両手にさげた父は苦笑して、
「おまえが食べるだろうと思って買ってきたんだが――」

レジ袋にはフライドチキンとショートケーキが入っていた。駿は思わず笑って、
「ダブったけど、いいじゃん。一緒に食べよう」

父とふたりだけでクリスマスイブをすごすのははじめてだ。

サンタクロースを信じていたのは何歳までだったか。姉にサンタはいないといわれても信じていたが、夜中にふと眼を覚ますと枕元に父がいた。薄目を開けて寝ているふりをしていたら、父はこっそりプレゼントの包みを置いてその場を離れた。翌朝、ゆうべのことを父にいったら、
「見てたのかあ。実はサンタさんから預かったプレゼントを置いたんだ」

あのとき苦笑した父は、いまよりずっと若かった。フライドチキンとショートケーキを食べ終えてから、気になっていたことを口にした。
「このあいだの夜、電話で誰かと喋ってたよね。おたがい肚をくくらなきゃとか、じゃあ、これでお

別れだなとか——あれ、誰だったの」

「前の会社の同僚さ。おれとおなじ奴に金を持ち逃げされて離婚した。北海道の実家に帰って農業を手伝うっていうから、お別れのあいさつをしてたんだ」

「そうだったの。なんか話が深刻そうだから気になってた」

「大丈夫だ。持ち逃げされた金にずっとこだわってたが、いつまでもうじうじしてられん。なんとかして前へ進まないとな」

㊲

滋と参平は店をでて骨董屋まで走った。不穏な状況と裏腹に空はきょうも快晴だ。

参平は息を弾ませて、また走るのか、といった。

「おめえとつるんだら、いつも走るはめになるな」

「おまえのせいだよ」

骨董屋はやはりガラス戸が閉まっていて貼り紙もなく、日下部がいる気配はない。近所の商店を訪ねて日下部を見なかったか訊くと、店は五日前まで開いていたらしい。

さらに聞き込みを続けたら、長屋住まいの主婦が気になることをいった。四日前の夕方、銭湯から帰ってくると、骨董屋の前に黒い大きな車が停まっていたという。

「車の種類はわかりますか」

滋が訊いた。それはわからないけど、と主婦はいって、

「髪がてかてかして派手な背広の男がいたよ」

「マッカーサーだッ」

滋と参平は同時に声をあげた。

四日前といえば、千代子と帝都座に『わが青春に悔なし』を観にいった。暗くなった頃、店にもどってくると、作之進と蜂須賀が立ち話をしていた。作之進は、城門組の疋田が子分を連れてきて、このへんの店を一軒ずつ調べていたといった。

四日前の夕方、日下部は松川に連れ去られたのではないか。松川は日下部から所有する土地を聞きだし、そのあと疋田と子分が場所を確認しにきたと考えればつじつまがあう。

「早く店にもどって、瓜生さんに知らせよう」

滋と参平はふたたび走りだした。


もう陽が高くなって闇市の通りはにぎわいはじめた。参平と滋養食堂にもどると、どういうわけか瓜生はいなかった。ゴザの上に瓜生の布袋があるだけだ。

「瓜生さん、どこへいったんだろ」

蜂須賀とフクコさんに訊いたが、わからないという。むかいの店で千代子に訊くと、

「十分ほど前、天馬さんとでかけました。天馬さんがあわててたから気になったんですけど、声をかけるひまがなくて――」

瓜生の行き先を考えていたら、天馬が息せき切って駆けこんできた。

「えらいこっちゃ。瓜生はんが城門組の連中と揉めそうや」

「えッ。どういうことですか」

「滋はんたちが店をでたあと、瓜生はんに伝言頼まれたんや。城門組の松川に電話せいて」

「松川に電話？」

「そうやねん。せやから、わいが出入りしとる商事会社で電話借りて、城門組に電話した」

「瓜生さんは、松川になんと伝言したんですか」

「いますぐ上野公園の山王台跡へこいって。こんかったら滋はんを監禁して殺そうとしたことや、日下部はんをおどして土地を奪おうとしたことを警察とＭＰに連絡するていうた」

山王台跡とは西郷さんの銅像がある広場だ。天馬は心配で瓜生についていったが、途中で追いかえされたという。瓜生はなぜ松川を呼びだしたのか。ただでさえ松川から命を狙われているのに、ひとりで会いにいくとは危険極まりない。

「とにかく上野公園へいこうッ」

あたしもいきます、と千代子がいった。

「だめです。あぶないから、ここにいてください」

滋はそういうが早いか、参平と天馬と三人で駆けだした。

上野公園に着いて石段を駆けあがると、山王台跡には大勢の野次馬が詰めかけていた。背伸びして前方を見ている彼らをかきわけて進み、人垣の先頭にでたとたん、眼を見張った。

木刀をさげた瓜生と松川がにらみあっていて、松川の後ろに疋田や二十人ほどの組員がいる。組員たちは匕首や角材や自転車のチェーンを手にして殺気だった表情だ。

「このおれをおどすたあ、いい度胸だな。警察やＭＰが怖くてヤクザ渡世ができるか」

と松川がいった。ほう、と瓜生はいって、

「警察やＭＰが怖いから、ここまできたんじゃないのか」

「舐めた口きくなィ。てめえをぶっ殺しにきたんだよ」

「おれの命はくれてやる。だから日下部さんを解放して闇市から手をひけ。綾部の借金も棒引きだ」

「てめえの命ぐれえで手をひけるか。日下部の土地は城門組のもんだ。あの兄妹の借金は家をカタにとっても足りやしねえ。ふたりとも飼い殺しだ」

「そうか。だったら貴様に死んでもらうしかないな」

「やれるもんならやってみな。くたばるのは、てめえのほうさ」

松川は背後を振りかえって、やっちまえッ、と怒鳴った。へいッ。組員たちがいっせいに声をあげ、じりじりと瓜生に迫っていく。瓜生は木刀を地面に放りだし、軍服の胸ポケットから黒い筒状のものを取りだした。

「手榴弾だッ」

疋田が叫び、組員たちは足を止めた。

瓜生は歯で手榴弾の安全ピンを引き抜いてから信管を地面に打ちつけ、組員のほうへ放り投げた。うわーッ。組員たちが悲鳴をあげて逃げ散り、滋や野次馬たちもあとずさった。地面に転がった手榴弾は白煙をあげている。

瓜生はすばやく木刀を拾いあげると、峯を歯でくわえて右手に握った柄をひいた。陽光にぎらりと光る白刃にどよめきが起こった。ずっと木刀だと思っていたのは仕込み刀だった。

瓜生は刀を下段に構えて突進し、一瞬のうちに松川の喉笛に切っ先を突きつけた。

手榴弾は爆発せず、煙もでなくなった。瓜生は唇を曲げて嗤い、

「貴様の子分はだらしない奴ばかりだな。手榴弾の中身は発煙筒だが、兄貴分を守るどころか逃げやがった」

松川は無言で肩をすくめて固まっている。さあ、どうする、と瓜生はいって、

「こいつをひと突きすれば、頸動脈が切れてあの世行きだ」

「待ってくれ」

松川は両手をあげて、あえぐようにいった。

「待ってくれ。さっきいったことは考えなおす」

考えなおすだと。瓜生は刀の切っ先を松川の喉に喰いこませた。

「わかったわかった。闇市から手をひいて綾部の借金もなしでいい」

「それでいい。日下部さんは生きているのか」

「ああ。うちの組の土蔵にいる」

「じゃあ子分をひきあげさせて、日下部さんをすぐに解放しろ」

と瓜生はいったが、急に顔をゆがめて下をむき、おびただしい血を吐きだした。松川はすかさず飛びすさり、背広の懐から拳銃を取りだした。

「瓜生さん、あぶないッ」

滋が叫んだ瞬間、銃声が轟き、瓜生の胸から埃が舞いあがった。瓜生は右眼を宙に泳がせると、刀を落として地面に崩れ落ちた。口からはまだ血が流れている。

松川は拳銃を懐にしまって、ざまあみやがれッ、とわめいた。

「新橋のマッカーサーに逆らう奴ァ、こうなるんだ」

瓜生は苦しげな顔をもたげて起きあがりかけたが、あおむけに倒れた。

駆け寄ろうとしたら、疋田に捕まって背後から右腕をねじりあげられた。関節がはずれそうな激痛に身動きがとれない。人垣のなかから綾部兄妹と蜂須賀とフクコさんが走りでてきた。滋はこっちにこようとする四人にむかって、

「ぼくはいいから、瓜生さんを助けてください」

「おいこらッ。滋はんを放せッ」

天馬は怒声をあげて疋田につかみかかったが、組員たちに取り押さえられた。フクコさんが組員に取りすがって、やめてくださいッ、と泣き叫んだ。

綾部兄妹たちは瓜生を覗きこみ、懸命に声をかけている。まだ息はあるようだが、吐血したうえに胸を撃たれたとあっては瀕死(ひんし)の状態だろう。

「誰か救急車を呼んでくださいッ」

千代子が人垣を振りかえって叫んだら、組員たちに突き飛ばされた。千代子が地面に倒れたのを見て頭に血がのぼった。

「妹に手をだすなッ」

作之進が叫んで組員たちに飛びかかった。作之進はたちまち殴り倒され、袋叩きに遭った。疋田を振りほどこうと必死でもがいていたら、お願いだッ、と蜂須賀が叫んだ。

「みんなを許してやってくれ。地代はちゃんと払う」

「あたしも払います。だから許してください」

フクコさんが涙声でいった。もう遅い、と松川がいった。

「てめえらは瓜生を使って、おれを殺させようとしたんだ。地代くれえじゃすまねえよ」

「兄貴のいうとおりだ。この落とし前は高くつくぜ」

と疋田がいった。参平がどこからか飛びだしてきて、汚(きたね)えぞッ、と叫んだ。

「おれが盃もらったとき、ヤクザは男気見せるもんだって、あんたはいったじゃねえか。それなのに、あんたらのやってることあ、シラミやダニよりタチが悪い。恥ずかしくねえのかよ」

参平は涙に濡れた顔で洟を啜った。おい参平、と疋田がいって、

「組を裏切りやがったくせに、ふてえことをいうじゃねえか。ちょうどいい。あとでなぶり殺しにしてやるから念仏でも唱えてろ」

ふたりの組員が走ってきたが、参平は逃げようともせずに捕まった。

「ようし。ひきあげるぞ。ガキどもを連れていけッ」

松川が大声でいった。疋田にひきずられて歩きだしたとき、

「ちょいと待ちな、おっさん」

聞きおぼえのある声がした。そっちに眼をやると、ぶかぶかの米兵の軍帽をかぶった少年がくわえ煙草で立っていた。前に会ったときは上半身裸だったが、きょうは擦(す)り切れた革のジャンパーを着ている。ノガミのピス健だ。ピス健の後ろには十数人の浮浪児たちがいて、真っ黒な顔で組員たちをにらみつけている。

なんの用だ糞ガキ、と松川が顔をしかめて、

「上野駅で残飯でも漁ってろ」

「そうしたいけど、そのあんちゃんは、おれのダチなんだ」

ピス健はこっちを顎でしゃくった。

「放してやってくんねえかな」

「浮浪児のくせにバカげたことをいうな。邪魔したら叩っ殺すぞ」

「そうかい。なら、やってみな」

ピス健は煙草を吐き捨てると、軍隊ズボンから拳銃をだして松川に銃口をむけた。ピス健が米兵から盗んだというコルトだ。松川は背広の懐に手を入れかけたが、

「ごそごそするなィ」

ピス健がドスのきいた声でいった。

「動いたら遠慮なく撃つぜ。おれあガキだから、人殺ししたって少年院ですむ」

「撃っちゃだめ。こんな奴らのために坊やは手ェ汚しちゃいけない」

妙に甘ったるい声がして、軍帽に軍服姿の復員兵らしい男が人垣からでてきた。誰かと思って眼を凝らしたら、もと軍曹でいまは男娼の玉岡常次郎だった。ピス健や浮浪児たちに玉岡まできてくれたことに胸が熱くなった。

「少尉殿が撃たれたって聞いて駆けつけたのよ。あんたがやったのね」

玉岡はそういって松川を指さした。なんだその喋りかたは、と松川がいった。

「てめえは男色野郎か」

「男色野郎で悪かったわね。でも、この公園はあたいらのシマよ」

いつのまにか玉岡の後ろに七、八人の男たちがいる。外見はふつうだが、なよなよした身のこなし

からすると男娼らしい。松川はせせら笑って、

「男色野郎になにができる。女言葉で喋るんじゃねえ」

玉岡はがらりと口調を変えて、じゃあ男言葉で話してやろう、といった。

「独立混成第三旅団砲兵隊、玉岡常次郎軍曹。柔道六段、銃剣道七段、無双直伝英信流免許皆伝。素手で喧嘩巻きゃあ、おまえなんか相手じゃねえよ」

玉岡は首をぼきりと鳴らして松川に近づいていく。

松川はまた懐に手を伸ばしかけたが、ピス健が拳銃を構えているから動けない。玉岡は松川の胸ぐらをつかむと、片腕で軽々と持ちあげた。松川は宙に浮いた足をばたばたさせて、こいつをなんとかしろッ、と組員たちに怒鳴った。

組員たちは狼狽した表情で顔を見あわせた。次の瞬間、人垣がどっと崩れたと思うと、MPのヘルメットをかぶった米兵と警官たちがなだれこんできた。

「動くなッ。そのままーッ。そのままーッ」

警官たちの怒声に組員たちが逃げまどい、腕をつかむ力がゆるんだ。すかさず疋田の手をふりほどいて瓜生に駆け寄った。そばには綾部兄妹と蜂須賀とフクコさんがいる。

瓜生は血に染まった口を右手の甲でぬぐうと、笑みを浮かべた。

「よくやった。みんなに礼をいってくれ」

「待っててください。すぐ病院に運びますから」

「いや、このままでいい。このままにしておいてくれ」

「だめですよ。どうしてですか」

「おれは、たくさんの敵兵を殺してきた。軍規を破って民間人から略奪したり、女子どもに手をだすような奴は味方でも殺した」

「仕方ないじゃないですか。国がはじめた戦争なんだから――」

「相手が誰であろうと、ひとを殺(あや)めたことに変わりはない」

「自分を責めないでください。とにかく病院にいきましょう」

「いや、これでいいんだ――これで死んだ戦友たちに申しわけがたつ」

「そんなこといわないでくださいッ」

滋は嗚咽しながら叫んだ。

そのときになって、けさの瓜生の言動が理解できた。参平と自分に日下部のゆくえを捜させているあいだ、天馬に頼んで松川を呼びださせた。焼酎を一杯だけ呑んだのは別れの盃のつもりだろう。瓜生は最初から死ぬつもりだったのだ。軀の奥から燃えたぎるものが噴きあげてくる。参平と天馬が駆け寄ってきた。ぼくと店をやるんでしょう、と滋はいった。

「ぼくに大陸の料理を教えてくれる約束でしょう。その約束を破るんですかッ」

瓜生は答えず、唇を薄く開けたまま動かなくなった。あわてて肩を揺さぶったが、瓜生の右眼から光が消えた。瓜生さんッ、瓜生さんッ。みんなの悲痛な声が遠くに聞こえる。

滋は瓜生の肩にすがって慟哭(どうこく)した。

38

　翌日のクリスマスは、やはりケーキが売れ残った。

　小久保の指示で四時から全品半額の表示をし、風香と懸命に声かけしたが、すこししか売れない。哀歌のママが客にだすといってホールケーキをふたつも買ってくれた。

「あれ、お兄ちゃんはこの時間に変わったの？　新しい子もいるね」

　カウンターでママの相手をしていた小久保が肩をすくめて、

「手塚さんも八木さんも急に辞めたんですよ。だからシフトが大変で――」

「そのふたりなら先週の金曜、居酒屋にいたよ。よくここにくるスーツきたひと――エスとかブイとかいうひとと一緒だった」

「北畠さん？」

「そうそう。そのひと」

「なんで北畠さんがあのふたりと――」

「それは知らないけど、店閉めたあと客とご飯食べにいったら、奥の座敷で喋ってた」

　小久保は見る見る表情を曇らせて、変だな、とつぶやいた。

「うん、やっぱり変だ。どう考えてもおかしい」

　どうしたの、とママが訊いた。いや、こっちの話です。小久保はそういってバックルームに入ったが、まもなく私服に着替えて店をでていった。手塚と八木が体調不良を理由に店を辞めたのは四日前の月曜だ。北畠がふたりと居酒屋にいたのはその前だから、なにか事情がありそうだった。

五時前に土肥が出勤してきた。ほとんど同時に小久保が沈痛な面持ちでもどってきた。

「手塚さんと八木さんを問い詰めたら事情がわかったよ。ふたりとも来年ドミナントでオープンする店に引き抜かれたんだ」

「引き抜き?」

駿は眼を見張った。

「うちより高い時給を餌にしてね。それを裏で手引きしたのが北畠さんだった」

うわ、えっぐい、と土肥がいった。

「本社の社員がそんなことして許されるんですか」

「本社としてはおなじ加盟店でのことだから、人事異動くらいの認識さ。北畠さんはもっとノルマを達成するために、ぼくを辞めさせたいんだろう」

「辞めさせてどうするんですか」

「オーナーの首をすげ替えるのさ。ぼくが辞めても次のオーナーがくる。どうせ来年は契約更新だから本社もそのつもりかもしれない」

風香はなりゆきが気になるらしく、バイトの時間がすぎても店に残っている。客がくるたび会話は途切れるが、客がいなくなるとおなじ話題になる。土肥は声を荒らげて、

「あんまりじゃないですか。もし店長が辞めたら、おれも辞めますよ」

駿と風香もおなじ意見だった。

「そういってくれるのはうれしいけど、みんなも生活がある。ぼくに気を遣わなくていいから、バイ

トは続けてくれたらいい」

　と小久保がいったとき、北畠が店に入ってきた。小久保が引き抜きのことを訊いても北畠は動じる様子もなく、引き抜きじゃない、といった。

「手塚さんと八木さんに相談されたんですよ。もっと時給をあげて欲しいし、コロナが怖いから年末年始は休みたい。でも、この店じゃ休めないから辞めたいって」

「おかしいな。ふたりは北畠さんに誘われたといってたよ」

「誘ってなんかいません。ただ辞めるのはもったいないから、来年オープンの店を紹介しようと思っただけですよ」

「それならそれで、ぼくにひとことあってもいいじゃないか。三人で居酒屋いって話す前に」

「居酒屋は慰労ですよ。本来はオーナーがやるべきですがね」

「慰労しようにも、そんな時間がない。北畠さんがいちばんわかってるでしょう。ぼくを辞めさせたいんなら、はっきりそういってくれよ」

「辞めさせたいなんて、これっぽっちも思ってません。むしろ小久保さんの努力は認めてます。でも、いまの売上じゃ本社の期待に応えられない」

　小久保は反論するのに疲れたのか口をつぐんだ。

　北畠はいつもどおり売上げや在庫をチェックして帰っていった。北畠はきのう店にきたとき、手塚と八木が辞めたのは小久保に問題があるようにいった。しかし実際は自分が辞めるよう仕向けたのだ。小久保がいうとおり、北畠はオーナーの首をすげ替えたいのだろう。

「あー、マジむかつく。ガチのマジでむかつく。あのひとがやってるのは思いっきりパワハラじゃん。

どうにかならないんですか」

　と風香がいった。小久保がかぶりを振って、

「どうにもならんね。若いひとに夢をなくすようなことをいっちゃいけないけど、大人の世界はきびしいよ。昔は若いうちに下積み仕事をやって、だんだん立場が上になっていった。ところが、いまの時代は歳をとるほど立場が弱くなる」

　でも店長は前にいったじゃないですか、と駿はいった。

「世の中は駕籠に乗るひとだけじゃ成り立たない。下積みで働くひとがいるから便利で快適な暮らしができるって――」

「それはそのとおりだけど、下積み仕事を社会の底辺としか見てないひとも多い。長時間勤務で低賃金なのも、自分で選んだんだから自己責任だって思われてるんじゃないかな」

「身近なひとに、どうしてやさしくできないんだろ」

　と風香がいった。

「みんなが身近なひとを大事にすれば、世界はすぐ平和になりますよね。いろいろ法律を作ったり核兵器を作ったりしなくていいのに」

「だよなあ。でもそうしないのは、なんでかな」

　土肥がそういったが、客がきたので会話は途切れた。

　たしかに平和が大事とか安心安全が第一とかいう意見が多いわりに、いまの世の中は他人に冷たい。容姿の良し悪しから学歴や仕事や資産まで、ヒエラルキーの底辺は見下される。まだ進路の決まっていない学生でさえ、スクールカーストで序列が決まる。

新型コロナウイルスにしても、感染すれば周囲から責められ疎外される。感染対策をちゃんとやってなかったんだろう。遊びにいったり旅行にいったりするから罹ったんだろう。病人をいたわるよりも粗探しをするのは、自分は感染しないとタカをくっているからだ。

底辺を見下すのも、自分が貧困に陥ることに思いがおよばないからだ。自分さえよければ他人はどうなってもいい。そんなひとびとが増えている気がする。北畠はその典型だが、彼のようなやりかたが世間で通用するのが悔しかった。

翌日、都内の感染者数は九百四十九人で過去最多を更新した。国内では感染者数が二十一万人を超え、三千人以上が死亡している。新型コロナウイルスの変異種が世界的に拡大し、政府は十二月二十八日から来年一月末まで、すべての外国人の入国を拒否すると発表した。

世界全体の感染者数は八千万、死者は百七十五万人。もっとも事態が深刻なアメリカでは千八百万人以上が感染し、死者は三十二万人を超えた。アメリカはすでに百万回以上のワクチン接種をおこなっているが、まだ感染が収束する気配はない。

病院では医療体制が逼迫し、看護師の離職が急増している。風香はそれが不安なようで客がいないときに、あたしが准看になるまでコロナ続いてるかな、とつぶやいた。

「まわりからは看護師目指すなんて、やばいんじゃないっていわれる」

そういえば自分がコロナに罹ったことは、まだ風香に話していない。七月にコロナに罹って休学したのもそれが原因だといったら、大変だったんだね、と彼女はいった。

「コロナもやだけど、まわりの反応がもっと厭。病気のひとに冷たくするなんて最低」

「でもコロナは感染するから、厭がられてもしょうがないけどね」

「風邪やインフルだって感染するよ。ほかにもひとにうつる病気はたくさんあるし、お年寄りが罹ったら命とりになるのはおなじじゃん。それなのに風邪やインフルは自粛しろなんていわれない」

風香は気持が昂ったのか、店内に響くほど声が大きくなった。まあまあ、と駿は苦笑して、

「コロナはそのうちおさまるよ」

「おさまってなくても看護師やるけど。誰かがやんなきゃいけないから」

「えらいなあ。おれはまだなにやるか、ぜんぜんわかんない」

「じっくり考えればいいよ。あたしはお年寄りの役にたちたいから看護師になろうと思っただけ。うちは父が七十近いし、じいちゃんばあちゃんは九十すぎてるの」

「ずいぶん歳なんだね」

「とうさんは結婚が遅かったたし、あたしは末っ子だから。じいちゃんばあちゃんはすごく元気だけど、コロナをぜんぜん怖がってないから心配」

山形の祖父は、いまどうしているのか。祖父は勉強のことしかいわないし父を見下しているのが厭だが、それでも自分の祖父にはちがいない。コロナのせいで見舞いにいけないのをいいことに、知らん顔をしている自分は冷たい。両親が離婚するかどうかはべつにして、いまの状況が落ちついたら会いにいこうと思った。

五時すぎに顔をだした小久保は眼がどんよりして声に張りがない。きのうから落ちこんでいるようで心配だったが、声をかけづらい。小久保は発注や在庫の確認をすると、

「夜勤の時間にまたくるよ」

力ない足どりで店をでた。まもなく土肥がそばにきて、店長テンパってるな、といった。

「本社はドミナントで共食いさせる気満々だし、北畠がバイト引き抜くくらいだから契約更新はなさそうだ。北畠にはむかつくけど、来年はまたバイト探しかな」

「契約を延ばすよう本社と交渉できないんですか」

「無理だろ。ここの物件が店長のものならべつだけど――」

「物件は本社のものなんですね」

「いや、地主はべつだって聞いた。ほら、むかいにあるだろ。おんぼろの時計屋が」

「勅使河原時計店？　あの店のひとがこの物件の持ち主なんですか」

「店長はそういってたけど、接点はないみたいよ。地主と契約してるのは本社だから」

もっとくわしく訊こうとしたら、来店のチャイムが鳴った。いらっしゃいませ。反射的に声をあげて入口に眼をやった。とたんに背筋を戦慄が這いのぼった。

冴島に続いて勝也と恭介が店に入ってきた。学校はきのうが終業式だから三人とも私服だ。あいつらは偶然ここへきたのか。それとも、わざわざからかいにきたのか。

三人に気づかれないよう顔をそむけてバックルームに入ろうとしたが、洲崎、と冴島に呼び止められた。奥歯を嚙み締めて彼らのほうをむいた。冴島が硬い表情で、

「ちょっといいか。話がある」

「話なんかない。いま忙しいんだ」

三人は顔を見あわせた。からかいにきた雰囲気ではないが、いまさら話すことなどない。じゃ外で待ってるから、と冴島がいった。三人が店をでていったあと、ちょうど忙しくなったから接客に追わ

れた。レジ前の行列をさばいてひと息ついたら、

「まだ待ってるぜ。いってやれよ」

と土肥がいった。窓に眼をやると、三人は寒そうに肩をすくめて店の前に立っている。あーもう。駿は毒づいて店をでた。冴島はぎごちない笑みを浮かべて、

「忙しいときに悪いな。洲崎がここでバイトしてるってフケセンに聞いたから」

千野はなぜ、よけいなことをいうのか。不機嫌に黙っていると冴島は続けて、

「ずっと洲崎にあやまろうと思ってたんだ。でも声かけても無視されたし、おまえが休学したから話す機会がなくて――」

あれは九月の頭だったか、登校の途中で腹が痛くて足を止めたら、冴島や取り巻きたちにばったり会った。冴島に呼び止められたが走って逃げて、そのまま休学した。

「おれたちも連絡とりたかったけど、スマホは着信拒否(チャッキョ)してラインもブロックしたろ」

と勝也がいった。だからなんだよ。駿がそういうと、すまん、と冴島がいって、

「洲崎がコロナに罹ったの、おれのせいかもしれない」

「え、どういうこと?」

「洲崎がコロナで学校休む前、放課後みんなで喋っただろ。マスクしねえで」

「うん」

「あの前の晩、昔族やってた先輩と歌舞伎町で飯喰ったんだ。その店でクラスターがでて先輩もコロナで入院した。そのこと聞いたのは洲崎が学校休んだあとだったし、おれも入院したからなにもいえなかった。おまえがおれにうつしたみたいになったけど、ほんとは逆なんだ。おれが濃厚接触者なの

にマスクなしでみんなと喋ったから——」

「誰が誰にうつしたかなんて、どうだっていいよ」

駿は溜息まじりにいった。

「ひとによって潜伏期間がちがうし感染力があるのは発症の二日前だから、冴島からうつされたとは限らない。やっぱり、おれがうつしたのかもしれないよ」

「だとしても、あやまりたいんだ。洲崎のおやじさんは会社潰れたんだろ。うちのおやじが経営してる居酒屋チェーンも潰れそうなんだ。おれはいままでイキってたけど、コロナに罹ってから自分がどれだけ恵まれてたかよくわかった」

「おれもそうだよ。ふつうに暮らせるだけで恵まれてたんだ」

「洲崎には、いろいろ厭な思いをさせて悪かった。許してくれ」

冴島は頭をさげた。勝也と恭介も頭をさげて、

「ごめんな。コロナでつらい思いをしたのに知らん顔して——」

「おれも悪かったよ。親やまわりがいうことに流されて、おまえの気持をぜんぜん考えてなかった」

あやまんなくていいよ、と駿はいった。

「おれが正しいわけじゃない。おれはみんなにハブられるのが怖くて、いいたいことをいわずに自分をごまかしてた。もしおやじの会社が潰れないで、おれがコロナに罹らなかったら、いまだってなにも考えてなかったと思う」

「なあ洲崎、そろそろ学校にもどってくれよ。私大なら、いまからでも受験できるぞ」

と冴島がいった。駿はかぶりを振って、

「来年の受験はもうあきらめてる。いまはバイトが楽しいから、まだ休学するよ」

「そうか。残念だけど、しょうがないな。また顔だしていいか」

ぎごちなくうなずいたとき、大学生風の若者たちが七、八人店に入っていった。店内を見たら、いつのまにかレジに行列ができている。土肥がもどってこいと眼で合図した。

「ごめん、忙しくなったから」

三人に手を振って急ぎ足で店にもどった。また遊ぼうな。連絡待ってるよ。勝也と恭介の声があとを追ってきた。


コンビニのバイトでは接客と調理にやりがいを感じる。寒い季節だけに、おでんはもちろんホットスナックもよく売れる。特に揚げものは人気だが、早く食べてもらわないと味が落ちるのが難点だ。

その日も、昼食を買いにくる客を目当てにコロッケを揚げた。フライヤーのバスケットにコロッケを入れ、揚げもののメニューを選択する。スタートボタンを押すとバスケットが油のなかに浸かり、タイマーが作動する。あとは自動でバスケットが上昇するのを待つだけだ。揚げたてのコロッケをホットショーケースにならべながら、

「コロッケ揚げたてですよー。いかがですかあ」

風香とふたりで声を張りあげる。

たちまちコロッケが売れていくのは心地いい。できれば作り置きせず、いつも揚げたてをだしたい。もっといえば冷凍コロッケと自動のフライヤーではなく、自分で作ったコロッケを自分で揚げてみたい。風香にそれをいうと、

「洲崎さんが作ったら美味しそう。いつか食べさせて」

うんと答えたあとで胸がどきどきした。風香のことだから気軽にそういっただけで深い意味はないだろう。しかし彼女に美味しいものを食べさせたいのはたしかだった。

四日前、冴島たちが店にきてから進路について考えた。

三人にはそっけない態度をとったようで後ろめたいが、わだかまりが解けて温かい気持になれた。もっともまだ復学する気はないし、復学しても大学に進むとは限らない。

多くの高校生が勉強をして大学に入るのは、すこしでもいい企業に就職するためだ。なぜいい企業に就職するかといえば、高所得や社会的地位が欲しいからだろうが、そのために好きでもない勉強をするのはまちがっている気がする。自分がほんとうに興味の持てることを見つけられないのに高所得や社会的地位を求めるから、もっと大切なものを見失うのではないか。

東大をでて官僚になった祖父は母と姉に介護され、誰もが知る企業に勤めていた父は無職になった。それを思うと人生ははかない。高所得や社会的地位がなくてもいいから、自分が納得できる仕事につきたかった。

新型コロナウイルスの感染拡大が続くせいで、あすは大晦日だというのに人通りがすくない。とっくに帰省シーズンに入っているが、駅や空港も空いているらしい。特に東京の感染状況は深刻だから、年末年始に帰省もできず自宅ですごすひとも多いだろう。

五時前に哀歌のママが買物にきて、あしたまで営業するといった。

「店開けてもどうせひまだし十時で閉めなきゃいけないけど、常連の爺さんが呑みにくるからね。ひとり暮らしで身寄りもいないから、あたしが話相手をしてやんなきゃ」

ママには広島の会社に勤めるひとり息子がいるが、去年の盆から会ってないという。

「正月には帰りたいっていってたけど、こっちにはこないでっていったのよ。さっきも小池さんが臨時会見で忘年会、新年会はなし、会食、飲食はぜったいになし、帰省もなしっていってたし。ただ飲食はさせてもらわなきゃ、あたしが死んじまう」

きょう判明した都内の感染者数は九百四十四人で、小池都知事は年末年始に感染を抑えなければ、緊急事態宣言の発出を要請せざるをえないといったそうだ。

スマホで検索してみると、安倍前首相が四月七日に緊急事態宣言を発出したとき、国内の感染者数は三千九百六人だった。当日に都内で確認された感染者数は八十人だから、いまの十分の一以下だ。いまのほうがはるかに感染者が多いのに、緊急事態宣言を発出しないのは経済への影響を考えてのことだろう。

欧米は日本にくらべてPCR検査やロックダウンが徹底しているのに、なぜか爆発的に感染者が増えている。新型コロナウイルスの変異種が確認されたイギリスでは、一日の感染者数が五万人を超えた。ということは、ほかにも対策が必要だろうが、いまの段階ではそれが見えないのがもどかしい。

哀歌のママが帰ったあと、土肥が出勤してきた。

店内に客はおらず、風香は煙草の補充をしている。駿は彼女にむかって、

「浅見さん、五時だから、もうあがったら?」

そのとき来店のチャイムが鳴って、珍しくスーツにネクタイ姿の小久保が入ってきた。小久保はいつになく晴れ晴れとした表情で、さっきまで本社にいたんだ、といった。

「いままでのことを部長にぶちまけて、そんなに辞めて欲しいなら、もう辞めるっていった。そした

ら部長はあわててドミナントは撤回しようと思ってたってさ。ＳＶもすぐに交代させるから辞めないでくれって——」

「やりましたね、店長ッ」

「よかったじゃないですか」

土肥と駿は口々にいった。風香も手を叩いて喜んでいる。

「ありがとう。みんなのおかげだよ」

小久保は眼をうるませた。

おとといの出勤前に勅使河原時計店にいったことは黙っていた。そのとき北畠やドミナントについて話したら、いつも温厚な勅使河原が憤慨して、

「ドミナントなんて聞いてないよ。おたくの店はいつも気になってたけど、地主のぼくが顔をだすとオーナーさんが気を遣うだろうと思って、買物にもいかなかったんだ」

「そうだったんですね」

「それにしても本部はひどい。わたしが文句をいってやろう。来年はちょうど契約の更新だけど、そんな会社と契約を続けたくない」

ドミナントが撤回されたのは勅使河原のおかげかもしれない。が、小久保が勇気をだして本社と直談判したからこそ、北畠がはずされたのだ。

きょうの午後、新しいＳＶがあいさつにきて小久保と熱心に話していた。ＳＶは三十代なかばくらいの女性で快活な雰囲気だった。今後は勝手な発注や過剰なノルマに悩まされずにすむだろう。

㊴

釈迦牟尼仏の坐像の前で、至道鉄心がしわがれた声で経をあげている。祭壇には瓜生の遺骨をおさめた骨箱がある。滋は至道の後ろで数珠を手にして膝をそろえていた。どこからか師走の風が吹きこむ本堂は冷え冷えとして、寒気のせいか太い柱がぴしりと音をたてる。

きょうは瓜生の四十九日だから昼すぎに店を閉めて、仁龍寺へきた。

法要の参列者は綾部兄妹、参平、天馬、蜂須賀、ピス健、玉岡、ヤスエさん、フクコさん。それにおトキさんとよっちゃんがいる。五日前、おトキさんはよっちゃんを連れてアメリカから帰ってきた。

「むこうの生活になじめなくてねえ。思ったとおり水があわないよ」

おトキさんは、ばつが悪そうな顔でいった。

「ジョニーは引き止めてくれたけど、あのひとにゃ奥さんと子どももいるだろ。あたしらを持てあましてるみたいだったから――」

瓜生の死を知って、おトキさんは背中を丸めて嗚咽した。悔しいねえ悲しいねえ。せっかく復員したのにねえ。おトキさんは何度もそう繰りかえしたが、瓜生は肝臓を壊して吐血するくらいだから酒を断たない限り、長くは生きられなかったはずだ。むしろ、みずから寿命を縮めようとして毎晩呑んでいたのだろう。

瓜生の遺品の布袋には、滋へ、と書かれた封筒が入っていた。封筒のなかの便箋にはこうあった。

おれの葬儀は無用。灰はどこかに捨ててくれ。

短いあいだだが、おまえと商売ができて楽しかった。達者でやれ。

残りの便箋には、支那そばや餃子やチャーハンといった料理の調理法が詳細に書かれていた。それを見て涙が止まらなかった。最初に吐血したあと書いたものではなさそうだから、瓜生はだいぶ前から死を覚悟していたらしい。

便箋に葬儀は無用とあったが、それでは気がすまない。至道に相談すると即座に引き受けてくれた。仁龍寺はまだ荒れ寺に近いものの、檀家の支援もあって再興しつつある。至道はピス健たち浮浪児を集めて、喰うに困らない田舎の寺に預けるつもりだという。

瓜生の遺骨はこのあと納骨堂におさめられる。ほんとうは墓を建てたかったが、至道に止められた。墓は遺された者のために建てるものじゃ。どこにおっても故人はしのべる。

「おまえがりっぱに生きることが最高の供養じゃ」


瓜生が死んでから目まぐるしい日々が続いた。

松川と疋田と城門組の組員たちは、ひとり残らず警官とMPに連行された。滋や参平をはじめ現場にいた者は刑事の事情聴取を受け、松川たちの犯行の一部始終を供述した。城門組にも捜査が入り、土蔵に監禁されていた日下部は無事に解放された。

まだ裁判の判決はでていないが、刑事によれば松川と疋田はかなり余罪もあって長い懲役に服すらしい。城門組の組長は高齢だけに組を維持する力がなく、上野警察署に解散届を提出した。

瓜生が死んでから、滋養食堂は滋がひとりで切り盛りしている。ひとりだと作れる量は限られているから売上げは減ったが、生活するにはじゅうぶんだ。参平に店を手伝わないかと誘ったら、あっさり断られた。

「おれあ客にはむいてるけど、料理にゃむいてねえ」

「じゃあ、なにをするんだよ」

「石鹸で稼いだ金がまだあるから、これを元手にひと山当ててやるぜ。終戦間際に日本軍が物資を隠した防空壕が高尾山(たかおさん)のどこかにあるって噂だ。おめえも探しにいかねえか」

参平はまったく懲りていない。

綾部兄妹は城門組の借金が帳消しになり、父親もやっと立ちなおって出版社で働きはじめた。実家に身を寄せていた罹災者は親戚に引きとられて人数が減ったので、生活はだいぶ楽になったという。

天馬は担ぎ屋を続けているが、前よりも頻繁に顔をだす。それも綾部兄妹や滋養食堂ではなく、フクコさんの店だ。天馬はときどき閉店までいてフクコさんと帰っていく。どういう風の吹きまわしかと思ったら、天馬は苦笑しながら頭を搔いて、

「城門組の奴らにとっ捕まったとき、フクコはんは泣きながら、わいをかばうてくれたがな。あれにまいってしもたんや」

おトキさんはふたりの仲を応援していて、もう一軒店をだしたいという。

「あたしはＰＸに顔がきくからね。いつか進駐軍の物資がおおっぴらに売れるようになったら、しこたま稼いでやるのさ。この子のためにもね」

おトキさんはそういって、すこし膨らんだ腹をさすった。渡米して二か月ちょっとしか経っていないから、新たな命を宿したのはもっと前だろう。ジョニーは知っているのか訊くと、

「迷ったけど、いわなかった。あのひとも気ィ遣うだろうし、アメリカで肩身のせまい思いをするよ

り、日本で育てたほうがいいと思ってね。だって、あたしの子だもの」

おトキさんはまた苦労を背負いこんだようだが、めげた様子はない。

ヤスエさんの父親が経営する製麵所は大忙しで人手が足らず、従業員を大幅に増やした。父親から専務になれと命じられたとヤスエさんは照れながらいって、

「ほかになり手がないからっていうけど、あたしに務まるかねえ」

夫を戦争で亡くし、雨の日も風の日も大風呂敷を担いでいたヤスエさんの姿を思いだすと、やっと苦労が報われたようでしんみりした。


法要のあと納骨式があり、瓜生の遺骨を納骨堂におさめた。

至道がふたたび経をあげ、参列者が焼香をした。納骨式が終わると至道はみんなにむかって、

「けさ南海（なんかい）地方で大地震があり、大勢の死者がでたそうじゃ。戦争に次いで飢餓地獄のさなかにむごい話じゃが、衆生のほかに仏なし。おたがい助けおうてこそ、地獄の闇に光明が見える。瓜生というひとは、みなを助けるために身命を賭したと聞く。いっさいの迷いを捨てて活き仏となったのじゃ」

「少尉殿は戦場でもそうでした」

軍服姿の玉岡がうるんだ声でいった。

「敵弾が飛び交うなか、いつも先頭に立って戦い、われわれ部下を守ってくれました。そんなひとに仕えていたのに、いまの自分は――」

「おぬしがなにを悩んでおるのか知らんが、一度きりの人生、生きたいように生きよ。ただ、かけた情けは水に流せ、受けた恩義は石に刻めという。それさえわきまえておれば、ひとの道をはずれるこ

とはない」

「――ありがとうございますッ」

玉岡は深々と頭をさげて洟を啜りあげた。

「飴のあんちゃんとも会えなくなるな」

とピス健がいった。いつもかぶっていた米兵の軍帽はなく、至道にバリカンで刈られた坊主頭のせいか急に子どもっぽくなった。また会えるさ、と滋はいって、

「落ちついたら上野へ遊びにこいよ」

「うん。田舎暮らしじゃ身が持たねえ。おれあノガミで生きてくほうが楽なんだけど、ちいせえ子もいるからな。ひとまず和尚さんについてってやるよ」

ついてこんでもいいぞ、と至道がいった。

「拳銃を振りまわすような小僧は物騒でいかん」

「もう持ってねえよ。ポリ公に取りあげられた」

ピス健は煙草をくわえて米国製らしいライターで火をつけた。

「なんて奴だ。おれよりグレてるな」

参平があきれ顔でいった。至道がピス健をにらんで、

「それが最後の一本じゃ。寺で喫煙はまかりならん」

「大目にみてくれよ。仏さまはもっとやさしいんじゃねえのか」

「人間は相手しだいで、鬼にもなれば仏にもなる。おぬしのような聞きわけのない小僧には、鬼と化して仏道を説いてしんぜよう」

ピス健は自分の坊主頭を掌で撫でて、

「小僧小僧ってうるせえなあ。和尚さんだって坊主じゃねえか」

「おぬしとはちがう。わしはもとから毛がないだけじゃ」

ピス健は煙にむせて咳きこみ、みんなが笑った。

納骨堂をでると陽はすでに傾いて、西の空が茜色に染まっていた。このあと庫裏で、みんなと食事をする。滋はひさしぶりに作ったふかしイモをたくさん持ってきた。

本堂の脇にある鐘楼には本物の梵鐘がさがっている。参平と寺に寝泊まりしていた頃は金属類回収令で梵鐘は供出され、コンクリート製の代替梵鐘だった。至道によると梵鐘は終戦によって溶かされずにすみ、寺へ返還されたという。今年の大晦日は、去年とちがって除夜の鐘が鳴るだろう。

境内に佇んで鐘楼を眺めていたら、作之進と千代子がそばにきた。

「生活もすこし落ちついたから、ぼくは大学にもどろうと思う」

と作之進がいった。店はどうするのか訊くと、おトキさんが借りるという。おトキさんはもう一軒店をだしたがっていたから好都合だ。それで――と千代子がはにかみながら、

「よかったら、滋養食堂でわたしを雇ってくれませんか」

願ってもない申し出に笑みがこぼれそうなのをこらえ、もちろん、と答えた。

「千代子さんが手伝ってくれたら、こんなにうれしいことはないです」

「よかった。よろしくお願いします」

千代子は笑顔で頭をさげ、滋もあわてて頭をさげた。顔をあげたら彼女と眼があった。すこし前までなら、おたがいすぐに眼をそらしたが、そうはならなかった。

ふたりで見つめあっていたら作之進が咳払いをして、

「やあ、きれいな夕焼けだなあ」

空を見あげてつぶやいた。

赤から青へうつろいゆく空に、星がひとつまたたいている。きょうもまた寒い夜がくる。

戦時中は夜が怖かった。灯火管制の闇を切り裂く空襲警報。驟雨のような焼夷弾の落下音。赤く燃え盛る夜空に浮かぶB29の機体。着の身着のまま焼けだされ、炎と煙が渦巻く路地を逃げまどうひとびと。崩れ落ちた民家の下敷きになった母のおだやかな顔。

浮浪児になってからも夜はつらく長かった。地下道の凍てつく寒さ、狩り込みへのおびえ、耐えがたい飢え。いつかまた、あんな夜がやってくるかもしれない。

しかしもう怖くはない。暗い夜にしか見えない星もあるし、どんなにつらくとも、いつか夜は明ける。いま生きて、ここに立っていることが大切なのだ。

どうしたんですか、ぼんやりして。千代子に訊かれて、かぶりを振った。

「なんでもないよ。じゃあ、いこう」

滋は千代子の手をとって、ゆっくり歩きだした。

㊵

翌朝、自分の部屋のベッドで眼を覚ますとテレビの音声が聞こえた。

時刻はまだ七時すぎだ。最近の父がこんな時間に起きているのは珍しい。そう思いつつ部屋をでた

ら、父はキッチンでガスコンロの掃除をしていた。おはよう。父は照れくさそうに微笑して、

「今年はさんざんな年だったが、新年は気持よく迎えたいからな」

「手伝おうか」

「いや、いい。おまえはバイトがあるだろ」

「ちょっとだけ手伝うよ。まだ時間あるから」

「換気扇のはずしかたがわからん。ずっとかあさんに任せっきりだったからな」

駿もはずしかたは知らなかったが、スマホで検索すると写真付きの解説がある。ゴム手袋をはめて換気扇をはずし、古歯ブラシでこびりついた汚れをとって中性洗剤で洗った。

「やあ助かった。あとはもう大丈夫だから、早く朝飯を喰え」

父はあとで食べるという。リビングで廃棄のおにぎりを食べていたら、

「やっと仕事が決まった。ビジネスホテルだから給料は安いが、贅沢はいえん」

父はひとりごとのようにつぶやいた。父の就職が決まったのはうれしい。このところ朝から夜までバイトでいなかったから気づかなかったが、いつのまにか面接にいったのだろう。

「今夜は研修だから帰りは朝になるぞ」

ホテルに正月休みはないとはいえ、大晦日に研修へいくことに父の意欲を感じた。

ゆうべ店で買った水羊羹(みずようかん)の詰合せを持って、いつもより早く自宅をでた。大晦日の朝とあって電車は空いていた。バイトの前に勅使河原時計店にいって、ドミナントが撤回された礼をいうつもりだった。

仲御徒町駅をでて歩きながら、もう正月休みで店は閉まっているかもしれない。いまさらのように
そんな不安を感じたが、勅使河原は古ぼけた目覚まし時計がならぶ棚にハタキをかけていた。壁には
色がすっかり抜けて青くなった大昔のアイドルのポスターが貼ってある。

ていねいに礼をいって水羊羹を差しだすと、

「礼をいうのはこっちのほうさ。この歳になって、ひとさまの役にたてただけでうれしい」

勅使河原はそういって眼を細めた。でも、と駿はいって、

「店長にはなにもいってないんです。おれがここへ相談にきて、勅使河原さんが本部にかけあってく
れたことを――」

「それでいい。陰徳を積む、といってね。よいおこないは隠れてやるものさ」

勅使河原はあしたから店を休むが、息子夫婦がコロナの感染を警戒して孫たちに会わせてもらえな
いのがさびしいという。

会社や商店の休みが多いせいか、きょうのバイトはひまだった。小久保はドミナントがなくなった
だけに徹夜明けでも張りきっていたが、体調が心配だから、

「店長、そろそろ寝てください」

「悪いね。じゃあ、ひとまず帰らせてもらうよ」

小久保は夜勤だから新年を店で迎えることになる。来年はバイトが増えて余裕ができればいいが、
エバーマートは大手コンビニに押されているので心配だ。

四時すぎに土肥が店にきて、きょうの夕勤を休みたいといった。

「急で悪いけど、どうだろう。夜勤はちゃんとでるから」

「じゃあ、あたしが夕勤入ります」

大晦日なのに大丈夫なの？　と駿は訊いた。

「きょうはひまそうだからワンオペでいいよ」

「大丈夫。あたしもひまだから」

ありがとう、と土肥はいって、

「大学時代のダチが船橋に住んでるんだけど、コロナで仕事なくなって会社の寮を追いだされたんだ。今夜から寝るところがないっていうから――」

土肥はいまから友人を駅まで迎えにいって、自分のアパートに案内するという。

夜になっても店はひまだった。年配の客は年賀状やお年玉袋や筆ペンを買い、ひとり暮らしらしい若者はカップそばや酎ハイを買っていくが、レジに行列はできない。風香と交代でバックルームに入って休憩していると、母からスマホに電話があった。

「東京はコロナ大変ね。きょうは千三百人を超えたってよ」

「そんなに？」

「さっきニュースでいってた」

「あのさ、とうさん仕事決まったって」

「知ってる。ビジネスホテルでしょ」

「とうさんと話したの」

「うん。年明けに帰るから」

コロナは怖くないの、とか、じゃあ離婚はしないの、とか訊きたいのをこらえて、

「おじいちゃんの具合は大丈夫なの」

「大丈夫じゃないけど、あたしは帰る。愛美はこっちに残るから」

祖父は介護施設に入ったが、姉はそこのケアマネージャーと交際をはじめたという。あの子らしいでしょ、と母は笑った。父との仲がもとどおりになるかわからないが、ひとまず離婚はしない様子に安堵した。

九時をまわって店はますますひまになり、ぴたりと客足が途絶えた。風香はカウンターから窓の外を見ながら、ひまだね、といった。駿はうなずいて、

「こんな時期だし、みんな家にいるんだよ。紅白かガキ使(つか)観てるんじゃね」

「うちはかあさんといちばん上の姉ちゃんが紅白観たがって、ガキ使観たい二番目の姉ちゃんとチャンネルの取りあい。あとから録画で観ればいいのに」

「浅見さんはどっち観るの」

「あたしはあんまテレビ観ない。いま頃うちは、みんなでテレビ観ながら酒盛りしてる。姉ちゃんの子どももいて、ぎゃあぎゃあうるさいから帰りたくない」

「初詣は?」

「うちは、いつも品川のお寺」

「初詣でお寺って珍しいね」

「うん。しかも遠いけど、じいちゃんがこだわってるの。あ、そうだ。きょうバイト終わったあと、予定ある?」

「ううん。特にないよ」

「じゃあ、うちのじいちゃんの店でご飯食べない？」

風香の祖父は近くで食堂を経営しているという。思いがけない誘いに胸が高鳴ったが、飲食店は時短要請で十時までの営業ではないか。風香にそれを訊くと、

「ふつうのお客は断ってる。でも、じいちゃんは顔なじみのために、こっそり開けてるの」

「おれは顔なじみじゃないけど、いいの」

「あたしが一緒だから大丈夫」

「じゃあいくよ。すごい楽しみ」

小久保と土肥が出勤してくると、風香と一緒にエバーマートをでた。

風香は高架沿いに上野のほうへむかっていく。ふたりで街を歩くのははじめてだし、今夜もひとりで廃棄の弁当を食べるのかと思っていただけに気持が浮き立つ。けれども風香には彼氏がいるから大晦日は会わなくていいのか気になった。

「変なこと訊いていい？」

「なに？」

「浅見さんって彼氏いるんだよね」

「いないよ。なんで？」

「いや、土肥さんが前に彼氏と歩いてるの見たっていうから」

「彼氏じゃないよ。誰だろ」

「――ヤンキーっぽいひとだって」

風香は笑って、いちばん上の姉ちゃんの旦那、といった。

「見た目いかついけど、姉ちゃんの尻に敷かれてるの」

ふたりはアメヤ横丁の商店街にさしかかった。年末はいつも買物客でごったがえすアメ横もさすがにひと通りはすくなく、シャッターをおろした店も多い。

「うわあ、こんなにひとがいないアメ横はじめて」

「やっぱりコロナのせいだろうけど、さびしいね」

「ね、なんでアメ横っていうか知ってる?」

風香に訊かれて、かぶりを振った。

「ふたつ説があって、ひとつは終戦直後で甘いものがないとき、飴を売る店がたくさんあったから。もうひとつはアメリカの進駐軍の物資を売る店が多かったから」

「へえ、知らなかった」

「どっちにしろ、このへんは闇市だったの」

「闇市って聞いたことあるけど、なんだっけ」

「戦時中も戦争が終わってからも物資が統制されて、食べものや生活必需品は配給制だった。でも食料不足がひどくて配給じゃ生活できないから、みんな法律を破って商売をはじめたの。それが闇市のはじまりだって」

商店街のはずれの路地に入ると、風香は一軒の店を指さして、あそこよ、といった。古めかしいガラス戸に赤提灯がさがり、料理の蠟細工がショーケースにならんでいる。蠟細工は黒く変色して、もとの色がわからない。赤提灯は消えているが、ガラス戸のむこうは明るい。

色褪せたブリキの看板に「滋養食堂」とある。

風香はガラス戸を勢いよく開けて、ただいま、といった。彼女に続いて店に入ったら、黒光りした木製のカウンターのむこうに白い帽子と調理服の老人がいた。マスクで口元は見えないが、こっちを見た皺深い眼が鋭くて思わずたじろいだ。風香とならんでカウンターの丸椅子にかけると、

「お兄ちゃんは誰だィ」

老人はしわがれた声で訊いた。あたしの友だち、一緒にバイトしてるの、と風香が答えた。

「じいちゃん、おなかすいた。焼そばちょうだい」

駿もおなじものを注文した。あいよ、と老人はいってガスに点火した。カウンターには鉄板がはめこまれていて、老人はそこに油をひくと二本のヘラで具材を炒めはじめた。いくぶん腰は曲がっているが、手つきは鮮やかだ。

マンガや雑誌を入れた本棚の上のテレビで紅白歌合戦が流れていて、あいみょんが「裸の心」を歌っている。去年のいま頃は勝也と恭介と渋谷のセンター街にいて、マクドナルドの二階でカウントダウンを待っていた。

「じいちゃんの料理はなんでも美味しいけど、焼そばが最高なの」

「年越しそばじゃなくて焼そばっておもしろいね。鉄板で炒めるのが美味しそう」

「ねえじいちゃん、その鉄板って店をはじめたときから使ってるんでしょ」

「もとは戦車の部品さ。あの頃は鉄板も手に入らなかったからな」

年季の入った壁には、赤枠で囲んだ筆文字の品書きがいくつも貼ってある。カレーライス、チャーハン、餃子、ラーメンあたりはふつうだが、親子丼、チキンライス、ハムエッグ、ポークチャップ、レバニラといったふだんは見かけない料理もある。どれも五百円以下で、儲けになりそうもない。

やがてソースが焦げる香ばしい香りが漂ってきて、老人は焼そばを盛ったアルミの皿をふたつカウンターに置いた。いただきます。駿は風香と競うように箸を伸ばした。

青海苔を振った焼そばには目玉焼が載っていて、紅ショウガが添えてある。具は豚のバラ肉とイカとキャベツとモヤシだ。麺はよく焼けてカリカリしたところとやわらかくコシがあるところがあって、食感の変化が楽しい。バラ肉の脂はコクがあり、イカの旨味が食欲をそそる。キャベツはしんなりして甘く、モヤシはシャキシャキした歯応えだ。麺に目玉焼の黄身をからめて食べると驚くほど旨い。

美味しい。駿は思わず声をあげた。

「こんな焼そば、はじめて食べた」

「バリウマっしょ。でも昔は甘みのあるソースがなかったんだって」

「無糖ソースってやつさ。サッカリンって人工甘味料で甘みをつけたが、炒めると苦くなる。だからソースは炒めずに、あとからかけてたんだ」

と老人はいった。ふたりはたちまち焼そばをたいらげた。ごちそうさま、と風香がいって、

「ところでじいちゃん、来年も店やんの」

「あたりめえだ。あと継ぎもいねえのに、やめられるかィ」

「そりゃ店は続けて欲しいけど、来年もコロナで大変そうじゃん。じいちゃんが心配なの」

「たしかにいまは大変だろうけど、戦時中よりましさ。自粛して家にこもってたって夜中に爆弾や焼夷弾がばらばら降ってきやがるから、おちおち寝られやしねえ」

「じいちゃんは、すぐ戦時中とくらべるんだから」

「戦争が終わってからも、ひどかった。住むところはねえし喰いものもねえ。みんなシラミとノミに

たかられて疫病もそこらじゅうで流行ってた。結核にコレラに赤痢にチフスに、なんでもありさ」

駿は溜息をついて、すごい時代だったんですね、といった。

「お兄ちゃんは他人事みてえにいうけど、あんたのご先祖もひとり残らず、その時代を生き抜いてきたんだぜ。なんにもねえ焼跡から、みんな裸一貫で這いあがった。そのおかげでいま、あんたたちが旨えものを喰えるんだ」

いま生きているひとびとの先祖は、すべて戦争や戦後を経験している。むろん、もっと前の時代も。あたりまえのことだが、老人にいわれるまでそういう実感がなかった。

「おれはいまコンビニでバイトしてるんですけど、販売期限が切れた食べものは廃棄っていって、ぜんぶ捨てるんです。食料不足の時代からすると、もったいない話ですよね」

「おれたちの若い頃は、とにかく喰いものに飢えてた。ほかのこたァ、なにも考えられねえくらいにな。いまはお兄ちゃんがいったように喰いものは捨てるほどあるが、べつのことに飢えてるだろ」

「べつのこと、ですか」

「ひとことでいやあ金さ。しかし金はなにかを買うためにある」

「お金自体に価値はないもんね。ただの紙だもん」

と風香がいった。金でなにを買うかが問題だよな、と駿はいって、

「みんなが欲しがるものっていえば――」

「ベタなところじゃ、豪邸に高級車にブランドファッション。豪華な海外旅行に高級ホテルとか。思いっきりインスタ映えするやつ」

「そのインスタントってのは、あれだな」

「ちがうよ、じいちゃん。イ、ン、ス、タ」

「なんだっていい。そういうものを欲しがる奴ァ、要するに見栄を張りてえんだ。見栄を張るってこたァ、誰かに好かれたい尊敬されたいってことだろ」

「まあ、そうね」

「ってこたァ、ひとの心に飢えてるのさ」

「そうか。たしかにそうですね」

いい大学をでて一流企業に就職したい。経済的に豊かになって社会的な地位が欲しい。つまり駕籠に乗りたいという気持も、それに近いだろう。老人は続けて、

「ひとの心も金で買えるなんていう奴もいるが、そんなものはうわべだけよ。自分が損してでも他人を助ける。一円にもならねえことをやってこそ、ひとのほんとうの心がわかるんだ」

誰もがひとの心に飢えているのに、金で心を満たそうとする。そのせいで、いまの世の中は殺伐としているのかもしれない。それがコロナ禍によって、いっそう浮き彫りになった気がする。

「東京の街はどんどんきれいになってくけど、それもうわべだけよ。ビルや道路の下にゃあ、どこもかしこも焼跡が埋まってる。日本じゅうが飢えてた頃が消えたわけじゃねえ。おれたちゃみんな焼跡の上で暮らしてるんだ」

老人は鉄板の汚れをヘラでこそぎ落としている。もとは戦車の部品だった鉄板に光沢が蘇る。

「おじいさんは、これからコロナがどうなると思いますか」

「さあな。じきにおさまるかもしれねえし、もっと悪くなるかもしれねえ。けど、明けない夜はないし、やまない雨はない。先のことを思いわずらったってきりがねえ。どんなにえらい人間だって寿命

がくりゃあ、あっけなく死んじまう。いま生きてるだけで運がいいんだ」

「いま生きてるだけで運がいい――」

「そうとも。どんなに生きたくたって、生きられねえひとも大勢いる。自分が生きてることに感謝して、いまできることを精いっぱいやりゃあいい」

九十すぎとは思えない力強い言葉にはげまされた。これほど高齢で食堂を切り盛りするのは、好きでなければできないだろう。ふと、なぜあと継ぎがいないのか気になった。

「お子さんやお孫さんは、あとを継がないんですか」

「継いでくれっていやあ、継いだかもしれねえ。でも、しぶしぶやって欲しくねえんだ。あとを継ぐのは、ほんとうに料理が好きで腕がたつ奴じゃねえとな」

風香がテレビを指さして、石川さゆり、といった。

「天城越え。じいちゃん好きじゃないの」

「最近の歌手は知らねえよ」

「ぜんぜん最近じゃないじゃん」

ほかにもなにか食べたくなって品書きに眼をやると、ちいさな額に入れた古い写真が壁に飾ってあるのに気がついた。黄ばんだ写真には、晴れ着姿の家族が写っていた。小学校五年くらいの男の子と六、七歳の女の子が肩をならべて笑っていて、その背後で両親らしいふたりが微笑んでいる。

額になにか書いてあるから眼を凝らすと「洲崎養吉君　御両親と妹」とあった。自分とおなじ苗字なのに驚いて、そばにいって写真を見た。老人がカウンターのむこうで、

「その子とは生き別れになっちまった」

「生き別れ？」

「ああ。おれも養吉も戦争で両親を亡くして家を焼かれた。おれあ行き場がなくなって上野の地下道で寝起きしてたんだが、そこで狩り込みに遭った」

「狩り込みってなんですか」

「おれたちみてえな浮浪児を捕まえて養育院に放りこむのさ。養育院は浮浪児を保護するって名目だが、実際は刑務所よりひでえところだ。そこで知りあったのが養吉さ。ある晩、おれたちは養育院を脱走したんだが、養吉は列車ンなかで警官に捕まっちまった」

老人はそこで大きく息を吐いて、

「そのとき養吉から預かったのが、その写真さ。別れ際に養吉は上野で待っててくれっていった。だから闇市で商売しながら待ってたが、とうとう会えなかった」

爺ちゃんは滋っていうの、と風香がいった。

「だから滋という字と養吉さんの養の字をとって、店の名前を滋養食堂にしたの。養吉さんがいつか上野にきたときわかるように」

「七十四年も前の話さ」

駿は自分の席にもどって、おれも洲崎なんです、といった。

「洲崎って珍しい苗字ですよね。すごい偶然だ」

「へえ。お兄ちゃんは歳いくつ？」

「十七です」

「十七ってえと、じいさんはいくつだィ」

「六十一で亡くなりました。おれが八歳のときに」

「ひいじいさんは何年生まれ？」

「ずっと前に亡くなってますけど、昭和五年と聞きました」

「じゃあ、おれと同い年だ。ひいじいさんの名前はなんていう？」

「わかりません。父に訊いてみましょうか」

老人はうなずいた。駿はスマホを手にして、曽祖父の名前はなにかと父にメールを送った。父は研修中だから答えられないだろうと思ったが、まもなく返信があった。

メールには養吉と書かれていた。思いもよらぬ展開に呆然とした。風香がスマホの画面を覗いたとたん、眼を見張って口に両手をあてた。

ふたりともどうしたァ。滋という老人が訊いた。

「ひいじいさんの名前はわかったか」

「はい。もしかしたら、この写真の養吉さんってひとは――」

そういいかけたとき、ガラス戸が開いて車椅子に乗った老人と還暦くらいの女性が入ってきた。滋はこっちを見て片眼をつぶると、

「ちょいと待ってな。あとでゆっくり話そうぜ」

駿はうなずいた。そういえば、父は曽祖父が戦争で苦労したといっていた。女性は車椅子を押して老人をカウンターにつかせ、

「こんな遅くにすみません」

滋にむかって頭をさげた。

「父がどうしても滋養食堂にいきたいっていうもんですから」

「大晦日だってのに、わがままな父親を持つと大変だねえ」

「なにいってやがる。おめえがさびしくしてると思って、わざわざきてやったんだィ」

車椅子の老人がいった。ふふん、と滋は笑って、

「おまえがまた年を越せるとは思わなかったな」

「そりゃあ、こっちの台詞だ。千代子さんはどうしてる」

「きょうは休みだ。うちでひ孫と遊んでらあ」

「ふん。千代子さんも迷惑だろうな。まぬけな亭主が長生きして」

「もう、おとうさんったら——」

「足腰立たねえんだから、家でおとなしく年越しそば喰ってろよ。なあ参平」

「うるせえ。そばはそばでも、おめえの焼そばが喰いてえんだ。さっさと作りやがれ」

駿は信じられない思いで、写真の男の子を見つめていた。男の子が曽祖父だったら驚きだが、まだ確証はない。あるいは同姓同名の別人かもしれない。

だとしても曽祖父が、滋とおなじ時代を生きたのは事実だった。曽祖父も戦火を生き延び、焼跡から這いあがった。だから、いまの自分がここにいて滋とめぐりあえた。それだけでじゅうぶんだ。

テレビの歌声が束の間やんで、除夜の鐘が聞こえてきた。

参考文献

『東京のヤミ市』松平誠（講談社学術文庫）
『東京闇市興亡史』猪野健治 編（ふたばらいふ新書）
『アメ横の戦後史―カーバイトの灯る闇市から60年』長田昭（ベスト新書）
『やぶれかぶれ青春記』小松左京（ケイブンシャ文庫）
『戦中派焼け跡日記　昭和21年』山田風太郎（小学館文庫）
『晴れた空（上・中・下）』半村良（集英社文庫）
『カストリ時代　レンズが見た昭和20年代・東京』林忠彦（朝日文庫）
『浮世くずかご』奥野信太郎（講談社）
『浮浪児の栄光・戦後無宿』佐野美津男（辺境社）
『コンビニ店長の残酷日記』三宮貞雄（小学館新書）

※本作品は書下ろしです。
※この作品はフィクションであり、実在する人物・団体などとは一切関係ありません。

この物語には第二次世界大戦終戦直後を舞台にしている箇所があります。本文中に、今日の観点からすると不快・不適切とされる「アメ公」「養老院」「浮浪者」「浮浪児」「ルンペン」「看護婦」といった職業や性差などに関する呼称や用語が用いられています。しかしながら、物語の根幹に関わる設定・時代背景を考慮したうえで、これらの表現について、そのままとしました。差別の助長を意図したものではないことをご理解ください。

（編集部）

福澤徹三（ふくざわ・てつぞう）

1962年、福岡県生まれ。2000年『幻日』でデビュー（『再生ボタン』と改題して文庫化）。ホラー小説や怪談実話、アウトロー小説まで幅広く執筆。2008年『すじぼり』で第10回大藪春彦賞を受賞。著書に『死に金』『忌談』『灰色の犬』『群青の魚』『羊の国のイリヤ』など多数。『東京難民』は映画化、『白日の鴉』はテレビドラマ化、『Ｉターン』『俠飯』はテレビドラマ化・コミック化された。

そのひと皿（さら）にめぐりあうとき

2021年５月30日　初版１刷発行

著　者　福澤徹三（ふくざわてつぞう）
発行者　鈴木広和
発行所　株式会社 光文社
〒112-8011　東京都文京区音羽1-16-6
電話　編　集　部　03-5395-8254
　　　書籍販売部　03-5395-8116
　　　業　務　部　03-5395-8125
URL　光　文　社　https://www.kobunsha.com/

組　版　萩原印刷
印刷所　萩原印刷
製本所　ナショナル製本

ISBN978-4-334-91406-6